Érase una vez en Hollywood

RESERVOIR BOOKS

Quentin Tarantino
Érase una vez en Hollywood

Traducción de Javier Calvo

Este libro está dedicado a

Mi esposa
DANIELLA

y Mi hijo
LEO

Gracias por crear un hogar feliz
en donde escribir

Y TAMBIÉN

A todos los actores de antaño que me contaron
historias tremendas sobre el Hollywood de aquella época.

Y gracias a ellos ahora tenéis
este libro en vuestras manos.

Bruce Dern * David Carradine * Burt Reynolds
Robert Blake * Michael Parks * Robert Forster

y
sobre todo
Kurt Russell

1

«Llámame Marvin»

Suena el timbre del dictáfono de la mesa de Marvin Schwarz. El agente de la William Morris presiona con el dedo la palanca del aparato.

—¿Me está llamando por mi cita de las diez y media, señorita Himmelsteen?

—Sí, señor Schwarz —dice la vocecita aguda de su secretaria por el minúsculo altavoz—. El señor Dalton le está esperando fuera.

Marvin vuelve a presionar la palanquita.

—Cuando a usted le venga bien, señorita Himmelsteen.

Se abre la puerta del despacho de Marvin y la primera en entrar es su joven secretaria, la señorita Himmelsteen. Se trata de una joven de veintiún años y filosofía hippy. Lleva una minifalda blanca que deja al descubierto sus piernas largas y bronceadas, y el pelo largo y castaño recogido en unas coletas estilo Pocahontas que le cuelgan a ambos lados de la cabeza. Detrás de ella, entra el apuesto actor de cuarenta y dos años Rick Dalton, con su característico tupé castaño y reluciente.

Marvin sonríe de oreja a oreja levantándose de la silla de detrás de su escritorio. La señorita Himmelsteen intenta hacer las presentaciones, pero Marvin la interrumpe:

–Señorita Himmelsteen, acabo de ver un puto festival de películas de Rick Dalton, o sea, que no hace falta que me lo presente. –Marvin recorre la distancia que los separa y extiende la mano para que el actor de westerns se la estreche–. Chócala, Rick.

Rick sonríe y le da al agente un apretón de manos enérgico y vigoroso.

–Rick Dalton. Muchas gracias, señor Schwartz, por dedicarme un momento de tu tiempo.

Marvin lo corrige:

–Me llamo Schwarz, no Schwartz.

«Joder, ya la estoy cagando», piensa Rick.

–Me cago en la puta… lo siento… señor Sch-WARZ.

Mientras le da un último apretón de manos, el señor Schwarz le dice:

–Llámame Marvin.

–Marvin, llámame Rick.

–Rick…

Se sueltan las manos.

–¿La señorita Himmelsteen puede traerte algo de beber?

Rick hace un gesto con la mano para rechazar el ofrecimiento.

–No, gracias.

Marvin insiste.

–¿Nada, estás seguro? ¿Café, Coca-Cola, Pepsi, Simba?

–Bueno –dice Rick–. Pues un café.

–Bien. –Tras darle una palmada en el hombro al actor, Marvin se dirige a su chica para todo–. Señorita Himmelsteen, ¿tendría la amabilidad de traerle a mi amigo Rick un café? Y otro para mí.

La joven asiente con la cabeza y cruza el despacho de un extremo al otro. Cuando ya está cerrando la puerta tras de sí, Marvin le grita:

—¡Ah, y nada de ese matarratas de Maxwell House que tienen en la sala de personal! Vaya al despacho de Rex –le dice Marvin–. Siempre tiene un café de primera. Pero nada de esa porquería turca –le advierte.

—Sí, señor –contesta la señorita Himmelsteen, y se vuelve hacia Rick–: ¿Cómo le gusta el café, señor Dalton?

Rick se vuelve hacia ella y le dice:

—¿No te has enterado? Se lleva lo negro.

Marvin suelta una risotada que parece una bocina de coche y la señorita Himmelsteen se tapa la boca con la mano para disimular una risita. Antes de que su secretaria cierre la puerta tras de sí, Marvin le grita:

—¡Ah, señorita Himmelsteen, a menos que mi mujer y mis hijos hayan muerto en un accidente de coche, no me pase ninguna llamada! De hecho, en el caso de que hayan muerto, en fin, seguro que pueden esperar media hora más, así que no me pase llamadas.

El agente le indica al actor con un gesto que se siente en uno de los dos sofás de cuero situados el uno frente al otro, con una mesita de café de cristal en medio, y Rick se pone cómodo.

—Lo primero es lo primero –dice el agente–. ¡Mi mujer, Mary Alice Schwarz, te manda saludos! Anoche hicimos un programa doble de Rick Dalton en nuestra sala de proyecciones.

—Uau. Me halaga y también me da un poco de vergüenza –dice Rick–. ¿Y qué visteis?

—Copias en treinta y cinco milímetros de *Tanner* y de *Los catorce puños de McCluskey*.

—Pues mira, son dos de las mejores –dice Rick–. *McCluskey* la dirigió Paul Wendkos. Es mi director favorito. Hizo *Gidget*. Se suponía que yo tenía que salir en *Gidget*. Pero al final Tommy Laughlin se quedó con mi papel. –Hace un gesto magnánimo quitándole importancia al asunto–. Pero no pasa nada. Tommy me cae bien. Me consiguió un papel en la primera obra importante que hice.

—¿En serio? —le pregunta Marvin—. ¿Has hecho mucho teatro?

—No mucho. Me aburre hacer el mismo rollo una y otra vez.

—Así que Paul Wendkos es tu director favorito, ¿eh? —le pregunta Marvin.

—Sí, empecé con él siendo muy joven. Salgo en la película que hizo con Cliff Robertson, *Batalla en el mar de Coral*. Se nos ve a Tommy Laughlin y a mí de fondo en el submarino durante toda la puñetera película.

Marvin suelta una de sus declaraciones lapidarias sobre la industria del cine:

—Paul Wendkos, joder. Un gran especialista en acción subestimado.

—Muy cierto —ratifica Rick—. Y, cuando conseguí el papel en *Ley y recompensa*, vino y dirigió siete u ocho episodios. —Y luego, intentando pescar algún elogio, pregunta—: Espero que el programa doble de Rick Dalton no resultara demasiado doloroso para ti y tu mujer…

Marvin ríe.

—¿Doloroso? Calla, anda. Maravilloso todo, maravilloso —prosigue Marvin—. Mary Alice y yo vimos juntos *Tanner*. A Mary Alice no le gusta la violencia que caracteriza el cine que se hace hoy en día, o sea, que vi *McCluskey* yo solo después de que ella se acostara.

Se oyen unos golpecitos en la puerta del despacho y al cabo de un momento entra la señorita Himmelsteen con su minifalda, llevando sendas tazas de café humeante para Rick y Marvin. Les sirve con cuidado las bebidas calientes.

—Es del despacho de Rex, ¿verdad?

—Rex dice que le debe usted uno de sus puros.

El agente suelta un resoplido de burla.

—Puto rácano judío, lo único que le debo es un pescozón.

Los tres ríen.

—Gracias, señorita Himmelsteen; por ahora eso es todo.

La joven sale, dejando a los dos hombres solos para que hablen de la industria del ocio, de la carrera de Rick Dalton y, lo que es más importante, de su futuro.

—¿Por dónde iba? —pregunta Marvin—. Ah, sí, la violencia en el cine de hoy en día. A Mary Alice no le gusta. Pero le encantan los westerns. Siempre le han encantado. Nos pasamos todo nuestro noviazgo viendo westerns. Ver películas del Oeste juntos es una de nuestras actividades favoritas, y *Tanner* nos gustó de verdad.

—Oh, qué amable —exclama Rick.

—Siempre que hacemos esos programas dobles —le explica Marvin—, para cuando llegan los tres últimos rollos de la película, ya tengo a Mary Alice dormida en el regazo. En el caso de *Tanner*, se mantuvo despierta hasta justo antes del último rollo, a las nueve y media, lo que está muy bien tratándose de Mary Alice.

Rick da un sorbo de café caliente mientras Marvin le cuenta los hábitos cinéfilos de la feliz pareja.

«Vaya, qué bueno —piensa el actor—. El tal Rex tiene un café de primera.»

—Se termina la película y ella se va a la cama —continúa Marvin—. Entonces abro una caja de habanos, me sirvo un coñac y veo la segunda película.

Rick da otro sorbo del delicioso café de Rex.

Marvin señala la taza de café.

—Bueno, ¿eh?

—¿El qué? —pregunta Rick—. ¿El café?

—No, el pastrami. Pues claro que el café —dice Marvin en un tono de humorista judío de las montañas Catskill.

—Sensacional, joder —admite Rick—. ¿Dónde lo consigue?

—En una de esas tiendas de delicatessen que hay aquí en Beverly Hills, pero se niega a decir en cuál —señala Marvin, y prosigue con los hábitos cinéfilos de Mary Alice—: Por la mañana, después del desayuno y de que yo me haya ido a la oficina, el proyeccionista, Greg, vuelve a ponerle el último rollo para que ella pueda ver cómo termina la película. Y ese es nuestro ritual a la hora de ver películas. Nos encanta. Y mi mujer se quedó con las ganas de saber cómo terminaba *Tanner*. Sin embargo –añade Marvin–, ya ha adivinado que, antes del final de la película, tendrás que matar a tu padre, a Ralph Meeker.

–Sí, bueno, ese es el problema de la película –dice Rick–. La cuestión no es si mato al patriarca autoritario sino cuándo. Y la cuestión no es si Michael Callan, el hermano sensible, me mata a mí, sino cuándo.

Marvin se muestra de acuerdo.

–Cierto. Pero a los dos nos pareció que Ralph Meeker y tú hacíais muy buena pareja como actores.

–Sí, a mí también –afirma Rick–. Sí que quedábamos bien como padre e hijo. El puto Michael Callan parecía adoptado. Pero, en mi caso, sí que resultaba creíble que Ralph era mi viejo.

–Bueno, la razón de que hicierais tan buena pareja era que compartíais una jerga parecida.

Rick ríe.

–Sobre todo comparado con el puto Michael Callan, que habla como si estuviera haciendo surf en Malibú.

«Vaya –piensa Marvin–, es la segunda vez que Rick pone a parir a su compañero de reparto en *Tanner*, Michael Callan. No es buena señal. Sugiere un espíritu poco generoso y con tendencia a echar la culpa a los demás.» Pero Marvin se guarda estos pensamientos para sí.

–Ralph Meeker me pareció sensacional –le dice Rick al agente–. El mejor actor con el que he trabajado en mi puñetera vida, ¡y eso que he trabajado con Edward G. Robinson! También salía en dos de los mejores episodios de *Ley y recompensa*.

Marvin sigue rememorando su programa doble de Rick Dalton de la noche anterior:

–¡Y eso nos lleva a *Los catorce puños de McCluskey*! ¡Qué película! Divertidísima. –Hace el gesto de disparar una metralleta–. ¡Venga a disparar! ¡Venga a matar! ¿Cuántos nazis de mierda te cargas en esa película? —pregunta Marvin—. ¿Cien? ¿Ciento cincuenta?

Rick ríe.

—No los conté, pero ciento cincuenta me parece un buen cálculo.

Marvin los insulta por lo bajo:

—Putos nazis de mierda... El que maneja el lanzallamas eres tú, ¿no?

—Joder, ya lo creo —dice Rick—. Y, mira lo que te digo, es una puta arma del demonio con la que más te vale ir con mucho cuidadito. Tuve que practicar con ese bicho tres horas al día durante dos semanas. Y no solo para que quedara bien en la película, sino porque el puto trasto me tenía cagado de miedo, no exagero.

—¡Increíble! —exclama el agente, impresionado.

—Conseguí el papel de pura chiripa, ¿sabes? —le dice Rick a Marvin—. En principio iba a hacerlo Fabian. Luego, ocho días antes del rodaje, el tío se rompe el hombro mientras rodaba un episodio de *El virginiano*. El señor Wendkos se acordó de mí y convenció a los mandamases de la Columbia para que pudiera irme de la Universal y así hacer *McCluskey*. —Rick termina la historia como la termina siempre—: Así que ya ves: hice cinco películas bajo contrato con la Universal y la que tuvo más éxito fue la que hice cedido a la Columbia.

Marvin saca una pitillera de oro del bolsillo interior de la chaqueta y la abre con un ruidito metálico. Le ofrece un cigarrillo a Rick.

—¿Un Kent?

Rick coge uno.

—¿Te gusta esta pitillera?

—Es muy bonita.

—Es un regalo de Joseph Cotten. Uno de los clientes a los que más aprecio.

Rick se muestra impresionado; es lo que el agente le está pidiendo.

—Le conseguí hace poco un papel en una película de Sergio Corbucci y otro en una de Ishirō Honda, y esta fue su manera de agradecérmelo.

Esos nombres no significan nada para Rick.

Mientras el señor Schwarz se guarda la pitillera de oro en el bolsillo interior de la chaqueta, Rick se saca rápidamente el encendedor del bolsillo de los pantalones. Abre la tapa del Zippo plateado y enciende los cigarrillos de ambos con ademanes de tipo duro. Después de encenderlos, cierra la tapa del Zippo con un golpeteo garboso. Marvin suelta una risita ante semejante despliegue de fanfarronería y luego aspira la nicotina.

—¿Qué fumas normalmente? —le pregunta Marvin a Rick.

—Capitol W Lights —dice Rick—. Pero también Chesterfield, Red Apple, y, no te rías, Virginia Slims.

Marvin ríe de todas formas.

—Eh, me gusta cómo saben —se defiende Rick.

—Me río de que fumes Red Apple —le explica Marvin—. Ese tabaco es un pecado contra la nicotina.

—Era el patrocinador de *Ley y recompensa*, así que me acostumbré a él. Además, me pareció buena idea que me vieran fumarlo en público.

—Muy astuto —dice Marvin—. A ver, Rick, tu agente habitual es Sid. Y me ha pedido que me reúna contigo.

Rick asiente con la cabeza.

—¿Sabes por qué me ha pedido que me reúna contigo?

—¿Por si quieres trabajar conmigo? —contesta Rick.

Marvin ríe.

—Bueno, en última instancia, sí. Pero a lo que iba: ¿sabes qué trabajo hago aquí, en la William Morris?

—Sí —responde Rick—. Eres agente.

—Sí, pero tú ya tienes un agente, que es Sid. Si yo fuera un simple agente, no estarías aquí —dice Marvin.

—Pues entonces eres un agente especial —dice Rick.

—Ya lo creo —afirma Marvin. Y señala a Rick con su cigarrillo humeante—. Pero quiero que tú me digas a qué crees que me dedico.

—Bueno —dice Rick—. Por lo que me han explicado, consigues papeles en películas extranjeras para actores famosos estadounidenses.

—Muy bien —asiente Marvin.

Ahora que por fin se entienden, los dos dan sendas caladas a los cigarrillos Kent. Marvin expulsa una larga bocanada de humo y continúa con su perorata:

—A ver, Rick, si llegamos a conocernos mejor, una de las primeras cosas que descubrirás de mí es que no hay nada… repito, nada, más importante para mí que mi lista de clientes. Si tengo tantos contactos en la industria del cine italiana, y en la alemana, y en la japonesa, y en la filipina, es, por un lado, gracias a los clientes que represento y, por el otro, a lo que representa mi lista de clientes. A diferencia de otros, yo no me dedico a las viejas glorias. Me dedico a la realeza de Hollywood. Van Johnson… Joseph Cotten… Farley Granger… Russ Tamblyn… Mel Ferrer. —El agente pronuncia cada nombre como si estuviera recitando los nombres de los rostros tallados del Monte Rushmore—. ¡Realeza de Hollywood, con filmografías salpicadas de clásicos eternos! —El agente pone un ejemplo legendario—: Cuando el borracho de Lee Marvin se cayó del papel del coronel Mortimer en *La muerte tenía un precio*, tres semanas antes del rodaje, fui yo quien convenció al gordo de Sergio Leone para que moviera el culo y fuera al Sportsmen's Lodge para tomarse un café con Lee Van Cleef, que acababa de dejar la bebida. —El agente espera a que su interlocutor asimile la magnitud de la anécdota. Luego, dando una calada despreocupada a su Kent, expulsa el humo y añade otra de sus declaraciones lapidarias sobre la industria—: Y el resto, como dicen, forma parte de la mitología del western.

Marvin centra su atención en el actor de series del Oeste que tiene al otro lado de la mesita de cristal.

—A ver, Rick, *Ley y recompensa* era una buena serie y tú hiciste un buen papel. Mucha gente que viene a esta ciudad se hace famosa por interpretar películas de mierda. Mira a Gardner McKay.

Rick se ríe de la pulla a Gardner McKay. Marvin continúa:

—En cambio, *Ley y recompensa* era una serie de vaqueros de lo más decente. Y eso no te lo quita nadie, y puedes estar orgulloso de ello. Pero ahora, de cara al futuro... Pero, antes de hablar del futuro, aclaremos un poco la historia.

Mientras ambos siguen fumando, Marvin somete a Rick a un auténtico cuestionario, como si estuvieran en un concurso de televisión o en un interrogatorio del FBI.

—A ver, *Ley y recompensa*... era de la NBC, ¿verdad?

—Sí. De la NBC.

—¿Duración?

—¿Cómo que duración?

—¿Cuánto duraban los episodios?

—Bueno, era una serie de media hora, o sea, que veintitrés minutos, más los anuncios.

—¿Y cuánto tiempo se estuvo emitiendo?

—Empezamos en la programación de otoño de la temporada 59-60.

—¿Y cuándo la cancelaron?

—En mitad de la temporada 63-64.

—¿Se pasó a color?

—No, no llegaron a pasarla en color.

—¿Cómo conseguiste la serie? ¿Te propusiste tú o te llamó la cadena?

—Había salido de invitado en *Calibre 44*, haciendo de Jesse James.

—¿Y fue ese papel el que les llamó la atención?

—Sí, aunque tuve que hacer una prueba de casting. Y seguro que la hice de puta madre. Pero sí.

—¿Qué películas hiciste mientras no trabajaste en la tele?

—Bueno, la primera fue *Levantamiento comanche* –dice Rick–. El protagonista era Robert Taylor, ya muy viejo y muy feo. Pero ese acabaría siendo un tema recurrente en todas mis películas –explica–. Un viejo haciendo de pareja de un tipo joven. Robert Taylor y yo. Stewart Granger y yo. Glenn Ford y yo. Nunca era yo solo –señala el actor, en un tono frustrado–. Siempre éramos algún viejales y yo.

—¿Quién dirigió *Levantamiento comanche*? –pregunta Marvin.

—Bud Springsteen.

Marvin hace una observación:

—He visto en tu currículum que trabajaste con un montón de directores de westerns de la antigua Republic Pictures: Springsteen, William Witney, Harmon Jones, John English…

Rick ríe.

—Los típicos directores de oficio. –Luego se explica–: Pero Bud Springsteen no era un simple tipo con oficio. No se limitaba a resolver la papeleta. Bud era distinto de los demás.

Eso interesa a Marvin.

—¿Distinto cómo?

—¿Qué? –pregunta Rick.

—Bud y los demás directores de oficio –pregunta Marvin–, ¿en qué se diferenciaban?

Rick no necesita pensar para responder a eso, porque ya hace años que encontró la respuesta a esa pregunta, cuando salía de invitado en *Helicópteros* con Craig Hill y Bud al timón.

—Bud disponía del mismo tiempo que todos esos otros puñeteros directores –dice Rick con autoridad–. Ni un solo día, ni una hora, ni un atardecer más que nadie. Pero era precisamente cómo disponía de ese tiempo lo que lo diferenciaba de los demás –explica Rick con sinceridad–. Era un orgullo trabajar con Bud.

Eso le gusta a Marvin.

—Y el puñetero Wild Bill Witney me dio mi primera oportunidad –dice Rick–. Me dio mi primer papel de verdad. Ya sabes, un personaje con nombre. Y, después, me dio mi primer papel de protagonista.

—¿En qué película? —pregunta Marvin.

—Oh, en una de esas pelis de delincuentes juveniles y persecuciones de coches para la Republic —responde Rick.

—¿Cómo se titulaba? —pregunta Marvin.

—*Duelo al volante sin pausa* —dice Rick—. Y hace menos de un año que rodé un puñetero episodio del *Tarzán* de Ron Ely.

Marvin ríe.

—¿O sea, que sois amigos desde hace tiempo?

—¿Bill y yo? —dice Rick—. Ya lo creo.

Rick le está cogiendo gusto a eso de evocar el pasado, y además ve que le está dando buenos resultados, así que se lanza:

—Déjame que te hable del puñetero Bill Witney. El director de acción más infravalorado de esta puñetera ciudad. Bill Witney no solo dirigía películas de acción, él inventó cómo dirigirlas. Has dicho que te gustan los westerns... ¿Te acuerdas de aquella escena de acción en la que aparecía Yakima Canutt saltando de caballo en caballo y luego se caía debajo de los cascos en la puta *Diligencia* de John Ford?

Marvin asiente con la cabeza.

—¡Pues el puto William Witney lo hizo primero, joder, y lo hizo un año antes que John Ford, con Yakima Canutt!

—No lo sabía —se sorprende Marvin—. ¿En qué película?

—Todavía no había hecho ningún largo —aclara Rick—. Hizo aquella escena para una puta serie. Déjame que te cuente cómo dirige William Witney. Bill Witney trabaja con el supuesto de que nunca se ha escrito una escena que no pueda mejorarse añadiéndole una pelea a puñetazos.

Marvin ríe.

Rick continúa:

—Una vez, Burt Reynolds y yo estábamos rodando una escena de un episodio de *La barcaza*, que Bill dirigía. Así que ya nos ves a Burt y a mí diciendo los diálogos, y de pronto Bill dice: «¡Corten, corten, corten! Joder, me estoy quedando dormido. Burt, cuando él te diga esa frase, le das un puñetazo. Y Rick, cuando te dé el puñetazo, te cabreas y se lo devuelves, ¿entendido? ¡Venga, acción!». Y lo hicimos. Y, cuando terminamos, entonces grita: «¡Corten! ¡Ahora sí, muchachos, ahora sí tenemos una escena cojonuda!».

Los dos ríen en medio de la nube de humo de los cigarrillos que invade el despacho. A Marvin empiezan a caerle en gracia esos aires de veteranía hollywoodiense ganada a pulso que exhibe Rick.

—Háblame de esa peli con Stewart Granger que has mencionado antes —le pide Marvin.

—*Caza mayor* —dice Rick—. Una mierda de cazadores de tiburones blancos en África. La gente se marchaba del rodaje en avionetas.

Marvin suelta una risotada.

—Stewart Granger es el capullo más grande con el que he trabajado nunca —comenta Rick al agente—. ¡Y eso que he trabajado con Jack Lord!

Ambos ríen por lo bajo de la pulla a Jack Lord, luego Marvin le pregunta:

—¿E hiciste una película con George Cukor?

—Sí —dice Rick—. Un auténtico bodrio titulado *Confidencias de mujer*. Un gran director, pero una película espantosa.

—¿Y qué tal la relación con Cukor? —quiere saber el agente.

—¿Estás de broma? —se sorprende Rick—. George se enamoró de mí, joder. —Se inclina un poco sobre la mesita de café y añade en un tono insinuante y bajando la voz—: Quiero decir que se enamoró literalmente.

El agente sonríe para que Rick sepa que ha captado la insinuación.

—Yo creo que siempre hace lo mismo —especula Rick—. En cada película elige a un chaval que le haga babear. Y en esa peli, la cosa estaba entre Efrem Zimbalist Jr. y yo, o sea, que supongo que gané yo. –Y sigue con su explicación–: Resulta que en esa película todas mis escenas eran con Glynis Johns. En una de ellas, íbamos a una piscina. Glynis llevaba un bañador. Solo se veían brazos y piernas, todo lo demás estaba tapado. A mí, en cambio, me pusieron el bañador más minúsculo que permitía la censura. Un bañador marrón claro. Y, ya ves, en una puta película que era en blanco y negro, parecía que iba desnudo… Y no solo en un plano donde me tiraba a la piscina. Me paso unos diez minutos de la puta película con ese bañador diminuto, rodando escenas largas de diálogo con el culo al aire. Hay que joderse. ¿Quién soy, Betty Grabble?

Ambos vuelven a reír, y Marvin saca un cuadernillo de cuero del bolsillo interior del lado opuesto de la chaqueta al que contiene la pitillera de oro de Joseph Cotten.

–He hecho que unos cuantos de mis satélites miren tus estadísticas en Europa. Y, como suele decirse, en principio todo bien. –Busca las notas en el cuadernillo y se pregunta en voz alta–: ¿Se emitió en Europa *Ley y recompensa*? –Encuentra la página que está buscando, la mira y después mira a Rick–. Sí se emitió. Bien.

Rick sonríe.

Marvin mira de nuevo el cuaderno y dice:

–¿Dónde? –Pasa unas cuantas páginas hasta encontrar el dato que busca–. Italia, bien. Inglaterra, bien. Alemania, bien. En Francia no. –A continuación levanta la vista hacia Rick y le dice a modo de consuelo–: Pero en Bélgica sí. O sea, que saben quién eres en Italia, Inglaterra, Alemania y Bélgica –concluye Marvin–. Eso por lo que respecta a tu serie de televisión. Pero también has hecho unas cuantas películas. ¿Cómo funcionaron allí?

Marvin consulta otra vez el cuadernillo que tiene entre manos y busca en sus páginas.

–De hecho –dice, encontrando lo que está buscando–, tus tres películas del Oeste, *Levantamiento comanche*, *Hellfire, Texas* y *Tanner* funcionaron relativamente bien en Italia, Francia y Alemania. –Levanta la vista de nuevo para mirar a Rick–. Y *Tanner* funcionó mejor que bien en Francia. ¿Sabes francés? —le pregunta Marvin.

—No —contesta Rick.

—Lástima —dice Marvin mientras saca una página fotocopiada y doblada que tiene metida en el cuaderno; luego se la pasa a Rick por encima de la mesita—. Esta es la reseña de *Cahiers du Cinéma* sobre *Tanner*. Es una buena reseña, está muy bien escrita. Deberías pedir que te la tradujeran.

Rick coge la fotocopia que le ofrece Marvin y con un asentimiento de la cabeza acepta la sugerencia del agente, aunque sabe perfectamente que nunca pedirá que se la traduzcan.

De pronto, Marvin mira a Rick y le dice con un entusiasmo repentino:

—Y ahora la mejor noticia que hay en este puto cuaderno: ¡*Los catorce puños de McCluskey*!

A Rick se le ilumina la cara mientras Marvin prosigue:

—En Estados Unidos fue un éxito para Columbia cuando se estrenó. Pero, en Europa, ¡para flipar! —Baja la vista para leer la información que tiene delante—. Aquí dice que *Los catorce puños de McCluskey* fue un puto exitazo en toda Europa. ¡La estrenaron en todas partes y estuvo una eternidad en las carteleras! —Levanta la vista, cierra su cuadernillo y concluye—: Así pues, en Europa saben quién eres. Conocen tu serie de televisión. Pero para los europeos no eres tanto el protagonista de *Ley y recompensa*, como ese tío tan molón con parche y lanzallamas que mata a ciento cincuenta nazis en *Los catorce puños de McCluskey*. —Después de realizar esta tremenda declaración, Marvin aplasta su cigarrillo Kent en el cenicero—. ¿Cuál fue la última película para cine que hiciste?

Ahora le toca a Rick aplastar su cigarrillo en el cenicero mientras refunfuña:

—Una película de niños espantosa para el público infantil de las matinées, *Salty, la nutria parlanchina*.

Marvin sonríe.

—Supongo que no interpretabas al personaje que da título a la película, ¿verdad?

Rick sonríe con expresión sombría, pero nada en esa película le hace ni puñetera gracia.

—La Universal me dio esa película para completar mi contrato, que constaba de cuatro —explica Rick—. Lo cual demuestra a las claras que a la Universal yo le importaba una mierda. Recuerdo cómo me vendió la moto ese capullo de Jennings Lang. Me convenció para fichar por la Universal con un contrato para cuatro películas. También me habían ofrecido un contrato la Avco Embassy, la National General Pictures y la Irving Allen Productions. Y rechacé todas esas ofertas para irme con la Universal porque representaban los grandes estudios. Y también porque Jennings Lang me dijo: «La Universal quiere contar con Rick Dalton». Y, en cuanto firmé, ya no volví a ver a aquel capullo. —Y refiriéndose al hecho de que el productor de *La invasión de los ultracuerpos*, Walter Wanger, le pegase un tiro a Jennings Lang por haberse follado a su mujer, Joan Bennett, comenta—: Si alguien se merecía que le reventaran los huevos de un balazo, era aquel capullo de Jennings Lang. —Y añade amargamente—: La Universal nunca quiso contar con Rick Dalton.

—O sea, que en los últimos dos años —concluye Marvin—, has participado únicamente como invitado en algún que otro episodio de series de televisión, ¿no?

Rick asiente con la cabeza.

—Sí, ahora mismo estoy haciendo un piloto para una serie de la CBS, *Lancer*. Interpreto al malo. Hice un episodio de *El avispón verde*, otro de *Tierra de gigantes*, uno de *Tarzán* de Ron Ely, el que ya te comenté que había hecho con William Witney, y también uno de *Bingo Martin*, con el tipo ese, Scott Brown. —A Rick no le cae bien Scott Brown, así que, al mencionar su nombre, sin darse cuenta, su expresión es de desprecio—. Y acabo de rodar un episodio de *FBI* para Quinn Martin.

Marvin da un sorbo a su café, que ya está medio frío.

—Así que te ha ido bastante bien, ¿no?

—He estado trabajando —dice Rick, como si quisiera aclarar el asunto.

—¿Y en todas esas series has hecho de malo? —pregunta Marvin.

—En *Tierra de gigantes* no, pero en el resto sí.

—¿Y todas terminaban con escenas de peleas?

—En *Tierra de gigantes* no, y tampoco en *FBI*, pero en el resto sí.

—Y ahora la pregunta del millón —dice Marvin—. ¿Esas peleas las perdías siempre tú?

—Pues claro —repone Rick—. Era el malo.

Marvin suelta un sonoro «aaah» para recalcar sus palabras.

—Es un viejo truco de las cadenas. *Bingo Martin*, por ejemplo. Tienes a un chaval nuevo como Scott Brown y quieres subirle el caché. Pues contratas al prota de una serie cancelada para que haga de malo. Y al final del episodio, cuando los dos pelean entre sí, es el héroe derrotando al malo. —Marvin prosigue con su explicación—: Pero lo que el público ve realmente es a *Bingo Martin* zurrando al tío de *Ley y recompensa*.

«Joder —piensa Rick—. Eso ha dolido.»

Pero Marvin aún no ha terminado con su exposición.

—La semana siguiente quien te zurra será Ron Ely con su taparrabos. Y la siguiente será Bob Conrad con sus pantalones ajustados. —Marvin se golpea la palma de la mano izquierda con el puño derecho para dar más efecto a sus palabras—. Un par de años más haciendo de felpudo para todos los chulitos recién llegados a la cadena —explica Marvin— acabará afectando a tu imagen y a cómo te percibe el público.

Aunque Marvin se está refiriendo únicamente a su faceta como actor, sus palabras desprenden cierta humillación masculina, lo cual hace que a Rick le sude la frente. «¿Soy un felpudo entonces? ¿En eso consiste mi carrera ahora? ¿En perder peleas con el chulito nuevo de la temporada de turno? ¿Es así como se sentía Tris

Coffin, la estrella de *26 hombres*, cuando perdió aquella pelea conmigo en *Ley y recompensa*? ¿O Kent Taylor?»

Mientras Rick piensa en esto, Marvin cambia de asunto.

—Mira, cuatro personas distintas me han contado la misma historia sobre ti —empieza a decir Schwarz—, pero ninguna conocía todos los detalles, así que quiero que me lo cuentes —le pide—. ¿Es verdad que estuviste a punto de interpretar el papel de McQueen en *La gran evasión*?

«Oh, Dios, esa puta historia otra vez no», piensa Rick. Aunque no le hace ninguna gracia, se ríe del tema para complacer a Marvin.

—Solo es una buena historia si la cuentas en el Sportsmen's Lodge. —Rick suelta una risita—. Ya sabes, por el rollo ese de estar a punto de conseguir algo. Del pez que se te escapa.

—Son mis historias favoritas —dice el agente—. Cuenta.

Rick ha tenido que contar tantas veces ese coñazo de historia que ya la ha reducido a sus elementos básicos. Tragándose su resentimiento, se dispone a interpretar un papel que no se le da demasiado bien: el de actor humilde.

—Pues bien —empieza Rick—, al parecer, cuando John Sturges le ofreció a McQueen el papel de Hilts, el Rey de la Nevera, en *La gran evasión*, Carl Foreman —dice, refiriéndose al colosal guionista-productor de *Los cañones de Navarone* y *El puente sobre el río Kwai*— debutaba como director con una película titulada *Los vencedores*, y también le ofreció a McQueen uno de los papeles principales; y este tardó tanto en decidirse que Sturges se vio obligado a hacer una lista de posibles alternativas para el personaje. Y, al parecer, yo estaba en la lista.

—¿Quién más había en esa lista? —pregunta Marvin.

—Había cuatro nombres —precisa Rick—. El mío y el de los tres George: Peppard, Maharis y Chakiris.

—Vamos, hombre —exclama Marvin con entusiasmo—, de todos esos, el papel habría sido para ti seguro. A ver, si me dijeras Paul Newman, quizá no, pero ¿los putos George?

—Bueno, al final lo hizo McQueen. —Rick se encoge de hombros—. Así que, qué más da.

—No —insiste Marvin—. Es una buena historia. Es fácil imaginarte en ese papel. ¡A los italianos les va a encantar!

Y entonces Marvin le explica a Rick Dalton cómo funciona la industria del cine de género en Italia.

—McQueen se niega a trabajar con los italianos, le propongan lo que le propongan. «A la mierda los putos italianinis. Diles que llamen a Bobby Darin», dice el cabrón de Steve. Está dispuesto a trabajar nueve meses en Indochina con Robert Wise, pero se niega a hacerlo dos meses en Cinecittà con Bernardino Merdolino, ni por todo el dinero del mundo.

«Si yo fuera Steve, tampoco perdería el tiempo con un western italiano de mierda», piensa Rick.

—Dino De Laurentiis le ofreció comprarle una villa en Florencia —prosigue Marvin—, y los productores italianos, medio millón de dólares y un Ferrari nuevo por diez días de trabajo en una película con Gina Lollobrigida. —Y Marvin añade a modo de aparte—: Por no mencionar el coño de la Lollobrigida, que venía básicamente garantizado con la oferta.

Rick y Marvin ríen.

«Bueno, pensándolo bien —se dice Rick—, si tuviera alguna posibilidad de follarme a Anita Ekberg, haría cualquier película.»

—Y, sin embargo —añade Marvin—, lo único que McQueen consigue con eso es que los italianos lo reclamen aún más. Así que, aunque Steve diga que no, igual que Brando y Warren Beatty, que también se niegan a trabajar con ellos, los italianos siguen insistiendo. Y, cuando se dan cuenta de que no lo conseguirán, entonces se conforman con menos.

—¿Se conforman con menos? —repite Rick.

Marvin prosigue con su explicación:

—Quieren a Marlon Brando y consiguen a Burt Reynolds. Quieren a Warren Beatty y consiguen a George Hamilton.

Mientras Rick se ve obligado a soportar la autopsia profesional que le está haciendo Marvin, siente el escozor de las lágrimas que empiezan a aflorarle.

Marvin, ciego a la angustia de Rick, concluye:

—No estoy diciendo que los italianos no te quieran a ti. Estoy diciendo que los italianos te querrán. Pero la razón por la que te quieren es que quieren a McQueen, pero no pueden conseguirlo. Y, cuando por fin entiendan que no conseguirán a McQueen, buscarán a un McQueen al que sí puedan conseguir. Y ese eres tú.

La sinceridad brutal y flagrante de las palabras del agente deja a Rick Dalton igual de aturdido que si Marvin le hubiera arreado un bofetón en la cara con todas sus fuerzas y con la mano empapada.

Sin embargo, desde la perspectiva de Marvin, esas son buenas noticias. Si Rick Dalton fuera un actor de moda fichado por los grandes estudios, no estaría teniendo en ese momento una reunión con Marvin Schwarz.

Además, ha sido Rick quien ha pedido reunirse con él. Es Rick quien quiere hacer de protagonista en películas en vez de interpretar al malo de la semana en televisión. Y el trabajo de Marvin es explicarle cuál es la realidad y qué oportunidades puede ofrecerle esa industria del cine de la que no tiene ni puta idea; una industria en la que Marvin es un experto reconocido. Y, en la opinión experta de Marvin, la posibilidad de que Rick Dalton se convierta en una de las mayores estrellas del cine de todo el mundo es una oportunidad maravillosa para un agente que coloca a actores estadounidenses de renombre en películas italianas. Así que se queda comprensiblemente desconcertado cuando ve que a Rick Dalton le resbalan lágrimas por las mejillas.

—Pero ¿qué te pasa, muchacho? —pregunta el agente, sorprendido—. ¿Estás llorando?

Un angustiado y avergonzado Rick Dalton se seca los ojos con el dorso de la mano y luego dice:

—Lo siento, señor Schwarz. Mis disculpas.

Marvin coge una caja de pañuelos de papel de su mesa y se la ofrece a Rick, en un intento de consolar al lagrimoso actor.

—Nada de disculpas. Todos nos disgustamos de vez en cuando. La vida es dura.

Rick arranca dos pañuelos de la caja con un sonido áspero de desgarro. Haciendo un esfuerzo por parecer un machote dadas las circunstancias, se seca los ojos con el pañuelo.

—Estoy bien, solo avergonzado. Perdón por dar este espectáculo lamentable.

—¿Espectáculo? —Marvin suelta un resoplido de burla—. ¿De qué me hablas? Somos seres humanos, y los seres humanos lloran. Eso es bueno.

Rick termina de secarse y adopta una sonrisa falsa.

—¿Ves? Ya estoy mejor. Lo siento.

—No tienes por qué sentirlo —lo reprende Marvin—. Eres un actor, y los actores tienen que saber exteriorizar sus emociones. Necesitamos que nuestros actores lloren. Y, a veces, esa capacidad tiene un precio. Y ahora dime, ¿qué te pasa?

Rick recobra la serenidad y después de respirar hondo dice:

—Es que llevo más de diez años dedicándome a esto, señor Schwarz. Y es un poco duro sentarme aquí después de todo ese tiempo y tener que enfrentarme al hombre fracasado en que me he convertido, enfrentarme al hecho de que yo mismo he hundido mi carrera.

Marvin no lo entiende.

—¿Qué quieres decir con hombre fracasado?

Rick mira al otro lado de la mesita de café y se sincera con el agente:

—¿Sabes, señor Schwarz? Hubo un tiempo en que yo tenía potencial como actor. Lo tenía. Se puede apreciar en algunos de mis trabajos, por ejemplo, en *Ley y recompensa*. Sobre todo cuando aparecían grandes estrellas, como cuando éramos Bronson y yo, Coburn y yo, Meeker y yo o Vic Morrow y yo. ¡Yo tenía algo especial! Pero los estudios normalmente me emparejaban con viejales de mierda de capa caída. En cambio, Chuck Heston y yo… Eso habría sido otra historia. Richard Widmark y yo, Mitchum y yo, Hank Fonda y yo… ¡habría sido otra cosa! Y en algunas de las películas se nota. Meeker y yo en *Tanner*. Rod Taylor y yo en *McCluskey*. Joder, hasta Glenn Ford y yo en *Hellfire, Texas*. Para entonces a Ford ya le importaba una mierda todo, pero todavía se le veía fuerte como un roble, y quedábamos bien juntos. De manera que sí, yo tenía potencial. Pero cualquier potencial que tuviera se lo cargó aquel capullo de Jennings Lang en la Universal. –Entonces el actor suelta un suspiro de derrota y dramático y dice mirando al suelo–: Joder, y yo también me lo cargué. –Levanta la vista y su mirada se encuentra con la del agente–. Me cargué cualquier posibilidad de rodar una cuarta temporada de *Ley y recompensa*, porque estaba harto de la televisión. Quería ser una estrella de cine, ser como Steve McQueen. Si él podía hacerlo, yo también. Si durante toda la tercera temporada yo no hubiera sido un grano en el culo que se negaba a cooperar en nada, habríamos conseguido la cuarta sin problema. Y nos habría ido bien a todos y nos habríamos separado como amigos. Ahora en Screen Gems me odian. Esos puñeteros productores de *Ley y recompensa* me odiarán el resto de sus vidas. ¡Y me lo merezco! En esa última temporada fui un capullo. Le hice saber a todo el mundo que tenía cosas mejores que hacer que aquella puta birria de serie de televisión. –A Rick le están empezando a brotar otra vez las lágrimas–. Cuando salí en esa serie, *Bingo Martin*, odiaba a ese mierda de Scott Brown. Te aseguro que yo nunca fui tan malo como él. Pregúntaselo a los actores o a los directores con los que trabajé, nunca fui tan malo como él. Y tampoco era el primer capullo con el que trabajaba. Pero la razón de que aquel capullo me cabreara tanto… es que me di cuenta de lo desagradecido que él era. Y, cuando me di cuenta de eso, me vi a mí mismo. –Mira de nuevo al suelo y dice en un tono de autocompasión sincera–: Quizá lo que me merezco es que me zurre el chulito de turno de cada temporada.

Mientras Rick Dalton ha dado rienda suelta a su enorme resentimiento, Marvin lo ha escuchado con la boca cerrada y los oídos atentos. Al cabo de un momento, el agente dice:

–Señor Dalton, tú no eres el primer actor joven que consigue una serie y cae bajo el hechizo de la arrogancia. De hecho, es una enfermedad bastante común por aquí. Y mírame…

Rick levanta la vista y mira al agente.

–… Es algo perdonable –concluye Marvin.

Luego Marvin sonríe al actor. Y este le devuelve la sonrisa.

–Eso sí –añade el agente–, requiere un poco de reinvención.

–¿Y en qué tengo que reinventarme? –pregunta Rick.

–En alguien humilde –contesta Marvin.

2
«Soy curiosa (Cliff)»

El doble de acción de Rick Dalton, Cliff Booth, de cuarenta y seis años, está sentado en la sala de espera de la oficina que ocupa Marvin Schwarz en la tercera planta de la agencia William Morris, hojeando un ejemplar de gran formato de la revista *Life* que el agente tiene allí para quienes esperan.

Cliff lleva vaqueros ajustados Levi's a juego con una chaqueta vaquera también Levi's y camiseta negra. El atuendo sobró del vestuario de una película de moteros de bajo presupuesto en la que Cliff trabajó hace tres años. El actor-director Tom Laughlin, viejo amigo de Rick y también amigo de Cliff (los tres coincidieron en *Los catorce puños de McCluskey*) había contratado a este último como doble de acción de un par de personajes pandilleros de una película de moteros, *Nacidos para perder*, que iba a protagonizar y dirigir para la American International Pictures (y que terminaría siendo el gran éxito de la AIP de aquel año). En la película, Laughlin interpretaba por primera vez al personaje que lo convertiría en uno de los más populares de la cultura pop de los años setenta, Billy Jack. Este era un mestizo nativo americano, veterano del Vietnam y experto en hapkido, a quien no le importaba demostrar su habilidad enfrentándose a la violenta banda de moteros conocidos en la película como los Born Losers (y que representaban a los Ángeles del Infierno).

Cliff tenía que hacer de doble de uno de los miembros de la banda conocido como Gangrena, interpretado por el viejo amigo de David Carradine, Jeff Cooper, a quien Cliff se parecía un poco. Sin embargo, durante la última semana de rodaje, el doble de acción de Tom se dislocó el codo (y no mientras rodaba una escena, sino cuando iba en monopatín durante su día libre). De manera que Cliff lo sustituyó e hizo de doble de Tom durante toda aquella última semana de rodaje.

Al final de esa producción de bajo presupuesto, cuando le dieron a elegir entre cobrar setenta y cinco dólares o quedarse con el vestuario de Billy Jack –botas de cuero incluidas–, Cliff optó por el atuendo.

Cuatro años más tarde, Tom Laughlin protagonizaría y dirigiría la película *Billy el defensor* para la Warner Bros. A Laughlin le decepcionó la escasa promoción que el estudio hizo de la película. Así que decidió recuperar los derechos y venderla él mismo yendo de un estado a otro, de un mercado a otro, como un promotor circense de antaño. Laughlin alquiló cines enteros e inundó las emisoras locales de televisión con anuncios sugerentemente montados y dirigidos a los chavales que veían la tele por la tarde al salir de la escuela. Las revolucionarias innovaciones de Laughlin en materia de distribución, junto con el hecho de que había protagonizado y dirigido una película fabulosa, convirtieron a *Billy el defensor* en uno de los mayores éxitos inesperados de la historia de Hollywood. A partir de aquel momento, la indumentaria vaquera de Cliff quedó tan identificada con el héroe de las patadas voladoras que tuvo que dejar de llevarla.

Mientras la señorita Himmelsteen contesta al teléfono sentada detrás de su escritorio en la antesala del despacho («Despacho del señor Schwarz», pausa. «Lo siento, ahora mismo está reunido con un cliente, ¿quién lo llama?»), Cliff está sentado en el colorido e incómodo sofá que hay al lado, hojeando la enorme revista *Life* desplegada sobre el regazo. Acaba de leer la reseña que ha hecho Richard Schickel de una nueva película sueca que ha causado un gran revuelo entre los puritanos de Estados Unidos y entre muchos de sus líderes de opinión de la prensa. La película en cuestión ha conseguido que Johnny Carson y Joey Bishop, así como todo humorista desde Jerry Lewis hasta Moms Mable, hagan juegos de palabras con su título pegadizo.

Desde el sofá, Cliff le dice a la señorita Himmelsteen, que está tras su escritorio:

—¿Has oído hablar de una peli sueca titulada *Soy curiosa (Amarillo)*?

—Sí, creo que sí —dice la señorita Himmelsteen—. Se supone que es una peli guarra, ¿no?

—Bueno, el Tribunal Federal de Apelaciones dice que no —la informa Cliff. —Leyendo directamente de la revista, Cliff recita—: «Las obras pornográficas carecen de valores sociales que las justifiquen». Y según el juez Paul R. Hays: «Con independencia de si las ideas de la película nos resultan particularmente interesantes a título personal, o de si la producción nos parece un éxito artístico, es bastante evidente que *Soy curiosa* presenta ideas y se esfuerza por plasmar esas mismas ideas de forma artística». —Baja la enorme revista y mira a la joven de las coletas que está tras el escritorio.

—¿Eso qué quiere decir exactamente? —pregunta la señorita Himmelsteen.

—Quiere decir exactamente —repite Cliff— que el sueco que la dirigió no estaba haciendo una película de follar sin más. Estaba intentando hacer arte. Y da igual que pienses que ha fracasado del todo. Y da igual que la película te parezca la mierda más grande que has visto en tu vida. Lo que importa es que intentaba hacer arte. No pretendía hacer guarradas. —Luego añade, sonriendo al tiempo que se encoge de hombros—: Al menos es lo que deduzco de esta reseña.

—Suena provocativo —comenta la joven de las coletas.

—Estoy de acuerdo —coincide Cliff—. ¿Quieres ir a verla conmigo?

A la señorita Himmelsteen se le extiende por la cara una sonrisita sarcástica, mientras pregunta en un tono característico de humorista judío:

—¿Quieres llevarme a ver una peli guarra?

—No —la corrige Cliff—. De acuerdo con el juez Paul no sé qué Hays, solo pretendo llevarte a ver una película sueca. ¿Dónde vives?

Sin poder contenerse, ella le contesta de forma instintiva:

—En Brentwood.

—Bueno, conozco bastante bien los cines de la zona de Los Ángeles —comenta Cliff—. ¿Me dejas que elija yo el cine?

Janet Himmelsteen es muy consciente de que todavía no ha accedido a tener una cita con Cliff. Pero ambos saben que ella dirá que sí. La agencia William Morris tiene una norma que prohíbe que las secretarias con minifalda salgan con los clientes. Pero ese tipo no es un cliente. El cliente es Rick Dalton. Ese tipo solo es un colega de Rick.

—Elígelo tú —dice la joven.

—Sabia decisión —dice el hombre no tan joven.

Ambos se están riendo cuando se abre la puerta del despacho de Marvin y sale Rick Dalton con su chaqueta de cuero marrón claro.

Cliff se levanta rápidamente del incómodo sofá de Marvin y echa una mirada a su jefe, con la intención de ver cómo ha ido la reunión. Y, como a Rick se le ve algo sudoroso y preocupado, Cliff entiende que la reunión no ha sido muy provechosa.

—¿Estás bien? —le pregunta Cliff en voz baja.

—Sí, estoy bien —dice Rick en un tono brusco—. Vámonos de aquí, anda.

—Claro —asiente Cliff.

Luego el doble de acción gira sobre sus talones en dirección a Janet Himmelsteen, con un movimiento tan rápido que sobresalta a la joven. Ella permanece en silencio, aunque se estremece de forma instintiva. Ahora que tiene a Cliff plantado frente a ella (pegado a ella, de hecho), sonriendo como un Huck Finn rubio con ropa de marca Levi's, la señorita Himmelsteen puede apreciar lo increíblemente apuesto que es.

—Se estrena este miércoles —informa Cliff a la joven—. ¿Cuándo quieres ir?

Ahora que lo tiene prácticamente encima, a la joven se le pone la piel de gallina por toda la parte blanda de los brazos. Por debajo del escritorio, levanta el pie derecho enfundado en una sandalia y se lo pasa por la parte de atrás de la pantorrilla izquierda desnuda.

—¿El sábado por la noche? —pregunta.

—¿Por qué no el domingo por la tarde? —negocia Cliff—. Al salir, te llevo al Baskin-Robbins.

Esta vez, Himmelsteen se ríe sin reservas. Tiene una risa realmente preciosa. Él se lo dice y entonces descubre que también tiene una forma de sonrojarse realmente preciosa.

Cliff estira el brazo, coge una de las tarjetas de visita de la señorita Himmelsteen, que están dentro de una especie de marquesina de autobús de plástico transparente para tarjetas de visita, y se la acerca para leerla.

—«Janet Himmelsteen» —lee en voz alta.

—Yo misma. —Suelta una risita tímida.

El doble de acción se saca la billetera de cuero marrón del bolsillo trasero de los vaqueros y se guarda teatralmente la tarjeta blanca de visita de la William Morris. Luego echa a andar hacia atrás por el pasillo para alcanzar a su jefe. Aun así, no abandona su cháchara humorística con la joven secretaria:

—Y recuérdalo, si te pregunta tu madre: no voy a llevarte a ver una peli guerra. Voy a llevarte a ver una peli extranjera, y con subtítulos. —Se despide de ella saludando con la mano antes de desaparecer al doblar la esquina, pero antes le dice—: Te llamo el viernes.

Ese domingo por la tarde, Cliff y la señorita Himmelsteen van a ver *Soy curiosa (Amarillo)* en el Royal Cinema de West Los Ángeles. A ambos les gusta la película. En materia de cine, Cliff es de espíritu mucho más abierto que su jefe. Para Rick, las películas son un producto exclusivo de Hollywood y, con la excepción de Inglaterra, opina que las demás industrias cinematográficas se limitan a hacer lo que pueden, simplemente porque no son Hollywood. Sin embargo, cuando Cliff regresó a Estados Unidos tras la Segunda Guerra Mundial, durante la cual experimentó tanta violencia y vio tanta sangre derramada, le sorprendió lo infantiles que le parecían la mayoría de las películas de Hollywood. Hubo algunas excepciones: *Incidente en Ox-Bow*, *Cuerpo y alma*, *Al rojo vivo*, *El tercer hombre*, *Los hermanos Rico*, *Motín en el pabellón 11*; pero eran eso, excepciones, dentro de una normalidad que resultaba falsa.

Después de la devastación sufrida durante la Segunda Guerra Mundial, los países europeos y asiáticos empezaron poco a poco a rodar de nuevo películas, cuyos escenarios se situaban a menudo en medio de los escombros producidos por los bombardeos durante la guerra (*Roma, ciudad abierta*, *Rufufú*), y se dieron cuenta de que esas películas iban destinadas a un público más adulto.

En cambio, en Estados Unidos —y cuando digo «Estados Unidos» quiero decir «Hollywood», un país donde a los civiles del frente doméstico se les habían ocultado los detalles más atroces del conflicto–, sus películas seguían siendo obstinadamente inmaduras y frustrantemente dedicadas al concepto de entretenimiento para toda la familia.

Para Cliff, que había sido testigo de los sombríos extremos de la conducta humana (como las cabezas de sus hermanos guerrilleros filipinos clavadas en estacas por los ocupantes japoneses), incluso los actores más relevantes de su época –Brando, Paul Newman, Ralph Meeker, John Garfield, Robert Mitchum, George C. Scott– seguían pareciendo actores, cuya actuación se ajustaba estrictamente al personaje que estaban interpretando. Y estos personajes siempre transmitían cierto artificio que impedía que resultaran convincentes. Tras regresar a Estados Unidos, el actor de Hollywood favorito de Cliff era Alan Ladd. Aunque al diminuto Ladd le venía enorme la ropa moderna de los años cuarenta y cincuenta, a Cliff le gustaba cómo le quedaba. Nadie lo quería para interpretar películas del Oeste o bélicas. Embutido en ropa de vaquero o en uniformes militares, desaparecía. Ladd necesitaba llevar traje y corbata, y preferiblemente sombrero de fieltro de ala vuelta. A Cliff le gustaba su aspecto. Era apuesto, pero de un estilo diferente a las demás estrellas de cine. Como Cliff era tan increíblemente atractivo, apreciaba a aquellos hombres que no lo eran ni necesitaban serlo. Alan Ladd se parecía a unos cuantos tipos con los que había servido en el ejército. También le gustaba que Alan Ladd tuviera pinta de estadounidense. Y le encantaba cómo aquel pequeñajo peleaba a puñetazos en sus películas. Le encantaba cómo arreaba a los actores de carácter especializados en interpretar a gánsteres. Le encantaba aquel tirabuzón suelto que le colgaba sobre la frente durante las peleas. Y le encantaba que Ladd se revolcara en el suelo mientras peleaba con los malos. Pero lo que más le gustaba de Ladd era… su voz; el hecho de que dijera sus diálogos sin afectación alguna. Cuando actuaba frente a William Bendix, Robert Preston, Brian Donlevy o Ernest Borgnine, todos ellos parecían actorzuelos de pacotilla comparados con él. Cuando

Ladd se enfadaba en una película, no se limitaba a interpretar a un tipo enfadado; se cabreaba de verdad, como alguien real. Para Cliff, Alan Ladd era el único actor que sabía peinarse, llevar sombrero o fumar un cigarrillo (de acuerdo, Mitchum también sabía fumar un cigarrillo).

Todo esto demostraba lo poco realistas que le parecían a Cliff las películas de Hollywood. Cuando vio *Anatomía de un asesinato*, de Otto Preminger, le hizo gracia que los periódicos hablaran de su «lenguaje escandalosamente adulto». En broma, le dijo a Rick: «Solo en una película de Hollywood la palabra "espermicida" podría considerarse "escandalosamente adulta"».

En cambio, en las películas extranjeras, la interpretación de los actores le parecía mucho más auténtica que en las de Hollywood. Sin ninguna duda, y con los ojos cerrados, el actor favorito de Cliff era Toshiro Mifune. Le fascinaba tanto el rostro de Mifune que a veces se olvidaba de leer los subtítulos. Otro actor extranjero que le gustaba era Jean-Paul Belmondo. Cuando Cliff lo vio en *Al final de la escapada*, pensó: «El tío parece un puto mono, pero es un mono que me cae bien».

Belmondo, al igual que Paul Newman (otro actor que le gustaba), tenía el encanto propio de una estrella de cine.

Pero cuando Paul Newman interpretaba a un cabrón, como en *Hud, el más salvaje entre mil*, seguía siendo un cabrón que caía bien. En cambio, el tío de *Al final de la escapada* no era un simple hombretón sexy. Era un renacuajo asqueroso, un ladronzuelo, un mierda. Y, a diferencia de lo que ocurría en el cine de Hollywood, no había lugar para los sentimentalismos. En Hollywood, aquellos cabrones siempre acababan siendo unos sentimentales, y resultaba de lo más falso. Pero, en el mundo real, aquellos mercenarios asquerosos no tenían un pelo de sentimentales.

Por eso Cliff agradecía que Belmondo no cayera en sentimentalismos en su papel de pequeño cabroncete en *Al final de la escapada*. Las películas extranjeras, pensaba Cliff, eran más como novelas. No les importaba si te caían bien o no sus protagonistas. Y eso, a él, le resultaba interesante.

Así pues, a partir de los años cincuenta, Cliff empezó a ir con el coche a Beverly Hills y a Santa Mónica y a West Los Ángeles y al Pequeño Tokio para ver películas extranjeras en blanco y negro, con subtítulos en inglés.

La Strada, *Yojimbo*, *Vivir*, *El puente*, *Rififí*, *Ladrón de bicicletas*, *Rocco y sus hermanos*, *Roma, ciudad abierta*, *Los siete samuráis*, *El confidente*, *Arroz amargo* (que a Cliff le parecía condenadamente sexy).

«Yo no voy al cine a leer», decía Rick para meterse con la cinefilia de Cliff. Este se limitaba a sonreír ante las pullas de su jefe, pero leer subtítulos lo llenaba de orgullo. Le gustaba expandir su mente. Le gustaba la tarea de bregar con conceptos difíciles que no se explicaban de entrada. Después de los primeros veinte minutos, ya no quedaba nada por descubrir en una nueva película de Rock Hudson o de Kirk Douglas. En cambio, en el caso de aquellas películas extranjeras, a veces había que ver la película entera para entender qué estabas viendo. Pero tampoco lo intimidaban. De una forma u otra, debían funcionar como películas, ¿o qué sentido tenían si no? Cliff no sabía lo bastante para escribir críticas para *Films in Review*, pero sí sabía lo bastante para darse cuenta de que *Hiroshima mon amour* era una mierda. Sabía lo bastante para darse cuenta de que Antonioni era un fraude.

También le gustaba ver los acontecimientos desde distintas perspectivas. *La balada del soldado* le había infundido un respeto por sus aliados soviéticos que nunca antes había sentido. *Kanal* le había enseñado que quizá su experiencia en la guerra, comparada con otras, no había estado tan mal. *El puente*, de Bernhard Wicki, había conseguido algo que de otra manera le habría resultado imposible: llorar por los alemanes. Normalmente no compartía con nadie aquellas tardes de domingo (los domingos por la tarde los dedicaba en exclusiva a las películas extranjeras), ya que a nadie más de su círculo le interesaban (resultaba casi cómico lo poco que le importaba el cine a la comunidad de los dobles de acción). Pero a Cliff le gustaba ir a ver aquellas películas solo. Era el tiempo que podía pasar a solas con Mifune, Belmondo, Bob el Jugador y Jean Gabin (tanto el Gabin apuesto como el pálido como la cera); y era el tiempo que podía pasar con Akira Kurosawa.

Yojimbo no era la primera película de Mifune o de Kurosawa que Cliff veía, ya que unos años antes había visto *Los siete samuráis*, que le había parecido magnífica. En su momento, pensó que sería algo aislado. Los críticos de la prensa, sin embargo, habían convencido al doble de acción para que investigara el nuevo trabajo de Mifune y Kurosawa. Tras salir del cine diminuto como una caja de zapatos ubicado en un centro comercial interior de la zona del Pequeño Tokio del Downtown de Los Ángeles, Cliff se había convertido en acérrimo seguidor de Mifune, aunque todavía no de Kurosawa. No era habitual en Cliff seguir la obra de un director de cine. No tenía las películas en tan alta estima. Los directores eran tipos que dependían de un calendario de trabajo. Y si alguien lo sabía era él, que había trabajado con muchos. Compararlos con un pintor torturado que se obsesionaba con qué tono de azul poner sobre su lienzo era una fantasía inverosímil en el mundo de la dirección. William Witney se rompía los cuernos para poder finalizar su jornada con un buen metraje. Pero en nada se parecía a un escultor que convierte un trozo de piedra en unas nalgas de mujer que dan ganas de tocar.

Sin embargo, algo en *Yojimbo* iba más allá del talento de Mifune y más allá de la historia en sí y desconcertaba a Cliff. Y él creía que aquel elemento extra quizá fuera Kurosawa. La tercera película que vio de este demostró que las dos primeras no eran ningún accidente aislado. *Trono de sangre* lo dejó flipado. Al principio, se había preocupado un poco al enterarse de que estaba basada en *Macbeth* de Shakespeare. A Cliff, Shakespeare le dejaba indiferente (aunque le habría gustado que no fuese así). En general, Cliff solía aburrirse un poco cuando veía una película. Si quería emociones fuertes, conducía por una pista de automovilismo o bien llevaba una moto de cross por un circuito. Pero con *Trono de sangre* se quedó completamente absorto. Nada más ver la imagen de Mifune, filmada en un blanco y negro de tonos carbón, con su armadura militar y cubierto de un centenar de flechas, ya fue oficial: Cliff Booth era fan incondicional de Akira Kurosawa.

Después de la violencia a la que el mundo se había visto sometido en los años cuarenta, los cincuenta fueron la época de los melodramas emocionales. Tennessee Williams, Marlon Brando, Elia Kazan, el Actors Studio y *Playhouse 90*. Y, en todos los sentidos, Akira Kurosawa era un director perfecto para los ampulosos cincuenta, época en que apareció su serie de películas más famosas. Los críticos de cine estadounidenses embalsamaron muy pronto a Kurosawa con sus elogios, elevando sus melodramas a la categoría de arte, en parte porque no los entendían. Cliff creía que, por haber luchado tanto tiempo contra los japoneses y haber sido su prisionero en tiempos de guerra, entendía las películas de Kurosawa mucho mejor que ninguno de los críticos a los que leía. Creía que Kurosawa poseía un don innato para escenificar drama, melodrama y pulp, así como un talento digno de ilustrador de cómics (Cliff era muy fan de los cómics de la Marvel) para la composición de imágenes. Nunca había visto a ningún director que compusiera planos con un ingenio tan dinámico como «el Viejo» (así llamaba Cliff al cineasta japonés). Sin embargo, creía que los críticos estadounidenses se equivocaban al referirse al director como «artista». Kurosawa no había empezado como artista. En sus orígenes, había trabajado para vivir: era un trabajador que hacía películas para otros trabajadores. No era un artista en sí, sino que poseía un enorme talento para escenificar el drama y el pulp de forma artística.

Pero incluso el Viejo era susceptible de enamorarse de sus propias reseñas. A mediados de los sesenta, con *Barbarroja*, el Viejo dejaría de ser Kurosawa el director de cine para convertirse en Kurosawa el novelista ruso.

Cliff no salió del cine durante el pase de *Barbarroja* por respeto al que había sido su director favorito. Pero más tarde, cuando se enteró de que Toshirō Mifune había jurado que no volvería a trabajar con Kurosawa por lo pesado que este se había vuelto en *Barbarroja*, Cliff se puso del lado de Mifune.

LAS MEJORES PELÍCULAS DE KUROSAWA SEGÚN CLIFF

1. (empate) *Los siete samuráis* e *Ikiru*
2. *Yojimbo*
3. *Trono de sangre*
4. *El perro rabioso*
5. *Los canallas duermen en paz* (solo por la escena de los créditos iniciales)

La conexión y la devoción que sentía Cliff (aunque él nunca lo explicaría así) por el cine japonés no se limitaba a Kurosawa y a Mifune.

Aunque desconocía los nombres de otros directores, le encantaban *Tres samuráis fuera de la ley*, *La espada del mal*, *Harakiri* y *Tiranía*. Y más tarde, en los años setenta, se enamoró del personaje que daba título a la serie de *Zatoichi*, interpretado por Shintarō Katsu. Hasta el punto de que, durante una temporada, Katsu sustituyó a Mifune como actor favorito de Cliff. Y también se volvió loco con la serie de películas del hermano de Katsu, *El lobo solitario y su cachorro*, sobre todo con la segunda, *El lobo solitario y su cachorro: carro de bebé en el río Estigia.* En los setenta, también vio aquella película japonesa loca y sexy, donde la chica le corta la polla al tío, *El imperio de los sentidos* (se llevó a un par de citas a ver aquella película). También le gustó la primera de las películas de *Duelo en kárate*, de Sonny Chiba (donde Sonny le arrancaba la polla al tipo negro). Pero, cuando fue al cine Vista a ver la *Trilogía Samurái* de Mifune (las tres en una tarde de domingo), se aburrió tanto que se pasó dos años sin ver otra película japonesa.

Pero había muchos pesos pesados del cine extranjero de los años cincuenta y sesenta que dejaban indiferente a Cliff. Probó con Bergman, pero no le interesó (demasiado aburrido). Probó con Fellini, y al principio sí le gustó. Podría haber pasado sin todo ese rollo chapliniano de su mujer. De hecho, podría haber pasado sin su mujer en general. Pero le gustaron mucho sus primeras películas en blanco y negro. Sin embargo, en cuanto Fellini decidió que «la vida es un circo», Cliff dijo «arrivederci».

Probó dos veces con Truffaut, pero no le dijo nada. No porque las películas fueran aburridas, que lo eran, pero esa no era, en principio, una razón por la que a Cliff no le gustara una película. Las dos que vio (en una sesión doble de Truffaut) simplemente no lo engancharon. La primera, *Los cuatrocientos golpes*, lo dejó frío. No entendía por qué aquel niño hacía la mitad de la mierda que hacía. Aunque Cliff nunca habló con nadie del tema, pero, si lo hubiera hecho, lo primero que habría señalado habría sido el momento en que el niño reza a Balzac. ¿Era una práctica normal entre los niños franceses? ¿Se suponía que era algo habitual o significaba que el niño era rarito? Sí, Cliff era consciente de que la escena podría interpretarse de la misma manera que si un niño estadounidense colgara una foto de Willie Mays en la pared de su habitación. Pero no creía que las cosas fueran tan simples. Además, le parecía absurdo. ¿Un niño de diez años que ama hasta ese punto a Balzac? Pues no.

Como se supone que el niño representa a Truffaut, la escena preten-
de mostrarnos lo imponente que es este. Y, francamente, el niño de
la película no resultaba en absoluto imponente. Y, desde luego, no
se merecía que hicieran una película sobre él.

Y los memos lloricas de *Jules y Jim* le parecieron un puto coñazo. A Cliff no le gustaba *Jules y Jim* porque no le gustaba la chica.
Y es la clásica película en la que, si no te gusta la chica, seguro que
no te gusta la película. Creía que esta habría sido mil veces mejor
si hubieran dejado que la zorra se ahogara.

Como Cliff era un gran fan de la provocación, le gustaba *Soy
curiosa (Amarillo)*, y no solo por el rollo sexual. En cuanto se acos-
tumbró a él, también le gustó el discurso político. Le encantaba la
fotografía en blanco y negro de la película. *Al final de la escapada*
estaba rodada con el mismo esmero que una filmación de combates reales. En cambio, aquella otra era tan monocromática y luminosa que a Cliff le daban ganas de lamer la pantalla, sobre todo
cuando salía la tal Lena. La historia (por llamarla así) de *Soy curiosa (Amarillo)* trata de una estudiante universitaria de veintidós años
llamada Lena, interpretada por la actriz de veintidós años Lena
Nyman, que sale con un cineasta de cuarenta y cuatro años llamado Vilgot, interpretado por el director de cuarenta y cuatro años
de la película, Vilgot Sjöman.

Las dos Lenas (la real y la de la pantalla) protagonizan la nueva
película de Vilgot. Al principio, la película va y viene entre Lena
y Vilgot y el metraje del documental de provocación seudopolíti-
ca que están rodando juntos. Eso confundió un poco a la señorita
Himmelsteen, y también a Cliff. Pero él pronto lo entendió, y lo
vio como un desafío a su inteligencia para esforzarse en sintonizar
con la historia. Cliff dio por sentado que el director estaba usando
a la cachonda de su novia universitaria como cara bonita y marioneta fílmica. Sin embargo, ya de entrada, Vilgot la suelta en medio
de una serie de discusiones y debates políticos muy estimulantes.
Las primeras imágenes de la película de Vilgot muestran a Lena,

armada con un micrófono y una cámara de mano, prácticamente asaltando a ciudadanos burgueses suecos por la calle con sus preguntas acusadoras («¿Qué está haciendo usted personalmente para terminar con el sistema de clases en Suecia?»). A Cliff, aquello le pareció monótono a ratos y, a otros, incomprensible, pero en general la película le resultó interesante.

Le gustó especialmente una discusión sobre el rol y la necesidad del ejército sueco en la sociedad actual. El debate se llevaba a cabo en la calle, entre un grupo de jóvenes cadetes del ejército sueco y otro grupo de jóvenes suecos, que creían que todos los ciudadanos deberían negarse a hacer el servicio militar y, a cambio, realizar un servicio social obligatorio de cuatro años en favor de la paz. A Cliff le pareció que ambas partes tenían razón en varias cosas, y le alegró ver que no se enfadaban entre ellos.

Además, al permitir que el debate creciera, se planteaban preguntas más pertinentes y prácticas. Como por ejemplo: ¿qué haría exactamente el ejército si Suecia fuera ocupada por un enemigo extranjero? ¿Y qué debería hacer en ese caso?

Cliff nunca se había preguntado qué harían los estadounidenses si alguna vez ocuparan por la fuerza su territorio los rusos, o los nazis, o los japoneses, o los vikingos, o Alejandro Magno, porque ya conocía la respuesta: se cagarían en los pantalones y llamarían a la puta policía. Y, cuando se dieran cuenta de que la policía no solo no podría ayudarlos, sino que esta colaboraba con el enemigo, después de un breve periodo de desesperación se someterían también.

Pero, a medida que avanzaba la película, iba volviéndose más confusa. Cliff sabía que, en gran medida, estaba hecho a propósito, pero que también se debía al hecho de que era una película rara.

Pero, cuanto más veía de la película, más le intrigaban las estrategias que empleaba el director. ¿Qué parte correspondía a la historia de la Lena real y qué parte a la película de Vilgot?

En un momento dado se preguntó por qué era todo tan rematadamente melodramático. Y luego se dio cuenta de que era la película de Vilgot la que se estaba volviendo melodramática. El Vilgot cineasta no era tan buen cineasta como el Vilgot real.

A Cliff le interesaba aquella cuestión sobre qué parte era real y qué parte correspondía a la película, sobre todo cuando lo pensó más tarde y cayó en la cuenta de lo que implicaba el hecho de que el padre de Lena estuviera involucrado en la película. «Un momento; entonces ¿la historia del padre de Lena no es real? ¿Se trata de su padre o es un simple actor representando el papel de su padre?» Y eso en el supuesto de que en la vida real fuera un actor que representaba a su padre. Pero ¿era el padre de la Lena de la película, o era un actor que interpretaba a su padre en la película de Vilgot?

Todas aquellas cuestiones cinematográficas intrigaron a Cliff mucho más que a la señorita Himmelsteen. Él notó que ella se reclinaba hacia atrás, alejándose de la pantalla, mientras que ella se dio cuenta de que él se inclinaba hacia delante, acercándose a la pantalla. En un momento dado oyó que ella murmuraba:

–Estoy aburrida, amarillo.

«No pasa nada –pensó él–. Es una peli rara.»

Vale, todo aquello del *cinéma vérité* estaba muy bien, pero ¿qué pasaba con lo que había hecho famosa a la película, o sea, el folleteo? Cliff había ido a verla por esa razón; bueno, no solo por eso, pero sí tenía curiosidad. Y ciertamente era la razón de que hubiera llevado a la señorita Himmelsteen. El hombre que hace las escenas de sexo con Lena (esas escenas que provocaron que la película fuera confiscada en un principio en la aduana cuando la mandaron desde Estocolmo) no es Vilgot. (Cliff se alegró de no tener que ver cómo follaba aquel gordo cabrón.) Es un tío turbio y casado (interpretado por Börje Ahlstedt), a quien Lena conoce a través de su padre.

Mientras veía la primera escena de sexo real que se proyectaba en cines estadounidenses, entre Lena y Börje en el apartamento de ella, Cliff tuvo la sensación de estar viendo algo nuevo. Recientemente, otras películas comerciales habían jugado a las palmas palmitas con aquel tipo de escenas: la seducción lésbica, con chupamiento de pezones incluido, entre Susannah York y Coral Browne en *El asesinato de la hermana George*; la escena de la masturbación de Anne Heywood en *La zorra*; el combate de lucha libre entre Oliver Reed y Alan Bates desnudos junto a la chimenea en *Mujeres enamoradas* (que Cliff no había visto, pero el tráiler lo había dejado boquiabierto). Pero la escena de sexo desnudo de Sjöman abría nuevos caminos para la distribución comercial en cines. La película había sido originalmente requisada por el Servicio de Aduanas de Estados Unidos por cargos de obscenidad. La distribuidora estadounidense de la película, Grove Press, acudió a los tribunales, pero perdió la primera batalla cuando un tribunal de distrito federal ratificó el veto en la aduana. Sin embargo, no había sido más que una estrategia por parte de Grove Press. Lo que pretendían realmente era apelar y revocar la sentencia. De esa forma, lo que obtendrían sería una nueva sentencia que no solo se aplicaría a aquella película, sino a todas las películas con aquel tipo de material provocador. Y eso fue exactamente lo que pasó cuando el Tribunal de Apelaciones de Estados Unidos revocó el dictamen del tribunal federal, convirtiendo así la película de Vilgot Sjöman en la gran controversia cinematográfica del momento, al tiempo que daba paso a una nueva ola de temática sexual en el cine comercial moderno. *Soy curiosa (Amarillo)* se convirtió en la primera y la más lucrativa, con diferencia, de una serie de películas eróticas con intenciones artísticas que prosperaría durante unos años, mientras la industria del cine y el público decidían hasta dónde estaban dispuestos a llegar por aquella vía, y los pornógrafos quedaban momentáneamente dejados de lado, preguntándose cuánto terreno estaría dispuesta a ceder la cultura de masas.

Mientras Cliff y la señorita Himmelsteen veían la escena de sexo en el apartamento de Lena, a ambos les embargó la sensación emocionante de estar viendo algo nuevo, y nada más empezar la escena entrelazaron los dedos.

Cliff recordó lo que había escrito Richard Schikel en aquella revista *Life* que tenía Marvin Schwarz en su antesala:

> Hace diez, o incluso cinco años, esto habría supuesto un enorme escándalo estético y cultural, y no digamos moral. Pero, en todas las áreas del pensamiento y del arte, se nos ha llevado tan provocadoramente cerca de este nivel de explicitud que es un alivio llegar a él por fin y no tener ya que preocuparse más por ello.

La primera escena de sexo de *Soy curiosa (Amarillo)*, y a todos los efectos del cine moderno, no era exactamente erótica (Cliff no tuvo una erección), pero el primer vislumbre de desnudez explícita fue sin duda excitante. Lo que hacía de ella una película memorable, sin embargo, era su ingenio. El director Vilgot Sjöman filmó la primera escena de sexo real que cruzaba el Atlántico como la comedia de errores que terminan siendo todos los polvos improvisados. Sjöman se esfuerza por recalcar la torpeza real que acompaña a los acoplamientos. La pareja quiere hacerlo; nosotros, el público, que llevamos toda la película esperándolo, queremos que lo hagan; pero el director no deja de poner palos realistas en las ruedas de su polvete en pleno día. Tras muchos intentos, Börje no consigue desabrochar los pantalones de Lena y ella se pone un poco borde por su torpeza («¿Qué pasa, no puedes?»), hasta que se ve obligada a dejar de besarlo y encargarse ella misma de quitarse los pantalones. Él intenta follársela de pie; ella lo detiene («Así no puedo»), una declaración obviamente basada en experiencias previas. Y, mientras se dirigen a otra habitación en busca de un colchón, se mueven como soldaditos de juguete con los pantalones esposándoles los tobillos. Prácticamente remueven toda la habitación para poder sacar el colchón, tiran de él hasta la sala de estar, y luego se dan cuenta de que el equipo de grabación de Lena está desperdigado por todos lados (grabadoras de cinta magnética, cintas sueltas, micrófonos), o sea, que tienen que amontonar todo el material para poder colocar el colchón en el suelo y follar.

A Cliff le pareció una de las mejores escenas que había visto nunca en el cine. Ciertamente era la más realista. Él había estado en apartamentos así, se había follado a una chica como aquella encima de un colchón como ese. Había amontonado a toda prisa revistas, cómics, libros de bolsillo y discos para follarse a chicas en suelos, sofás, camas y asientos traseros de coches. Y también tenía experiencia en desplazarse durante largas distancias con los pantalones en los tobillos sin nada para orientarlo en su camino más que su pene completamente erecto.

Y la escena en que follan en el puente le parecía a Cliff todavía más sexy. A él le encantaba follar en lugares públicos. Le encantaba montárselo en lugares públicos, que le chuparan la polla en lugares públicos y que le hicieran pajas en lugares públicos. Después de aquellas dos escenas, Cliff ya creía haber visto los dos grandes momentos de la película. Pero ni la señorita Himmelsteen ni él estaban preparados para la escena del vello púbico. En esa escena, los dos protagonistas estaban tumbados desnudos y hablando mientras se acariciaban, y Lena tenía la cara junto al pene fláccido de Börje y le introducía y sacaba los dedos de la abundante mata de vello púbico, plantándole besitos en la polla. Sentado en el cine de Westwood, cogido de la mano de la señorita Himmelsteen, mirando una escena como aquella en una película de verdad, protagonizada por una actriz de verdad, Cliff tuvo la sensación de estar viendo el amanecer de un nuevo día en el cine.

Más tarde, Rick le preguntó a Cliff si se había follado a la señorita Himmelsteen.

–Qué va –le contestó Cliff.

Pero sí le contó a Rick que la señorita Himmelsteen le había chupado la polla en su Karmann Ghia, durante el trayecto de vuelta a casa de ella en Brentwood, aunque después de aquello ya no tuvieron más citas.

En 1972, a Janet Himmelsteen la ascenderían a agente de pleno derecho de la agencia William Morris, y en 1975 se convertiría en una de sus agentes de actores más importantes.

A partir de entonces, restringiría sus mamadas a actores y directores.

3
Cielo Drive

El Cadillac Coupe de Ville de 1964 de Rick Dalton, con Cliff Booth al volante, sale del aparcamiento subterráneo del edificio de la William Morris para tomar Charleville, y al rebasar una manzana dobla por Wilshire Boulevard.

Mientras el Cadillac de época y los dos tipos de época circulan por la concurrida calle, la subcultura hippy que ha invadido la ciudad como un enjambre de langostas desfila por las aceras con sus mantas, sus vestidos largos y sus pies descalzos sucios. Un nervioso Rick Dalton, que todavía no ha compartido la razón de su ansiedad con su colega Cliff, echa un vistazo por la ventanilla del coche y se permite un comentario asqueado sobre los transeúntes hippies:

—Mira a todos esos putos bichos raros. Esta ciudad era un sitio agradable para vivir, joder. Mírala ahora. —Y luego comenta con desdén fascistoide—: Te juro que tendrían que ponerlos a todos contra una pared y fusilarlos.

Salen del concurrido Wilshire y emprenden el regreso a la casa de Rick en Cielo Drive por calles residenciales más tranquilas. Rick saca con brusquedad un cigarrillo del paquete de Capitol W, se lo mete en la boca, lo enciende con su Zippo y cierra de golpe la tapa plateada con sus ademanes de tipo duro. Mientras consume un cuarto de pitillo de una calada, le dice al conductor:

—En fin, ya es oficial, colega. —Se sorbe ruidosamente los mocos—. Estoy acabado.

Cliff intenta consolar a su jefe:

—Venga ya, socio, ¿qué dices? ¿Qué te ha dicho el tipo ese?

—¡Me ha dicho la puñetera verdad, eso me ha dicho! —le espeta Rick.

—¿Qué te ha disgustado tanto? —pregunta Cliff.

Rick vuelve la cabeza en dirección a su amigo.

—¡Pues mira, enfrentarme al hecho de que he tirado toda mi puñetera carrera por el retrete, eso es lo que me ha disgustado, joder!

—Pero ¿qué ha pasado? —pregunta Cliff—. ¿El tío ese te ha rechazado?

Rick da otra larga calada a su cigarrillo.

—No, quiere ayudarme a entrar en el cine italiano.

La réplica de Cliff es rápida:

—Entonces ¿qué problema hay?

—¡Que tengo que hacer películas italianas, joder! —grita Rick—. ¡Ese es el puto problema!

Cliff decide seguir conduciendo y dejar que Rick se desfogue. El actor traga otra bocanada de humo mientras se entrega a la autocompasión. En cuanto suelta el humo, reanuda su crónica:

—Cinco años de ascenso, diez años manteniéndome a flote, y, ahora, a pique a toda pastilla.

Mientras se abre paso por entre el tráfico de Los Ángeles, Cliff le ofrece un poco de perspectiva:

—A ver, para ser sinceros, yo nunca he tenido una gran carrera, así que me cuesta entender cómo te sientes.

—Pero ¿qué dices? —lo interrumpe Rick—. Eres mi doble de acción.

Cliff responde con franqueza:

—Rick, soy tu chófer. Desde que hiciste *El avispón verde* y te quitaron el permiso de conducir, solo soy eso, tu recadero. Y no me quejo. Me gusta llevarte a los sitios. A las pruebas de reparto. A las reuniones y esos rollos. Me gusta quedarme cuidando tu casa de Hollywood Hills cuando estás fuera. Pero ya hace mucho que no soy doble de acción a tiempo completo. Así que, desde mi punto de vista, ir a Roma para protagonizar películas no parece esa muerte en vida de la que hablas.

Rick le replica enseguida:

—¿Has visto alguna vez un western italiano? —Y responde su propia pregunta—: ¡Son espantosos! Son una puta farsa.

—¿Ah, sí? —se extraña Cliff—. ¿Cuántos has visto? ¿Uno? ¿Dos?

—¡He visto los suficientes! —dice Rick en un tono autoritario—. A nadie le gustan los spaghetti westerns.

Cliff dice por lo bajo:

—Seguro que hay italianos a quienes les gustan.

—Mira —dice Rick—, crecí viendo a Hopalong Cassidy y a Hoot Gibson. Ver una mierda de western italiano, dirigido por Bernardino Merdolino y protagonizado por Mario Bananano, no me va a tocar la fibra precisamente. —Y concluye su diatriba sobre Italia tirando el cigarrillo por la ventanilla del coche—. Entiéndelo, todavía estoy cabreado por haber visto a ese bujarrón italiano de Dean Martin en *Río bravo*. Y no hablemos del puto Frankie Avalon muriendo en el puto Álamo.

—Repito —se aventura Cliff—, yo no soy tú. Pero a mí me parece que puede ser una experiencia vital bastante chula.

—¿Qué quieres decir? —pregunta Rick con curiosidad genuina.

—Pues pasarte el día rodeado de fotógrafos. Beber cócteles en mesitas con vistas al Coliseo. Comer la mejor pasta y pizza del mundo. Follarte a chicas italianas —conjetura Cliff—. Si me preguntas a mí, es mejor que quedarte en Burbank perdiendo peleas con Bingo Martin.

Rick suelta una risotada.

—Bueno, en eso tienes razón.

Luego los dos ríen, y muy pronto a Rick le empieza a aflorar una sonrisa. El hecho de que Cliff siempre esté apagando incendios para Rick ha sido una parte esencial de su dinámica desde que los dos formaron equipo. A veces son incendios figurados, como el de ahora mismo. El incendio que forjó su amistad, en cambio, fue un incendio literal.

Sucedió durante la tercera temporada de *Ley y recompensa* (la temporada 61-62). A Cliff Booth lo habían llamado para que hiciera de doble del protagonista de la serie. De entrada, a Rick no le cayó bien Cliff. Y por una razón excelente: Cliff era demasiado apuesto para ser doble. Y *Ley y recompensa* era el harén de Rick. No necesitaba a ningún chulito, a quien además le quedaba mejor su vestuario que a él, metiendo baza en toda aquella reserva de mujeres. Pero luego empezó a oír historias de las hazañas de Cliff durante la Segunda Guerra Mundial. Se enteró de que no era un simple héroe. Era uno de los mayores héroes de la Segunda Guerra Mundial. Había ganado la Medalla al Valor dos veces: la primera, por matar italianos en Sicilia; y la segunda vez le habían concedido aquel honor tan distinguido por numerosas razones. Pero la principal era que, a excepción de los tipos que habían tirado la bomba de Hiroshima, ningún otro soldado estadounidense había matado a más soldados enemigos japoneses confirmados que el sargento Clifford Booth.

Rick habría estado dispuesto a pasarse meses saltando desde su silla de la cocina al suelo si con eso hubiera conseguido unos pies planos y así quedar exento del ejército (sobre todo en tiempos de guerra). Aun así, admiraba a los hombres que habían servido a su país y lo habían hecho con honor.

El fuego que había forjado el vínculo entre ambos hombres tuvo lugar cuando Cliff llevaba alrededor de un mes en *Ley y recompensa*.

A uno de los directores de la serie, Virgil Vogel, se le ocurrió que el personaje principal de la serie, Jake Cahill, llevara un voluminoso chaquetón de invierno y que ese mismo chaquetón estuviera teñido de blanco betún de zapato de enfermera. En la vida real se habría visto ridículo, pero en una película en blanco y negro quedaría bien. El problema fue que los diseñadores de vestuario tardaron tanto en preparar el chaquetón que resultó imposible tenerlo listo para el episodio de Vogel. De manera que los productores simplemente lo dejaron para el siguiente episodio. Y, al final del siguiente episodio, a Jake Cahill le prendían fuego. Todo el mundo pensó que sería una buena forma de utilizar aquel enorme chaquetón de invierno que habían pasado tanto tiempo preparando.

Cliff estaba listo y dispuesto para rodar la escena del fuego. Pero, después de que le explicaran a Rick los riesgos que aquello implicaba, el actor decidió probar a hacerla él mismo. Así que le echaron líquido inflamable en la parte de atrás del enorme chaquetón blanco, bien lejos de la cara y el pelo.

Sin embargo, lo que no sabía el equipo y tampoco los diseñadores de vestuario (porque habían mandado la chaqueta a teñir fuera) era que el tinte blanco que habían usado tenía un 65 por ciento de contenido de alcohol. Lo desconocían, y no se lo habían dicho porque en el episodio al que estaba destinada inicialmente la prenda blanca no había ninguna escena con fuego. Así pues, cuando aplicaron una llama a la parte de atrás del chaquetón de Jake, con Rick dentro, la prenda se convirtió al instante en una antorcha.

Cuando Rick oyó el rugido de las llamas de su chaquetón, su pánico se avivó en la misma medida que aquella prenda inflamable. De inmediato sintió que las llamas le pasaban por los hombros y le danzaban y le crepitaban en torno a la cabeza. En aquel momento estuvo casi a punto de hacer lo peor que podría haber hecho en aquella situación: echar a correr presa del pánico ciego. Pero, justo antes de perder la chaveta, Rick oyó que Cliff Booth le decía con calma:

—Rick, estás encima de un charco. Déjate caer al suelo.

Y este obedeció y las llamas se apagaron enseguida, antes de que pudieran causar algún daño. Y fue entonces cuando Rick y Cliff se convirtieron en el equipo de Rick y Cliff.

La otra credencial realmente molona que había aportado Cliff Booth a la fiesta: además de ser un buen amigo, un buen doble de acción y héroe de guerra, en aquel mundo de fantasía, Cliff había matado de verdad. Solo en su serie de televisión, Rick se había cargado a unas doscientas cuarenta y dos personas. Eso sin contar a todos los indios y forajidos que había matado en sus películas del Oeste, ni a los ciento cincuenta en *Los catorce puños de McCluskey*. Interpretando al retorcido asesino psicópata con guantes de cuero de *Jigsaw Jane*, había despachado a la mayoría de sus víctimas con un reluciente estilete plateado.

Rick recordaba un día en que su doble de acción y él habían estado bebiendo y discutiendo sobre su personaje de *Jigsaw Jane* en el bar que había dentro del Smoke House, junto a Riverside Drive. Mientras hablaban y bebían, Rick le preguntó a Cliff si había matado alguna vez a un soldado enemigo con un cuchillo.

—A muchos —contestó Cliff.

—¿A muchos? —repitió Rick, sorprendido—. ¿Cuántos son muchos?

—¿Cómo? —preguntó Cliff—. ¿Quieres que me ponga a contarlos ahora?

—Bueno, sí —dijo Rick.

—Pues a ver… —Cliff pensó. Se puso a contar en silencio para sí mismo con los dedos, hasta que se le acabaron los dedos y tuvo que empezar otra vuelta al circuito. Por fin se detuvo y dijo—: A dieciséis.

Si en aquel momento Rick hubiera estado bebiendo de su whisky sour, poco le habría faltado para protagonizar una escena cómica donde lo escupía.

—¿Has matado a dieciséis cabrones con un cuchillo? –preguntó, incrédulo.

—A dieciséis japos en la guerra –puntualizó Cliff–. Sí.

Rick guardó silencio, se inclinó hacia delante y preguntó a su amigo:

—¿Y cómo lo hiciste?

—¿Quieres decir cómo fui capaz de hacerlo mental y emocionalmente? –preguntó Cliff–. ¿O cómo lo hice físicamente y en términos prácticos?

«Uau, buena pregunta», pensó Rick.

—Bueno, supongo que, en primer lugar, cómo lo hiciste.

—Pues no siempre, pero la mayoría de las veces me acercaba por detrás de algún payaso y lo cogía por sorpresa. Al tipo se le mete una piedra en el zapato; entonces se queda rezagado respecto a su compañía para descalzarse y quitarse la piedra. Yo me acerco por detrás, le clavo el cuchillo en las costillas, le tapo la boca con la mano y retuerzo el cuchillo hasta que siento que la palma.

«Joder», pensó Rick.

—Ahora bien –dijo Cliff, con el índice en alto–, está claro que yo lo maté. Pero ¿murió por mi culpa o murió porque se le metió una piedra en el zapato? –filosofó Cliff.

—A ver si lo entiendo entonces. ¿Le clavas un cuchillo a un japo en las costillas –aclaró Rick–, le tapas la boca con la mano para ahogar el grito y luego lo tienes agarrado durante toda su puñetera agonía, hasta que se te muere en los brazos?

Cliff dio un trago de su vaso de tubo lleno de Wild Turkey a temperatura ambiente y dijo:

—Eso mismo.

—¡Uau! –exclamó Rick, mientras se bebía una parte de su whisky sour frío.

Cliff Booth sonrió para sus adentros mientras veía cómo su jefe intentaba asimilar aquella idea y entonces le preguntó en un tono provocador:

—¿Quieres saber cómo se siente uno?

Rick levantó la vista y miró a Cliff.

—¿Qué quieres decir?

Cliff repitió en voz baja y en un tono lento y pausado:

—Te pregunto si quieres saber cómo se siente uno. —Y luego añadió, encogiéndose de hombros—: Ya sabes, para tu personaje.

Rick no dijo nada durante un momento. El bar pareció quedarse en silencio y por fin Rick Dalton dejó escapar un «sí» muy bajito.

Cliff sonrió a su amigo y jefe, dio un trago largo a su bebida, dejó el pesado vaso con un golpe sobre la barra y dijo encogiendo de nuevo los hombros:

—Pues mata a un cerdo.

«¿Qué?», pensó Rick.

—¿Qué? —dijo Rick en voz alta.

—Mata. A un. Cerdo —repitió Cliff en un tono siniestro.

Tras un momento de silencio, durante el cual las palabras «mata a un cerdo» quedaron flotando en el aire, Cliff se explicó:

—Te compras un gorrino bien gordo. Te lo llevas al jardín de casa. Luego te pones a su lado de rodillas. Lo abrazas, lo palpas, sientes su vida, lo hueles y lo oyes gruñir y roncar. Y entonces, con el otro brazo, le clavas un cuchillo de carnicero en el costado y esperas, hermano.

Sentado en el taburete de la barra, Rick escuchó a Cliff, hipnotizado.

—Chillará como un cabrón y sangrará como un hijo de puta. Y peleará. Pero tú lo tienes bien agarrado con un brazo mientras le sigues clavando el cuchillo con la otra mano. Y, aunque te parezca que ha pasado una eternidad, en algún momento del primer minuto notarás cómo se te muere en los brazos. Y ese será el momento en que de verdad sientas la muerte. La vida es un cerdo que sangra, chilla y patalea violentamente entre tus brazos. Y la muerte eres tú, abrazando un montón de carne inmóvil y pesada.

Mientras Cliff describía paso a paso la matanza del cerdo imaginario, Rick se iba poniendo más y más pálido, imaginándose que llevaba a cabo aquellas instrucciones en su jardín.

Cliff se dio cuenta de que tenía a su público agarrado por el cuello, así que se lanzó a degüello:

—Si quieres experimentar qué se siente al matar a un hombre, matar a un cerdo es lo más parecido haciéndolo de forma legal.

Rick tragó saliva mientras intentaba imaginar si sería capaz de hacer una cosa así.

—Luego te llevas el cerdo a la carnicería y les pides que te lo despiecen. Beicon… chuletas… paletas… pies de cerdo. Y te comes al animal entero. Así demuestras tu respeto por la muerte de esa bestia.

Rick dio otro trago de whisky sour.

—No sé si sería capaz de algo así.

—Oh, sí que eres capaz —le aseguró Cliff—. Puede que no quieras hacerlo, pero sí que eres capaz. De hecho, se podría argumentar que, si no eres capaz, no mereces comer cerdo.

Al cabo de un momento, Rick dio una palmada sobre la barra y dijo:

—Vale, joder, voy a hacerlo. Vamos a buscar un cerdo.

Por supuesto, Rick no lo hizo. El experimento planteaba tantos obstáculos que a Rick pronto se le fue el ímpetu. «¿Dónde compro un cerdo? ¿Cómo limpio toda la sangre del patio de la piscina? ¿Cómo saco el cerdo muerto del jardín? Seguro que pesa una tonelada. ¿Y si el cabrón me muerde?» Pero, aunque Rick nunca llegó a hacerlo, sí se lo planteó. Y eso ya suponía homicidio premeditado a sangre fría, parecido a los del asesino de guantes negros de *Jigsaw Jane*.

Cliff conduce el Cadillac de Rick hasta su aparcamiento en la entrada para coches de la casa de Cielo Drive. Directamente al otro lado del parabrisas, elevándose en su enormidad, hay una pintura al óleo gigante de Rick con uniforme de caballería, haciendo una mueca de dolor y con un pie pisándole la cabeza. Se trata de una de las secciones de una valla publicitaria al aire libre de seis secciones que anunciaba *Levantamiento comanche*, el primer largometraje que Rick protagonizó después de que *Ley y recompensa* lo convirtiera en una estrella televisiva. La valla entera mostraba a Rick Dalton caracterizado de su personaje, el teniente Taylor Sullivan de la Caballería de Estados Unidos, tirado en el suelo y rodeado de (lo que parecían ser) comanches, mientras el jefe, en una pose victoriosa, le pisaba con un mocasín alto el costado de la cara, inmovilizando al furioso e impotente oficial de caballería contra el suelo. Un viejo amigo de Rick había encontrado la sección de la valla en una tienda de antigüedades de Dallas, Texas. El amigo la había comprado y se la había enviado a Rick. A este, sin embargo, no le gustaba aquel póster, salvo por el hecho de que lo mostraba a él y no al otro cabeza de cartel de la película, Robert Taylor. Y tampoco se hacía la ilusión de que *Levantamiento comanche* significara mucho más de lo que en realidad era: una película de caballería contra indios del montón, de las muchas que se habían hecho en los años cincuenta. Sus únicas ventajas eran haber trabajado con el perro viejo de la dirección de westerns R. G. Springsteen, y lo jodidamente elegante que se veía a Rick con su uniforme azul de la caballería. Por lo demás, era una película que no tenía nada de memorable.

Así pues, cuando a Rick le llegó aquella sección de la valla publicitaria donde salía él, al principio pensó: «¿Qué coño voy a hacer con esto?». Su respuesta fue dejarla en la entrada de coches de la casa.

Y de eso ya hacía cinco años.

Cliff apaga el motor mientras Rick se entrega a una de sus pataletas pasivo-agresivas. Está irritado por algo, así que lo que hace es irritarse por todo. En este caso, por la valla publicitaria que tiene frente a su casa.

—¿Podemos quitar de una puta vez esa mierda de la entrada de mi casa? —Y hace un gesto amplio hacia la pintura al óleo.

—¿Y dónde quieres que la ponga?

—¡Por mí como si la tiras a la basura!

Cliff pone cara de niño decepcionado.

—Oh, pero si te lo encontró Felix. —Y lo pincha—: No seas insensible, es un regalo muy chulo.

—Solo porque no quiera pasarme todas las mañanas y todas las noches mirando mi boca en un óleo, que es lo que llevo haciendo cinco años, no significa que sea insensible —aclara Rick—. Simplemente estoy hasta los cojones de verlo, ¿vale? ¿No puedes meterlo en el garaje?

Cliff suelta una risita.

—¿En tu garaje? Si está hecho un desastre.

—Bueno, ¿no puedes limpiarlo lo justo para que quepa esa valla? —le indica Rick.

Cliff se quita las gafas de sol y dice:

—Sí, puedo. —Y añade—: Pero no es algo que se haga en una tarde; necesito un fin de semana.

Exasperado, Rick da salida a su frustración en un tono menos mandón:

—Es que no me hace falta una foto gigante de mí mismo delante de mi casa. Parece que esté anunciando el Museo de Rick Dalton.

De pronto, el zumbido de un motor y una melodía de los Beatles llega hasta ellos desde el lado del conductor. Los dos se vuelven hacia la izquierda y divisan, por primera vez, a los vecinos de al lado de Rick, Roman y Sharon Polanski, en su Roadster inglés de los años veinte. De la radio del coche, sintonizada con la 93 KHJ, se oye la canción de los Beatles «A Day in the Life». El coche que alberga a la atractiva pareja de Hollywood está parado al pie de una colina por la que se entra en su propiedad, esperando a que se abra su verja eléctrica. Roman va al volante, y su mujer, en el asiento del copiloto, y es Sharon quien tiene en la mano el voluminoso mando a distancia de plástico. Los dos tortolitos están enzarzados en una animada conversación que ni Rick ni Cliff pueden oír debido al ruido del motor del Roadster y del sonido pretenciosamente producido de los Beatles. Cliff solo ve a la rubia espectacular del asiento del copiloto, mientras que Rick está mirando más allá de ella, en dirección al diminuto cineasta de arte y ensayo polaco que ocupa el asiento del conductor.

Aparte de Mike Nichols, en aquella época no había otro director joven que disfrutara del éxito y de la fama que tenía Roman Polanski. Sin embargo, el polaco del megáfono gozaba de un nivel de popularidad inaccesible para su colega de los escenarios y las pantallas Mike Nichols. ¡En 1969, Roman Polanski era toda una estrella del rock!

Se había hecho un nombre dirigiendo su primer largometraje, *El cuchillo en el agua*. La película había sido un éxito en el circuito de las películas extranjeras, y hasta la habían nominado a un Oscar a la mejor película extranjera. Después del éxito de su primera película, Polanski se había mudado a Londres y se había puesto a hacer películas en inglés.

Dos de sus películas, *Callejón sin salida* y *El baile de los vampiros* (fue en esta última donde conoció a su mujer, Sharon), habían despertado una gran admiración que no se plasmó en términos económicos. En cambio, su thriller psicológico *Repulsión* había sido un éxito inesperado que había dado el salto del gueto del arte y ensayo al éxito de masas. Después de una serie de malas copias de *Psicosis* procedentes de los Hammer Studios, y de los thrillers en absoluto emocionantes que llegaban de Francia –como las *romans de gare* carentes de ritmo de Claude Chabrol o las torpes funciones de aficionados parisinas de la llamada escuela Truffaut-Hitchcock–, había llegado *Repulsión*, el thriller sucesor de *Psicosis* ambientado en Londres, de Polanski. Con la idea de hacer un thriller hitchcockiano moderno para el público de ese momento, que se movía al ritmo del Londres pop, Roman había encontrado la clave con *Repulsión*.

El estudio del personaje retorcidamente paranoico que había construido Polanski, protagonizado por la preciosa pero siniestra Catherine Deneuve, funcionaba. Sin embargo, así como un thriller de Hitchcock funcionaba para entretener, la película de Polanski funcionaba para inquietar. Hitchcock también podía inquietar, y lo hacía, con *Sospecha*, *Extraños en un tren*, *La sombra de una duda* y, por supuesto, con *Psicosis*. Pero solo hasta cierto punto. Para Polanski, en cambio, inquietar al público era el objetivo.

El thriller hitchcockiano de Polanski, con influencias de Buñuel, tocó la fibra del público.

Después de que Polanski demostrara con *Repulsión* su talento para poner los nervios de punta al público, el jefazo de los Paramount Studios Robert Evans lo invitó a Hollywood para hacer una película. Con el fin de convencerlo, le mandó a Roman, que era un esquiador experto, el guion de una película que tenían programada sobre competiciones de esquí, titulada *El descenso de la muerte*.

Y luego, en una decisión que haría que el precio de las acciones de la Paramount subiera tres puntos, Evans le dio la novela de Ira Levin *La semilla del diablo* y le dijo: «Léetela». El resto, como diría Marvin Schwarz, era historia del cine de terror.

La novelita de Levin, que era más bien un relato largo, cuenta la historia de Rosemary Woodhouse (Mia Farrow), una joven recién casada con un ambicioso actor llamado Guy Woodhouse (John Cassavetes). Tras casarse, ambos se mudan al típico apartamento de Nueva York y entablan relación con una pareja de ancianos excéntricos, Minnie y Roman Castevet (Ruth Gordon y Sidney Blackmer). La pobre Rosemary ni se imagina que en realidad se trata de una pareja de satanistas en busca de un cuerpo que dé a luz al Anticristo de las antiguas profecías. Esa visión adivinatoria que tuvo Evans de que debía ser Polanski quien dirigiera aquella película pasará a la historia como una de las decisiones más inteligentes que ha tomado nunca un ejecutivo de los estudios.

Después de leer el material, Polanski solo vio un inconveniente para dirigirlo, pero era considerable. Polanski era ateo. Y, si no crees en Dios, tampoco crees en el diablo. Por supuesto, muchos directores podrían haber dicho, y dirían: «¿Qué importa eso? Solo es una película. Para dirigir *King Kong* no hay que creer en los monos gigantes». Y no estarían equivocados. Pero Roman no se sentía cómodo haciendo una película que reforzara la fe en la religión, una filosofía que él rechazaba de plano. Al mismo tiempo, el cineasta era consciente de que podía ser una película excelente. Así pues, ¿cómo reconcilió sus creencias personales con el material que debía filmar? Lo que hizo fue escenificar la historia tal como estaba escrita, pero añadiéndole un cambio de perspectiva casi imperceptible.

Hasta el último momento de la película, nada confirma las siniestras sospechas de Rosemary. Polanski no muestra en ningún momento un solo indicio de algo que pueda catalogarse de sobrenatural. Todas las «pruebas» que tiene Rosemary de la siniestra conspiración que cree que se está urdiendo contra ella son anecdóticas y circunstanciales. Dado que el público siente simpatía por Rosemary, además del hecho de que está viendo una película de terror, la mayoría de los espectadores adopta, sin cuestionarla, la misma perspectiva investigadora que la protagonista.

Pero es posible que la anciana pareja que vive en el mismo rellano no sean los cabecillas de un aquelarre de siniestros satanistas, y también es posible que su marido no haya vendido su alma y la del bebé nonato al diablo, porque es igual de verosímil, y francamente más probable, que Rosemary esté sufriendo un brote psicótico provocado por su depresión posparto.

Cierto, en el clímax de la película se revela que, en efecto, los Castevet y sus amigos han conspirado contra Rosemary. Pero la existencia en sí de Satanás sigue siendo ambigua. ¿Quién sabe si los Castevet y compañía no son una simple panda de putos lunáticos? Si al final de la historia clamaran «¡Salve, Pan!» en lugar de «¡Salve, Satanás!», ¿acaso cuestionaríamos sus creencias?

Si Evans hubiera contratado a cualquier otro cineasta para dirigir aquella obra, es casi seguro que la habría convertido en una simple película de monstruos. Polanski, en cambio, superó la prueba hercúlea de no hacer una película de monstruos y, aun así, conseguir que el público se cagara de miedo. Luego Evans y su equipo aportaron su grano de arena diseñando una de las mayores campañas publicitarias del cine de la época y montando un tráiler espeluznante que, en muchos sentidos, era aún mejor que la película. El resultado final fue un enorme éxito que convirtió a Roman Polanski no solo en uno de los directores de moda en la industria, sino también en un icono de la cultura pop (se hace referencia a él en las letras del musical rock *Hair*) y en el primer director de cine que se asemejaba genuinamente a una estrella de rock.

Y ahí está ahora, en carne y hueso, con su despampanante esposa, como vecino de al lado de Rick. «Ese tío sí que tiene al mundo cogido por las putas pelotas», piensa Rick.

Luego se abre la verja eléctrica que Roman y Sharon tienen delante y el Roadster desaparece de la vista tan deprisa como ha aparecido.

–Hostia puta –dice Rick para sí–. Ese era Polanski. –Luego se dirige a Cliff–: ¡Era Roman Polanski! Lleva ya un mes viviendo aquí y es la primera vez que lo veo.

Rick abre la portezuela del coche y sale entre risitas. Cliff también se ríe para sus adentros: está presenciando un ejemplo más de los salvajes cambios de humor de Rick.

Para cuando Rick cruza el jardín de delante de su casa en dirección a la puerta, su actitud ha cambiado tras ver a Polanski. Le dice a su amigo en tono emocionado y girando atrás la cabeza:

—¿Qué he dicho siempre? Lo más importante en esta ciudad, cuando ganas dinero, es comprarte una casa. Nada de alquilar. Me lo enseñó Eddie O'Brien —señala, refiriéndose al intenso actor de carácter Edmond O'Brien, a quien Rick conoció cuando O'Brien estuvo de invitado especial en un episodio de la primera temporada de *Ley y recompensa*. Mientras sigue hablando, el pavoneo en sus andares se hace más pronunciado—. Tener propiedades en Hollywood significa que vives aquí. No estás de visita. ¡Vives aquí, coño! —Y, subiendo los tres peldaños que llevan a la entrada de su casa, aña- de—: O sea, aquí estoy, en la mierda, ¿y a quién tengo viviendo en la casa de al lado? —Mete la llave en la cerradura, la gira y se vuelve hacia su amigo para concluir su discurso y contestar su propia pregunta—: Pues al director de la puta *Semilla del diablo*, nada más y nada menos. Polanski es el director más de moda de esta ciu- dad, seguramente del mundo, y es mi vecino de al lado. —Rick entra en la casa mientras concluye su perorata—: ¡Si me invita a una fies- ta en su piscina, tal vez acabe saliendo en su nueva película!

Cliff quiere largarse, así que se queda en el umbral; prefiere no entrar en la casa.

—¿O sea, que ya estás mejor? —le pregunta Cliff en tono sarcás- tico.

—Uy, ya lo creo —le dice Rick—. Siento haberme puesto así. Cuando tengas un momento, encárgate del trasto ese de *Levan- tamiento comanche*.

Cliff le hace un gesto como diciendo «Cuenta con ello» y luego le pregunta:

—¿Me necesitas para algo más?

Rick le hace un gesto con la mano para que se marche.

—No, no, no. Tengo un montón de texto que aprenderme para mañana.

—¿Necesitas que repase los diálogos contigo? —le pregunta Cliff.

—No, no te preocupes —le dice Rick—. Ya lo haré con la graba- dora.

—Muy bien —asiente Cliff—. Pues, si no me necesitas, entonces me voy.

—No, no te necesito —confirma Rick.

Cliff echa a andar hacia atrás para salir de allí lo más deprisa posible, antes de que Rick cambie de opinión.

—Venga, pues nos vemos mañana a las siete y cuarto.

—Entendido, a las siete y cuarto —repite Rick.

—Eso significa a las siete y cuarto ya fuera, en el coche —aclara Cliff.

—Muy bien, siete y cuarto ya fuera, en el coche —repite de nuevo Rick—. Nos vemos, colega.

Rick cierra la puerta de su casa. Cliff camina hasta el coche que hay aparcado junto al Cadillac de su jefe, en la entrada de la propiedad. Es su Volkswagen Karmann Ghia descapotable, azul claro y bastante necesitado de un lavado. El doble de acción entra en él, mete la llave en el contacto y la gira. El motor del pequeño Volkswagen cobra vida. Mientras se enciende el motor, se oye de pronto el sonido de la emisora 93 KHJ de Los Ángeles. Billy Stewart está haciendo su improvisación vocal estilo scat del final de su versión de «Summertime», cuando Cliff sale de la propiedad con la marcha atrás y da un golpe de volante brusco que aleja el morro del Karmann Ghia de la casa y lo orienta colina abajo por Cielo Drive. Pisa tres veces el acelerador con la bota de Billy Jack y luego, sincronizando sus movimientos con las acrobacias vocales de Billy Stewart, acciona la palanca de cambios y le da una vez más al acelerador, bajando a toda pastilla la colina residencial de Hollywood, tomando todas las curvas cerradas a velocidad de vértigo, rumbo a su casa, situada a tres autopistas de distancia, en la ciudad de Van Nuys.

4
Brandy, qué guapa eres

Después de enviudar, Cliff ya no volvió a tener una relación seria con ninguna mujer. Follaba con chicas. Se aprovechaba de todo aquel amor libre/sexo libre que flotaba en el aire a finales de los sesenta. Pero nada de novias serias, y, desde luego, nada de esposas. Sin embargo, sí que había una chica en la vida de Cliff a la que amaba y que correspondía a ese amor: su pitbull de cabeza plana, orejas dobladas y pelaje rojizo, Brandy.

La perra espera, ansiosa, junto a la puerta de la caravana de Cliff, a oír cómo el Karmann Ghia de su amo aparca fuera. En cuanto lo oye, empieza a mover rápidamente su muñoncito de cola de izquierda a derecha, y el instinto la hace gimotear y arañar la puerta con la zarpa. Siempre que Cliff pasa el día fuera, le deja a Brandy su pequeño televisor en blanco y negro con antena de V encendido para que ella no se sienta sola. Ahora mismo, están emitiendo el episodio del 7 de febrero de 1969 del programa de variedades de los viernes por la noche de la ABC, *The Hollywood Palace*. Cada emisión tiene un presentador distinto que presenta a un nuevo grupo de invitados. La semana anterior el anfitrión era el pianista cómico Victor Borge. Esa semana es Robert Goulet, el cantante del musical de Broadway *Camelot*. Goulet está entonando una interpretación dramática del clásico metafísico de Jimmy Webb, «MacArthur Park».

MacArthur Park is melting
In the dark
All the sweet Green icing
Flowing down

La puerta de la vivienda se abre de golpe y allí está Cliff Booth, con su atuendo de tela vaquera azul de Billy Jack. Igual que todas las noches cuando Cliff llega a casa, Brandy se vuelve totalmente loca. Cliff, que trata a Brandy con mano firme («Le gusta la mano firme», le dice siempre a Rick), le permite que le salte encima un rato hasta cansarse. Pero esa noche Cliff tiene una sorpresa agradable para su chica. Hoy Cliff y Rick han comido en el Musso and Frank, y el doble de acción se ha tomado un filete y se ha guardado el hueso en el bolsillo de la chaqueta durante todo el día, envuelto en una de las servilletas de tela blanca del restaurante, para dárselo ahora. Después de concederle unos momentos para que se desfogue con su baile feliz de «bienvenido a casa», Cliff le dice con brusquedad:

—Ya vale, baja, baja, baja.

Ella se sienta sobre las patas traseras, apuntándolo con el hocico. Ahora que Cliff ha conseguido toda su atención, se saca del bolsillo de su chaqueta azul a la moda la servilleta de tela blanca, donde lleva la chuleta con restos de carne.

—Mira qué te he traído —le dice en un tono provocativo.

«¿Algo para mí?», piensa Brandy.

Mientras lo desenvuelve, Cliff le dice:

—Vas a flipar con esto, colega. —Y en ese momento emerge de la servilleta el hueso del filete.

Brandy, excitada, da un brinco sobre las patas traseras y apoya las delanteras en la cintura de Cliff. El agradecimiento de la perra le arranca una risita a Cliff. Puedes llevar a una mujer al Musso and Frank, pedir el mismo puñetero filete, añadirle una botella de vino tinto y rematarlo con una porción de tarta de queso, y la mujer nunca te mostrará tanta gratitud. Lo cual coincide con la teoría que tiene Cliff sobre la mentalidad mercenaria de las mujeres, quien postula que lo que otra gente llama «cortejo» no es más que una puñetera transacción. Las chicas prefieren salir con un rico cabrón, a quien no le importe un carajo la cuenta, que con un tontorrón enamorado que haya estado ahorrando y se esté gastando hasta su último dólar en ellas.

Pero esta chica es distinta. Ahora le ofrece su regalo y la perra salta en el aire, atrapando el hueso con sus poderosas fauces. Cliff lo suelta y Brandy se retira al rincón donde tiene un pequeño cojín en el que roe en privado su hueso bovino.

La historia de cómo se conocieron Cliff y Brandy es bastante interesante. Fue hará poco más de dos años. Cliff estaba sentado en su caravana detrás del autocine de Van Nuys cuando le sonó el teléfono. Al otro lado de la línea estaba el irresponsable de su amigo, también doble de acción, Buster Cooley, que le debía tres mil doscientos dólares. La cantidad había ido aumentando en los últimos cinco o seis años. Cuatrocientos por aquí, quinientos cincuenta por allá. Había empezado a prestarle dinero a su amigo durante la época en que Cliff se ganaba muy bien la vida. Fue la época en que su asociación con Rick le permitía hacer de doble del protagonista de una serie de películas de acción para los estudios de cine. Rick siempre se está quejando de aquella época, pero para Cliff fueron años de vacas gordas. El hecho de tener dinero por primera vez en la vida, tras pasar por situaciones precarias, hizo que Booth perdiera un poco la cabeza. Su gran compra fue una pequeña barca bastante chula, donde estuvo viviendo y que tenía amarrada en Marina Del Rey. Fue durante aquellos tiempos de abundancia cuando le prestó a Cooley la mayor parte del dinero. Cliff no era idiota, eso sí que no; Cooley quizá se estuviera aprovechando de él, pero no pretendía estafarlo. Cuando Buster le pedía dinero prestado, es que realmente lo necesitaba. Iban a embargarle el coche, el televisor, o estaban a punto de echarlo de su apartamento o iban a llevarse de nuevo el coche; necesitaba saldar su deuda de la tarjeta de crédito de las gasolineras 76, o bien pagar la entrada y la fianza de un nuevo apartamento. Cierto: es posible que Buster Cooley fuera un poco gorrón, pero no era un sablista profesional. Si hubiera tenido el dinero, se lo habría devuelto, y Cliff lo sabía. No tenía sentido que Cliff llamara a Buster por teléfono y lo humillara. En primer lugar, porque así no conseguiría su dinero más deprisa. Y, en segundo lugar, porque, si hacía eso, Buster empezaría a evitarlo. Y llegaría el día en que ambos acabarían encontrándose (Los Ángeles es una ciudad pequeña). Y si Cliff presionaba a Cooley y a partir de ahí este intentaba evitarlo, cuando se encontraran por casualidad, Cliff se vería obligado a recriminárselo. Y es en ese tipo de situaciones cuando las cosas entre dos hombres de esa clase pueden ponerse feas muy deprisa. Cliff sabía que, si a Buster le entraba dinero, él vería al menos una parte. Pero también sabía que a Buster nunca le entraría dinero. Así pues, hacía un par de años que se había despedido mentalmente de aquel dinero. Y, aunque era cierto que ahora le vendría bien, aun así, se alegraba de haber logrado ayudar a un viejo amigo cuando había podido. Quizá no con tres mil dólares, pero bueno, si por entonces no se lo hubiera podido permitir, no se lo habría prestado.

De manera que Cliff se llevó una sorpresa agradable cuando aquel día oyó la voz de Cooley al otro lado de la línea telefónica.

Y se quedó todavía más sorprendido cuando Buster le preguntó si podía ir aquel mismo día a Van Nuys para verlo. Poco más de una hora después, la camioneta Datsun roja de 1961 de Buster aparcaba delante de la caravana de Cliff. Le ofreció una cerveza a su amigo, y después de que ambos abrieran las anillas de sendas latas de Old Chattanooga, Cooley mencionó a su viejo amigo el dinero que le debía.

—Oye, los tres mil dólares que te debo…

—Tres mil doscientos dólares —lo corrigió Cliff.

—¿Tres mil doscientos? ¿Estás seguro? —le preguntó Cooley.

—Segurísimo —dijo Cliff.

—Bueno, tú lo sabrás mejor que yo. Tres mil doscientos —ratificó Cooley—. Pues eso, que no los tengo.

Cliff no contestó, se limitó a dar un sorbo de cerveza.

—Pero no desesperes —prosiguió Cooley—. Tengo algo para ti que es mucho mejor.

—¿Algo mejor que tres mil doscientos dólares en billetes verdes americanos contantes y sonantes?

—Oh, ya lo creo —confirmó Cooley con rotundidad.

Cliff sabía que lo único mejor que el dinero eran los calmantes, así que, a menos que Cooley hubiera llevado consigo una maleta llena de Ibuprofeno, no se hacía demasiadas ilusiones.

—Dime entonces, Buster, ¿qué tienes que sea mejor que el dinero?

Cooley señaló la puerta con el pulgar y dijo:

—Ven fuera y te lo enseño.

Ambos salieron de la caravana dando sorbos a las latas de Old Chattanooga, y Buster llevó a Cliff a la parte de atrás de la camioneta. Y allí, de pie en la zona de carga de la Datsun de Buster, en una jaula de malla metálica, estaba Brandy.

Aunque a Cliff le gustaban los perros, y sobre todo las perras, y Brandy era ciertamente una perra muy bonita, al principio no pareció muy impresionado.

—¿Intentas decirme que esta perra vale tres mil doscientos dólares? —preguntó, escéptico.

—No —dijo Cooley sonriendo—. No vale tres mil doscientos dólares. —Y añadió con una sonrisa todavía más amplia—: Vale entre diecisiete mil y veinte mil dólares.

—¿En serio? —preguntó Cliff, poco convencido— ¿Y eso por qué?

Cooley contestó lleno de convicción:

—Pues porque es el mejor perro de pelea a este lado del puto hemisferio occidental.

Cliff, escéptico, enarcó las cejas.

—Esta perra puede con todo lo que le eches —siguió diciendo Buster—. Pitbulls, dobermans, pastores alemanes, dos perros a la vez, lo que sea. Esta perra los hace pedazos.

Cliff miró al animal enjaulado, examinándolo en silencio mientras Buster continuaba:

—Esta perra no es una simple perra. Es dinero en el banco. Es un seguro que cobrar cuando te haga falta. ¡Es como tener cinco caballos de caída!

Un caballo de caída era un caballo al que enseñabas a caerse al suelo sin hacerse daño ni asustarse. Y, en un Hollywood que producía cientos de películas y series televisivas del Oeste, si tenías un caballo que sabía caerse al suelo y luego volver a levantarse, entonces tenías una pequeña imprenta de billetes. El único dinero más fácil de conseguir que ese era tener la suerte de que te saliera un hijo que triunfara como actor infantil.

—¿Te acuerdas de Ned Glass? —le recordó Buster a Cliff—. ¿Y de aquel caballo de caída que tenía, Blue Belle?

—Sí —dijo Cliff.

—¿Y te acuerdas de cuánto dinero ganó con aquel potro salvaje?

—Sí —respondió Cliff—. Ganó una pequeña fortuna.

—Pues esta perra —dijo, y señaló al animal dentro de la jaula— es como tener cuatro Blue Belle.

—Muy bien, Buster —dijo Cliff—. Soy todo oídos. ¿Qué me propones?

—Mira, no puedo darte dinero contante y sonante —declaró con sinceridad Cooley—, al menos no los tres mil dólares. Pero lo que sí puedo darte es una participación del cincuenta por ciento en el puto Sonny Liston de los perros.

Cliff escuchó a Buster, que se puso a detallar su plan:

—Tengo mil doscientos dólares. La apuntamos a una pelea que han montado en Lomita. Apostamos los mil doscientos por ella y solo tenemos que sentarnos y verla trabajar. En cuanto la veas en acción, te darás cuenta de su potencial. Luego tú y yo la apuntamos al circuito de peleas de perros, nos repartimos las ganancias y, para la sexta pelea, podemos tener unos quince mil por cabeza.

Cliff sabía que Cooley no lo estaba estafando. Sabía que todo lo que acababa de decirle era cierto. Pero Cooley le estaba vendiendo aquello como algo seguro, y Cliff nunca había creído en las cosas seguras. Además, las peleas de perros eran ilegales, por no mencionar el hecho de que eran desagradables, y había demasiadas cosas que podían salir mal.

—Joder, Buster —se quejó Cliff—, no quiero participar en peleas de perros, solo quiero mi dinero. Si tienes mil doscientos pavos para apostar, ¿por qué no me los das simplemente? —propuso Cliff.

Buster fue sincero al contestarle:

—Porque los dos sabemos que, si te doy esos mil doscientos dólares, ya no verás un centavo más. Y no quiero devolverte treinta y cinco centavos por dólar. ¡Te portaste conmigo de puta madre cuando necesitaba ayuda y quiero que saques algún beneficio! —aseguró Buster—. Al menos ven conmigo a la primera pelea en Lomita. Mira cómo pelea. Confía en mí, Cliff, será una de las cosas más emocionantes que hayas visto nunca. Si gana, serán dos mil cuatrocientos dólares. Y, si no quieres seguir con eso, te quedas con los dos mil cuatrocientos.

Cliff dio otro trago a la cerveza mientras miraba a la pequeña luchadora dentro de la jaula de malla metálica.

Buster terminó su perorata:

—Ya me conoces, y sabes que no te estoy estafando. Si te lo digo es porque lo creo. Así que confía en mí; al menos participa en esa primera pelea, esta perra puede ganarla.

Cliff miró a la perrita de la jaula y luego al hijo de perra que tenía delante con una lata de cerveza en la mano. Después se puso de cuclillas con la cara frente a la del animal del otro lado de la jaula. Cliff y la perra se enzarzaron en un combate de miradas. Cuando la señorita ya no pudo soportar la mirada firme del hombre, se puso a gruñirle y a lanzarle dentelladas. Las mallas de la jaula impidieron que los dientes del cánido desgarraran el apuesto rostro de Cliff, que se volvió para mirar a Buster Cooley.

—¿Cómo se llama?

Cliff, Buster y Brandy participaron en la primera pelea en Lomita. Y Cliff comprobó que todo lo que le había dicho Buster era cierto. Brandy era una verdadera luchadora, y tardó menos de un minuto en matar al otro perro. Aquella noche ganaron dos mil cuatrocientos dólares. Cliff no se podía creer lo increíblemente emocionante que había sido la experiencia. «A la mierda el Derby de Kentucky –pensó–. Han sido los cuarenta y cinco segundos de más emoción que he vivido en ningún deporte.»

Cliff estaba enganchado.

Durante los seis meses siguientes, recorrieron todo el circuito de peleas de perros del condado de Los Ángeles, también el de Kern y el de Inland Empire. Brandy peleó en Compton, Alhambra, Taft y Chino. Y ganó todas las peleas y la mayoría las ganó con facilidad. Solo salió herida en unas pocas ocasiones, y no eran lesiones graves. Y, cuando eso sucedía, le dejaban tiempo para que se recuperara. Pero después de aquellas primeras cinco peleas, en las que Brandy parecía indestructible, las apuestas subieron y la competición se volvió más feroz. Entonces las peleas los llevaron a Montebello, Inglewood, Los Gatos y Bellflower. Brandy siguió ganando, pero las peleas se volvieron dolorosamente largas y muchísimo más sangrientas, por lo que la perra acababa malherida y tardaba más tiempo en recuperarse.

Ese era el lado negativo del negocio. La parte positiva era que pelear contra perros más duros significaba mucho más dinero cada vez que ganaba.

Después de nueve combates, Cliff y Buster ya habían ganado unos catorce mil dólares por cabeza. Pero Buster, consciente de que por fin había encontrado algo bueno, tenía una cifra en mente: veinte mil dólares para él y otros veinte mil para Cliff. Fue en su décimo combate, en San Diego, cuando la chica peleó contra un pitbull llamado Caesar y salió malherida. Cancelaron la pelea sin haber declarado un ganador. Y Cliff supo entonces que Brandy había tenido suerte de que se cancelara, porque, si hubiera durado otros veinte minutos, Caesar podría haberla matado. Tanto en tiempos de guerra como de paz, Cliff había visto a seres queridos hechos pedazos. Pero la terrible angustia que experimentó viendo cómo Brandy recibía aquel castigo del salvaje Caesar fue más de lo que pudo soportar.

De manera que se cabreó muchísimo cuando Buster apuntó a Brandy a otra competición en Watts, contra un monstruo macho llamado Augie Doggie, antes de que la perra pudiera recuperarse del todo de la última paliza que había recibido.

Pero Buster lo tenía claro.

—¡Eh, tío, te prometí veinte mil dólares, y me prometí a mí mismo veinte mil dólares, y casi los tenemos, colega! ¡Este combate es el último, joder!

—¡Ya lo creo que es el último! —le gritó Cliff—. ¡No hay ninguna posibilidad de que gane a esa bestia de Augie Doggie tal como está!

—Eso es precisamente lo mejor de todo —le dijo Buster en un tono animado—. Que no va a ganar. Lo importante ahora es que su reputación está intacta. La apuntamos a la pelea y apostamos por el otro perro.

Fue entonces cuando Cliff se abalanzó sobre Buster. Durante cuatro minutos se enzarzaron en un combate salvaje delante de la caravana de Cliff, hasta que este le rompió el cuello a Buster Cooley.

Matándolo.

Se habían peleado hacia las cinco de la tarde. Cliff estuvo hasta las dos de la mañana viendo la tele junto al cadáver de Buster. Luego, después de que el autocine cerrara, metió el cuerpo en el maletero del coche de Cooley, un Impala Sport Coupe de 1965 que se había comprado con las ganancias obtenidas de las peleas de Brandy. Con la perra en el asiento del copiloto, Cliff condujo hasta Compton y abandonó el coche allí con las llaves debajo de la visera para el sol. Se alejó del vehículo con Brandy y caminaron toda la noche hasta el alba. Y, al salir el sol, la perra y él se subieron a un autobús de vuelta a Van Nuys.

No era la primera vez que Cliff cometía un asesinato y se iba de rositas. La primera vez había sido en Cleveland en los años cincuenta. La segunda, hacía dos años, cuando mató a su mujer. Esta era la tercera vez, y también ahora salió indemne. Nunca supo qué fue de Buster Cooley ni de su coche. De hecho, ninguno de sus conocidos volvió a sacar jamás a colación a Buster. De aquello hacía un año. Y, desde entonces, Cliff solo había hecho pelear a Brandy un par de veces, cuando iba muy necesitado de dinero. Después de la última, sin embargo, le prometió a Brandy, por mucho que esta no lo entendiera, que nunca volvería a hacerla luchar. Y era una promesa que Cliff tenía intención de cumplir.

En su caravana, la noche de viernes del 7 de febrero de 1969, Cliff chasquea los dedos y señala una silla. Junto a la butaca reclinable de Cliff, hay una silla de madera con un pequeño cojín para perro.

Brandy se sube a ella y se acomoda sobre las patas traseras, mientras espera a que Cliff le prepare la cena. Este se la prepara con calma, pese a saber que eso supone una tortura para la perra. Pero no pasa nada: él sabe mejor que nadie que la tortura puede templar el carácter. Antes de prepararle la cena, abre la nevera y saca una lata de cerveza Old Chattanooga de los aros de plástico del paquete de seis.

Su pequeño televisor en blanco y negro con antena de V tiene sintonizada la emisora local asociada a la ABC, la KABC Channel 7. En la pequeña pantalla monocroma aparece un anuncio de la marca de cigarrillos que fuma Cliff, Red Apple. Un tipo normal y corriente de los años sesenta con el pelo engominado, traje negro y corbata mira a cámara, filmado en un plano medio corto.

La voz en off del anuncio le pregunta al tipo:

«¿Quieres un bocado de Red Apple?».

El tipo normal contesta con entusiasmo:

«¡Ya lo creo!».

Y de debajo del plano saca una manzana grande y roja, se la lleva a la boca y le da un mordisco enérgico.

Cliff toma un sorbo de la Old Chattanooga y deja la lata sobre la encimera de la cocina. Abre un armario pequeño y saca dos latas de comida para perros Wolf's Tooth (Comida buena para perros duros). Las abre con un abrelatas barato de manivela y deja caer el mejunje, todavía con forma de lata, en el cuenco de Brandy. La perra sabe que es la hora de comer y, mientras ve cómo la comida sale deslizándose de la lata y cae pesadamente en su cuenco, permanece quieta en su silla, sin hacer ningún ruido; y eso la está matando. Puede que no sepa gran cosa, pero sabe muy bien lo que se espera de ella a la hora de comer; sabe perfectamente que debe quedarse sentada en esa silla y sin gemir hasta que su amo le haga la señal de que puede comer.

En la pantalla del pequeño televisor en blanco y negro, una mujer de los años sesenta estilo Marlo Thomas con un peinado ahuecado mira a la pantalla en plano medio corto mientras la voz en off del anuncio le pregunta:

«¿Quieres un bocado de Red Apple?».

«¡Ya lo creo!» contesta ella.

Y se lleva una manzana roja y enorme a la boca y le da un mordisco grande y ruidoso.

Sentada en la silla, Brandy menea la cola con furia de izquierda a derecha, mientras su cuerpo musculoso vibra de excitación, anticipación e instinto canino. Ahora que ha terminado de vaciar las dos latas de comida para perros en el cuenco de Brandy, Cliff dirige su atención al fogón y saca del fuego la cazuela de agua hirviendo. Vierte la cazuela de macarrones humeantes en un colador y, después de sacudirlo un par de veces para eliminar el agua sobrante, devuelve los macarrones a la cazuela.

En la pantalla del televisor, una joven guapa y negra de hombros desnudos y un peinado afro voluminoso y redondo mira a cámara mientras la voz en off del anuncio le pregunta: «¿Quieres un bocado de Red Apple?». Ella mira al anunciante que está fuera de cámara y le dice: «Ya lo creo». Luego, la chica del peinado afro saca un cigarrillo encendido de debajo del plano, da una larga calada, suelta una bocanada grande de humo con un gemido de placer y dice:

«Da un bocado y disfruta, da un bocado de Red Apple».

Cliff saca una bolsita de queso en polvo de la caja abierta de macarrones con queso Kraft, la abre y espolvorea el queso encima de los macarrones de la cazuela. Remueve los polvos de color naranja con un cucharón de madera y mucho músculo. Las instrucciones dicen que añadas leche y mantequilla, pero Cliff cree que, si puedes permitirte añadir leche y mantequilla, también puedes permitirte comer otra cosa. Mientras Cliff se prepara la cena, oye que a la temblorosa y espasmódica Brandy se le escapa un gimoteo. Cliff la mira. Deja la olla de los macarrones con queso sobre la encimera y centra toda su atención en Brandy.

–¿He oído llorar a alguien? –le pregunta Cliff a la perra. Brandy sabe que no tiene que lloriquear, pero no ha podido evitarlo, es un perro. Cliff sigue dirigiéndose al animal excitado en un tono autoritario–: ¿Qué te he dicho de llorar? Si lloras, no comes –la instruye Cliff–, y yo tiro toda esa porquería a la basura –dice, refiriéndose a las dos latas de comida de perro Wolf's Tooth que tiene apiladas en su cuenco–. No quiero, pero lo haré –puntualiza Cliff–. ¿Lo entiendes?

Brandy contesta con un «Guau» alto y claro.

–Más te vale –le dice Cliff.

Luego coge una bolsa enorme de Gravy Train, una marca de comida seca para perros muy popular de la época, y la vierte encima de la comida húmeda del cuenco. Eso eleva la montaña de comida para perro y le añade una cúspide. A Cliff le importa un carajo que los granos de comida seca se salgan del cuenco y se esparzan por todo el suelo de la cocina, porque da igual adónde vayan a parar, Brandy los encontrará y se los comerá.

En la televisión, después de que la voz en off del anunciante haya descrito todos los distintos surtidos de productos tabáquicos de calidad de Red Apple, el anuncio pasa a un plano medio corto del famoso actor Burt Reynolds, fumándose un puro con boquilla de plástico.

La voz en off del anuncio le llama la atención.

«Eh, Burt Reynolds, ¿quieres un bocado de Red Apple?»

Burt mira a cámara y dice:

«Oh, ya lo creo–. Da una calada del puro y expulsa el humo antes de repetir el eslogan de Tabacos Red Apple. –Da un bocado y disfruta, da un bocado… de Red Apple.»

Cliff agarra la cazuela por el asa, va a la sala de estar y se sienta en su butaca reclinable frente al televisor. Brandy es todo ojos y oídos. En cuanto Cliff se ha sentado en su butaca y se ha comido el primer bocado de macarrones con queso Kraft, hace un chasquido con la lengua.

Esa es la señal para Brandy. La perra abandona de un salto la silla, va dando brincos a la cocina y devora con una voracidad lobuna la comida de su cuenco. Cliff cambia el canal de su televisor de la KABC Channel 7 a la KABC Channel 2 y a la serie de detectives de los viernes por la noche *Mannix*, protagonizada por Mike Connors y Gail Fisher en los papeles del detective Joe Mannix y su secretaria negra, Peggy. En la pantalla, Peggy parece preocupada mientras le cuenta lo sucedido la noche anterior a su jefe, Joe Mannix, que está sentado detrás de su escritorio.

«A ver, Peggy, ¿qué pasa?», le pregunta Mannix.

«Anoche, en el club, nos lo estábamos pasando bien –le dice Peggy–, y, de pronto, paf, todo cambió.»

Joe intenta disipar su preocupación:

«Ya sabes cómo son esos músicos. Son tipos temperamentales. Quién sabe qué les pasó».

A Cliff le gusta *Mannix*, tanto la serie como el propio Mannix. Ese es la clase de tío que le cae bien. De hecho, hay una parte de Cliff a la que le gustaría ser Mannix. Y, si él fuera Mannix, lo primero que haría sería follarse a Peggy. Cliff también es muy fan del agente secreto Matt Helm. No de las películas insulsas protagonizadas por Dean Martin, que son para idiotas, sino de los libros escritos por Donald Hamilton. Como personaje, Matt Helm es inconscientemente racista y conscientemente misógino, y a Cliff eso le encanta. Cliff cita a los héroes de las novelas pulp como Matt Helm, Shell Scott y Nick Carter de la misma manera en que los británicos citan a Keats y, los franceses, a Camus.

Cuando fue al cine a ver la primera película de Matt Helm, *Los silenciadores*, a los quince minutos le pidió de malas maneras a la taquillera que le devolviera su dinero. Si esa película lo había asqueado a él, no quería ni imaginarse qué efecto debía de haber tenido en el autor, Donald Hamilton. ¡Dean Martin era un Matt Helm espantoso, joder! En cambio, si las películas hubieran sido fieles a los libros, Mike Connors habría sido una elección fabulosa. Incluso el dibujo de Matt que ilustraba la portada de los libros se parecía a Connors.

Mientras Mannix y Peggy siguen con su escena, y Brandy devora su montaña de comida, Cliff deja la cazuela llena de macarrones, coge su ejemplar de la *TV Guide*, consulta el episodio de esa semana de *Mannix* y lee en voz alta la sinopsis:

—«Muerte en clave menor: Mannix busca al novio desaparecido de Peggy, un músico negro que se ha escapado de una cuadrilla de presidiarios condenados a trabajos forzados. El detective viaja al sur y se enfrenta a un enigmático jefe de policía, a un testigo lleno de prejuicios y a un entrometido omnipresente».

Cliff tira a un lado la *TV Guide*, vuelve a coger la cazuela de comida de color amarillo y naranja y se lleva un bocado a la boca con el tenedor. Mientras mastica, se pregunta a sí mismo y a Brandy:

—¿Qué significa un «entrometido omnipresente»?

A unos treinta kilómetros aproximadamente, en Chatsworth, California, en lo que queda del set de rodaje en ruinas que solía representar un pueblo del Oeste conocido como el rancho Spahn, George Spahn, de ochenta años, está sentado en el sofá de su casa, en pijama y albornoz, viendo el mismo episodio de *Mannix* a la misma hora, junto a su cuidadora pelirroja y de cara pecosa de veintiún años, «Squeaky». Así ven la tele todas las noches: él sentado en el sofá envuelto en su albornoz y pijama, y ella tirada allí mismo con la cabeza apoyada en el regazo de George. Como este es ciego, Squeaky le describe lo que está pasando en la pantalla del televisor:

—Ahora la negra esa que trabaja para Mannix le está pidiendo ayuda a Joe para encontrar a ese novio suyo negro trompetista que ha salido en la primera escena.

—¿Peggy es negra? —exclama George, sorprendido.

Squeaky pone los ojos en blanco exasperada y dice:

—Te lo digo todas las semanas.

5
La incursión siniestra de Pussycat

Son las dos de la mañana en Greenbriar Lane, una calle de casas adosadas residenciales de un vecindario acomodado de Pasadena, California.

A ambos lados de la calle sin salida se extiende un conjunto de residencias suburbanas con jardines delanteros muy cuidados y dentro gente blanca de clase media-alta. A esta hora de la noche, excepto algún que otro gato o algún coyote atrevido que se ha aventurado a bajar de las colinas para comer de los cubos de basura, no hay ningún movimiento en el vecindario. Todos los residentes de la calle parecen profundamente dormidos, a salvo tras sus puertas cerradas a cal y canto y en camas bien cómodas con aires acondicionados ronroneantes.

De pie, en la acera de enfrente de una casa a oscuras con un buzón de lo más hogareño en la entrada, hay cinco miembros de «la familia» de Charlie Manson: Clem, con su diente incisivo mellado; Sadie; Froggy, una de las integrantes más jóvenes de «la familia»; Debra Jo Hillhouse (alias «Pussycat»); y el mismo Charlie.

Charlie está detrás de Debra Jo y tiene las dos manos apoyadas en sus hombros, mientras le habla en voz baja al oído:

—Muy bien, Pussycat —murmura Charlie—. Es tu momento. El momento de cruzar la frontera. El momento de enfrentarse al miedo. El momento de mirar al miedo a la cara. Es hora de que lo hagas tú sola, cielo.

Debra Jo le recuerda que no es su primera «incursión siniestra». Su líder espiritual admite que no, que no es la primera, pero sí es la primera que lleva a cabo sola. Le recuerda la filosofía imperante en «la familia» de que la unión hace la fuerza.

—Por eso hacemos lo que hacemos —le explica—, y cómo lo hacemos, y por eso es importante en última instancia nuestra forma de vida. —Pero a continuación, mientras le masajea suavemente los hombros por debajo de su camiseta negra y sucia, puntualiza—: Pero también son importantes los logros individuales, ponerte a prueba a ti misma. Afrontar tus miedos, y eso solo puedes hacerlo tú. Por eso te estoy obligando a hacer esto, Debra Jo.

Charlie es la única persona en la tierra, aparte de su padre, a quien ella permite que la llame por su nombre de nacimiento y no por el que ha adoptado.

—Quiero hacerlo —dice Debra Jo en un tono no muy convincente.

—¿Y por qué quieres hacerlo? —pregunta Charlie.

—Porque tú lo quieres —contesta ella.

—Sí, yo lo quiero —admite Charlie—. Pero no quiero que lo hagas por mí. Y tampoco quiero que lo hagas por ellos. —Y señala con la cabeza a los otros—. Quiero que lo hagas por ti.

Las yemas de los dedos de Charlie sienten el ligero temblor que recorre el cuerpo de Debra Jo.

—Estás temblando, preciosa.

—No tengo miedo —protesta ella.

–Chist –la hace callar él–. No pasa nada. No hace falta que mientas.–Y le explica a la guapa morena–: El noventa y siete por ciento de la gente a quien has conocido en tu vida, y el noventa y siete por ciento de la gente a la que conocerás en tu vida, se ha pasado el noventa y siete por ciento de la vida huyendo del miedo. Pero tú no, preciosa –susurra–. Tú estás caminando hacia el miedo. El miedo es la meta. Sin miedo, nada tiene sentido.

Aunque Debra Jo sigue temblando, su cuerpo, en cambio, sí parece relajarse bajo los dedos de Charlie. De pie a su lado, Charlie se inclina hacia delante y le pregunta en voz muy baja al oído derecho:

–¿Confías en mí?

–Ya sabes que sí –dice–. Te quiero.

–Y yo te quiero a ti, Debra Jo –le dice Charlie–, y es ese amor el que te va dando suaves empujoncitos hacia la grandeza. Estoy en tu corazón, Pussycat, estoy en tus zarpas, estoy en tu cola, estoy en tu hocico y estoy en tu cráneo de gata.

Charlie aparta los dedos de sus hombros y la rodea con los brazos, abrazándola desde detrás. Ella apoya su peso en él. Los dos se balancean despacio de lado a lado, apoyándose alternativamente en un pie y en el otro. Charlie la mece como si fuera un bebé en sus brazos.

–Concédeme el privilegio de ser tu guía. Y la chica que emerja de esa casa será colosalmente más poderosa que la chica que entró.

Luego Charlie deja de abrazarla por la cintura, retrocede un paso y le da una palmada en el trasero de vaqueros cortados, empujándola hacia delante, en dirección a la casa de los Hirshberg.

En 1968, Terry Melcher, productor de los discos de los Byrds, cerebro a la sombra de Paul Revere and the Raiders y niño prodigio de la Columbia Records, pasó bastante tiempo con Charlie Manson y su «familia» cuando estos acampaban en la casa de Dennis Wilson, en Hollywood, y viviendo a costa del miembro de los Beach Boys. A Terry Melcher nunca le convenció el supuesto talento musical de Charlie, al contrario que a Wilson. En lo tocante a las aspiraciones musicales de Manson, no es que Terry pensara que Charlie no tenía talento, más bien opinaba que la música de Manson era poco más que pasable.

Pero, si Charlie Manson tenía algo que ofrecer, era del tipo cantautor folk. Y, en el seno de aquella poblada congregación, Charlie no aguantaba ni una comparación benévola con Neil Young, Phil Ochs, Dave Van Ronk, Ramblin' Jack Elliott, Mickey Newbury, Lee Dresser, Sammy Walker o, francamente, cualquier otro de los nombres conocidos del folk de la época. Además, el folk de hacía unos años estaba muerto. Ahora mismo, todos los músicos de folk que se habían labrado una reputación ya se estaban enchufando a amplificadores e intentando ser estrellas del rock.

Y como Terry Melcher representaba a la Columbia Records y esta ya tenía a Bob Dylan, no necesitaban a Charlie Manson. Además, Melcher ya no se dedicaba a los cantautores acústicos (como si se hubiera dedicado alguna vez a ellos). Paul Revere and the Raiders lo habían convertido en uno de los reyes del pop radiofónico de las listas de éxitos. No pretendía saquear al sello Vanguard Records, intentando robarles músicos para la Columbia, sino que estaba buscando la próxima banda artificial de chicos guapos de pelo alborotado que pudieran componer temas pegadizos y graciosos, tocar en *American Bandstand* y en todos los demás programas de rock de las cadenas locales (*Groovy, Boss City, The Real Don Steele Show, Where the Action Is, It's Happening*) y buscarse un espacio en las páginas de las revistas *Sixteen* y *Tiger Beat*. Tal vez esa persona que buscaba fuese Bobby Beausoleil, pero desde luego no era Charles Manson.

No es que Charlie no tuviera ningún talento; es que tenía tan solo un poco. Sin embargo, carecía de la disciplina necesaria para hacer crecer ese talento. Aunque Charlie se hubiera presentado con un repertorio de canciones más potente, no habría convencido a Terry para que le grabara un disco para la Columbia. Aun así, quizá habría conseguido que Melcher le llevara una de sus canciones a Linda Ronstadt para que la grabara.

Terry pensaba que Charlie era un excéntrico interesante. Sin embargo, no estaba tan fascinado con él como lo estaban otros amigos (Dennis Wilson y Greg Jakobson). La verdadera razón de que Terry Melcher hubiera pasado tanto tiempo con Charlie y «la familia» cuando estos estaban acampados en casa de Dennis Wilson no respondía a su condición de productor discográfico, puesto que no veía ningún potencial comercial en Manson, sino a que le encantaba follarse a un ángel de pelo oscuro de quince años llamado Debra Jo Hillhouse que se había unido a «la familia». Cuando Terry la había conocido, la joven todavía usaba su nombre de verdad, Debra Jo. Poco después, sin embargo, ya solo respondía a su nombre de «la familia»: Pussycat.

Debra Joe se había unido a «la familia» de Charlie a los quince años, y por entonces había sido la más joven de la panda y sin duda también la más guapa. Solamente la escultural Leslie van Houten podía competir con ella. Y Terry Melcher no estaba solo; a Dennis Wilson también le encantaba follarse a Debra Jo. De hecho, los únicos contactos serios que había hecho Manson en la escena musical de Los Ángeles no los había hecho gracias a su música, sino al atractivo del coño adolescente de Debra Jo Hillhouse. Esta ocupaba un lugar muy especial en el corazón de Terry Melcher. (Si Debra Jo hubiera sabido cantar, habría sido ella quien hubiera conseguido el contrato discográfico.)

Y hay que tener en cuenta que todo esto estaba ocurriendo en la época en la que Terry Melcher vivía con Candice Bergen, aquella belleza emblemática de los años sesenta.

Pero aun con la hermosa y rubia Candice Bergen en su casa, Terry no pudo renunciar a sus encuentros con Pussycat. En un momento dado, su afecto llegó a ser tan temerario que intentó contratar a Debra Jo como asistenta doméstica para llevársela a vivir a su casa de Cielo Drive con Candy y con él. (Puede que Candice Bergen no se enterara de muchas cosas, pero sí de las suficientes para rechazar aquella idea.)

Debra Jo Hillhouse tenía un aire de gatita nada impostado (por eso Charlie le había puesto el nombre de Pussycat) que dejaba a muchos hombres prendados, incluidos a unos cuantos miembros de los Straight Satans, la banda de moteros que alternaba con Charlie y «la familia» cuando estos vivían en el rancho Spahn.

Algo que diferenciaba a Debra Jo de las demás chicas que Charlie coleccionaba era que todavía mantenía relación con su padre, y de hecho este también era amigo de Charlie. Todas las otras chicas, en mayor o menor medida, se habían unido a «la familia» de Charlie debido a las malas relaciones con sus familias. Repudiar a tus padres, divorciarte de tu verdadera familia, hacerte miembro de tu nueva familia, con Charlie como padre, todo esto formaba parte del discurso de Manson. Pero, en el caso de Debra Jo Hillhouse, había conocido hacía un año a Charlie a través del padre de ella.

Una tarde, después de follar en la sala de billares de Dennis Wilson, mientras compartían un porro y bebían botellas casi heladas de cerveza mexicana, Terry Melcher le preguntó a Debra Jo cómo había conocido a Charles Manson.

—Mi padre lo recogió un día cuando hacía autostop —le contestó Debra Jo.

—Un momento —dijo Terry, sorprendido—. ¿Conociste a Charlie a través de tu padre?

Ella asintió con su cabeza morena y melenuda.

—Charlie estaba haciendo autostop —repitió ella—. Mi padre lo recogió y se pusieron a hablar. Conectaron. Así que mi padre se lo llevó a cenar a casa. Y así nos conocimos.

Terry dio una larga calada a su porro y luego se lo pasó a Debra Jo. Reteniendo el humo del porro en los pulmones, le preguntó:

—¿Y cuánto tiempo tardaste en irte con Charlie?

—Pues aquella misma noche —le dijo ella—. Me escabullí de casa y follamos en el coche de mi padre. Luego cogí las llaves y nos llevamos el coche y nos largamos juntos.

«Hostia puta —pensó Terry—. ¿Cómo cojones se las apaña un enano como Charlie para conseguir algo así? Bueno, en el caso de algunas de esas zorras hippies feas como Mary Brunner o Patty Krenwinkel, lo entiendo. Pero ¿un bellezón como Debra Joe?»

Luego Debra Jo le contó toda la historia descabellada de Manson y la familia Hillhouse, que terminaba con su padre pidiéndole a Charlie si podía unirse también a «la familia».

Ante esto, Terry exclamó:

—¡Tienes que estar de coña, joder!

Debra Jo sonrió y negó con la cabeza. Y añadió:

—Pero hasta a Charlie le pareció demasiado raro.

«Dios bendito», pensó Terry. Él ni siquiera había podido convencer a Candy Bergen para que aceptara una mujer de la limpieza hippy; en cambio, parecía que Charlie no tenía problemas para conseguir que todo el mundo a quien conocía hiciera cuanto él necesitaba. Puede que Terry no fuera consciente del todo del encanto que poseía Charlie, pero, aun así, debía reconocer que algo tenía. En sus tiempos, había visto a estrellas del rock manipular a chicas hippies para que estas hicieran cosas bastante increíbles. Pero ¿convencer a los padres? Eso ya suponía un grado de influencia mucho mayor. Terry no creía ni que Mick Jagger fuera capaz de nada así.

Con las rodillas visiblemente temblorosas, Debra Jo se acerca lentamente a la casa de los Hirshberg. Cruza el jardín delantero cubierto de rocío. Siente la humedad de la hierba en las plantas de sus enormes pies descalzos y el ligero frío le resulta vigorizante. Cuando pasa de la hierba al camino de cemento que lleva al portón de la valla del jardín de atrás, va dejando un rastro de huellas mojadas tras de sí.

Pasa el brazo por encima del portón de madera de la valla y, tratando de no hacer ruido, levanta el pestillo metálico oxidado del otro lado, empuja la puerta y entra en el jardín de atrás. Sus amigos, que la están mirando desde la acera, desaparecen gradualmente de su vista.

Ahora Pussycat está sola en la propiedad privada de los Hirshberg. Examina su entorno. Hay una piscina en forma de riñón. Hierba verde. Un árbol grande. Un par de mesas de picnic. Y un par de triciclos de niño muy gastados por el uso. Pero, aparte de los triciclos, el jardín de atrás de la casa es tan bonito y pulcro y está tan bien cuidado como el de delante.

Luego la voz de Charlie le susurra al oído: «¿Cómo está tu corazón?».

Ella contesta por lo bajo a la voz que le habla en la cabeza:

—Latiendo como un martillo neumático.

«Tranquilízalo, Pussycat —le murmura Charlie al oído—. Esos tambores de la selva van a despertar a toda la puñetera calle. Contrólalo y recobra la serenidad. Observa lo que te rodea.»

Ella inspecciona el jardín trasero con un poco más de atención, y los latidos acelerados de su corazón se ralentizan un poco.

«¿Quién vive ahí?», le pregunta Charlie.

—No lo sé. La familia Hirshberg, supongo.

«No te pregunto cómo se llaman —le susurra él con brusquedad—. ¿Quiénes son? ¿Tienen hijos? ¿Ves juguetes?»

Ella mira los triciclos y asiente con la cabeza.

«¿Muchos juguetes? —le pregunta—. ¿Un columpio?»

—No —contesta ella—. Solo un par de triciclos.

«¿Y eso qué te dice?», pregunta él.

—No lo sé, ¿qué debería decirme?

«Eh, guapa –la reprende él con gentileza–. Soy yo quien habla entre interrogantes. Y tú eres la que contesta con puntos. ¿Entendido?»

Ella asiente con la cabeza.

«O sea, que o bien tienen hijos o bien conocen a niños –supone Charlie–. ¿Quizá son abuelos? Ya contestaremos a esa pregunta más adelante. ¿Son ricos?»

Ella asiente con la cabeza.

«¿Cómo lo sabes?», la desafía Charlie.

–Pues porque viven aquí, ¿no? –dice ella en un tono sarcástico.

«No tan deprisa, Pussycat –la avisa Charlie–. No te dejes llevar por las apariencias, cielo. Podrían estar de alquiler. Podrían ser cuatro azafatas o cuatro camareras que viven juntas y pagan el alquiler entre todas. –Y le pregunta de repente–: ¿Tienen piscina?»

–Sí –dice ella.

«Toca el agua», le ordena.

Pussycat camina de puntillas por la hierba que cubre casi todo el jardín trasero hasta la piscina. Y luego hunde los dedos en el agua.

En cuanto su mano palpa el agua, la voz de su cabeza le pregunta: «¿Está caliente?».

Ella asiente.

«Entonces sí que son ricos –le explica Charlie–. Solo los ricos pueden permitirse tener la piscina caliente todo el tiempo.»

«Tiene lógica», piensa Pussycat.

«¿Estás lista para entrar en la casa?», le susurra Charlie.

Ella vuelve a asentir con la cabeza.

Charlie se pone duro: «¡No digas que sí con la cabeza, hostia! ¡Te he hecho una pregunta! ¿Estás lista para entrar en la casa?».

–Sí –dice ella.

«¿Sí, qué?», pregunta él.

–¿Sí, señor? –conjetura ella.

Él se enfurece y levanta la voz: «Nada de "sí, señor", joder, ¿y qué coño te he dicho de hablar con preguntas?».

Y ella le responde, en voz más alta de lo que debería teniendo en cuenta su situación:

—¡Sí, estoy lista!

Un Charlie entusiasmado le responde en su mente: «¡Así me gusta! ¡Esa es mi chica! ¿Qué clase de puerta tienen para entrar en la casa desde el jardín de atrás?».

Ella mira la casa y contesta:

—Puerta corredera de cristal.

«Pues mira, tienes suerte, chica. Es la clase de puerta que la gente obsesionada con la seguridad se olvida de cerrar con pestillo. Ahora ve hasta allí y mira a ver cuánta suerte tienes.»

Mientras avanza lentamente descalza en dirección al cemento del patio trasero, Debra Jo piensa: «Si tengo mucha suerte, la puerta estará cerrada con pestillo y podré volver a casa». Llega hasta la puerta de cristal y se pone en cuclillas. Echa un vistazo al interior. Todo está a oscuras. No hay movimiento. Escucha con atención. Salvo por los tambores selváticos de ese tam-tam que es su corazón, y que ahora vuelve a tañer rítmicamente, no oye nada. Levanta un brazo y da un tirón a la pesada puerta corredera de cristal. No se abre.

La voz de Charlie suena de nuevo en su cabeza: «Esas puertas suelen estar un poco duras. Prueba otra vez, más fuerte y con las dos manos».

Esta vez ella agarra el asa con ambas manos y da un tirón más fuerte a la puerta. Se abre un poco. En cuanto ve que se mueve, se queda sin aliento.

«Oh, mierda —piensa—. Voy a tener que entrar.»

Nota que Charlie le sonríe en el cerebro. Luego este se introduce en su alma para dirigirla durante la siguiente fase de la siniestra incursión. «A ver, antes de entrar en la casa, aplasta tu ego. Deja de existir. Ve a cuatro patas como la gata que eres. Tienes la misma energía que un gato del vecindario que explora una casa donde se ha dejado abierta la puerta de atrás. ¿Entendido?»

Ella asiente con la cabeza.

«Deja abierta la puerta corredera –le dice Charlie–, por si tienes que salir por piernas.»

Pussycat aparta la cortina y, todavía a cuatro patas, entra en la casa. Gateando recorre el suelo duro y frío de linóleo de la cocina hasta llegar a la sala de estar, cubierta con una gruesa alfombra.

Cuando llega al centro de la sala de estar, sienta el trasero en el suelo, deja que la vista se acostumbre a la oscuridad y examina el lugar.

Charlie sigue con sus preguntas:

«¿Quién es esta gente? ¿Son viejos? ¿Son de mediana edad? ¿Son padres o abuelos?».

—No lo sé —contesta ella.

«Mira los muebles –le dice él–. Mira los objetos decorativos.»

Pussycat inspecciona la sala. Mira las fotos enmarcadas de la pared, el televisor, los pequeños adornos que hay sobre la repisa de la chimenea. Ve el equipo de música con un montón de álbumes apoyados en la pared.

Gatea hasta los discos y les echa un vistazo.

Rudy Vallée.

Kate Smith.

Jackie Gleason.

Jack Jones.

John Gary.

Discos de musicales de Broadway: *Pacífico sur*, *El violinista en el tejado*, *Té para dos*. La banda sonora de *Éxodo*.

—Son viejos —le dice Pussycat a Charlie—. Diría que son abuelos.

«No hagamos conjeturas antes de tiempo, Debra Jo. Hagamos deducciones. –Y luego le pregunta–: ¿Viven niños en la casa?»

—No lo sé —dice ella.

«Pues compruébalo», le ordena él.

Y ella obedece. El lugar está limpio y ordenado.

—Hay unos cuantos juguetes en el jardín de atrás —contesta Pussycat—. Pero no creo que vivan niños en la casa.

«¿Por qué no?», pregunta Charlie.

—Porque la gente que vive aquí es vieja —responde decidida—. Los viejos son gente limpia y ordenada. Todo está en su sitio. Es un lujo que no se puede permitir la gente con niños.

«Bien por ti, Pussycat. —Ella nota cómo se le extiende por todo el cuerpo la sonrisa de Charlie—. ¿Cómo va ese corazón tuyo?»

—Tranquilo.

«Te creo. ¿Ves las escaleras?»

Ella asiente con la cabeza.

«¿Cómo va ese ego?»

—Inexistente.

«Entonces quizá ya estés lista para levantarte del suelo y ponerte de pie.»

Pussycat se levanta del suelo. La habitación se ve muy distinta desde esa nueva altura. Se quita la camiseta negra por la cabeza de melena abundante, y la deja caer sobre la gruesa alfombra. Luego se desabotona y se baja la cremallera de los Levi's cortados y se los quita sin hacer ruido por las piernas desnudas. También se quita las bragas mugrientas y las tira sobre el montón de ropa del suelo. En cuanto se ha desvestido del todo, la chica desnuda se agacha, levanta los vaqueros cortados del montón, busca en el abultado bolsillo de atrás y saca una bombilla roja. Se la pone en la boca, con la rosca metálica plateada entre los labios.

Luego, desnuda y a cuatro patas, sube por la escalera enmoquetada que lleva a la primera planta de la casa. Su cuerpo desnudo y felino se desliza suavemente y en silencio en dirección a los dormitorios.

En cuanto llega a lo alto de la escalera, vuelve lentamente la cabeza a derecha e izquierda, y es a su izquierda donde distingue la puerta que parece dar entrada al dormitorio principal. Desde el suelo donde está apostada, Pussycat descubre que no se ha equivocado: es en efecto el dormitorio principal, y la pareja, que está dormida en su cama marital *king size* ajustable, tiene la edad suficiente para ser abuelos.

Pussycat entra gateando en la habitación, retorciendo el cuerpo desnudo para introducirlo por el espacio abierto, con cuidado de no rozarse contra la puerta del dormitorio para que no la traicione el chirrido de una bisagra. En cuanto está dentro de la habitación, levanta la vista hasta la superficie de la cama. El viejo que duerme ahí, vestido con un pijama azul de rayas verticales blancas, ocupa el lado más cercano a ella y a la puerta.

La habitación huele a la crema para el dolor Ben-Gay, a ambientador de pino Pine-Sol, a colonia Old Spice y a pies. El aire acondicionado que sobresale de la ventana del extremo derecho del dormitorio emite un ronroneo interrumpido y satisfactorio en frecuencia de bajos que ayuda a enmascarar sus sutiles movimientos. Eso es lo bueno. Lo malo es que hace mucho más frío en el dormitorio principal que en la sala de estar y en el pasillo de arriba. Los bultitos que le producen la piel de gallina le brotan por la piel desnuda como una urticaria. Aquellos que le brotan en el culo desnudo le dan a esa chica que Charlie bautizó como Pussycat la sensación de cómo debe de ser tener cola. Entregándose del todo a la ficción de que es una gata doméstica, menea un poco el culo flaco. Pese a todo, el frío que hace no supone un obstáculo. Al contrario, como si estuviera en las aguas frías y vigorizantes de un arroyo de montaña, después de la sensación inicial del aire frío al entrar en contacto con su carne caliente, el estremecimiento que le recorre todo el cuerpo la llena de energía.

Debra Jo se acerca muy poco a poco al costado de la cama. Luego se incorpora lentamente de su posición a cuatro patas para ponerse de rodillas. Tiene la cara muy cerca de la del viejo que duerme en la cama. La bombilla roja que le asoma de la boca le da un aire inexpresivo e inhumano, como si fuera una especie de cruce entre un robot y una muñeca hinchable. Solo sus gruesas cejas negras, que casi se unen en una sola, transmiten cierta expresividad.

Estudia la cara del viejo dormido; su respiración laboriosa, que se acerca mucho al ronquido; los mechones ralos de pelo blanco que le brotan del cráneo bulboso, cada mechón en una dirección distinta; los labios hundidos en su boca sin dientes. Echa un vistazo a la mesita de noche y, en efecto, al lado de unas gafas, una lámpara y un reloj pequeño, una dentadura postiza flota en un vaso de agua turbia.

Su mirada curiosa va de la dentadura postiza al viejales dormido y a su anciana compañera, que duerme a su lado. Es un poco rechoncha en comparación con su huesudo y demacrado marido. A diferencia de los pelos blancos de folículos rebeldes del viejo, la señora tiene el pelo teñido de color naranja brillante moldeado en unos rizos pequeños, cuyo mantenimiento obviamente debe requerir visitas semanales a la peluquería y frascos de litro de gel para rizos Dippity-do.

Debra Jo estira un brazo, pone la mano encima de la cara del viejo dormido y mueve los dedos. El hombre no se despierta, se limita a continuar respirando de forma estridente y rítmica. Ahora la chica se siente llena de confianza, así que se incorpora lentamente de su posición arrodillada para ponerse de pie. Después de tanto rato acuclillada en su postura gatuna, incorporarse del todo le da la sensación de ser un gigante estilo Gulliver.

Usando los talones, se aleja caminando sin hacer ruido de la cama y de sus ocupantes, cruza la habitación y llega a la ventana del dormitorio que da al frente de la casa. Las cortinas de la ventana están abiertas, y Debra Jo mira a través del cristal y ve a Charlie y a sus amigos plantados en la acera de delante de la casa. Froggy es la primera en verla y se pone a brincar y a saludarla emocionada con el brazo. El resto del grupo la saluda con la mano como si estuvieran escenificando la escena de los créditos finales de *Los nuevos ricos*.

Debra Jo, con la bombilla roja sobresaliéndole de la boca, los mira a través de la ventana del dormitorio de los Hirshberg y les devuelve el saludo. Camina en silencio hasta una silla de madera que hay delante del tocador de la mujer de la casa y la acerca a la ventana. También junto a la ventana hay una lámpara. Echa un vistazo rápido a la pareja dormida para asegurarse de que no los ha despertado y empieza a desenroscar lentamente la parte superior de la lámpara que sujeta la pantalla. En cuanto ha terminado y colocado la parte superior a rosca sobre la mesita, levanta en silencio la pantalla de su soporte y la deja sin hacer ruido en el suelo. En ningún instante le quita la vista de encima a la pareja dormida, en busca de cualquier señal de que estén recobrando la conciencia. De momento, todo bien. Mientras vigila a los carcamales en busca de alguna reacción, desenrosca la bombilla.

Es con diferencia lo más ruidoso que ha hecho, pero las respiraciones rítmicas de la pareja, el aire acondicionado y su ego aniquilado impiden que se altere drásticamente el equilibrio de la habitación. En cuanto ha completado su última rotación, Debra Jo quita la bombilla de la lámpara. La coloca sin hacer ruido en el suelo enmoquetado del dormitorio de la pareja. La intrusa morena se saca de la boca la bombilla roja y la enrosca en el casquillo de la lámpara. En cuanto la ha apretado al máximo, sabe que su tarea ha acabado.

Hace girar el interruptor diminuto de la lámpara hasta que hace clic y la habitación queda bañada en un resplandor rojo. Observa a la pareja de la cama en busca de alguna reacción al cambio de atmósfera, lista para salir corriendo si la luz roja ha trastornado su fase REM del sueño. Pero la bombilla roja de baja intensidad es lo bastante oscura para no interrumpir su letargo.

De manera que se sube a la silla que hay junto a la ventana y su cuerpo desnudo queda enmarcado por el alféizar e iluminado desde atrás, como uno de esos retablos rojizos de Amsterdam, pero en plena Pasadena. Les dirige una sonrisa a sus amigos, que están en la acera saltando de emoción por la gesta de Debra Jo. La morena de dieciséis años se pone a bailar como si fuese una gogó ante la ventana, para diversión de sus amigos. Ellos la aplauden y la vitorean. Sube y baja con movimientos ondulantes, bailando de forma cada vez más frenética, mientras sus amigos sueltan silbidos y exclamaciones, hasta que se baja de un brinco de la silla, cruza corriendo la habitación y salta sobre la cama donde está la pareja de ancianos dormidos gritando «¡Gerónimo!» entre risas.

La pareja se despierta y se encuentra con la adolescente morena desnuda revolcándose en la cama con ellos y riendo como una lunática. La anciana suelta un chillido escalofriante, mientras el viejo espeta:

—¿Qué coño…?

Debra Jo rodea el cuello del viejo con los brazos y le planta un morreo en la boca desdentada. Cuando el hombre intenta gritar, ella le mete la lengua. Luego lo suelta, se baja de un salto de la cama, sale corriendo de la habitación, baja las escaleras, atraviesa la sala de estar (agarrando su ropa al pasar), sale por la puerta corredera de cristal, cruza el jardín de atrás y la puerta de la cerca, cruza el jardín delantero y baja corriendo por Greenbriar Lane con su «familia», que está muerta de risa.

6
«Hollywood o nada»

En las afueras de Dallas, Texas,
cuatro años antes

El vaquero de rodeos que conducía el Cadillac Coupe de Ville de 1959 de un blanco sucio, tirando de un remolque para caballos de un blanco sucio también donde llevaba un caballo castaño claro, divisó a la joven que estaba haciendo dedo en el arcén de la carretera que salía de Dallas aproximadamente unos cuatrocientos metros antes de llegar adonde ella estaba. La joven llevaba una camiseta rosa ajustada, minifalda de color plátano con las largas piernas desnudas y los pies descalzos, un gran gorro blanco para el sol y un bolso grande de lona. Cuando el vaquero la tuvo cerca, pudo ver que la camiseta rosa ajustada cubría dos tetas grandes y saltarinas y que las piernas largas y desnudas de la chica eran de un blanco poco común.

Cuando paró en el arcén y la chica se inclinó para mirarlo a través de la ventanilla del copiloto, él vio que le asomaba una melena larga y dorada del gorro blanco. Debía de tener unos veintidós años y estaba tremenda.

—¿Necesitas que te lleve? —le preguntó retóricamente.

—Pues sí —dijo la rubia, sin acento de Texas.

El vaquero bajó el volumen de la radio, donde Merle Haggard estaba cantando «Tulare Dust», y dijo:

—¿Adónde vas?

—A California —contestó la rubia de tetas grandes.

El vaquero escupió un salivazo de tabaco de mascar en un vaso de plástico de la Texaco vacío que ya tenía el fondo lleno de saliva marrón y soltó una risita.

—¿California? Carajo, eso queda lejos.

—Sí, lo sé —dijo ella, asintiendo con la cabeza—. ¿Puedes llevarme?

—Hasta California no sé —dijo con reservas el vaquero—, pero pretendo estar fuera de Texas a las siete de esta tarde. Puedo dejarte en Nuevo México.

—Por algo se empieza, vaquero. —La chica sonrió.

—Pues venga, sube, vaquera. —Él le devolvió la sonrisa.

Antes de comprometerse a subir a su Caddy, la joven observó más de cerca al vaquero. Era un tipo de unos cuarenta y siete años, apuesto pero ajado (un poco como su Cadillac); llevaba un sombrero de vaquero de paja blanco y camisa de trabillas estilo country de color crema con manchas en los sobacos y tenía un buen pellizco de tabaco de mascar debajo del labio. Luego echó un vistazo al asiento trasero, donde había una bolsa de lona no muy distinta de la suya. Con la diferencia de que la del coche era de un color caqui que le daba un aspecto militar, mientras que la de ella era negra y con el logotipo de Seven Up. Finalmente miró más allá de los alerones del Cadillac en dirección al remolque para caballos que había unido al coche y le preguntó:

—¿Llevas un caballo en ese remolque?

—Ya ves que sí —dijo él.

—¿Cómo se llama? —preguntó ella.

—Se llama Princesa, y es una yegua —dijo él arrastrando las palabras.

—Bueno —repuso ella, sonriente—, supongo que un tipo que llama a su yegua Princesa no va a violarme.

—Bueno, esa es tu primera equivocación. —El vaquero le dirigió una sonrisa—. Un tipo que tenga un semental negro y grande que se llame Estrangulador de Boston, ese es el tipo en el que puedes confiar. —Le guiñó un ojo.

—En fin —dijo la rubia—, vamos allá.

Tiró su bolsa de lona al asiento de atrás, junto a la otra. Abrió la portezuela y se subió al Cadillac.

—Esa puerta está un poco jodida —le explicó el vaquero—. Tienes que cerrarla de un golpe bien fuerte.

La chica abrió de nuevo la portezuela y siguió sus instrucciones, cerrándola de un golpe bien fuerte.

—Así, muy bien —dijo él, y se reincorporó a la carretera.

El vaquero al volante inició la conversación:

—¿Y a qué parte de California vas? —Volvió a subir a Merle Haggard hasta un volumen decente—. ¿A Los Ángeles, San Francisco o Pomona?

—¿A quién se le ocurre hacer autostop de Texas a California? —preguntó la rubia.

—Bueno, yo lo haría —confesó el vaquero—. Pero yo no soy una rubia bombón.

—A Los Ángeles —dijo ella.

—¿Para dedicarte al surf? —le preguntó el vaquero—. ¿Como Annette Funicello?

—No creo que Annette sea surfista —dijo la rubia—. De hecho, ni Frankie ni ella tan siquiera tienen la piel bronceada. Tú estás más moreno que ellos.

—Sí, y también tengo unas cuantas arrugas más en la frente.

—Miró a su guapa pasajera y dijo—: Y que Dios te bendiga por llamar moreno a mis quemaduras del sol.

La joven autostopista se presentó al vaquero de mediana edad; se dijeron sus nombres y se estrecharon la mano.

—¿Y adónde vas entonces? —volvió a preguntarle el vaquero.

—A Los Ángeles. Mi novio me está esperando allí.

La rubia no tenía ningún novio esperándola en Los Ángeles. Era simplemente lo que había planeado contarles a los hombres solos que se ofrecieran a llevarla. Luego se pasó los cuarenta y cinco minutos siguientes hablando de su novio imaginario, lo cual formaba parte de su método al hacer autostop. Dijo que él se llamaba Tony.

Mientras se enrollaba hablando de Tony, poco a poco empezó a confiar en el vaquero del sombrero blanco, porque no se mostró ni decepcionado ni desinteresado en la nueva vida que ella pensaba llevar en Los Ángeles con Anthony.

—Bueno, pues en mi opinión —dijo él arrastrando las palabras—, ¡el tal Tony tiene mucha suerte!

—¿Adónde vais Princesa y tú? —preguntó la rubia.

Ahora le tocó al vaquero mostrarse evasivo. Princesa y él iban a Prescott, Arizona. Resultaba que el vaquero se dedicaba a los rodeos; acababa de terminar un fin de semana de rodeos en Dallas, llamado el Wild West Weekend, donde no había ganado ni para pipas y la había cagado en todo aquello donde podía cagarla y un poco más. Ahora se volvía a su pueblo, Prescott, para participar en otro rodeo que iba a celebrarse al cabo de dos fines de semana. Los Prescott Frontier Days era el primer rodeo que se había celebrado, en 1888, y el vaquero no tenía ninguna intención de perder delante del público de su pueblo. Pero de todo eso no le dijo nada a la rubia de piernas largas que iba sentada al estilo indio en el asiento contiguo al suyo, porque francamente no sabía si quería que la chica lo acompañara hasta allí. De manera que habló con detalle del rodeo de Dallas del que acababa de irse y muy vagamente del sitio al que se dirigían ahora su yegua y él. Pero, a medida que los dos recorrían kilómetros y hablaban, empezaron a conocerse mejor, y poco a poco ambos bajaron la guardia.

Siendo de Texas, e hija de militar, a ella le cayó bien aquel palurdo buenazo y gracioso. Y a él también le cayó en gracia su pasajera, y no solo por lo guapa que era, sino porque asimismo era muy lista, lo que ya quedaba claro tras charlar un rato con ella. A medida que siguieron conversando, ella le reveló que hablaba italiano con fluidez; había pasado un tiempo con su familia en Italia debido a la carrera militar de su padre. Y con eso ya bastó para que el vaquero la clasificara como genio, sobre todo teniendo en cuenta que la mayoría de las chicas que a él le gustaban apenas sabían hablar inglés (sentía predilección por las mexicanas).

La rubia descalza habría tenido que ser tonta para no darse cuenta de lo guapa que era. Sin embargo, no definía su personalidad a partir de su aspecto, sino con su disposición amable, su curiosidad por los demás y la emoción genuina que le causaban las aventuras, y, aunque se mostraba algo cautelosa respecto a los peligros a los que se exponía una joven sola en la carretera, aun así se la veía emocionada. Y podría decirse que el vaquero estaba encantado. De hecho, incluso podría decirse que se había quedado prendado. Pero, como aquella chica no debía de tener más de veintidós años, estaba fuera de los parámetros de lo que le parecía moralmente aceptable. Tenía una norma: no hacer cochinadas con ninguna chica menor que su hija de veinticuatro años. Claro que, si su pasajera insistía, aquella norma podía convertirse en una simple directriz. Pero tenía suficiente experiencia para saber que era improbable que aquello ocurriera. La relación que habían entablado era la de una guapa pasajera semidesnuda con un conductor amigable, y eso, a él, ya le bastaba.

Nada más cruzar la frontera estatal que separaba Texas de Nuevo México, pararon en un local de mala muerte para cenar. Si ella hubiera estado sin blanca, el vaquero la habría invitado a un cuenco de chile con carne. Pero, como no era el caso, él no se lo propuso. Pasaron un par de horas más en la carretera y, hacia las nueve de la noche, el vaquero paró delante de un motel.

«Muy bien –pensó la rubia–. Si el vaquero piensa tirarme la caña, será ahora.»

Pero ella no le dio la oportunidad de hacerlo. Antes de que él pudiera ofrecerle siquiera el asiento trasero de su coche para pasar la noche, ella ya había sacado su bolsa de lona y le estaba dando un abrazo de despedida. El vaquero vio cómo la chica se alejaba caminando descalza adentrándose en la oscuridad.

Durante el tiempo que habían pasado juntos (unas seis horas), ella se había sentido lo bastante cómoda para revelarle la verdadera razón por la que iba a Los Ángeles. Quería ser actriz y trabajar en el cine, o al menos en televisión. Le dijo que no se lo había comentado antes porque era del todo un cliché. Además, sonaba tanto a sueño imposible de la típica ganadora de concursos de belleza de Texas que eso la hacía parecer un poco tonta. Y no sería la primera vez que la gente tenía esa opinión de ella, porque incluso su padre pensaba exactamente lo mismo.

Pero el vaquero soltó un escupitajo de saliva y tabaco en su vasito de plástico y manifestó su desacuerdo. Le dijo que una chica tan puñeteramente guapa como ella sería medio tonta si no intentase hacer carrera en el cine, y en Los Ángeles nada menos.

—A ver, si mi prima Sherry quisiera ir a Hollywood y ser la próxima Sophia Loren, eso sí que sería un sueño imposible. Pero una chica tan guapa como tú... –Y luego añadió–: Me sorprendería no verte pronto actuando con Tony Curtis.

Mientras ella desaparecía en la noche, justo antes de que estuviera demasiado lejos para oírlo y él entrara en el motel para registrarse, el vaquero le gritó un último comentario para darle ánimos:

—¡Acuérdate de lo que te he dicho: cuando estés actuando con Tony Curtis, dale recuerdos de mi parte!

La rubia se volvió y le gritó a su vez:

—¡Ya lo creo, Ace, te veré en el cine!

Lo despidió con la mano por última vez y luego siguió su camino.

Y, cuando Sharon Tate por fin debutó en el cine con Tony Curtis en una comedia tontorrona llamada *No hagan olas*, le dijo a este:

—Ace Woody te manda saludos.

7
«Good Morgan, Boss Angeles!»

Cliff conduce su Karmann Ghia por la avenida prácticamente desierta, conocida por todo el mundo como Sunset Strip. Así es como Cliff inicia su jornada de trabajo: va en coche a casa de su jefe, para después llevarlo a los estudios de la Twentieth Century Fox a la hora convenida. Cliff espolea el motor del pequeño Volkswagen por Sunset Boulevard a las seis y media de la mañana, mientras piensa: «Si Nueva York es la ciudad que nunca duerme, Los Ángeles se convierte otra vez, durante la noche y la madrugada, en el desierto que era antes de que le echaran cemento encima». Un coyote solitario que hurga en un contenedor público de basura confirma lo acertado de ese pensamiento. Por la radio del coche, Cliff oye la voz de Robert W. Morgan («el Boss Tripper»), el disc-jockey del amanecer de la 93 KHJ en la onda media, gritándole a su público de oyentes madrugadores: «Good Morgan, Boss Angeles!».

En los años sesenta y principios de los setenta, todo Los Ángeles se movía al ritmo de la 93 KHJ. Se la conocía como la «Boss Radio» y era famosa por poner los «Boss Sounds» de los «boss jocks» en Boss Angeles. A menos que vivieras en Watts, Compton o Inglewood, claro. En ese caso, te movías al ritmo soul de la KJLH.

La KHJ emitía toda esa música genial de los sesenta: los Beatles, los Rolling Stones, los Monkees, Paul Revere and the Raiders, los Mamas and the Papas, los Box Tops, los Lovin' Spoonful, así como grupos de la época que después caerían en el olvido como los Royal Guardsmen, los Buchanan Brothers, Tompall and the Glaser Brothers, la 1910 Fruitgum Company, los Ohio Express, los Mojo Men, la Love Generation y otros por el estilo. Además, la emisora tenía una plantilla de disc-jockeys estrella que incluía, aparte de a Morgan, a Sam Riddle, Bobby Tripp, Humble Harve (que, igual que Cliff, terminaría matando a su mujer, pero Harve no quedaría impune), Johnny Williams, Charlie Tuna, y el disc-jockey número uno de Estados Unidos, The Real Don Steele. Además, tanto Robert W. Morgan como Sam Riddle y Don Steele tenían programas musicales en la KHJ-TV Channel 9 de la zona de Los Ángeles. Morgan presentaba *Groovy*; Riddle, *Boss City*; y Steele, cómo no, *The Real Don Steele Show*.

Las emisoras de radio y televisión de la KHJ dominaban el mercado con los sonidos de esa época, sus excéntricos concursos promocionales, los tremendos conciertos que patrocinaba la emisora y también con el genuino sentido del humor que emanaba de su reparto de guasones radiofónicos.

Sam Riddle saludaba a sus oyentes de la franja desde las nueve de la mañana hasta el mediodía con su latiguillo: «¡Hola, amantes de la música!», y The Real Don Steele recordaba una y otra vez a sus oyentes que «¡Tina Delgado está viva!» (su chiste recurrente más popular y nunca explicado).

Cliff sube por una de las colinas residenciales de Hollywood, mientras el anuncio que hace en directo Robert W. Morgan de la crema de bronceado Tanya se fusiona con el «do do do» de la melodiosa obertura del omnipresente éxito radiofónico «Mrs. Robinson» de Simon y Garfunkel, y de pronto se para ante una señal de stop y ve a cuatro chicas hippies, de entre dieciséis y veintipocos años, cruzar la calle residencial. Van todas muy sucias, y no con esa mugre habitual de los hippies que no se bañan, sino más bien como si hubieran estado haciendo una orgía dentro de un contenedor de basura.

Todas las jóvenes parecen ir cargadas de comida. Una chica lleva una caja con repollos, otra, tres paquetes de panecillos para perritos calientes, y otra, un manojo de zanahorias. La cuarta, en cambio —una morena sexy alta y flaca de cabellera abundante y vestida al estilo *flower power*, con un top de croché sin mangas, vaqueros cortados muy muy cortos, que dejan al descubierto sus piernas largas, blancas y sucias, y unos pies descalzos mugrientos—, se contonea cerrando la comitiva, cargando en brazos un frasco enorme y redondo de pepinillos verdes gigantes como si fuera un bebé indio.

La belleza morena y sucia echa un vistazo en dirección a Cliff y lo ve a través del parabrisas del Karmann Ghia ronroneante. En su cara bonita se extiende una sonrisa. Cliff se la devuelve. La morena carga el frasco de pepinillos con un solo brazo contra su pecho derecho y deja el otro brazo libre para hacerle al conductor del Karmann Ghia el signo de la paz con dos dedos.

Cliff también levanta dos dedos para devolverle el saludo.

Comparten ese momento y luego todo termina cuando ella llega al otro lado de la calle, y las chicas sucias se alejan desfilando como elefantes bebés por la acera de la calle residencial. Cliff observa a la chica hippy de los pepinillos mientras ella se aleja, deseando que esta se vuelva para echarle una última mirada. «Uno... dos... tres», cuenta mentalmente, y entonces ella le echa un último vistazo por encima del hombro. «Victoria.» Cliff sonríe a la chica y para sí mismo y entonces pisa el acelerador con su mocasín para salir zumbando colina arriba.

6.45 A. M.

Cuando su radio lo despierta con la voz del disc-jockey matinal de la 93 KHJ, Robert W. Morgan, lo primero que Rick siente es que tiene la almohada fría y empapada de sudor alcohólico. Hoy es su primer día de trabajo en el episodio piloto de un nuevo western de la CBS llamado *Lancer*. Como es habitual, él interpreta al malo, al jefe secuestrador y asesino a sangre fría de una banda de cuatreros, a la que el guion se refiere como «piratas de tierra firme».

El guion está bastante bien y el papel es cojonudo, aunque Rick cree que debería interpretar al protagonista de la serie, Johnny Lancer. Rick preguntó a quién le habían dado el papel y le dijeron que a un tal James Stacy, que había salido de invitado en un episodio bastante bueno de *La ley del revólver* y, como resultado, la CBS había decidido darle una serie propia. El resto del reparto habitual lo componen el bronco Andrew Duggan con su cara de caballo, que interpreta al padre, Murdock Lancer, y Wayne Maunder, que hace poco protagonizó una serie cancelada de la ABC sobre Custer, haciendo del otro hermano, Scott Lancer.

El guion no solo es bueno, sino que además tiene buenos diálogos; hay un montón de ellos el primer día de rodaje. De manera que anoche Rick se quedó despierto hasta tarde repasándolos con su grabadora.

Normalmente los repasa en la piscina, en su silla-flotador, mientras fuma y bebe whisky sour. Se prepara sus whiskies sour y luego los vierte en uno de los tanques alemanes de cerveza de los que tiene una colección entera. «¿Cuántos me tomé anoche?», se pregunta todavía tumbado en la cama; tiene una fuerte resaca que más bien parece la polio y la panza a reventar de la bebida que tomó la noche anterior.

En el tanque de cerveza caben dos whiskies sour tamaño bar.

«¿Cuántos tanques?»

«Cuatro.»

«¿Cuatro?»

«¡Cuatro!»

Y fue entonces cuando vomitó en la cama.

La mayoría de los actores y actrices de los años sesenta se tomaban un par de cócteles o copas de vino para relajarse cuando llegaban a casa. Pero Rick convertía ese par de cócteles al final de la jornada en ocho whiskies sour, hasta que perdía el conocimiento. No recordaba haber salido de la piscina ni haberse quitado la ropa ni haberse metido en la cama. Simplemente se había despertado allí sin tener ni idea de cómo había llegado. Se echa un vistazo a sí mismo todo vomitado y luego al radio despertador que hay junto a la cama. Son las 6.52. Faltan veinte minutos para que llegue Cliff, así que más le vale espabilarse. Lo peor de vomitarte encima cuando te despiertas por la mañana es que te sientes como un cerdo asqueroso y como un perdedor patético. Lo bueno es que, sin todo ese veneno dándote vueltas en la tripa, te encuentras mucho mejor.

Lo que Rick no sabía, y no sabría hasta muchos años después, era que sufría una enfermedad que no se conocía mucho por entonces. Desde la secundaria, Rick había experimentado violentos cambios de ánimo. Sus depresiones eran peores que las de la mayoría y sus euforias bordeaban lo maniaco. Pero desde que había terminado su contrato para cuatro películas en la Universal (y en particular desde *Salty, la nutria parlanchina*), sus bajones parecían llegar a simas cada vez más profundas. Sobre todo cuando estaba a solas de noche en casa, y la soledad, el aburrimiento y la autocompasión se combinaban para crear un banquete tóxico de odio a sí mismo, donde los whiskies sour eran la única medicación que le reportaba cierto alivio.

Siete meses más tarde, después de que Rick volviera del viaje organizado por Marvin Schwarz a Italia, con una flamante nueva esposa italiana, recibiría una llamada de su viejo mentor y director Paul Wendkos. Llevaban tres años sin hablar y Rick se alegró de tener noticias suyas.

—¿Hola? —dijo Rick por el auricular.

—Dalton, viejo granuja, soy Wendkos.

—Eh, Paul, ¿cómo te va?

—¿Cómo me va? ¿Cómo demonios te va a ti? —dijo Wendkos—. Me he enterado de que unos putos hippies asaltaron tu casa y que les diste el tratamiento *Mike Lewis*.

Rick soltó una risita humilde en plan «no fue para tanto» y dijo:

—De lo único que me di cuenta es de que no tengo nada que ver con Mike Lewis. Él mata a ciento cincuenta nazis y ni siquiera le cambia la cara. Yo quemé a una chica hippy pequeñita y casi me cago en los pantalones.

—Para serte sincero, Rick —comentó Paul—, si a Lewis no le cambiaba la cara cuando mataba a aquellos tipos, no era por su valentía, sino porque no sabes actuar.

Los dos rieron a ambos lados de la línea telefónica.

Wendkos se refería a lo siguiente: en cuanto Rick y su nueva mujer regresaron de Roma, tres hippies (dos chicas y un chico) entraron en su casa de Benedict Canyon blandiendo cuchillos de carnicero y una pistola y los amenazaron. Rick y Cliff liquidaron rápidamente a los asaltantes, matándolos a los tres en una pelea brutal. En la sala de estar, Cliff, en un intento de proteger a la nueva esposa de Rick, Francesca, destrozó a golpes la cara del tipo y de una de las chicas. Rick, que en aquellos momentos estaba en su silla-flotador en la piscina, estuvo a punto de recibir un disparo de pistola de la chica hippy. Más tarde les diría a las autoridades:

—¡Casi me vuela la cabeza, la hippy de los cojones!

Y, en una escena que parecía sacada de la película de Wendkos *Los catorce puños de McCluskey*, Rick pegó fuego a la asaltante con el lanzallamas que le habían dado para practicar durante el rodaje de *McCluskey*, y que todavía guardaba en el cobertizo de las herramientas. («La dejé bien achicharrada, a la hippy de los cojones».)

Nunca se supo cuáles habían sido las intenciones de los intrusos, pero parecían ser letales y malvadas. Cuando Cliff le preguntó al intruso varón qué quería, el joven invocó a Satán:

—Soy el diablo y he venido a hacer el trabajo del diablo.

El Departamento de Policía de Los Ángeles supuso que los intrusos hippies iban colocadísimos de ácido y que pretendían realizar un ritual satánico. Pero lo que no es ninguna suposición es que aquellos putos hippies eligieron la peor casa para llevarlo a cabo.

Al día siguiente, la aventura de Rick salió en las noticias y se convirtió en la comidilla de la ciudad. De las noticias locales pasó a los informativos vespertinos de las cadenas nacionales y, finalmente, al mundo entero. El hecho de que Jake Cahill hubiera matado a tres maleantes hippies melenudos con su lanzallamas de *Los catorce puños de McCluskey* se apoderó de la imaginación popular. Muy pronto, aquella noche de violencia atroz se cargó de un peso simbólico, convirtiendo a Rick, el antiguo vaquero de la tele, en un héroe folklórico de la «mayoría silenciosa» de Nixon.

Toda aquella atención mediática también hizo mella en la industria del cine. Poco después, a Dalton le ofrecieron un papel como estrella invitada en una de las series más populares de la televisión, *Misión imposible*, de Bruce Geller. Después del incidente del lanzallamas, la revista *TV Guide* le dedicó un perfil en profundidad (el tercero que le hacían). Y también le pidieron que apareciera por primera vez en el *Tonight Show* de Johnny Carson. Rick estuvo muy bien en el programa de Carson. Y, durante toda la década de 1970, Carson lo invitó cada vez que Rick interpretaba un papel en alguna película, en un telefilme, o aparecía como invitado en algún evento importante o en alguna serie nueva a modo de promoción. Más tarde, Dalton le confesó a su amigo Cliff: «A fin de cuentas, aquellos hippies de los cojones me hicieron un favor».

Paul Wendkos no solo llamaba a Rick para charlar un rato con él, sino que esa llamada telefónica era la que todo actor desea recibir: quería saber si Rick estaba disponible. El director iba a rodar una película de presupuesto medio sobre la Segunda Guerra Mundial producida por Inglaterra y que se filmaría en Malta. Y el incidente del lanzallamas y de los hippies no solo había aumentado la notoriedad de Dalton, sino también la de la película de Wendkos *Los catorce puños de McCluskey*.

Wendkos estaba preparando aquella película para una pequeña productora británica llamada Oakmont Productions, que tenía un acuerdo de distribución internacional a través de la MGM. La Oakmont, que contaba con un presupuesto modesto, estaba especializada en vehículos para lucimiento de actores de acción y aventuras sobre la Segunda Guerra Mundial, con reparto británico, a excepción del protagonista, que solía ser un actor estadounidense conocido de la televisión. Algunos ejemplos eran *La incursión de mil aviones*, de Boris Sagal, protagonizada por Christopher George de *Comando en el desierto*; *Escuadrón Mosquito*, con David McCallum de *El agente de CIPOL*; *Submarino X-1*, de Billy Graham, protagonizada por un James Caan posterior a *El Dorado* y anterior a *El padrino*; *The Last Escape*, de Walter Grauman, con Stuart Whitman de *Cimarrón*; y *Misión suicida*, de Wendkos, con Lloyd Bridges de *Investigador submarino*. Y ahora Wendkos estaba preparando otra película, una aventura ambientada en la Marina con el título bastante pulp *Barcos del infierno*. Inicialmente, esa película iba a tener como protagonista al rubio actor televisivo James Franciscus, de *Mr. Novak*. Pero el rodaje de *Regreso al planeta de los simios*, donde Franciscus era el actor principal, terminó alargándose más de la cuenta, y Wendkos se vio obligado a buscar a otro actor televisivo estadounidense y famoso. E igual que había hecho en *McCluskey* cuando había perdido a Fabian debido a una fractura de hombro, Wendkos había pensado en Rick Dalton. Así que, antes de que este pudiera hacerse a la idea, Cliff y él·ya estaban en un avión con destino a Londres y después a Malta, para las cinco semanas de rodaje de *Barcos del infierno*.

Todas las producciones de la Oakmont eran casi iguales, con *Escuadrón Mosquito* y *Misión suicida* como sus títulos señeros. Pero, teniendo en cuenta su bajo presupuesto, no estaban mal. Películas comerciales bastante entretenidas, aunque fácilmente olvidables. Cuando *Barcos del infierno* se estrenó en los cines de Estados Unidos en 1970, lo hizo como película de serie B de un programa doble encabezado por *Nido de avispas*, la emocionante película de acción que había hecho en Italia Phil Karlson (el de *Hellfire, Texas*) y que habían protagonizado Rock Hudson y Sylva Koscina, película que tenía básicamente la misma trama que *Los catorce puños de McCluskey*, pero, en vez de ser Rod Taylor quien lideraba a una banda de brutos que volaba una presa e inundaba un baluarte nazi, era Rock Hudson quien lideraba a una banda de niños huérfanos de guerra que volaban una presa e inundaban un baluarte nazi. En conjunto, uno de los carteles de cine más entretenidos de 1970.

Además de darle otro papel como protagonista en una producción cinematográfica, *Barcos del infierno* le ofrecía a Dalton la oportunidad de reanudar su relación con el que había sido su director y mentor, Paul Wendkos. Y este no dudó ni un momento en meter a Dalton en su siguiente película. Unos años antes, cuando Wendkos estaba rodando para la Mirisch Company la tercera de sus películas de *Los siete magníficos*, ya quiso a Dalton para lo que esencialmente era el papel de McQueen. Pero, como Rick estaba atrapado en la Universal trabajando con un roedor acuático, tuvo que prescindir de él. Wendkos cumplió tan bien con aquel encargo que la Mirisch Company le ofreció la cuarta película de la serie, que por entonces se titulaba *Cañones para los siete magníficos*. El guion era de Stephen Kandel, que también había escrito el de la película de Wendkos *Batalla en el mar de Coral*, la primera en la que Dalton había trabajado con el cineasta. La historia se centraba en la lucha del personaje de Chris (Yul Brynner en las dos primeras películas y George Kennedy en la tercera de Wendkos) y sus seis compadres contra un bandido mexicano, llamado Córdoba, que se hacía pasar por revolucionario. El ejército de Córdoba lo componía un centenar de hombres, y también tenía seis cañones que le había robado al ejército estadounidense.

Chris y sus Siete Magníficos, enviados nada menos que por el general John J. Pershing, tenían que ir a México, infiltrarse en la fortaleza impenetrable de Córdoba, destruir los cañones, capturar a Córdoba y llevárselo con ellos a Estados Unidos para someterlo a juicio. Tal como le dice a Chris el general Pershing, en un tono parecido al de aquellas cintas de Jim Phelps que se autodestruían en *Misión imposible*: «Si aceptáis ir, no habrá autoridad, órdenes ni uniformes. Y si os cogen, os matarán». La historia entera tiene un aire de versión western de *Misión imposible*, lo cual no era de extrañar considerando que, por entonces, Kandel era el coordinador de guiones de esa serie. Cuando Kandel estaba escribiendo su guion, dio por sentado que el grandullón de George Kennedy retomaría su papel como el líder del equipo, Chris. De hecho, en todo el guion, se hacía referencia a la estatura colosal de Chris. Pero cuando el guionista entregó su trabajo a los hermanos Mirisch, a estos les gustó tanto que pensaron que podían conseguir a alguien mejor que George Kennedy. Así que le ofrecieron la película a George Peppard. Este respondió bien al material, pero planteó una objeción: se negaba a ser el tercer actor que interpretaba a Chris en la cuarta película de *Los siete magníficos*. De manera que les pidió que eliminaran toda conexión con *Los siete magníficos* y le pusieran otro nombre a su personaje. Kandel reescribió el guion, y el personaje de Peppard pasó de llamarse Chris a llamarse Rod. Y el equipo pasó de ser los Siete Magníficos a los Cinco Magníficos. Y el título se cambió por *Cañones para Córdoba*. Wendkos le ofreció a Dalton el papel del segundo miembro más importante del equipo, Jackson Harkness. Esta vez, sin embargo, el papel de lugarteniente no era una simple copia de McQueen. Rod y Jackson mantenían entre ellos una dinámica parecida a la de Gregory Peck y Anthony Quinn en *Los cañones de Navarone*. El Jackson de Dalton culpaba al Rod de Peppard, antiguo amigo suyo, de la muerte de su hermano. Y, aunque el personaje de Rick aceptaba sumarse a la misión de México para destruir a Córdoba y sus cañones, Jackson juraba matar a Rod si salían vivos de aquella misión.

Aunque durante toda la década de los sesenta a Dalton le había molestado estar a la sombra de McQueen, estar a la de Peppard le jodía de verdad. Pese a todo, a aquellas alturas los dos antiguos chulitos ya habían tenido suficientes curas de humildad. Se llevaron bien en México tanto en la pantalla como fuera de ella. Hacían buena pareja, y la dinámica antagónica que existía entre ellos era verdaderamente potente. De hecho, Peppard consiguió que Dalton apareciera de invitado en su serie televisiva, *Banacek*.

Pero en *Cañones para Córdoba* había otro actor con el que Rick Dalton hizo muy buenas migas. Pete Duel era un apuesto actor de treinta y un años que ya había actuado en dos series de televisión. Había interpretado al cuñado de Gidget junto con Sally Field en *Gidget*, y había protagonizado una sitcom titulada *Love on a Rooftop* junto con la mujer de Burt Reynolds, Judy Carne. En *Cañones* formaba parte del equipo de los Cinco Magníficos. Dos años más tarde, llegaría a ser una prometedora estrella televisiva gracias a la serie del Oeste de la ABC, *Los dos mosqueteros* (una copia en formato televisivo de *Dos hombres y un destino*, pero una copia buenísima, eso sí). Durante los rodajes en México, Dalton y Duel disfrutaban juntos bebiendo tequila, persiguiendo coños mexicanos, quejándose de Hollywood y de la compañía del otro. Pero también compartían algo más, algo de lo que no eran conscientes en el plano intelectual, pero que sí sentían interiormente. Tanto Dalton como Duel padecían un trastorno bipolar no diagnosticado. Y beber alcohol era su única forma de automedicarse. Pero, como ninguno de los dos lo sabía, para ellos beber era un signo de debilidad interna.

Sin embargo, Pete Duel estaba mucho peor que Rick, y eso hizo –en plena cúspide de su éxito con *Los dos mosqueteros*– que acabara pegándose un tiro en plena noche. La ciudad entera se preguntó por qué lo había hecho. Pero Rick, en el fondo de su alma, conocía la respuesta. Tras la muerte de Duel en 1971, Dalton tuvo que esforzarse mucho para no depender tanto de la bebida. En 1973, cuando rodó el western de venganzas *Con furia en la sangre* como antagonista de Richard Harris en Durango, México, los dos (muy bebedores) llegaron a un pacto mientras durara el rodaje: permanecer sobrios de lunes a jueves. Pero desde el viernes noche hasta el domingo por la tarde bebían una cantidad tal de tequila, sangría, margaritas y bloody marys que un barco habría podido flotar en ella.

Mientras Rick se mira en el espejo del baño, dando los últimos retoques al tupé, oye que el Karmann Ghia de Cliff sube a toda pastilla por la entrada para coches. Mira su reloj de pulsera: son las siete y cuarto en punto. Aunque vomitar nada más despertarse le ha aliviado, no ha terminado de limpiarle las entrañas. Sigue teniendo el suficiente alcohol rancio de anoche removiéndose en el estómago para dejarle la tripa revuelta, la cara sudorosa y la tez verdosa. Tendrá que estar bebiendo café y fumando cigarrillos hasta la una o las dos de la tarde. «Por Dios bendito –piensa Rick–, todavía faltan siete horas. Seguro que el puto James Stacy no empieza su primer día en su nueva serie de televisión con una jodida resaca.»

Se mira en el espejo del baño y dice en voz alta:

–¡Y te preguntas por qué la CBS lo ha elegido a él como protagonista en su nueva serie y no a ti! Pues porque creen que el capullo tiene potencial. ¡El único potencial que tienes tú es el de joderte potencialmente la vida!

Cliff llama a la puerta. Rick le grita desde el baño:

–¡Sí, ya voy! –Echa un último vistazo al pringado patético del espejo–. No te preocupes, Rick –le dice en tono íntimo a su reflejo–. Es el primer día. Tardarán un rato en organizarse. Tómatelo con calma, una taza de café tras otra. –Luego, poniendo su cara de «la función debe continuar», se anima a sí mismo a base de repetir el latiguillo de turno de Jackie Gleason: «¡Allá vamos!». Antes de salir del baño, escupe en el lavamanos y ve un poco de sangre mezclada con la saliva. Examina más de cerca el salivazo y pregunta en voz alta–: ¿Y qué más?».

7.10 A. M.

Squeaky recorre con los pies descalzos, diminutos y mugrientos el suelo de linóleo sucio y agrietado de la cocina de George, los tablones polvorientos de la sala de estar y la moqueta desgastada del pasillo que lleva al dormitorio de George. Llama a la puerta del final del pasillo con los nudillos y dice en tono jovial:

–Buenos días.

Oye chirriar los muelles de la cama mientras el viejo se mueve, ya despierto. Al cabo de un momento, oye su voz huraña desde el otro lado de la puerta:

–¿Sí?

–¿Puedo entrar, George? –le pregunta.

El viejo Spahn tiene su arranque de tos de rigor de todas las mañanas y por fin dice entre flemas:

–Entra, cariño.

Squeaky hace girar el pomo y entra en la atmósfera rancia del dormitorio del octogenario. Acostado bajo la ropa de cama, George se gira en dirección a la chica. Squeaky se recuesta en el marco de la puerta, apoya el pie derecho en la rodilla izquierda y le dice al viejo:

—Buenos días, cielo, tengo los huevos en el fogón. ¿Quieres salchicha Jimmy Dean o beicon Farmer John?

—Jimmy Dean —dice el viejo.

Ella sigue con sus preguntas:

—¿Quiere desayunar en plan cómodo e informal, o quieres que te ayude a vestirte y a ponerte guapo?

George lo piensa un momento y se decide:

—Creo que prefiero vestirme.

En la cara de pilla de Squeaky aflora una sonrisa.

—Ah, quieres ponerte hecho un pincel para robarme el corazón…

—Para ya —refunfuña George.

—Túmbate de nuevo un segundo, cielo —le pide ella—. Voy a sacar los huevos del fuego y enseguida vuelvo y te pongo elegante. —Y añade—: Vas a derretir los corazones de todas las chicas, pedazo de galán.

—Para de tomarme el pelo, cariño —protesta George.

—Oh, pero si te encanta… —coquetea Squeaky, alejándose por el pasillo, cruzando la sala de estar y entrando en la cocina, donde saca los huevos burbujeantes de la sartén del fogón de la cocina.

Luego se acerca a la radio General Electric que hay enchufada a la pared sobre la encimera y la enciende. El conmovedor y curioso éxito country de Barbara Fairchild «The Teddy Bear Song» llena la cocina:

I wish I had button eyes and a red felt nose
Shaggy cotton skin and just one set of clothes
Sittin' on a shelf in a local department store
With no dreams to dream and nothing to be sorry for.

Siempre que George está despierto, en la radio suena la KZLA, la emisora de country de Los Ángeles.

I wish I was a teddy bear
Not living nor lovin' or goin' nowhere
I wish I was a teddy bear
And I'm wishin' that I hadn't fallen in love with you.

Squeaky se ha pasado los últimos meses cuidando del viejo ciego. Fue el líder de la comuna, Charlie, quien la convenció de lo importante que era aquel trabajo. Después de que su «familia» se pasara meses dando tumbos por todo Los Ángeles como una tribu de nómadas, el viejo rancho y set de westerns de George Spahn por fin les ofreció un hogar; un hogar donde echar raíces y poner en práctica las ideas sobre la sociedad de Charlie, y también, quizá, donde crear un nuevo orden mundial si tenían suerte.

La tarea de Squeaky consistía en ser la cocinera del viejo ciego, su enfermera, su compañera amigable y, si no le importaba, masturbarlo de vez en cuando, pues eso ayudaría mucho a afianzar la posición de «la familia» en el rancho. Tal como le dijo Charlie cuando le estaba comunicando su trabajo a la chica de veintiún años:

—A veces toca sacrificarse por el equipo, chica.

Aquella noche en la que Charlie le dijo que tendría que hacerle pajas periódicamente al viejo, y tal vez algo más que eso, fue la única vez durante su etapa con Charles Manson en que se planteó largarse de vuelta a San Francisco e incluso reconciliarse con sus padres. Pero luego pasó algo inaudito y que Squeaky nunca podría haberse imaginado. Se enamoró de aquel cabrón viejo y ciego. No era un amor estilo Romeo y Julieta, pero, aun así, era un amor profundo. La verdad era que el viejo gruñón no era ningún cabrón; se sentía solo y olvidado.

La misma industria que había estado cuatro décadas usando su rancho para filmar sus westerns de serie B y sus series de televisión se había olvidado de él. Su familia se había olvidado de él y dejaron que se muriera solo en aquella ratonera en ruinas, rodeado de mierda de caballo y heno. Squeaky le ofrecía al viejo lo único que este no podía comprar con el dinero que tenía escondido: un contacto cariñoso, una voz dulce y un oído atento. Cuando Squeaky le decía a George, o a quien fuera, que amaba a aquel viejo, no era una simple cantinela hippy; expresaba sinceramente lo que sentía por aquel anciano al que disfrutaba cuidando.

Cuando regresa al dormitorio, le ayuda a ponerse una camisa blanca y limpia estilo country y se la abotona hasta arriba. Le aguanta unos pantalones de tela marrón claro para que él introduzca una pierna y luego la otra. La joven cuidadora le ata una corbata de cordón en torno al cuello almidonado de la camisa. Y le peina el pelo cano y ralo de la cabeza con un cepillo. Luego, cogiéndolo de la muñeca y del codo, lo ayuda a recorrer la casa hasta la mesa de la cocina. Mientras ambos avanzan al paso lento pero firme de George, Squeaky le dice:

—Pero si estás guapísimo… Tengo mucha suerte de que siempre quieras estar atractivo para mí.

—Deja de tomarme el pelo —se queja falsamente George.

—¿Quién te está tomando el pelo? —se sorprende Squeaky—. Ya sabes que el desayuno sabe mejor cuando te esfuerzas en cuidarte.

Ayuda al viejo a sentarse en una silla a la mesa de la cocina. Le pone las manos sobre los hombros encorvados y le pregunta al oído:

—¿Sanka o Postum?

—Postum —dice George.

—Te juro que algún día acabarás convirtiéndote en una taza de Postum —bromea Squeaky—. He hecho huevos revueltos porque es lo que he estado haciendo últimamente. Pero quizá ya estés un poco harto de ellos y quieras algo distinto…

—¿Como por ejemplo huevos con carnitas? —pregunta George.

—No. —Squeaky sonríe—. Me refería más bien a si prefieres los huevos fritos o revueltos.

El viejo lo piensa un momento y dice:

—Fritos.

Ella lo besa en la coronilla y sigue preparando el desayuno.

Por los altavoces de la radio sintonizada en la KZLA suena un anuncio radiofónico de las farmacias Sav-on:

«Únete a la lista de éxitos de Sav-on, todos los artículos con los que puedes ahorrar, farmacias Sav-on, farmacias Sav-on, ¡BUM BUM! ¡SAV-ON!».

La pelirroja saca del armarito de la cocina un frasco de Postum (un sucedáneo barato con sabor a café que les gusta a los viejos). Los polvos del frasco se han resecado hasta convertirse en una piedra. Tiene que clavarles el mango de la cuchara para arrancar un pedazo.

Deja caer la roca de Postum en la taza de café de George y le vierte agua caliente encima. Coloca la taza delante del viejo y le pone las manos sobre el asa, avisándolo:

—Cuidado, que quema.

—Todas las mañanas dices lo mismo —señala George.

—Es que todas las mañanas quema —replica Squeaky.

Luego deja caer dos huevos en una sartén muy caliente cubierta de mantequilla derretida y burbujeante. Corta tres pedazos de salchicha cien por cien cerdo Jimmy Dean que parece de masa de cocina del recipiente de plástico y los echa en otra sartén. Chisporrotean. Con una espátula, Squeaky traslada los dos huevos fritos a un plato de desayuno. Después les añade la salchicha y le pone el plato delante a George.

—¿Quieres que te corte la salchicha y te rompa la yema?

George suelta un gruñido afirmativo. Agachada, con cuchillo y tenedor, Squeaky corta las lonchas redondas de salchicha en bocaditos. Luego le coge el tenedor a George y rompe primero una yema amarilla y después la otra.

—Pues ya lo tienes listo —le informa. Luego le rodea el cuello con los brazos desde atrás y le susurra al oído—: Disfruta, cariño, lo he hecho con amor.

Lo besa en el costado de la cabeza y sale de la cocina sin hacer ruido con los pies descalzos para dejar que George desayune tranquilo.

En la KZLA, Sonny James canta la historia de amor folklórico de «Running Bear».

Running Bear loved Little White Dove with a love big as the sky
Running Bear loved Little White Dove with a love that couldn't die

7.30 A. M.

Jay Sebring, el hombre responsable de haber creado una revolución en el estilismo masculino, y cuya preeminencia en el mundo de la peluquería de Hollywood nadie disputa, está tumbado en su cama, vestido con su pijama de seda negra y mirando la serie de dibujos animados de aventuras de la Hanna-Barbera *Jonny Quest*. En la pantalla del televisor, el secuaz con turbante de Jonny, Hadji, está lanzando uno de sus conjuros místicos, usando su palabra mágica: «¡Sim-sim-salabim!».

Un golpecito en la puerta cerrada de su dormitorio reclama la atención de Jay.

—Sí, Raymond —le dice Jay a la persona que acaba de llamar.

Una voz con acento británico de lo más formal lo llama desde el otro lado de la puerta del *boudoir*:

—¿Listo para su café matinal, señor?

Jay se incorpora y le contesta levantando la voz:

—Sí, estoy listo. Entra.

Se abre la puerta del dormitorio y Raymond, el caballero británico por excelencia que trabaja para Jay, vestido con su uniforme clásico de mayordomo y llevando una bandeja con un juego de plata para servir desayunos en la cama, entra en la habitación con un jovial:

—Buenos días, señor Sebring.

—Buenos días, Raymond —contesta Jay.

Cruzando la habitación en dirección al hombre que está en la cama, Raymond le pregunta:

—¿Se lo pasó usted bien anoche, señor?

—Pues sí —le contesta Jay—. Gracias por preguntar.

El mayordomo le pone delante la bandeja y Jay contempla el juego de café que tiene delante. Contiene una cafetera de plata de lo más chic, una taza de té de porcelana sobre un platillo, un cuenco con azucarillos, una jarrita en miniatura con nata líquida, un cruasán caliente en un plato, un platillo con una pastilla de mantequilla, una colección de mermeladas de sabores distintos en botecitos y una rosa roja de tallo largo en un esbelto jarrón de plata.

—Todo tiene muy buena pinta —dice el joven—. ¿Qué hay para desayunar esta mañana?

Mientras camina hasta el enorme ventanal y abre las gruesas cortinas, inundando de luz el cuarto a oscuras, Raymond dice:

—Estaba pensando en huevos revueltos con salmón y guarnición de queso fresco y medio pomelo.

Jay hace una mueca y dice:

—Quizá esta mañana sea demasiado para mí. Anoche comimos hamburguesas al chile en Tommy's ya de madrugada.

Ahora es Raymond quien hace una mueca. El mayordomo opina lo mismo sobre el hecho de que Jay termine la noche comiendo hamburguesas al chile en Tommy's que sobre el hecho de que empiece el día comiéndose un cuenco enorme de cereales Cap'n Crunch, de manera que responde a la información con un sarcasmo burlón:

—Bueno, en ese caso, si todavía está digiriendo esa hamburguesa al chile, imagino que no querrá usted un revuelto de nada. —Raymond se aparta del ventanal para volver al costado de la cama y pregunta—: ¿Le sirvo el café, señor?

Jay asiente con la cabeza y dice:

—Te lo agradecería, Raymond.

Este levanta la cafetera de plata y vierte el café en la taza de porcelana mientras añade:

—Muy bien, señor. ¿Por qué no cambiamos ese medio pomelo por un vasito de zumo de pomelo? —El mayordomo levanta la jarrita de nata líquida, vierte su contenido en la taza y pregunta—: ¿Y desea que sigamos con café o quizá que pasemos al chocolate caliente?

Mientras Jay se decide, Raymond coge una cucharilla de la bandeja y remueve la nata hasta que el café adquiere el color que le gusta al señor Sebring.

—Creo que chocolate caliente —declara Jay, decidido.

A continuación, con idéntica teatralidad, Raymond dice:

—Pues chocolate caliente. ¿Desea usted quedarse en la cama viendo dibujos animados, o quizá el chocolate caliente implica un cambio de escenario?

Jay pone su cara de pensar y valora la propuesta.

—Bueno, estaba viendo *Jonny Quest*, pero quizá podríamos cambiar. —Levanta la vista hacia el mayordomo y le pregunta—: ¿Qué opinas tú, Raymond?

—Bueno —responde este, señalando la radiante luz matinal del otro lado de la ventana—. Como puede ver usted mismo, hace una mañana muy soleada y agradable, típica de California. Si uno viviera en Londres y tuviera la suerte de despertarse en un día como este, no se quedaría en la cama viendo dibujos animados. Con un día tan bonito, ni siquiera iría a trabajar. Así que permítame que le sugiera tomarse el chocolate caliente en su jardín para poder disfrutarlo plenamente. —Y añade—: Ya sabe cómo le gusta tomarse su bebida matinal en el jardín en compañía del fantasma de Jean Harlow.

La casa que Jay compró hace tres años perteneció en la década de los treinta a Jean Harlow y a su marido, el director Paul Bern, y ambos murieron en ella. Y Jay insiste en que los fantasmas de Jean y Paul rondan la casa. Incluso su exprometida, Sharon Tate, creyó presenciar una noche algo misterioso y siniestro.

–Raymond –proclama con solemnidad Jay–, me has convencido. Tomaré chocolate caliente al sol, en el jardín.

A lo cual Raymond responde:

–Excelente.

7.45 A. M.

Roman Polanski sale al jardín de detrás de su casa de Hollywood Hills, donde disfruta de las espléndidas vistas del centro de Los Ángeles que la casa ofrece a sus exitosos residentes. El diminuto Polanski lleva el pelo revuelto de dormir, un batín de seda echado sobre los hombros y, en las manos, una taza de café vacía y una cafetera de émbolo. Mientras deambula por la hierba mojada del jardín de atrás, las chanclas de plástico duro le golpetean sonoramente los talones descalzos.

Lo sigue ansiosamente el Doctor Sapirstein, el pequeño Yorkshire Terrier de su mujer, bautizado así en honor al siniestro pediatra al que interpretaba Ralph Bellamy en la película de Roman *La semilla del diablo*. Aquel mismo año, mientras Sharon estaba rodando una película en Montreal, el viejo amigo e invitado de Roman Voytek Frykowski mató accidentalmente al Doctor Sapirstein atropellándolo mientras circulaba marcha atrás por la entrada para coches. Roman estaba en su despacho trabajando en el guion de su nueva película, *El día del delfín*, cuando Voytek se presentó en la puerta.

–Roman –le dijo Voytek, avergonzado.

Polanski giró la silla y miró a su viejo amigo.

—Creo que acabo de matar accidentalmente al perro de Sharon.

A Roman le cambió de golpe la cara, como si fuera un actor malo en una película muda.

—¡Has matado al Doctor Sapirstein! —Roman se levantó de la silla y pasó corriendo junto a su amigo, lamentándose en un tono en que se mezclaba el pánico y la ansiedad—: ¡Oh, Dios mío! ¿Qué has hecho? —Cuando el director llegó ante la puerta principal, que estaba abierta, vio el cuerpecillo peludo tirado en el aparcamiento delantero de la casa. Se llevó las manos a la cabeza y se puso a caminar en círculos, mientras le decía a Voytek en polaco—: Oh, Dios mío. ¿Qué has hecho? ¿Qué has hecho?

Voytek se sentía bastante mal, pero no esperaba que Roman reaccionase de aquella manera.

—Lo siento, Roman —le dijo en polaco—. Ha sido un accidente.

Roman se giró en redondo, lo miró y le gritó también en polaco:

—Pero ¿tú sabes qué has hecho? ¡Me has arruinado la vida, joder! ¡Sharon adora a este perro!

—No te preocupes —lo tranquilizó Voytek—. Le diré que ha sido culpa mía.

Roman contestó a voz en grito:

—¡Ni hablar! ¡Nunca te perdonaría! —Roman intentó explicar a su amigo polaco cómo eran los estadounidenses—. ¡No lo entiendes, es estadounidense! ¡Los estadounidenses quieren a sus putos perros más que a sus hijos! ¡Es como si le hubieras tirado a su puto bebé por las escaleras!

Sharon nunca llegó a enterarse de lo que le había pasado en realidad al Doctor Sapirstein. A fin de ahorrarle a su amigo la cólera y el desprecio de aquella hija de militar tejana, Roman le contó a Sharon que el Doctor Sapirstein se había escapado y que debía de haberse perdido o encontrado con un coyote. A solas, en su habitación de hotel de Montreal, Sharon se pasó toda la noche llorando.

Pero, en este momento, el Doctor Sapirstein sigue vivo, y se acerca corriendo a Roman con una pelotita roja en la boca, para que el hombrecillo juegue con él. Roman baja el pistón de la cafetera francesa y no le hace ni caso al perro.

Roman está un poco de mal humor esta mañana; igual que su vecino de al lado Rick Dalton (al que no conoce), pero en este caso es fruto de la resaca. Pero, a diferencia de Rick, su mal humor no se debe a que haya pasado la noche bebiendo solo. Anoche, Roman y Sharon, junto con sus amigos Jay Sebring, Michelle Phillips y Cass Elliot, asistieron a una fiesta en la mansión Playboy de Hugh Hefner. Luego, se fueron de allí sobre las tres de la mañana, para ir a comerse unas hamburguesas con chile asquerosas entre lo peor de la población de Los Ángeles (mexicanos con su ropa de calle idéntica y sus coches horrorosamente pintados y maleantes moteros blancos con sus ruidosas motos). En Europa, habrían terminado la noche con coñac del bueno y puros habanos en una bodega abierta las veinticuatro horas y la habrían rematado con un Burdeos de veinte años. Pero estos estadounidenses infantiles creen que mola terminar la noche con hamburguesas con chile grasientas y Coca-Cola. No solo eso, sino que, además, Roman está bastante seguro de que a ninguno de ellos les gustaron aquellas gruesas hamburguesas grasientas. Está seguro de que a Sharon no le gustaron, aunque ella jamás lo admitiría. Pero, como es natural, todos actuaron como si nunca se lo hubieran pasado tan bien. Sharon intentó pedir una hamburguesa sin chile, pero Jay le dijo que ni hablar. De manera que Sharon cedió a la presión de sus amigos y dijo: «Vale, vale, vale», y le pidió al tipo con gorro de papel que atendía al mostrador: «Quiero una hamburguesa con chile», que le sentó como una patada en el estómago e hizo que se encontrara mal durante todo el trayecto de vuelta a Cielo Drive. A Roman le encantaban sus amigos estadounidenses, pero siempre le sorprendían un poco las actividades pueriles con que se divertían, o en este caso, con las que fingían divertirse.

Y no solo eso, sino que encima tuvo que hacerse el simpático toda la noche con aquel gilipollas de Steve McQueen. Roman y McQueen no se caen bien, pero, como Steve es uno de los amigos más antiguos que Sharon tiene en Los Ángeles, están obligados a tolerarse.

Es obvio que Sharon y McQueen follaron en el pasado. Sharon nunca se lo ha confirmado, pero Roman sabe que McQueen es el típico tío que no seguiría siendo amigo de Sharon si no se la hubiera follado unas cuantas veces antes. Normalmente a Roman eso no le molestaría. Jay estuvo comprometido con Sharon: es decir, que follaban todo el tiempo. Y Roman ha tenido relaciones sexuales con más de la mitad de las mujeres de su órbita. Pero McQueen se dedica a recalcarlo con su forma de sonreír a Roman. Cada mirada de esos ojos azules y cada sonrisilla de esa boquita parece estar diciendo: «Me he follado a tu mujer».

Además, a Roman no le gusta cómo McQueen manosea a Sharon, por ejemplo, cuando la levanta en volandas y la hace girar hasta que ella dice «Uyyy», como si fuera una niña, algo que Roman es incapaz de hacer porque es demasiado bajo. Y McQueen lo sabe, y por eso mismo lo hace.

«Ese tío es gilipollas», piensa Roman.

Durante los últimos veinte segundos, Roman no le ha hecho ningún caso al perro, así que este empieza a ladrar para captar su atención. «Puto perro —piensa Roman—. Ni siquiera puedo disfrutar de una taza de café en paz sin que me lo estropee este pequeño tirano.» Tira la pelota y el perrito sale corriendo tras ella. A Roman el Doctor Sapirstein no le inspira tanto odio como McQueen. Simplemente esta mañana está de mal humor. En primer lugar, porque tiene resaca y, en segundo lugar, porque Sharon lo ha despertado.

Y es que Sharon ronca.

8
Lancer

Tirada por seis caballos, la diligencia Butterfield Wells Fargo dobló la esquina donde estaba el edificio de adobe de la misión y bajó estruendosamente por la polvorienta calle principal sin asfaltar del pueblo de arquitectura española de Royo del Oro, situado a unos noventa y cinco kilómetros al norte de la frontera entre México y California. Los cascos de las bestias sudorosas se clavaban en la calle sin asfaltar, levantando tras de sí una nube de polvo marrón.

Monty Armbruster, el veterano cochero cuarentón y canoso de la línea Butterfield, tiró de las riendas de cuero con sus manos enguantadas, obligando a los caballos a alzar las cabezas por la presión de sus embocaduras y haciendo que los seis poderosos equinos aminoraran la marcha hasta detenerse justo delante del hotel Lancaster. Con su ligero acento de Texas, Monty canturreó:

—¡Royo del Oro, última parada!

Los rayos del sol de fondo se filtraron a través del polvo marrón como si este fuera una gasa, creando un efecto que, al cabo de cien años, todos los directores de fotografía de películas del Oeste intentarán reproducir.

Mirabella Lancer, de ocho años, la hija pequeña en estatura, pero sabia para su edad, de Murdock Lancer, propietario y director del mayor rancho de ganado de la región, se bajó de un salto del tonel de madera al que había estado subida. Llena de expectación, se volvió hacia el vaquero mexicano que apenas le sacaba un palmo de altura, pero que llevaba un sombrero cómicamente grande en la cabeza, y le dijo con su voz aguda:

—¡Vamos, Ernesto!

El vaquero Ernesto cogió a la niña de la mano y la llevó por la calle principal del pueblo en dirección a la diligencia de Butterfield. Como su padre era el hombre más rico de la región, Mirabella conocía a todos los dueños de los establecimientos de Royo del Oro desde que tenía edad de decir algo más profundo que «gu-gu», por lo que sonrió y saludó con la mano a todo el mundo, mientras atravesaba el distrito comercial del pueblo. Una carreta de caballos abarrotada de toneles de cerveza pasó por delante del pequeño vaquero y de ella. Esperaron en la pasarela peatonal de madera hasta que la carreta de la cerveza les dejó el camino libre. Mientras cruzaba la calle sin asfaltar y se acercaba a la diligencia desde atrás, Mirabella se preparó para ver por primera vez a aquellos dos hermanos suyos a los que no conocía. Los dos hijos perdidos de su padre habían mandado aviso de que pronto viajarían al rancho Lancer. Sin embargo, la cuestión de cuál de los hermanos era el que iba a apearse de la diligencia Butterfield constituía un misterio tanto para ella como para el jornalero de Murdock, Lancer Ernesto. Se había recibido un telegrama en el rancho que avisaba de que el hijo de Murdock Lancer había subido hacía dos días a una diligencia de Butterfield en Tucson, Arizona, y que, si no había ningún problema, debería llegar a Royo del Oro alrededor de las doce del mediodía. Lo que no especificaba el telegrama era de cuál de los hijos se trataba.

A diferencia de lo que pasaba con los trenes, el hecho de que una diligencia llegara tres horas después de la hora estipulada apenas se consideraba un retraso. De manera que eran las tres de la tarde cuando la diligencia de Butterfield se detuvo delante del hotel Lancaster. Mirabella y Ernesto estaban en medio de la calle, esperando a que la portezuela de la diligencia se abriera para ver cuál de los hermanos salía de ella.

Los dos hermanos habían nacido en el rancho Lancer, pero no se conocían. Y ninguno de ellos había visto a su padre el ranchero desde que eran pequeños. Igual que Mirabella, los dos hijos de Murdock Lancer eran fruto de madres distintas y ya muertas.

Scott Foster Lancer, que había sido criado por la adinerada familia de su madre (Diane Foster Lancer Axelrod) en Boston, era graduado por Harvard y exmilitar, y había servido con la Caballería británica en la India (los lanceros bengalíes).

Al otro hijo de Murdock, Johnny Lancer, lo había criado en México su madre, Marta Conchita Luisa Gavaldón Lancer. Marta no tenía familia en México, ni rica ni pobre. Marta ganaba dinero bailando, follando y tocando las castañuelas en una serie de cantinas por todas las aldeas de maleantes del sur de la frontera. Johnny se había pasado toda su infancia convencido de que el sexo era algo por lo cual los hombres pagaban a las mujeres, igual que por bailar, cantar, cocinar o lavarles la ropa.

La madre de Scott, Diane, se había vuelto al este con su familia de Beacon Hill en cuanto se había hecho evidente que la vida en un rancho ganadero, rodeados de mierda de caballo, mierda de vaca, vaqueros y mexicanos, no era para ella ni para su bebé. Scott tenía tres años cuando se había subido a la diligencia en Royo del Oro para marcharse.

Johnny era más joven que Scott, pero se fue del rancho Lancer siendo más mayor. Había vivido con sus padres en el rancho hasta los diez años. Luego, durante una noche oscura y lluviosa, arrastrando a su hijo de diez años, Marta se había subido a una elegante calesa que Murdock le había regalado por su cumpleaños y había conducido durante unos cien kilómetros hasta el otro lado de la frontera con México. Y esa fue la última vez que el pequeño John había visto a Murdock Lancer, el enorme rancho Lancer, la opulenta casa del rancho Lancer y el pueblo de Royo del Oro. Johnny había pasado de ser el hijo del hombre más rico del valle, recibir clases de un profesor particular, comer el mejor filete de ternera Angus en platos de porcelana y preparado por un chef francés y dormir en colchón de plumas, a ser el hijo de una puta mexicana, que subsistía a base de frijoles y galletas duras, que bebía zumo de cactus igual que antes bebía leche, que comía cecina igual que antes comía bastones de caramelo de menta, que aprendía chistes guarros de sinvergüenzas y dormía sobre sacos de granos de café en la trastienda de las cantinas, y que había aprendido a defenderse por sí mismo tanto de los ataques de las ratas como de la escoria de potenciales abusadores sexuales de la pradera en plena noche. Hasta que, en una de aquellas aldeas de maleantes, un cliente rico e insatisfecho de Ciudad de México había degollado a Marta. Johnny tenía doce años cuando cavó un hoyo en la tierra dura para enterrar a su madre. El rico fue juzgado por el asesinato de su madre y absuelto por un jurado comprado. Dos años más tarde, Johnny mató al asesino de su madre. Y, aunque tardaría una década, también terminaría matando hasta al último miembro del jurado corrupto.

Johnny nunca averiguó por qué su madre se lo había llevado en mitad de aquella noche lluviosa, pero podía imaginárselo. Sospechaba que Murdock Lancer se había cansado de jugar a las casitas con una guindilla mexicana y su hijo medio panchito. De forma que una noche le dijo a Marta: «¡Arriba y arriba!».

Johnny sabía que, si alguna vez regresaba al rancho Lancer, le volaría los putos sesos a su padre por haberlos echado a su madre y a él bajo la lluvia. Pero también sabía que Murdock Lancer era un estadounidense blanco muy importante en la comunidad. Y que, si le pegaba un tiro a su padre, a Johnny Lancer lo esperaba la horca. Por suerte, tenía a Murdock más que localizado. Es uno de los pocos inconvenientes de ser terrateniente: cualquiera que te busque puede encontrarte. Johnny había enterrado a su madre y un día haría lo mismo con su padre. Y, si el precio por vengar a su madre era renunciar a su vida, pues que así fuera. Aunque Johnny no tenía prisa por renunciar a su vida. Aquel rico cabrón podía esperar. Entretanto, había oro que robar, tías que follarse y tequila que tragar. Así pues, imaginaos la sorpresa de Johnny cuando un día le llegó un telegrama al hotel Felix, un lugar de contacto donde recibía las ofertas de trabajo, normalmente ofertas de lo más vil.

A LA ATENCIÓN DE JOHN LANCER. STOP. OFERTA LABORAL. STOP. ACUDE AL RANCHO LANCER DE ROYO DEL ORO CALIFORNIA. STOP. COBRA MIL DÓLARES A TU LLEGADA. STOP. EL PAGO ES POR CONSIDERAR OFERTA LABORAL. STOP. SIN OBLIGACIÓN. STOP. MURDOCK LANCER

Junto con el telegrama, iba un giro postal de cincuenta dólares que cubría el billete hasta Royo del Oro. «Hostia puta», pensó Johnny. Pero lo más atractivo no era la promesa de los mil dólares, sino la oportunidad, después de tantos años, de mirar a la cara a Murdock Lancer —el hombre que había convertido a su madre en una mísera puta— y volarle la tapa de los sesos.

Mirabella Lancer recobró el aliento cuando la portezuela de la diligencia Butterfield por fin se abrió y de ella salió una elegante polaina blanca y negra que se posó en el estribo. Abrió mucho los ojos mientras un hombre rubio y muy apuesto surgía del coche de pasajeros, vestido con la ropa más distinguida y azul que ella había visto nunca en un hombre. Como la habían criado en un rancho, estaba acostumbrada a la indumentaria de los hombres que se ganaban la vida trabajando. Aun cuando los comerciantes del pueblo se ponían elegantes para ir a la iglesia o bien los jornaleros se engominaban el pelo y llevaban sus trajes de los domingos para asistir a un baile en el pueblo, sus mejores galas siempre eran de color carbón, gris apagado o marrón oliva. El traje de tres piezas de aquel dandi rubio de la Costa Este era de un luminoso azul celeste con acabado de hilo dorado en el chaleco. Mientras se apeaba de la diligencia Butterfield, el recién llegado se puso una chistera grande del mismo color. La base de la chistera estaba rodeada por una banda de seda de color crema. El gallardo desconocido iba cojeando de la pierna izquierda y apoyándose en un bastón con empuñadura de plata en forma de cabeza de perro. Pero a pesar de aquel impedimento, o quizá debido a él, se movía con una postura y una gracia impecables. El bostoniano de azul se sacó un cepillo del bolsillo interior de la chaqueta y se puso a cepillarse despacio y meticulosamente el polvo de las solapas, los puños y los hombros de color celeste.

El color impresionó a Mirabella. Le echó una mirada fugaz a Ernesto y su expresión complacida dijo: «Es mi hermano Scott».

Mientras la niña tragaba saliva y abría la boca para saludar a su pariente perdido, de la diligencia salió otro pasajero.

Y también este resultaba impresionante, aunque de una forma completamente distinta. Mientras que el rubio tenía una apostura de libro de cuentos y un increíble porte majestuoso, el segundo hombre era un vaquero estilo sur de la frontera, de aspecto truhanesco y diabólicamente apuesto, con una mata tupida de pelo color chocolate que le enmarcaba la cara de una forma que Mirabella solo podía describir como «deliciosa». La ropa del vaquero moreno no era tan elegante como la del pasajero rubio, pero era igual de colorida y, a su manera, igual de vistosa. El pasajero moreno llevaba una camisa de chorreras de un rojo sangría y estilo latino, una chaquetilla de cuero marrón, y vaqueros negros con tachones grandes y plateados a lo largo de las perneras. Mientras salía de la diligencia, se puso un sombrero de vaquero bajo y marrón; un sombrero que no solo le protegía los ojos del sol, sino que también complementaba su magnífico aspecto. Después de estirar las largas piernas con tachones de plata, el rudo vaquero con camisa de color vino tinto se acercó a Monty, el cochero, y le pidió que le tirara su silla de montar, que iba apoyada sobre el techo de la diligencia. Monty le tiró la silla hecha a mano, levantándola por el cuerno del borrén y echándola por encima de un lado del techo del carruaje. Cayó pesadamente en los brazos extendidos del desconocido de la camisa de chorreras.

El dandi de la chistera y del traje celeste le pidió a Ramón, el segundo cochero que iba sentado en el pescante junto a Monty con su escopeta en el regazo, que le pasara su bolsa de viaje bordada con estampado de cachemir. El dandi recibió la bolsa de manos del mexicano del pescante y le dio las gracias en español con acento gringo.

Ahora, tanto a la pequeña Mirabella como al pequeño mexicano Ernesto se les veía perplejos. Ninguno de los dos estaba seguro de a cuál de los dos dirigirse. La niña de ocho años se encogió de hombros y pensó: «En fin, vamos allá», y carraspeó ruidosamente para llamar la atención de los apuestos pasajeros.

—¿Señor Lancer? —preguntó con un interrogante bien grande.

Los hombres contestaron al unísono. El de la chistera dijo: «¿Sí?» y el de las chorreras rojas dijo: «¿Qué?». Ambos se volvieron instintivamente hacia el otro con expresión molesta.

A la niña se le intensificó la expresión perpleja hasta que por fin lo entendió.

—¡Oh, Dios mío! —exclamó en tono excitado—. ¡Esto es genial! ¡Habéis llegado los dos juntos!

Después de que los dos hombres intercambiaran otra mirada incómoda, el de la chistera le preguntó a la niña, con su dicción educada en Harvard:

—¿Qué quieres decir con «los dos»?

—Bueno, sabíamos que ibais a venir —explicó ella—. Pero no sabíamos que viajaríais juntos.

Como Scott no sabía nada de la vida de su padre desde que su madre se había largado a Boston, salvo el hecho de que era dueño de un imperio ganadero, tardó un momento en entender lo que la niña quería decir.

—¿Nos estabais esperando a los dos? —Y señaló al hombre de las chorreras rojas que tenía al lado.

—Sí —dijo ella en un tono feliz—. Tú eres Johnny. —Señaló al moreno de las chorreras rojas—. Y tú eres Scott. —Y movió el dedo en dirección al rubio vestido de azul.

Y, en efecto, así se llamaban. Los dos hombres volvieron a mirarse con expresión incómoda mientras se hacía evidente la realidad de la situación.

Johnny señaló a la diminuta provocadora y le preguntó:

—Y tú ¿quién eres?

—Soy Mirabella Lancer, ¡y vosotros sois mis hermanos!

Y, tras aquella declaración, salió disparada como una carreta desbocada hacia Johnny y lo abrazó por la cintura, obligándolo con su ímpetu a apoyarse en los tacones de sus botas de vaquero.

Una expresión de terror cruzó el rostro de Johnny Lancer. Se había planteado muchas variables cuando se imaginaba el momento en que se reuniría con su padre, pero ninguna de ellas incluía a una medio hermana de ocho años eufórica y de mejillas sonrosadas. Antes de que Scott pudiera preguntar qué significaba todo aquello, Mirabella había soltado a Johnny y ahora estaba rodeándolo con sus brazos a él, estrujándole la pelvis con una fuerza sorprendente para ser el renacuajo que era. Intentando mantener cierto decoro y retrasar aunque solo fuera unos segundos más la evidente conclusión de la revelación de la pequeña, Scott dijo:

—Mira, niña…

Mirabella lo interrumpió para dejar claro su nombre por segunda vez:

—Mirabella.

—Mirabella —prosiguió Scott—, mi madre no tuvo más hijos.

—No. Pero parece que tu padre sí —dijo Johnny señalando lo obvio.

Scott se volvió hacia Jonny y repuso:

—Querrás decir «nuestro padre», ¿no?

—Sí, nuestro padre, Murdock Lancer —contestó Johnny—. Mira, no sé por qué has venido tú, Chistera, pero a mí el viejo me ha dicho que me daría mil dólares si iba a verlo.

—A mí me ha hecho la misma oferta —confirmó Scott.

—Quiero esos mil dólares —dijo Johnny—. Y, cuando los tenga, se va a enterar de quién soy. —Johnny no le explicó qué quería decir con aquello.

Al parecer Scott traía la misma idea.

—De quiénes somos los dos, hermano.

Johnny negó con la cabeza.

—No me llames hermano.

—¿Ya estáis listos para irnos? —intervino Mirabella en un tono amable.

Los dos se volvieron hacia ella y dijeron al unísono:

—¿Para ir adónde? —Lo cual irritó a ambos y provocó que se miraran con mala cara.

Pero a su hermana pequeña le hizo gracia y soltó una risita estridente.

—¿Adónde creéis? Al rancho Lancer, tontainas.

Mirabella dio media vuelta y el vaquero Ernesto y ella los guiaron calle abajo hasta el carruaje que Ernesto había conducido durante dieciséis kilómetros para llegar al pueblo.

Scott pasó el pomo de plata en forma de cabeza de perro de su bastón por el asa de madera de su bolsa y se la levantó hasta la mano libre, mientras Johnny se echó al hombro la silla de montar. Los dos hermanos siguieron a su hermana, que procedió a hacerles una composición de lugar de lo que podían esperar cuando se reunieran con su padre:

—A ver, al principio papá fingirá que no —los avisó—, y puede ser tozudo como una mula, pero da igual lo que diga, porque estará feliz de que hayáis llegado los dos.

Johnny soltó un soplido sarcástico.

—Sí, bueno, ya veremos si sigue feliz después de nuestra pequeña reunión familiar.

Cojeando a su lado, Scott coincidió:

—¿Sabes, hermano? Es lo primero que dices con lo que estoy de acuerdo.

«Se acabó, joder», pensó Johnny. Se detuvo en seco y le plantó el dedo en la pechera azul celeste.

—Te lo he dicho, no me llames hermano, Chistera.

La mirada de Scott bajó hasta aquel dedo agresivo y luego subió hasta aquel rostro también agresivo y lo avisó:

—No me señales con el dedo, Chorreras.

—¿Chicos?

Los dos hermanos dejaron de mirarse entre sí para mirar a su hermanita, que hizo un gesto hacia el carruaje y preguntó en un tono condescendiente:

—¿Podemos irnos?

Los dos hombres intercambiaron una mirada que sugería: «Esto no ha acabado», pero, por el bien de aquella chiquilla encantadora, abandonaron sus poses beligerantes y Johnny hizo un gesto hacia el carruaje.

—Después de ti, hermanita.

9
«Un poco más ángel del infierno que hippy»

Cliff conduce el Cadillac de Rick hasta el otro lado de la verja de los estudios de la Twentieth Century Fox. El guardia plantado allí le indica cómo llegar al set del pueblo del Oeste de arquitectura española, donde se está rodando el piloto de *Lancer*:

—Ve todo recto hasta la segunda calle a la izquierda, gira por el bulevar Tyrone Power. Pasa de largo el lago artificial y el decorado de *Hello, Dolly*. Gira a la derecha por la avenida Linda Darnell y enseguida lo verás.

En el asiento del copiloto, Rick lleva unas gafas de sol enormes para protegerse de la intensa luz del día y se está fumando un cigarrillo Capitol W para quitarse el mal sabor de boca. Cuando Cliff para el coche en seco, Rick sabe que ya han llegado.

El actor echa un vistazo por la ventanilla del pasajero y ve un pueblo del Oeste. Unos cuantos caballos y carretas, un equipo de rodaje, un capullo de director subido a una grúa Chapman; un actor interpretando a un vaquero que obviamente se cree que es sexy, vestido con una camisa estilo Las Vegas de color rojo vivo y un sombrero de vaquero bajo y marrón; un tipo cómicamente vestido para parecer elegante con un traje azul chillón de tres piezas y una chistera, con pinta de haberse escapado del set de *Cita en Saint Louis*; una niña con vestido de época y un mexicano pequeñajo con sombrero enorme. «Bienvenido al puto Lancer», piensa Rick. Abre la portezuela y sale del coche con piernas temblorosas. Nada más incorporarse, le entra un ataque de tos que le devuelve el ácido estomacal a la boca del esófago.

Escupe un salivazo verde salpicado de rojo y se vuelve hacia Cliff, que está todavía al volante. El actor se agacha y habla con su asistente a través de la ventanilla abierta del copiloto:

—Creo que anoche el viento me tiró la antena de la tele. ¿Crees que podrías ir a casa y arreglármela?

—Puedo y lo haré —le garantiza Cliff. Luego le pregunta a Rick, en el tono más despreocupado de que es capaz—: ¿Puedes hablarle hoy de mí al jefe de especialistas? Así sabré si voy a trabajar esta semana o no.

Hubo una época en que el hecho de que Cliff participara en uno de los proyectos de Rick se negociaba en el contrato. Si Rick hacía el papel, entonces Cliff le hacía de doble. En las películas de la Universal, por ejemplo, su participación se especificaba en el contrato, y en el set siempre había una silla con el nombre de Cliff. Pero de esa época hace ya mucho tiempo. Ahora que Rick participa como invitado en series de televisión ajenas, a Cliff ya nadie le garantiza nada de nada. La mayoría de los jefes de especialistas de las series tienen su propio equipo, y la prioridad de la mayoría de esos jefes de especialistas es proteger a su equipo. Si Cliff conseguía un par de días de trabajo en *Tarzán* o en *Bingo Martin*, era porque Rick tenía una charla con el jefe de especialistas, al que convencía de que contratara a Cliff.

Rick suspira.

—Sí, bueno, quería decírtelo. —Aunque habría sido más preciso decir «quería evitar decírtelo»—. El tipo que coordina a los especialistas de esta serie es amigo íntimo de Randy. Ya sabes, el jefe de especialistas de *El avispón verde*.

Cliff sabe lo que eso significa, y exclama:

—¡Mierda!

—O sea, que no serviría de nada intentarlo —dice Rick en un tono pragmático.

Cliff reniega con rencor:

—Puto japo de los cojones. —Luego vuelve su amargura contra sí mismo—. ¿Qué me importa a mí si el puto chófer del Avispón Verde se cree que puede zurrar a Alí? O sea, hostia puta, ¿el puto campeón mundial de los pesos pesados necesita que yo lo defienda?

—Sobre todo si es a expensas de tu carrera y de mi puta reputación —añade Rick, irritándose otra vez—. Prácticamente tuve que chuparle la polla a Randy para conseguirte aquel curro —recuerda Rick—. ¿Y qué haces tú? Pues casi le rompes la espalda al bocazas ese. Resultado final: tú acabas en la lista negra de tres de cada cuatro series que se ruedan en esta ciudad y yo quedo como un subnormal. Eso sí, le diste una buena lección —concluye Rick en tono sarcástico.

—A ver, colega. —El doble de acción levanta las manos en gesto de rendición—. Cuando tienes razón la tienes, y no hay más.

Rick le cuenta a Cliff una vieja historia del mundo de la interpretación, sin darse cuenta de que ya es la cuarta vez que se la cuenta y exactamente de la misma manera.

Escuchar a Rick contar las mismas historias y anécdotas, y fingir que no se da cuenta de que se está repitiendo, básicamente forma parte de las obligaciones laborales de Cliff. Y, para decirlo sin edulcorarlo, también es señal de la poca inteligencia de Rick.

—Estoy haciendo mi primer papel decente en una película —empieza a contar Rick—, *Batalla en el mar de Coral*, con Cliff Robertson, dirigida por Paul Wendkos. Interpreto uno de mis primeros papeles de verdad, para el tipo que acabará siendo mi director favorito, y en una película de verdad de los grandes estudios, de la

Columbia Pictures. Vale, una película de serie B de la Columbia, pero, aun así, no era una película de la Republic ni de la AIP. Era de la puta Columbia Pictures.

Cliff levanta la vista del asiento del conductor para mirar a su jefe, resignándose a oír la misma historia por cuarta vez.

—En fin, que estoy emocionado de cojones. Pero resulta que hay un puto segundo ayudante de director que es un capullo integral. Y el capullo ese no para de tocarme los cojones. No a Tommy Laughlin, y desde luego no a Cliff Robertson. ¡A Cliff prácticamente le come la polla! ¡Solo me toca los cojones a mí!

»Es una mierda, es injusto y por fin me harto, joder —continúa Rick—. Así que estoy almorzando un día con un gordito que sale en la película, un habitual de William Witney, Gordon Jones. Lleva toda la vida en esto, ha salido en ochenta putas películas, es súper buen tío. Así que le digo a Jones que estoy esperando a que ese gilipollas me diga una palabra más, una puta palabra más, ¡para arrancarle la cabeza! —Por fin Rick llega a la moraleja de la historia—: Y Jones me dice que sí, que puedo hacerlo. Y que seguramente podría arrancársela. Y que el tío se lo merece. Pero que, antes de darle una paliza en el trabajo, me saque del bolsillo el carnet del Sindicato de Actores, encienda una cerilla y le pegue fuego. Porque, como eso es básicamente lo que voy a hacer, más me vale hacerlo bien.

Cliff repite su comentario de siempre en ese punto de la historia:

—Sí, lo pillo, lo pillo. ¿A quién le importa lo que dijera aquel capullo?

—A ver, por el amor de Dios bendito —dice Rick—. Si cada vez que un protagonista de una serie fanfarroneara sobre algo que obviamente es incapaz de hacer alguien le arreara una hostia, nunca trabajaríamos. Bob Conrad y Darren McGavin no podrían acabar ni una semana de trabajo sin que algún vaquero de verdad les abriera la cabeza —dice Rick a modo de ejemplo—.

Ese enano que hace de Kato… ¡es un puto actor! Cualquier actor que afirme ser capaz de hacer cualquier cosa, salvo recitar diálogos que ha escrito otro, es un puto farsante. ¡Y la mayoría no son capaces de hacer ni eso, joder! –Rick cuenta con los dedos a los actores que conoce que saben de lo que hablan–: Si quieres hablar de matar a gente, habla con Audie Murphy. Si quieres hablar de marcar tantos de fútbol americano, habla con Jim Brown. Si quieres hablar de patinaje artístico, habla con Sonja Henie. Y, si quieres hablar de nadar, pues habla con Esther Williams, carajo. Pero todos los demás son unos putos farsantes. ¡Y, si alguien debería saber eso, es un puto héroe de guerra que trabaja de doble de acción!

Cliff sonríe a su jefe y repite en su estilo zen:

–Como he dicho, cuando tienes razón, la tienes.

–Ya lo creo que la tengo, hostia –dice Rick.

Cliff cambia de tema:

–Bueno, pues si no me necesitas para nada más, te recojo cuando acabéis.

–No –le confirma Rick–. Mira a ver qué puedes hacer con esa puñetera antena y te veo cuando acabemos. –Y pregunta–: ¿A qué hora acabamos hoy?

–A las siete y media –confirma Cliff.

–Te veo entonces –dice Rick, y echa a andar hacia el set de Lancer.

Al cabo de un momento Cliff lo llama.

Rick se da la vuelta y ve que su amigo, al volante del Cadillac, lo señala con uno de sus fuertes dedos y dice:

–¡Acuérdate, eres el puto Rick Dalton! ¡No lo olvides!

Eso hace sonreír al actor. Le dedica un leve saludo militar a su amigo y a continuación el Coupe de Ville se aleja y el actor se presenta a trabajar.

Sentado en una butaca frente a un espejo de tocador en la caravana de maquillaje de *Lancer*, Rick sumerge la cara en un cuenco de agua helada. Supuestamente Paul Newman lo hace todas las mañanas. Para Newman, esto forma parte de su ritual de belleza. Para Rick, es una forma de estimular los sentidos indispuestos y entumecidos por el alcohol de anoche. Cuando saca la cara del agua helada, coge un par de cubitos y se frota con ellos la cara y la nuca.

Sonya, la maquilladora y peluquera del episodio piloto, que es quien le ha llevado a Rick el cuenco de agua helada, está sentada en una butaca de maquillaje situada a tres sillas de la de Rick, fumándose un Chesterfield. Sentada en la butaca contigua a la de ella, esperando a que llegue el director para discutir el vestuario de Rick, está la directora de vestuario de la serie, Rebekkah, una chica mona entrada en carnes y de peinado voluminoso. Si llevara coletas, su atuendo podría reportarle el tercer premio en un concurso de imitadoras de Miércoles Addams. Encima del disfraz de Miércoles Addams, lleva una enorme chaqueta de cuero negra estilo motorista que parece sacada de «Los salvajes».

Aunque Sonya no lo menciona, conoce perfectamente la diferencia entre un ritual de belleza (por mucho que diga Paul Newman) y un alivio para la resaca. Para empezar, durante el ritual de belleza uno no gimotea tanto.

Mientras Rick empieza a notar el efecto del frío que estimula la piel del rostro, se abre de golpe la puerta de la caravana de maquillaje y entra el director del episodio piloto de *Lancer*, con esa rimbombancia teatral que es su forma habitual de entrar en todas partes.

Saludando a Rick como si estuviera proyectando la voz hasta la última fila de butacas del Old Vic, el director le anuncia:

—¿Rick Dalton? ¡Sam Wanamaker!

El director le tienda la mano y Rick, sentado, ligeramente desconcertado y con la cara mojada, responde por instinto al apretón con una zarpa completamente empapada.

Carraspeando, Rick farfulla:

—Encantado, eh… eh… Sam. Perdón por la mano mojada.

Sam hace un gesto restando importancia al comentario.

—No pasa nada, Yul me tiene acostumbrado —dice, refiriéndose a la exótica estrella de Hollywood Yul Brynner, de quien Wanamaker se hizo amigo cuando actuaron juntos en la película histórica de acción *Taras Bulba*.

Recientemente, Yul Brynner ha apoyado el paso de Wanamaker a la silla del director protagonizando el primer largometraje de Sam, *La huella conduce a Londres*.

Wanamaker sigue hablando con Dalton:

—Quiero que lo sepas, Rick. Soy yo quien te eligió para el papel, y no puedo estar más emocionado de que vayas a interpretarlo.

El director se dirige a Rick con el tanque lleno hasta arriba de gasolina de alto octanaje, mientras que el actor tiene el depósito vacío y apenas consigue mantener el equilibrio. Rick se pone nervioso y su ligero tartamudeo hace la primera aparición del día.

—Va-vaya, gracias, Sa-Sam, te lo agradezco. —Y cuando por fin consigue dominar la frase—: Es un buen papel.

—¿Has conocido al protagonista de la serie, Jim Stacy? —le pregunta Wanamaker, refiriéndose al actor que hace de Johnny Lancer.

—N-n-no, todavía no —tartamudea Rick.

«Pero ¿este tío es tartamudo o qué?», piensa Sam.

—Vais a ser dinamita juntos —dice Sam.

—Bueno… —Rick busca la palabra adecuada, pero se rinde y se limita a decir—. Suena emocionante.

Wanamaker le dice en un tono confidencial, pese a que Sonya y Rebekkah pueden oírlo:

—Entre tú y yo, fue la cadena la que eligió a los protagonistas de la serie, Jim y Wayne.

Wayne es el coprotagonista de la serie, Wayne Maunder, que interpreta al hermano criado en Boston de Lancer, Scott.

—Y lo hicieron bien, pero, aun así, fue la cadena la que los eligió. A ti te elegí yo. Sobre todo porque preveo mal rollo entre Stacy y tú. Y quiero que explotes eso. —Sam se inclina sobre Rick y el enorme medallón dorado del zodiaco (géminis) que lleva en torno al cuello se queda colgando y meciéndose de lado a lado sobre el actor sentado en su butaca de maquillaje—. No te estoy pidiendo que no actúes con total profesionalidad. Pero eres el más veterano de los dos. Quiero trabajar contigo —dice y señala a Rick con el dedo— para que me ayudes a sacarle lo que quiero de él. —Indica con el pulgar por encima del hombro en dirección a Stacy, que está delante de la caravana del maquillaje—. Cuando los dos estéis caracterizados, quiero que tú —añade y vuelve a señalar a Rick en su butaca— mantengas esa competición de mediros las pollas como un subtexto constante entre los dos. —Coloca las manos frente a sí para enmarcar una estampa invisible y para que Dalton se la imagine mejor—. Imagínate un enfrentamiento entre un gorila de mediana edad y un oso gigante de Alaska.

Rick suelta una risita.

—Caray, Sam… menuda imagen.

—Lo sé —admite Wanamaker.

—¿Y cuál soy yo? —pregunta Rick—. ¿El gorila o el oso?

—¿Quién tiene la polla más grande? —le contesta Wanamaker.

—Bueno —deduce Dalton—, seguramente el gorila.

—¿Alguna vez has visto a un oso gigante de Alaska completamente erecto? —lo desafía Wanamaker.

—Admito que no —le confía Dalton.

—Pues entonces no estés tan seguro —le advierte Wanamaker—. Cuando estéis los dos en escena —añade—, quiero que lo provoques. ¿Te ves capaz, Rick?

—¿Qué quieres decir con que lo provoque? —pregunta Dalton.

—Que lo provoques —repite Wanamaker—. Que provoques al oso, que lo cabrees. Que lo hostigues, como si estuvieras intentando convencer a los ejecutivos del estudio de que echen a Stacy y vuelvan a rodar el piloto contigo haciendo de Johnny Lancer. Hostígalo así —le asegura a Dalton—, y les estarás haciendo un favor tanto a él como a la serie. Por no mencionar el momento de magia que estaremos creando.

Wanamaker ve reflejada en el espejo la imagen de Sonya, que está detrás de él, sentada en su butaca y fumándose su Chesterfield. No se vuelve para dirigirse a ella. Se limita a hablar con su reflejo:

—Sonya. En primer lugar, quiero que le pongas bigote a Caleb —le ordena—. Un bigotón de herradura grande y largo, estilo Zapata.

«Vaya por Dios», piensa Rick. Odia las barbas y los bigotes falsos. Es como intentar actuar con una oruga pegada con pegamento encima del labio o con un castor atado a la cara. Por no mencionar el hecho de que odia que le unten la jeta de cola de maquillaje.

Después de mencionar el «bigotón estilo Zapata», Wanamaker suelta una risotada y le dice a Rick:

—Y, créeme, ¡cuando Stacy eche un vistazo a ese puñetero bigote, se va a subir por las putas paredes! Los dos queríamos —le explica el director— que Johnny Lancer tuviera bigote. Le dije a la cadena que necesitábamos bigotes y barbas para que el género pareciera más moderno. Como lo que están haciendo los italianos en Europa.

Rick hace una mueca de dolor.

Demasiado enfrascado en su historia para fijarse en la reacción de Rick, Wanamaker sigue hablando:

—Pues la CBS nos dijo que ni hablar. Que si quería ponerle bigote a alguien, que se lo pusiese al malo. Y ese eres tú, Rick —dice Sam con una sonrisa de oreja a oreja.

A Rick no le gusta llevar bigotes falsos, pero si el protagonista no ha podido conseguir uno y él sí… Eso ya es harina de otro costal.

—¿Así que Stacy quería llevar bigote? –pregunta Rick.

—Sí –contesta Wanamaker.

—¿Y eso le molestará? –pregunta de nuevo Rick.

—¿Estás de broma? ¡Se va a poner hecho una furia! Pero sabe que son órdenes de la cadena. Así que lo del bigote añadirá otra capa de subtexto a vuestro antagonismo. –Se da media vuelta para dirigirse a Rebekkah–: A ver, Rebekkah, cielo, quiero un look distinto para el personaje de Rick, Caleb. No quiero que lo vistas como los malos de *Bonanza* y de *Valle de pasiones*, en esta última década. Quiero que el atuendo tenga un aire actual. Nada anacrónico, pero ¿dónde confluyen 1969 y 1889? Quiero un atuendo que pudiera llevar esta misma noche al London Fog y ser el tío más moderno del local.

La figurinista versada en contracultura le da al director modernillo la respuesta que él quiere:

—Tenemos una chaqueta de Custer con flecos por todo el brazo. Es marrón claro, pero, si la tiño de marrón oscuro, esta noche podría ir al Strip con ella.

Es lo que Wanamaker quiere oír. Le pasa un dedo por la mejilla y le dice a Rebekkah:

—Esta es mi chica.

Ella le devuelve la sonrisa al director y Rick se da cuenta de que Sam y Rebekkah follan.

Wanamaker se vuelve una vez más hacia Rick.

—A ver, Rick, tu pelo.

Un poco demasiado a la defensiva, Rick le pregunta:

—¿Qué pasa con mi pelo?

—Pues que la generación de tipos engominados ya murió –le responde Wanamaker–. Es un rollo muy era Eisenhower. Quiero que Caleb lleve un peinado distinto.

—¿Cómo de distinto? –pregunta Rick.

—Un rollo un poco más hippy –le dice Sam.

«¿Quieres que parezca un puñetero hippy?», piensa Rick.

—¿Quieres que parezca un puñetero hippy? —le pregunta Rick, escéptico.

—Un poco más ángel del infierno que hippy —puntualiza Sam. La mirada de Sam vuelve a encontrarse con la de Sonya en el reflejo del espejo—. Quiero que consigas una peluca larga de indio, se la pongas en la cabeza y le cortes el pelo para darle un aire hippy. —Y se dirige de inmediato a Rick—: Pero hippy de los que dan miedo, ¿eh? —le asegura al actor.

Rick interrumpe la ráfaga de creatividad de Sam con una pregunta:

—Sam… hum… ¿Sam?

Sam se vuelve hacia el actor, dedicándole toda su atención.

—¿Sí, Rick?

Este intenta, sin quedar como un capullo temperamental, hacer que Sam pare un poco el carro con una pregunta práctica:

—Mira… hum… hum… Sam. Si me tapas la cara con toda esa… eh… hum… —busca la palabra adecuada—… porquería, nadie sabrá que soy yo.

Sam Wanamaker se toma un momento para contestarle y luego dice:

—Bueno, querido, hay quien llama a eso actuar.

10
Infortunio

Nada más disparar a su mujer con el arpón para tiburones, Cliff se dio cuenta de que había sido una mala idea.

El impacto la alcanzó un poco por debajo del ombligo, partiéndola por la mitad, y los dos fragmentos cayeron con un chapoteo sobre la cubierta del barco. Cliff Booth creía que llevaba años despreciando a aquella mujer, pero en cuanto la vio partida en dos, y ambas mitades separadas tiradas en la cubierta de su barco, los años de rencor y resentimiento se evaporaron al instante. Corrió a su lado y la cogió en brazos, sujetando juntos los dos trozos separados de su torso, haciéndole sinceras y frenéticas declaraciones de pesar y remordimiento.

La sostuvo de aquella manera, manteniéndola con vida, durante siete horas. No se arriesgó a separarse de ella ni un instante para llamar a la Guardia Costera, por miedo a que si dejaba de aplicar presión el cuerpo de la mujer se desmontara. Así que se pasó siete horas sujetándola bien fuerte, cogiéndola en brazos, tranquilizándola y manteniéndola con vida. Si no hubiera sido él quien le disparó, el esfuerzo habría sido heroico.

Sobre la cubierta ensangrentada del barco que había bautizado con el nombre de ella (*El Barco de Billie*), entre las tripas, la sangre y los intestinos que se escapaban de Billie Booth, marido y mujer, esta al borde de la muerte, tuvieron una conversación de siete horas que jamás podrían haber tenido en vida. Y, para que ella no pudiera pensar en lo extremo de su dilema, él la hizo hablar sin parar.

¿De qué hablaron? Pues de su historia de amor.

Durante aquellas siete horas, repasaron toda su vida juntos.

Cuando por fin se aproximaba la embarcación de la Guardia Costera, alrededor de la sexta hora, marido y mujer ya se estaban comunicando con expresiones de niños pequeños, como dos adolescentes de catorce años perdidamente enamorados en unos campamentos de verano. Ambos intentando superar al otro en un juego de rememorar hasta el más pequeño detalle de su primer encuentro y de su primera cita. Mientras la Guardia Costera subía a bordo del barco y se los llevaba a puerto, Cliff continuó sujetando las dos mitades de Billie. Y no dejó de asegurarle que se pondría bien:

—Eh, no voy a mentirte —le dijo—. Vas a tener una cicatrices propias de un King Kong. Pero te pondrás bien.

Cliff se esforzó tanto en convencer a Billie de aquello que, después de seis horas de recitar de forma entregada las mismas frases, se había convencido también a sí mismo. De modo que el pragmático de Cliff Booth se quedó sorprendido cuando al intentar la Guardia Costera trasladar a Billie del barco al muelle y a la ambulancia que esperaba... esta se desmontó otra vez.

En fin.

En el seno de la comunidad de dobles de acción de Hollywood de los años sesenta, Cliff Booth era muy admirado por su distinguida carrera militar y por su condición de gran héroe bélico de la Segunda Guerra Mundial. Pero corrían cada vez más rumores de que Cliff Booth había asesinado a su mujer y que había quedado impune. Nadie sabía con seguridad si le había disparado a propósito. Tal vez se trataba de un accidente trágico con el equipo de buceo, que es lo que Cliff siempre alegó. Pero todo aquel que había visto alguna vez a Billie Booth borracha e insultando a Cliff en público delante de sus amigos no se lo creía. Y, como mucha gente de la comunidad de dobles de acción de Hollywood había presenciado esas escenas a menudo, estaban convencidos de que se la había cargado.

Cliff incluso admitió ante las autoridades que su mujer había estado bebiendo en el momento del accidente. Como las autoridades no conocían a Billie, no sabían qué implicaba aquello, pero los dobles de acción y sus mujeres sí.

Probablemente implicaba que Billie había estado en pie de guerra. Y probablemente implicaba que había hablado más de la cuenta. Y probablemente implicaba que Cliff se había hartado y, en un momento de debilidad, había hecho algo drástico. Algo que, una vez hecho, ya no podía deshacerse.

¿Cómo se fue Cliff de rositas? Fácil. Su versión de los hechos era verosímil y no podía refutarse. Cliff se sentía realmente mal por lo que le había hecho a Billie. Pero, por muchos remordimientos que sintiera, jamás se le pasó por la cabeza no intentar salir impune de aquel asesinato.

A fin de cuentas, Cliff siempre había sido un tipo práctico de los que piensan que lo hecho, hecho está. Y, aunque se tomaba todo aquel asunto muy en serio, también lo contemplaba desde un punto de vista pragmático. No necesitaba pasar veinte años en prisión; él mismo era perfectamente capaz de castigarse por su momento de irresponsabilidad. A fin de cuentas, no podía decirse que fuera un criminal. No había planeado asesinarla. Había sido casi el accidente que él afirmaba que era. Cuando su dedo había apretado el gatillo, ¿acaso había sido una decisión consciente?

No exactamente.

En primer lugar, era un gatillo muy sensible. En segundo lugar, se debía más al instinto que a una decisión. En tercer lugar, ¿había apretado el gatillo o más bien le había temblado el dedo? Y, en cuarto lugar, tampoco es que nadie fuera a echar de menos a Billie Booth. Era una completa hija de puta. ¿Se merecía que la partieran por la mitad? Quizá no. Pero decir que sin Billie Booth sobre la faz de la tierra la vida seguiría como si nada era quedarse corto. En realidad, solo se pondría triste su hermana Natalie, que era todavía más hija de puta que Billie. Y Natalie tampoco pasaría mucho tiempo triste. De manera que Cliff cargaba con la culpa, cargaba con los remordimientos y juraba que se enmendaría. ¿Qué más quería la sociedad? Estaba claro que las cantidades incalculables de soldados estadounidenses a los que había salvado matando a japos pesaban más que una sola Billie Booth.

Sucedió que los cuerpos policiales que investigaron el caso no conocían tan bien las tendencias violentas de Cliff Booth como la comunidad de dobles de acción de Hollywood. Y la versión que había contado Cliff de un accidente trágico con el equipo de submarinismo era muy verosímil.

Además, resultó que no era tan fácil demostrar con exactitud qué había sucedido entre dos personas solas en un barco en medio del océano. Las autoridades tenían que demostrar que no había sucedido lo que Cliff había declarado. Así pues, armado con una historia que no podía refutarse, la muerte de Billie Booth se calificó de infortunio.

Y, a partir de aquel día, Cliff se convirtió en el hombre de peor fama en cualquier set de rodaje de Hollywood al que iba. Y no importaba a qué set fuera, porque todo el mundo sabía que había cometido un asesinato y había salido impune.

11
La camioneta de Los Twinkies

Mientras Charles Manson sube por las carreteras llenas de curvas que llevan a la casa de Terry Melcher en Cielo Drive, al volante de su destartalada camioneta promocional de los Twinkies de la Hostess-Continental Bakery, es consciente de que está corriendo un riesgo.

Cuando Charlie viajó de San Francisco a Los Ángeles, su objetivo era conseguir que publicaran su música, que grabaran sus canciones con él de cantante, conseguir un contrato discográfico y, en última instancia, convertirse en estrella del rock and roll. Todo aquel rollo de ser líder espiritual de una panda de chavales flipados y gurú de un harén de chicas que se habían escapado de sus casas tan solo era, supuestamente, un entretenimiento mientras no surgiera algo en el mundo de la música. Y al principio había funcionado. De hecho, al principio había funcionado muy bien. Gracias a sus chicas, habían entablado amistad con el batería de los Beach Boys, Dennis Wilson, una verdadera estrella del rock. Y, a su vez, aquello también le había permitido entablar amistad con los amigos de Wilson: Gregg Jakobson y el hijo de Doris Day, Terry Melcher.

Y aquello había llevado a *happenings*, guateques y fiestas de marihuana, y a hacer jam sessions con otros músicos de éxito de la escena de la música rock de Los Ángeles. Sin saber muy bien cómo, Charlie terminó fumando porros con el cantante solista de los Raiders, Mark Lindsay, codeándose con Mike Nesmith de los Monkees y con Buffy Sainte-Marie, y haciendo jam sessions de guitarra con Neil Young. ¡Con el puto Neil Young!

Y Charlie no solo había hecho jam sessions con él; su talento para la improvisación también había impresionado mucho a Young. (Aquella noche de jam session con Neil Young había sido lo más parecido a la legitimación de su talento que Manson había alcanzado nunca). Charlie había confiado en que su jam session con Young lo llevara a conocer a Bob Dylan, pero Bobby había resultado ser de lo más esquivo. Lo más cerca que había estado Charlie de conocer a Bob Dylan fue cuando intercambió unas cuantas palabras con el secuaz de Bob de por entonces, Bobby Neuwirth, en el London Fog. Sin lugar a dudas, en la época en que Charlie Manson y su «familia» vivían en casa de Dennis Wilson, sus aspiraciones musicales habían progresado con fuerza. Incluso había hecho una sesión de grabación, en la que Charlie había registrado algunas de sus composiciones en una cinta magnética de tres cuartos de pulgada. No estaba nada claro que Melcher se hubiera llegado a plantear realmente hacerle a Charlie un contrato con la Columbia Records. Pero no era del todo imposible que sí se hubiera planteado grabar algunos de los temas de Charlie para que otros artistas los interpretaran. Pese a toda su astucia carcelaria y a su sabiduría filosófica, Manson hacía gala de una ingenuidad casi encantadora en lo tocante al negocio musical. Charlie sabía que Terry Melcher no acababa de ver claro su potencial para vender discos. Pero jamás permitió que eso lo desanimara. En lo que respectaba a sí mismo, Charlie era un eterno optimista hasta un punto admirable. Siempre dijo que lo único que quería era una oportunidad. Y una oportunidad era lo que había conseguido cuando Terry Melcher le había asegurado que, en algún momento, se sentaría a escuchar cómo Charlie le tocaba sus canciones acompañado de la guitarra.

¿Acaso Manson pensaba que su relación con Melcher era mucho más estrecha de lo que era realmente? Por supuesto.

¿Acaso Melcher se sentía algo intrigado por Charlie? Quizá.

Pero la vía más fácil que tenía Charlie para obtener un contrato discográfico era su estrecha relación con Dennis Wilson. Este era la única estrella del rock de verdad de los Beach Boys. Brian estaba gordo y cada vez engordaba más, Al Jardine parecía un esqueleto y Mike Love empezó a quedarse calvo a los dieciocho años. Dennis, en cambio, era un bombón sexy, que ya a principios de los sesenta emitía un aura zen más propia del final de la década. Durante un tiempo, Wilson realmente creyó en el potencial musical de Charlie. Compartía sesiones de ácido de madrugada con Charlie, en las que la filosofía y la visión del mundo de Manson lo impresionaban de verdad (Wilson también compartía el miedo y la desconfianza que sentía Charlie hacia los hombres negros). Durante las jam sessions en su casa, Dennis había sido testigo del talento innegable de Charlie para improvisar a la guitarra. Aun así, no está claro que Manson, siempre informal y carente de formación y disciplina, hubiera sabido plasmar su música en aquel entorno estéril, lleno de presión y causante de ansiedad que eran los estudios de grabación profesional. (En este sentido, Charlie habría estado en el mismo caso que algunos grandes genios musicales. Las grabaciones de Woody Guthrie y Leadbelly, por ejemplo, sirven más como registros históricos que como representaciones fidedignas de su talento musical.) Pero no es imposible imaginar, en una época anterior, a Charles Manson saliendo adelante y aprendiendo el oficio en aquel ambiente bohemio de los cafés de Greenwich Village de finales de los cincuenta y principios de los sesenta, o bien en el circuito de los festivales folk, donde su talento para la improvisación musical, su habilidad con la guitarra y su pasado carcelario habrían sido puntos a su favor. Durante un tiempo, Dennis Wilson alentó mucho los sueños musicales de Charlie, incluso grabó una de las canciones de Charlie («Cease to Exist», el tema señero de «la familia»), reescrita con el título «Never Learn Not to Love», e incluida en el álbum de los Beach Boys *20/20*.

Y, aunque la idea de que Terry Melcher contratara a Charlie para hacer un álbum con la Columbia Records siempre fue algo descabellada, sí podría haber sucedido cuando los Beach Boys montaron su propia discográfica, Brother Records. Pero la razón de que no fuera así se debió a la irritación y finalmente al miedo que empezaron a producirle a Dennis Wilson todos aquellos personajes siniestros que había dejado que se instalaran en su casa. Eran las chicas quienes habían atraído inicialmente a Dennis al seno de «la familia». Más adelante, había sido su genuina amistad con Charlie lo que había mantenido a Dennis en la órbita del grupo. Pero fue la exasperación que le produjo a Wilson la familia de hippies descerebrados de Charlie lo que terminó provocando que se quemara el puente de los Beach Boys justo cuando Charlie se estaba preparando para cruzarlo.

Dennis les había ofrecido a aquellos granujas el espíritu antisistema y la costumbre de compartirlo todo que reinaba en el mundo del espectáculo hippy de Hollywood del Cañón de Topanga de finales de los sesenta. Sin embargo, aquellos fugitivos comedores de basura y enganchados al ácido, con su gonorrea y sus cancioncitas, resultaron ser una panda de gorrones desagradecidos. Destrozaron la casa de Wilson, y este se gastó miles de dólares en medicinas para combatir sus enfermedades venéreas y en pérdidas, robos y daños en la mayoría de sus propiedades. Hasta que por fin Wilson se marchó de la casa y dejó a su gerente la tarea de expulsar a aquellos siniestros okupas.

Si «la familia» no hubiera convertido la casa de Dennis en un zoo, provocando que sus compañeros de banda se preocuparan por él y le perdieran el respeto, Charles Manson habría sido un candidato perfecto para la nueva discográfica de los Beach Boys. No está claro que el disco hubiera llegado muy lejos, o incluso que Manson, con todas sus peculiaridades, hubiese sido capaz de acabar un álbum entero. Pero habría sido perfectamente posible que, si los demás miembros de la banda no hubieran asociado a Charlie con aquel grupo de hippies que le estaban chupando la sangre al bueno de Dennis, Manson podría haberles convencido de convertir su relación en algo fructífero.

Tal como habían ido las cosas, «la familia» le había costado tanto dinero a Dennis que, incluso cuando los Beach Boys grabaron uno de los temas de Charlie, eliminaron su nombre de la edición, dando por sentado que ya habían pagado suficiente por las costosas extravagancias de sus acólitos. (Se rumorea que, a cambio de no poner el nombre de Charlie en el copyright, Wilson le regaló una motocicleta.)

Así pues, el 8 de febrero de 1969, a Charlie ya se le han evaporado todas sus prometedoras conexiones musicales. Solo le queda una: aquella vaga promesa que le hizo Terry Melcher de que un día se sentaría con él y dejaría que Charlie tocara su música. El problema es que ya no tienen ningún contacto con Terry. Hubo una época en que Charlie no veía muy a menudo a Terry, pero sí lo bastante para planear un encuentro entre ambos. Pero eso había sido antes de convertirse en persona *non grata* en casa de Dennis Wilson. E incluso Charlie entiende que eso es más que suficiente para cargarse cualquier acuerdo posible. Pero quién sabe, quizá no. A fin de cuentas, una de las canciones de Charlie acabó en el nuevo disco de los Beach

Boys. Cierto, su nombre no apareció como autor del tema. Pero Melcher es una de las pocas personas que saben que ese tema proviene de su canción «Cease to Exist». Así que ahora Terry ya puede considerar legítimamente a Manson un compositor musical capaz de producir temas comerciales, y no solo el proxeneta melenudo que le suministraba chicas menores de edad infestadas de sífilis.

Terry Melcher ya había aceptado ir un día al rancho Spahn para escuchar las canciones de Charlie. Se acordó una fecha y una hora y se confirmó la cita; en el rancho se montó un enorme fiestón... pero Terry no se presentó.

Para Charles Manson, que lo plantaran de aquella manera fue devastador en varios sentidos. En primer lugar, se había pasado toda la semana planeando aquella oportunidad de poder tocar finalmente su música para Terry. «La familia» había engalanado y decorado el rancho para montar un enorme guateque, con músicos de acompañamiento y chicas medio desnudas cantando melodías y bailando de fondo... pero Terry no se presentó.

Además, aquel día era el día.

Aquel día Charlie estaba en plena forma.

Manson nunca se había perdonado haberse dejado llevar por el nerviosismo durante su única sesión de grabación profesional.

Pero aquel día iba a ser distinto.

Aquel día Charlie estaba perfectamente centrado, tenía la mente tranquila, el corazón henchido y la música en las yemas de los dedos.

Aquel día era el día con el que había estado soñando desde que había escuchado a los Beatles en la cárcel.

Aquel día todos los sueños de Charlie se harían realidad y su vida cambiaría para siempre.

Aquel día la música manaría a chorros de él. Tenía el control de su creatividad. Era imposible que fallara ni una nota.

Había alcanzado la unidad total entre su talento, su musa y Dios… pero Terry no se presentó.

El plantón de Terry no solo frustró la creatividad de Manson y le dolió en lo más hondo, sino que también le hizo quedar mal ante sus chavales.

Los chavales del rancho no tenían ni idea de cuánto deseaba Charlie ser una estrella del rock, de cuánto deseaba la fama, el dinero y el reconocimiento. Para ellos, Charlie era alguien que predicaba contra aquellos bajos instintos.

Creían que Charlie seguía un camino espiritual que llevaba a la iluminación.

Creían que el verdadero deseo de Charlie era transmitir al prójimo aquella iluminación.

Creían que la meta de Charlie era construir un nuevo orden mundial basado en aquella iluminación y en el amor a la humanidad entera.

Estaban convencidos de que Charlie tenía una meta más elevada, porque él así se lo había dicho y ellos se lo creyeron. Jamás se les habría ocurrido pensar que él estaría dispuesto, y sin dudarlo ni por un instante, a olvidarse de todas aquellas chorradas para ponerse un uniforme de la guerra de Independencia y cambiarse los papeles con Mark Lindsay.

Jamás se les habría ocurrido que Charlie estaría dispuesto a despedirse de todos ellos, de todo lo que había creado y de todo lo que les había enseñado para cambiarse los papeles con Micky Dolenz y unirse a los Monkees.

Creían que la única razón de que Charlie quisiera un contrato discográfico era el deseo de expandir su influencia, de llevar su iluminación a un público más grande, al público mundial de un planeta que ansiaba esa iluminación.

Como los Beatles. Como Jesucristo. Como Charlie.

No deseaba la fama para sí mismo; deseaba la fama por lo que su música significaría para otra gente. La música solo sería un punto de entrada para que el planeta Tierra conociese a Charlie. Con Dios trabajando a través de él, Charlie compondría algunas de las mejores canciones jamás compuestas, igual que Jesucristo había escrito algunas de las mejores poesías jamás escritas; y no para tener discos de platino enmarcados en las paredes, como Dennis Wilson; no para tener coches deportivos, como Dennis Wilson; no para aparecer en la portada de la revista *Crawdaddy*; no para que saliera una canción suya en la banda sonora de *Buscando mi destino*; no para sumarse a The Real Don Steele en sus chiflados concursos promocionales en la KHJ, sino para salvar a la humanidad entera.

El primer indicio que tuvieron de que quizá las motivaciones y los deseos de Charlie fueran menos puros que los suyos fue cuando este no pudo ocultar su nerviosismo por la audición con Terry Melcher.

Todo el mundo quería que aquello saliera bien, pero nadie en el rancho pensaba que todo dependía de esa audición.

«Saldrá bien... o no. No te agobies, colega. Lo que tenga que pasar pasará. Los hombres hacen planes y Dios se ríe de ellos.» Era lo que les había enseñado Charlie.

Así pues, ¿por qué Charlie se estresaba tanto por lo que Terry Melcher pudiera pensar de él?

¿Por qué Charlie perdía el culo por si a Terry Melcher le gustaba o no su música o por si se lo pasaba bien?

¿Por qué cojones Charlie perdía el culo por intentar causarle una buena impresión al «puto» Terry Melcher?

Pero cuando la cita de las tres y media con Terry Melcher se retrasó a las tres y cuarenta, luego a las tres y cincuenta, luego a las cuatro, luego a las cuatro y diez, luego a las cuatro y veinte y por fin a las cuatro y media, a todos les quedó claro que Terry Melcher no iba a aparecer. El plantón de Terry hizo que Manson quedase como un débil delante de sus niños. Y nada de lo que sucedía delante de «la familia» hacía que Charlie pareciese un débil. Ni aquellos padres iracundos que a veces blandían escopetas; ni aquellos exmiembros que a veces volvían al rancho acompañados de amigos para exigir dinero, coches o bebés. Ni los Panteras Negras. Ni siquiera la pasma. A todos los desarmaba Charlie con un guiño y una sonrisa. Se sentía a salvo porque sabía que Dios estaba de su lado. Pero esta vez no. Esta vez era Charlie el que había quedado como un tonto. Y aquel día también había quedado clara otra cosa, algo que los chavales del rancho Spahn nunca se habían planteado: que quizá Charlie no fuera más que un hippy melenudo con su guitarra, de los muchos que estaban intentando salir por la radio. No podían creérselo, y tampoco estaban dispuestos a hacerlo. Pero, aquel día y por primera vez, a algunos esa idea se les pasó por la cabeza.

De alguna manera Melcher le hizo llegar el mensaje a Charlie de que no lo había dejado plantado por falta de respeto. Era un hombre ocupado y le había surgido algo importante. Pero de aquello ya hacía tiempo. Desde entonces, no había hecho ningún esfuerzo para reprogramar su cita. Y ahora Charlie y Terry ya no se movían en los mismos círculos. Y no parecía probable que fueran a encontrarse por casualidad y concretar una nueva fecha para otra audición.

En cierta manera, Charlie estaba aprendiendo a marchas forzadas cómo funcionaba el mundo del espectáculo. La gente entraba y salía de los círculos sociales. Alguien con quien antes pasabas mucho tiempo ya no significaba nada para ti. Las oportunidades prometedoras simplemente no daban fruto. O, como había escrito una vez Pauline Kael: «En Hollywood puedes morir por tantos ánimos».

Y, en fin, como Mahoma simplemente no iba a encontrarse con la montaña en el Whisky A Go Go, bebiendo Cutty Sark, Mahoma tendría que ir a la montaña, o, en este caso, a Hollywood Hills.

Es la última carta que le queda a Charlie.

Como ya ha estado antes en casa de Terry Melcher, se acuerda de dónde vive. Incluso ha estado de fiesta allí. Así pues, el que se presente ante su puerta para saludarlo, aunque no sea muy correcto, tampoco resulta completamente descabellado.

Se trata de una maniobra desesperada, y Charlie la vive como tal. Y también está convencido de que el puto Terry la verá como la maniobra desesperada que es. Pero, según están las cosas, es la única maniobra que le queda. A fin de cuentas, Terry le dijo a Charlie que algún día escucharía su música. Y Terry le debe una después de haberlo dejado plantado. Y Charlie no volverá a encontrárselo en casa de Wilson. Así que la única oportunidad que le queda a Charlie para rescatar su oportunidad perdida es tener suerte y encontrar a Terry en casa y reclamar su deuda. No apretarlo mucho, solo lo justo para que se sienta lo bastante culpable para decirle que no a la cara. Pero, si no lo presiona, Charlie nunca volverá a ver a Terry. Y, si esto no funciona, y lo más seguro es que no funcione, al menos Charlie podrá decir que lo ha intentado.

Cuando Charlie detiene la camioneta delante de la casa de Terry en Cielo Drive, ve que la verja está abierta. Es típico de esa gente dejarla abierta los días en que llegan muchos repartos, para no tener que ir corriendo todo el rato al interfono a abrirles la verja. Charlie creía que se lo quitarían de encima a través del interfono que hay en el poste metálico contiguo a la entrada para coches, frente a la verja delantera.

—Hola, ¿está Terry?

—¿De parte de quién?

—De su amigo Charlie.

—¿Qué Charlie?

—Charlie Manson.

—Pues no está.

Así era como Charlie se había imaginado que iría la conversación, aun en el caso de que fuera Terry el que contestara, haciéndose pasar por alguno de sus empleados. De modo que el hecho de que la verja esté abierta puede considerarse un golpe de suerte. Hay quien dice que la suerte es el encuentro entre la preparación y la oportunidad. La preparación es haber elegido el sábado a mediodía para visitarlo. Si quiere encontrar a Terry en casa, tiene que ser el sábado a mediodía. Quién sabe, quizá todavía consiga verlo.

Se plantea subir con la camioneta de los Twinkies por el camino largo y lleno de curvas que lleva a la casa, pero es una idea demasiado atrevida. Más vale ser humilde. Acercarse a pie hasta la casa, con las manos abiertas y una amplia sonrisa.

Dejar huellas livianas.

Charlie sale de la camioneta de los bollos. Terry vive en lo alto de una colina que hay al final de una carretera sin salida. El único otro ser humano a la vista es un tipo rubio sin camisa que está reparando una antena en el tejado de la casa de al lado. Charlie no le presta atención mientras sube andando por el camino que lleva hasta la entrada principal de la casa de Terry.

Sharon pone la aguja del fonógrafo en la primera pista del álbum de Paul Revere and the Raiders *The Spirit of '67*. El creador de la banda y productor del álbum fue el anterior inquilino de la casa de Cielo Drive que ahora Sharon y Roman le tienen alquilada al propietario, Rudi Altobelli, que vive en la casita de invitados que hay en la parte de atrás, junto a la piscina. Cuando se marchó de allí, el antiguo inquilino, Terry Melcher, estaba viviendo con la actriz Candice Bergen. Pero, antes de que Candy llegara, Terry compartía casa con el vocalista principal de los Raiders, Mark Singer. Así pues, tiene lógica que Sharon se topara con un cargamento entero de copias envueltas en celofán de *The Spirit of '67* en el armario del cuarto de invitados. Mencionó que se había encontrado los discos a su marido, Roman, y este hizo una mueca y dijo:

—Odio esa basura facilona.

Sharon no se lo discutió, aunque no estaba de acuerdo. A ella le gustaban los éxitos facilones que escuchaba por la KHJ. Le gustaba aquella canción «Yummy Yummy Yummy» y también el siguiente tema del mismo grupo, «Chewy Chewy». Le gustaban Bobby Sherman y su tema «Julie». También le gustaba mucho el tema «Snoopy vs the Red Baron».

Jamás se lo confesaría a Roman ni a ninguno de sus amigos sofisticados como John y Michelle Phillips o Cass Elliot o Warren Beatty, pero, para ser completamente sincera, le gustan más los Monkees que los Beatles.

Sabe que ni siquiera son una banda de verdad. Solo son un espectáculo televisivo creado para sacar provecho de la popularidad de los Beatles. Aun así, en el fondo de su alma, los prefiere. Davy Jones le parece más guapo que Paul McCartney (tal como demuestra su atracción por Roman y por Jay, a Sharon le gustan los tipos bajitos y guapos que aparentan doce años). Micky Dolenz le parece más gracioso que Ringo Starr. Y le atrae más Mike Nesmith como el «tipo callado de la banda» que George Harrison. Y Peter Tork parece igual de hippy que John Lennon, pero menos pretencioso y seguramente más majo. Sí, vale, los Beatles componen toda su música, pero ¿qué carajo le importa eso a Sharon?

Si le gusta más «Last Train to Clarksville» que «A Day in the Life», pues no hay que darle más vueltas. Le da igual quién la haya compuesto. En cualquier caso, Paul Revere and the Raiders son un poco como los Monkees. Cantan canciones pegadizas a la moda, son graciosos y salen constantemente por la tele. Le encantan temas suyos como «Kicks, Hungry» y sobre todo «Good Thing». Rudi Altobelli le ha contado que Mark Lindsay y Terry Melcher compusieron «Good Thing» en el piano blanco de su sala de estar. Eso suena bien. Piensa en ello mientras coloca la aguja sobre el vinilo y oye salir de los altavoces el fantástico riff inicial de la guitarra. De inmediato se pone a menear los hombros y las caderas al ritmo del pop facilón. Luego sigue con lo que estaba haciendo antes: preparar la maleta de Roman. Se marcha al día siguiente a Londres, y ella siempre le hace la maleta. Es un detalle cariñoso que empezó a hacer por él, y ahora es un simple detalle cariñoso que hace siempre.

Su exprometido, Jay Sebring, está en la cocina, preparándose un sándwich antes de llevar en coche a Sharon a su peluquería de Fairfax y arreglarle el pelo para una aparición televisiva que Roman y ella tienen que hacer esta noche (Jay solo es estilista de hombres. Sharon es la única mujer a la que peina). Anoche asistieron todos a una fiesta en la mansión Playboy de Hugh Hefner. Y, durante la velada, Hefner invitó a Roman a aparecer en su cuasi-programa de entrevistas, *Playboy After Dark*, que se graba en lo alto del Edificio 9000, hacia el final del Sunset Strip. A Sharon le molestó que Roman aceptara unos compromisos durante dos noches seguidas sin consultarla. Y no solo eso, sino que además ella está leyendo un libro fantástico, *Myra Breckinridge*, de Gore Vidal, y Roman sabe que ella prefiere pasar la velada en cama con él, leyendo. Sin embargo, ahora tendrá que emperifollarse por segunda noche consecutiva y hacer su número de «gatita sexy» («gatita sexy» es la expresión despectiva con que Sharon se refiere a su propia fachada de *starlet* de los años sesenta).

Mientras dobla el jersey de cuello de cisne blanco que le compró a Roman cuando estaban en Suiza, y lo mete en la maleta que tiene abierta sobre la cama del dormitorio de invitados, no ve al hippy greñudo con la camisa de tela vaquera por fuera, el chaleco marrón de cuero sin curtir, sandalias de Jesucristo y pantalones de mahón sucios que emerge del follaje de su jardín y deambula hasta el aparcamiento de cemento que hay delante de su casa. Pero Jay sí lo ve a través de la ventana de la cocina, mientras le da un bocado a su sándwich de pavo y tomate. Sigue con la mirada al hippy pequeñajo y moreno que está yendo del aparcamiento a la entrada de la casa y piensa: «¿Quién es este capullo greñudo que se pasea por la propiedad como si fuera suya?».

Desde la otra punta de la casa, donde está haciendo la maleta, Sharon oye la voz de Jay en la entrada diciéndole a alguien en tono autoritario:

—¿Hola? ¿Puedo ayudarte en algo?

Luego oye una voz lejana delante de la casa que no le suena de nada:

—Eh, colega, sí. Estoy buscando a Terry. Soy amigo de Terry y de Dennis Wilson.

«¿Y ese quién demonios es?», piensa ella, prestando atención.

Y luego oye la respuesta de Jay al desconocido:

—Pues Terry y Candy ya no viven aquí. Ahora esta es la residencia Polanski.

Sharon deja la camisa de cachemir que tiene en las manos y sale del dormitorio de invitados para investigar con quién está hablando Jay. Mientras recorre el pasillo enmoquetado que lleva a la sala de estar, descalza y con sus Levi's cortados, oye que el desconocido dice con sorpresa y decepción:

—¿En serio? ¿Se ha mudado? ¡Mierda! ¿Sabes adónde?

Sharon dobla la esquina que lleva a la entrada donde está el cartel promocional de *El baile de los vampiros* enmarcado en la pared. (A Roman le parece embarazoso y pueril colgar en su casa los pósteres de las películas que han hecho, pero Sharon le recordó que él ya sabía que era una chica embarazosa y pueril cuando se casó con ella.)

La puerta de entrada está abierta de par en par, y Jay ha salido para hablar con el tipejo siniestro con su mata de pelo desgreñado y su barba de dos días.

Sharon llega a la puerta y le pregunta a su exprometido:

—¿Quién es, Jay?

El desconocido greñudo levanta la vista y mira a la preciosidad rubia del umbral. Los ojos radiantes de Sharon dejan de mirar a Jay un momento para sostenerle la mirada al hombrecillo moreno.

Jay se vuelve hacia ella y le dice:

—No pasa nada, cielo. Es un amigo de Terry. —Luego se vuelve hacia el desconocido greñudo y le indica dónde vive el propietario de la casa—. No estoy seguro de adónde se ha mudado Terry, pero puede que lo sepa el dueño de la propiedad, Rudi. Está en la casa de invitados. —Jay le señala el camino de la casa—. Coge el camino de atrás.

El desconocido greñudo sonríe y dice:

—Muchísimas gracias.

Mientras se da media vuelta para marcharse, echa de nuevo un vistazo a la rubia rutilante que está en la puerta, con las piernas largas y una camiseta a rayas que parece que se haya comprado en el departamento de niños de unos grandes almacenes. Levanta la mano para saludarla y le dice:

—Adiós, señora.

Aunque el intruso pequeño y moreno le da grima, ella lo saluda con la cabeza y le devuelve una leve sonrisa. Mientras el hombrecillo camina hasta la parte de atrás de la propiedad, Sharon lo sigue con la mirada hasta que desaparece de su vista.

Rudi Altobelli acaba de salir de la ducha cuando oye que su perro, Bandit, le está ladrando a alguien que se ha acercado a su puerta. Sabe que es alguien y no algo porque, cuando hay intrusos en su propiedad, el perro ladra tres veces de forma característica. A los gatos les ladra una vez; a los lagartos, mapaches y otras alimañas les ladra dos veces; y a los humanos a los que no conoce les ladra tres. Rudi se enrolla la cabeza con una toalla, se enfunda el cuerpo desnudo y todavía mojado en un albornoz de tela de toalla y sale del baño rumbo a la entrada de su casa para investigar.

Altobelli es un agente de poca monta de Hollywood que en sus tiempos representó (para algunas cosas) a Katharine Hepburn y a Henry Fonda. Hoy en día, en cambio, su clientela incluye a Christopher Jones, a Olivia Hussey, a Sally Kellerman y a dos de los tres miembros del trío de pop Dino, Desi & Billy (él representa a los miembros más jóvenes, Desi Arnaz y Dean Martin). La propiedad ha sido una inversión bastante buena; vive en la casa de invitados y le alquila la casa grande a gente de primera fila de Hollywood. Mientras se acerca a la puerta abierta de par en par, que en realidad es la puerta lateral, el televisor emite una reposición en blanco y negro de la serie *Hazañas bélicas*. Los créditos iniciales centellean en la pantalla y el tema musical de aire marcial de la serie sale a todo trapo de los altavoces. El locutor de voz profunda anuncia:

«*Hazañas bélicas*. Con Rick Jason. Y Vic Morrow».

Su perro está ladrando nerviosamente a la figura desgreñada y de pequeña estatura que hay al otro lado de la puerta mosquitera. Cuando Rudi llega a donde está el visitante, le grita a Bandit que se tranquilice, lo agarra por el collar y lo aparta de allí. El hombre mojado del albornoz mira a través de la mosquitera y se da cuenta de que conoce al hombre que está en el umbral.

—¿Rudi? —pregunta Charlie.

—¿Sí? —dice, contestando a la pregunta de una sola palabra con una respuesta de una sola palabra.

Charlie va al grano:

—Eh, Rudi, no sé si te acuerdas de mí, soy amigo de Terry Melcher y de Dennis Wilson...

—Sé quién eres, Charlie —le dice Rudi en un tono frío—. ¿Qué quieres?

«Este tío no es muy amigable —piensa Charlie—, pero al menos sabe que conozco a Terry.»

—Bueno, venía a hablar con Terry y el tipo de la casa me ha dicho que Terry se ha mudado...

—Sí, se mudaron hace un mes —le confirma Rudi.

Charlie hace una especie de bailecito patético, dando una patada a la hierba, mientras reniega:

—¡Joder, maldita sea! Parece que he venido hasta aquí para nada. —Luego se vuelve hacia el hombre del otro lado de la puerta mosquitera y le pregunta con expresión franca—: ¿Sabes adónde se ha mudado o tienes su número? Necesito de verdad encontrarlo. Es bastante urgente. —Lo cual, desde la perspectiva de Charlie, no es mentira.

Pero Rudi miente a Charlie cuando le dice:

—Ya. Lo siento, Charlie, no puedo ayudarte porque no lo sé.

Charlie cambia de tono para hacerle al hombre del otro lado de la mosquitera una pregunta cuya respuesta ya conoce:

—¿A qué te dedicas, Rudi?

—Soy representante, Charlie. —Y añade—: Ya lo sabes.

Mientras Vic Morrow, Rick Jason y Jack Hogan matan a nazis de fondo, Charlie suelta su parrafada antes de que Rudi Altobelli se lo pueda quitar de encima:

—Bueno, la razón de que necesite encontrar a Terry es que Terry me estaba montando una audición con la Columbia Records and Tapes. Pero la verdad es que no tengo representante, así que, si todo sale bien con esta audición y deciden hacerme un contrato, estoy solo en el mundo. Y ya sabes que no es la mejor situación para un artista, sobre todo contra un gigante comercial como la Columbia Records and Tapes. Así que quizá podría venir un día y ponerte unas cintas con mis canciones. O hasta tocártelas con la guitarra. Si te gusta mi música, puedes ficharme y así empezaría mi relación con la Columbia Records and Tapes con buen pie. —Charlie se da cuenta de que a Rudi no le interesa, así que es el momento de sacar el cebo—. Siempre voy con una panda de chicas. Quizá pueda traerlas para que canten coros. Todo el mundo siempre se lo pasa bien con mis chicas. Pregúntale a Terry. Pregúntale a Terry, él se lo ha pasado de puta madre con mis chicas.

Rudi empieza a abrir la boca, pero, antes de que pueda salir algo de ella, Charlie le dispara una pregunta:

—¿Has oído el disco nuevo de los Beach Boys, *20/20*?

—No.

—Pues una de las canciones es mía —le informa Charlie—. La compuse yo —matiza—, y Dennis Wilson se la quedó, se la cargó y los Beach Boys se la cargaron todavía más.

—Escucha… —Rudi intenta interrumpirlo, pero Charlie no le deja.

—De hecho, se la cargaron tanto que prefiero que no la escuches. Prefiero tocarte mi versión. Quizá debería volver y ponerte mis cintas. Tocarte un poco con la guitarra. Ya sabes, improvisar unos temas. Se me da de maravilla —dice Charlie con sinceridad.

Por fin Rudi consigue hablar.

—Bueno, me encantaría hablar un rato más contigo, Charlie, pero me voy mañana a Europa y tengo que hacer las maletas.

A Charlie se le extiende una amplia sonrisa y dice con una risita:

—Vaya, pues parece que hoy tengo un día de mierda, ¿no?

Ahora le toca a Rudi cambiar de tema.

—¿Quién te ha dicho que vinieras aquí?

Charlie señala con el pulgar por encima del hombro.

—Me ha mandado el tipo de la casa principal.

—Mira —le dice en un tono severo Rudi Altobelli—, no me gusta que molesten a mis inquilinos. Así que no vuelvas a hacerlo, ¿entendido, Charlie?

Charlie sonríe de oreja a oreja y hace un ademán a modo de obediencia.

—Lo pillo, lo pillo, todo bien —le asegura—. No quiero molestar. —En un intento de finalizar la conversación sin perder la dignidad, Charlie añade—: Bueno, intentaré localizar a Terry, o ya me localizará él a mí. ¿Y quizá en algún otro momento pueda tocarte unas canciones mías?

«¡Por fin!», piensa Rudi.

—Claro —dice Rudi—. Cuenta con ello, Charlie.

Este le dedica al tipo del otro lado de la mosquitera un saludo efusivo con la mano y una sonrisa todavía más efusiva, y le dice:

—¡Feliz andar!

Cliff ha vuelto a instalar la antena en el tejado de la casa de Rick. Está retorciendo un alambre en torno a la base con unos alicates para asegurarla cuando divisa al pequeño hippy, al que ha visto acercarse hace un rato al volante de la camioneta de los Twinkies. Lo ve salir de la residencia de los Polanski y volver a bajar por la entrada para coches en dirección a su vehículo. Mientras continúa retorciendo con los alicates, sigue al tipejo con la mirada.

Charlie está a punto de subirse a la camioneta de los Twinkies cuando nota que lo están mirando. Se detiene, y se da la vuelta. Ve que un tipo rubio y sin camisa que está ajustando una antena lo está mirando desde el tejado de la casa del otro lado de la calle.

Están demasiado lejos el uno del otro para poder verse bien.

Charlie le dirige al rubio sin camisa una de esas sonrisas que le ocupan toda la cara y un saludo efusivo con la mano.

Cliff no le devuelve ni la sonrisa ni el saludo. Se limita a fulminar con la mirada al hippy pequeñajo mientras retuerce el alambre en torno a la antena con sus alicates.

A Charlie le desaparece la sonrisa de la cara.

Y de pronto este emprende uno de sus bailecitos «oogabooga», rematado con gritos en jerigonza. Cuando el señor Manson termina de dedicarle a Cliff su bailecito espasmódico, le hace una peineta al capullo del tejado:

—¡Vete a la mierda, colega!

El señor Manson se sube a la camioneta de los Twinkies, arranca el motor, acciona la palanca de cambios larga como el mango de una escoba y baja escopeteado por la colina de Cielo Drive.

Cliff lo ve marcharse.

Y dice en voz alta:

—¿A qué coño ha venido eso?

12
«Puedes llamarme Mirabella»

La puerta de la caravana de maquillaje del set de *Lancer* se abre de golpe y de ella sale Rick Dalton. Pero ya no parece Rick Dalton. Sonya le ha puesto una peluca india castaña rizada, se la ha cortado a la altura de los hombros y le ha pegado con cola de maquillador un «bigotón de herradura estilo Zapata» en torno a la boca. Y Rebekkah le ha puesto una chaqueta marrón de cuero sin curtir a la moda y con flecos estilo Custer que encajaría muy bien si Rick tuviera que actuar en Woodstock con Country Joe and the Fish. En otras palabras, Caleb DeCoteau, estilo Sam Wanamaker.

Sam, Sonya y Rebekkah están contentísimos. Rick no lo ve tan claro.

Pero Sam está tan entusiasmado con Rick como actor, así como con su idea de un Caleb de la contracultura, que al actor le ha parecido mejor no decir nada. Ha decidido que la mejor estrategia es ser ese buen actor que Sam cree que es y mostrar el mismo entusiasmo que los otros tres por cómo ha quedado el aspecto de Caleb. En realidad, lo que piensa Rick es: «Parezco un cruce entre un puñetero hippy mariquita y el león cobarde del Mago de Oz». Y no está del todo seguro de cuál de las dos cosas le gusta menos.

Sonya se asoma por la puerta de la caravana de maquillaje y lo avisa:

—Rick, ya sé que es la hora del almuerzo, pero debes esperar por lo menos una hora para comer. Tienes que darle tiempo a que se seque al pegamento que te aguanta el bigote.

El Rick amable exhibe una expresión de «ningún problema, cielo», se saca una novelita del Oeste del bolsillo de atrás y se la enseña a modo de demostración:

—No te preocupes, cariño, tengo mi libro.

«Genial —piensa Rick—. Me estoy muriendo de hambre y ahora encima tengo que saltarme el puto almuerzo.»

Una de las cosas que le gustan a Rick de trabajar en el set es que te dan de comer. Cree que cualquier comida que no tengas que pagar o preparar tú mismo es una buena comida. Muchos actores con los que se cruza en los sets son unos cabrones desagradecidos. ¿Cómo es posible que no les guste esa vida? Te pagan un montón de dinero para que finjas, te dan de comer, te llevan a los sitios en avión, te dan alojamiento, te dan dinero para gastos y hacen todo lo posible para que estés guapo. «Oh, ¿pollo otra vez?» Es algo que Rick no entiende.

Así que, durante su media hora del almuerzo, como no puede comer, decide familiarizarse con el set de la cantina, donde pasa el rato la banda de cuatreros de la que su personaje es líder. Caracterizado de Caleb DeCoteau, camina por el plató de la Twentieth Century Fox que en esa serie se llama Royo del Oro. Cuando se termine la hora del almuerzo, el lugar volverá a estar infestado de miembros del equipo de rodaje, vaqueros, equipamiento de filmación y caballos. Durante el almuerzo, sin embargo, el plató del Oeste se convierte en un pueblo fantasma: siempre hay algún que otro operario que lo usa de atajo para ir a alguna otra parte, pero, en general, está desierto.

Mientras el actor camina caracterizado con su atuendo y sus botas de Caleb por la calle principal, flanqueada de establecimientos estilo Salvaje Oeste (caballerizas, tiendas de todo tipo, un fabricante de ataúdes, un hotel elegante y un hotel de mierda), empieza a meterse en la piel de Caleb DeCoteau.

En el episodio piloto, Caleb lidera a una banda de ladrones de ganado sedientos de sangre –a los que la serie se refiere con el pretencioso apodo de «piratas de tierra firme»–, que se han mudado al territorio de Royo del Oro y se dedican a robarle las reses al ganadero más importante de la región, Murdock Lancer, cuando les viene en gana. Y como en el pueblo no hay ninguna autoridad, el alguacil federal más cercano está a unos doscientos cuarenta kilómetros, y no hay nadie para echarlos más que el viejo Lancer y un puñado de jornaleros mexicanos, no parece que la situación vaya a cambiar en un futuro próximo. Y por si no fuera suficiente con el robo impune de las cabezas de ganado de Murdock Lancer, recientemente los acontecimientos han empeorado hasta un extremo letal, y ahora Caleb se dedica a enviar tiradores por las noches para que disparen con sus rifles a la casa del rancho Lancer (donde duerme la preciosa hija de ocho años de Murdock, Mirabella) y al barracón (donde duermen los jornaleros), y como resultado de estas incursiones ha muerto George Gomez, el capataz del rancho Lancer y amigo más antiguo de Murdock, y una cuarta parte de los hombres de Murdock han huido.

Murdock Lancer está desesperado. Y situaciones desesperadas exigen medidas igualmente desesperadas. Parece que la única opción que le queda a Murdock es contratar él también a una banda de asesinos y librar una guerra sangrienta en el rancho que dejará muchos muertos (por no mencionar el hecho de que pondrá en peligro la vida de su hija). Murdock no solo cree que su dinero no debería financiar asesinatos (ni siquiera los de escorias como los hombres de DeCoteau), sino que, en última instancia, el viejo Lancer piensa que su ganado no vale vidas humanas.

De forma que, en vez de hacer lo obvio en una situación como esa, Murdock Lancer da un giro hacia lo extraordinario.

El viejo tiene dos hijos de madres distintas (ecos de *Bonanza*), a quienes no ha visto desde que eran niños. Y, si debe fiarse de sus reputaciones, ambos parecen ser buenos tiradores.

El mayor de los dos, Scott Lancer, es el más impresionante a ojos del viejo, educado en los sacrosantos recintos de Harvard y criado en la riqueza, la cultura y el honor por los Foster, la distinguida familia bostoniana de su madre.

En la actualidad, y en opinión de Murdock, Scott está echando por tierra ese pedigrí llevando una vida de jugador tramposo. También se rumorea que mató al hijo de un senador de Estados Unidos en un duelo con pistola por haber puesto en entredicho el honor de una bella dama sureña.

Sin embargo, el joven Scott tiene una distinguida carrera militar, y sirvió con la Caballería británica en la India. Tras abandonar Calcuta, regresó a su tierra con dos Medallas al Valor en el enfrentamiento con el enemigo y cojeando de la pierna derecha.

John Lancer, el hijo menor de Murdock, es un caso completamente distinto. Murdock lo vio por última vez cuando el chaval tenía diez años. Después de haberse acostado con uno de los jornaleros de su marido, Marta Conchita Luisa Gavaldón Lancer cogió a su hijo y huyó en plena noche. Marta era una furcia, igual que otros son alcohólicos. Eso era ella, una furcia, aunque no era necesariamente lo que deseaba ser. Pero, igual que un borracho decidía, convencido de ello, mantenerse sobrio, Marta era capaz de aparcar sus talentos para la seducción y reprimir aquella inclinación durante un par de semanas, o un par de meses, o un par de años, aunque, al final, su recaída era inevitable. Marta, tras convertirse en esposa de Murdock Lancer y madre de John Lancer, había sentado la cabeza durante diez años (coincidiendo con el nacimiento de su hijo). Al final, sin embargo, había terminado cediendo a su verdadera naturaleza.

La primera vez que Marta vio al apuesto Lázaro López en su silla de montar, enlazando sementales, supo que su destierro de la gracia, la riqueza y la posición social era una simple cuestión de tiempo. Puede que Marta no amara a su marido, pero tal como cantaría Tina Turner mucho después: «¿Qué tiene que ver el amor con eso?». Las chicas de quince años se enamoran de mozos de cuadra que no tienen dónde caerse muertos, cuando hay ricos terratenientes que darían encantados doce buenos caballos a cambio de su mano en matrimonio. El amor es para las niñas que tienen el cerebro en el culo. Lo que Marta sentía por Murdock era mucho más profundo: era respeto.

Cuando lo humilló en su propia casa, y delante de sus hombres, Marta hizo trizas justamente aquello que sostenía a Murdock: su orgullo. Llevaban diez años jugando a las casitas, pero en ese momento Murdock se dio cuenta de lo que ella era en realidad: una furcia inmunda en la que no se podía confiar. Cuando su marido le echó en cara su traición, Marta vio en la mirada de él que la vida que habían creado juntos en el rancho Lancer había quedado destruida para siempre. Por mucho que él la perdonara, nunca olvidaría lo sucedido. Lo más terrible, sin embargo, fue que ella perdió el respeto por sí misma y nunca volvió a recuperarlo. Murdock Lancer no era perfecto, pero sí era un buen hombre. Y no se merecía a una fresca que tirara por la borda la vida que él le había dado solo por un simple revolcón en el heno con un chulito domador de caballos. De manera que, en cuanto su marido se fue a dormir, cogió al hijo de ambos de diez años y la calesa que Murdock le había regalado por su vigésimo octavo cumpleaños y huyó a México.

En los pueblos fronterizos de México, Marta ya no necesitaba fingir que era algo distinto a lo que era en realidad. Sin que su hijo lo supiera, Murdock se pasó cinco años buscándolos a él y a su esposa fugitiva. Su búsqueda no dio fruto. Cuando un cliente insatisfecho la degolló dos años más tarde en la trastienda de una cantina de Ensenada, Marta encontró por fin la paz que había ansiado desde su transgresión. Su estado de degradación concluyó por fin, el orgullo de su marido quedó restituido y su hijo pudo librarse definitivamente de ese lastre que arrastraba y que lo había hundido hasta las simas más bajas de la humanidad. Como Jesucristo era el único que sabía lo mal que Marta se sentía por sus fechorías, quizá él la perdonaría, como siempre había prometido que haría. Y entonces ella, por fin, podría dejar atrás las chozas, las trastiendas de las cantinas y los burdeles. Si uno creía en toda aquella historia de Jesús, entonces ahora la esperaba un paraíso donde sus pecados habían sido perdonados.

En cierta manera, Marta Lancer era la más afortunada de los dos, porque Murdock nunca encontró la paz con sus hijos perdidos. El viejo le guardaba un rencor terrible a su primera esposa, Diane Foster Lancer, por su debilidad y su falta de fortaleza, por haber hecho unos juramentos ante Dios durante su boda que luego no había tenido la fuerza de carácter para mantenerlos. Mantener tus promesas era ponerte a prueba a ti mismo. Y las mujeres que él había llevado a su vida habían fracasado en aquella prueba, y lo habían hecho estrepitosamente. Pero, en el caso de Scott, el viejo sabía que había estado a salvo, fuera de peligro y bien alimentado. Puede que acabara convertido en un panoli, en vez de ser ganadero y heredero del imperio que él había construido con sus propias manos, pero al menos sus parientes de Beacon Hill lo cuidarían bien entre porcelanas.

El pobre John, en cambio... Solo Dios sabía por lo que habría pasado... Después de cinco años de búsqueda, uno de los detectives de la Pinkerton contratados por Lancer localizó al final la última morada de Marta Gavaldón Lancer en un cementerio para forajidos de Ensenada, México. Era obvio que la cruz de madera y su nombre tallado sobre el tablón eran obra del hijo de doce años que la había sobrevivido. El viejo viajó hasta Ensenada. La última constancia escrita del paradero de su hijo era su comparecencia en el juicio del asesino de su madre, un ciudadano adinerado y prestigioso de Ciudad de México. El rico mexicano fue absuelto por el jurado comprado, que parecía tenérsela jurada a Marta, alegando circunstancias de parcialidad. Aquel parásito degollador podría haber pegado fuego a Marta y el jurado no lo habría declarado culpable. Y, aunque Murdock siguió buscando al chico, todos sus esfuerzos fueron en vano. Cuando Murdock Lancer firmó su último cheque a la agencia de detectives Pinkerton, ya había decidido con amargura que su hijo estaba muerto. Y así, en apariencia, todo terminó.

Pero unos quince años más tarde llegó a oídos de los californianos la reputación de un letal pistolero medio blanco y medio mexicano llamado Johnny Madrid. Tenía reputación de granuja, pero de un granuja con una habilidad impresionante con la pistola. A juzgar por los testimonios de quienes lo habían visto, y de los escritores de novelitas pulp, mataba con la rapidez de Tom Horn, tenía la puntería de Annie Oakley, la ferocidad de John Wesley Hardin y la falta de empatía humana de William H. Bonney. Era uno de los asesinos más temidos que cabalgaban por el lado mexicano de la frontera, y los peones de los pueblos por los que pasaba lo conocían como el Asesino de Rojo, debido a la elegante camisa de chorreras roja que siempre llevaba.

Sin embargo, no fue hasta tres años más tarde cuando uno de los antiguos detectives de la Pinkerton que había contratado Lancer le mandó un telegrama en que informaba al magnate ganadero de que su hijo perdido estaba vivo y actuando con el nombre Johnny Madrid.

El viejo se pasó tres días llorando sin que nadie en el rancho entendiera por qué.

Aun así, ahora que la batalla de Murdock Lancer con Caleb De-Coteau y sus «piratas de tierra firme» había pasado de la simple pérdida de vacas a la trágica pérdida de vidas, era solo cuestión de tiempo que el magnate ganadero contratara también a asesinos. Pero, antes de que llegara ese día inevitable, Murdock tuvo una idea descabellada: encontraría a sus dos hijos perdidos, John y Scott, y les mandaría sendos mensajes. Les enviaría el dinero suficiente para que viajaran al rancho Lancer y les ofrecería mil dólares por cabeza solo por escuchar su proposición.

Su oferta era simple: debían ayudarle a defender su rancho de la panda de Caleb y sus asesinos, y, en cuanto consiguieran expulsar a aquellos piratas, Murdock se repartiría todo su imperio a partes iguales con sus dos hijos. Era una oferta generosa, pero no era ningún regalo. Tenían que ganarse el premio. Y tenían que evitar morir a manos de Caleb y sus hombres.

Pero, si accedían a ayudar a Murdock a imponerse sobre aquellos rufianes, y si estaban dispuestos a invertir la sangre, el sudor y las lágrimas que costaba dirigir un rancho de aquella envergadura con éxito, los tres hombres de la familia Lancer serían socios a partes iguales. Y, si gracias a un milagro aquello salía bien, Murdock Lancer y sus hijos perdidos se convertirían por fin en una familia.

En general, no era una mala premisa para una serie de televisión, pensó Rick. Buena historia y buenos personajes.

Recordaba un poco a *Bonanza* y a *El gran chaparral*, pero era más oscura, violenta y cínica.

Para empezar, Murdock Lancer no era como Ben Cartwright, un patriarca severo, pero justo y compasivo. Era un auténtico cabrón inflexible. Uno podía imaginarse a sus dos exesposas hartándose enseguida de sus rollos y huyendo de aquel cabrón resentido a la primera oportunidad. Y el actor con cara de caballo Andrew Duggan (con quien Rick hizo una obra de teatro una vez), al que han elegido para interpretar a Murdock, no tiene ni un pelo de afable campesino. Es duro como una barra de hierro e igual de entrañable. El personaje de Scott Lancer se parece más al tipo agradable que cae bien de las series del Oeste de los años sesenta. Pero su elegante guardarropa de dandi de la Costa Este ciertamente le da un aspecto distinto. Hace que los dandis del pasado como Bat Masterson y Yancy Derringer parezcan vagabundos. Y su pasado como lancero bengalí es una historia de fondo intrigante. Pero el personaje que rompe del todo los estereotipos de los westerns televisivos es Johnny Lancer/Johnny Madrid. El Jake Cahill de Dalton era lo más antihéroe que había sido nunca un protagonista de una serie del Oeste. Pero Johnny Lancer/Johnny Madrid, al menos en el guion del piloto, va mucho más allá de lo que a Jake le permitieron ir nunca.

El apuesto, pícaro y misterioso Johnny Lancer que se apea de la diligencia en Royo del Oro es el típico personaje que suele ser estrella invitada en las series del Oeste, pero no protagonista. Es un tipo de personaje que suele aparecer por el rancho La Ponderosa de *Bonanza*, por el rancho Barkley de *Valle de pasiones* o por el rancho Shiloh de *El virginiano*, y siempre es joven, fanfarrón, sexy y un poco turbio. Se hace amigo del pequeño Joe, o de Heath, o de Trampas, pero en algún momento, normalmente durante el primer acto, nos enteramos de que esconde algún secreto oscuro. Siempre está huyendo de alguien o de algo, o bien huyendo de quien era en el pasado o de algo que hizo o dejó de hacer. O bien está en la zona por alguna razón oculta (habitualmente para vengarse, planear un robo o encontrarse con alguien de su pasado). Como público, sabemos que es un personaje turbio. Pero también sabemos que tendremos que esperar al tercer acto para descubrir por qué: ¿es un villano o es un buen tipo incomprendido? Y, en el tercer acto, Michael Landon o Lee Majors o Doug McClure lo ayudan a redimirse, o bien le pegan un tiro. Se trata de un personaje que siempre tiene el mejor papel de la serie, y los tipos que se especializan en él suelen terminar convertidos en estrellas (Charles Bronson, James Coburn, Darren McGavin, Vic Morrow, Robert Culp, Brian Keith y David Carradine).

Pero, aunque su papel sea el típico de estrella invitada, Johnny Lancer es el protagonista indiscutible de la serie. Y no se parece en nada a ninguno de los otros vaqueros que cabalgan por los ranchos de las tres grandes cadenas televisivas.

«No sé quién es ese Jim Stacy de los cojones –piensa Rick–, pero está claro que pisó mierda cuando le dieron el papel.»

Caleb DeCoteau, sin embargo, tampoco es un villano del montón. Es un papel de narices y tiene algunos de los mejores diálogos del guion. Mientras recorre las polvorientas calles desiertas de Royo del Oro, de camino a la cantina situada en el plató del Oeste, Rick repasa algunas de sus líneas de diálogo. Cuando pasa por delante de uno de los establecimientos del Oeste de la calle principal, ve su propio reflejo en el cristal de una de las ventanas. Se para un momento para contemplar su imagen.

Cuando vio el resultado final de su caracterización en la caravana de maquillaje, rodeado de la chica de las pelucas y de la figurinista y del director, no le entusiasmó precisamente. «A menos que la gente lea que soy yo en *TV Guide*, ¿quién coño va a reconocerme?», fue lo primero que pensó Rick. Pero ahora que empieza a acostumbrarse, a pasearse con el atuendo (las botas son cómodas) y a ver su reflejo en las vidrieras estilo western en un entorno del Salvaje Oeste, ya no le parece que tenga tan mala pinta. El sombrero le gustaba de entrada, pero la chaqueta hippy marrón le gusta cada vez más. Los flecos que cuelgan de las mangas quedan de lo más elegante. Se pone a señalar y a hacer gestos con los brazos y a mirar el efecto que provoca en el reflejo de la ventana. Los flecos enfatizan sus movimientos; queda realmente bien. Con eso puede hacer mucho. «No está nada mal, Rebekkah –piensa Rick–. No parezco yo, pero quizá Sam tenga razón y eso no sea tan malo. Parezco Caleb. Quizá no el Caleb que me imaginé la primera vez que leí el guion. Aquel Caleb simplemente se parecía a mí. O sea, si me quieren a mí, querrán que se vea que soy yo, ¿no? Pero quizá

Sam tenga razón. Al menos cuando Johnny Lancer me mate, no estará matando a Jake Cahill.»

Pero mientras contempla a Caleb devolviéndole la mirada desde la ventana, percibe algo más. Observa lo que le dijo Marvin Schwarz en su despacho el día anterior. En un momento dado llamó a Rick «un actor de la era Eisenhower en el Hollywood de la era Dennis Hopper».

Mirando su reflejo caracterizado de Caleb DeCoteau, entiende un poco mejor, por lo que se siente menos ofendido, lo que pretendía decirle Marvin Schwarz. Los tipos greñudos son lo que se lleva ahora. Y el tío de la ventana con sus flecos podría ser Michael Sarrazin. Sin el tupé, Rick no solo parece un personaje distinto, sino también un actor distinto. Ha llevado durante tanto tiempo el mismo corte de pelo que, en un momento dado, el tupé se convirtió en él. Ahora, en cambio… Cuando estudia su reflejo en la ventana… ya no parece tanto un actor de los cincuenta envejecido, sino un actor moderno en la onda. Ya no es una reliquia de la era Eisenhower. Ahora podría estar en una película de Sam Peckinpah.

Una vez deja atrás su reflejo en la ventana y las reflexiones sobre su carrera, Rick avista la cantina tomada por Caleb, el Gilded Lily, desde donde su personaje gobierna a su banda de cuatreros asesinos. Mientras se acerca al porche delantero del set de la cantina, ve una silla de director con su nombre. En las series de televisión, a los miembros del reparto habitual les ponen sillas de director con el nombre de cada actor. En cambio, a las estrellas invitadas les dan sillas con el nombre de su personaje, porque a menudo no se elige al actor hasta unos días antes de rodar.

Sentada en la silla de director contigua a la suya, en el porche de madera de delante de las puertas batientes de la cantina, está la niña con vestido de época a la que ha visto hablando con Sam al llegar. No conoce su nombre real y no se acuerda del nombre del personaje, pero sabe que interpreta a la hija de ocho años de Murdock Lancer (hija de otra madre distinta, aunque esta no se largó a la primera oportunidad que tuvo. Lo que le pasó es que se rompió el cuello al caerse del hermoso caballo ruano rojizo que Murdock le había regalado por su tercer aniversario de boda. El mismo caballo ruano rojizo al que Murdock Lancer pegó un tiro en la cabeza nada más llegar a casa tras el funeral de su mujer).

Más adelante, en la película, Caleb secuestrará a la niña y pedirá por ella un rescate de diez mil dólares.

El secuestro de la niña terminará siendo el clímax emocional de la historia. Aunque su padre ha hecho ir a Johnny Lancer al pueblo para defender el rancho de Caleb y sus hombres, los guionistas del episodio piloto se han reservado un giro que darle a esa situación estándar. En primer lugar, Johnny odia al padre al que no ha visto desde que tenía diez años. Y, en segundo lugar, se da la circunstancia afortunada de que, aunque en el pueblo no lo sabe nadie, Johnny Madrid y Caleb DeCoteau se conocen y se caen bien. O, al menos, a Johnny le cae un poco mejor Caleb que el padre al que culpa de la muerte de su madre. Matar a su padre para vengar a su madre ha sido su mayor deseo desde que enterró a esta hace dieciocho años en la tierra de Ensenada.

Una venganza que Caleb DeCoteau está ejecutando con bastante éxito. Lo cual termina poniendo a Johnny en la difícil, pero dramáticamente satisfactoria, posición de tener que decidir no solo de lado de quién está, sino también quién es él en realidad. ¿Lancer o Madrid? Y el secuestro de la niña es el catalizador emocional que termina empujando a Johnny del lado de los ángeles y lo establece como personaje de serie televisiva semanal del Oeste junto con la familia que acaba de encontrar.

Rick tiene una escena hoy mismo con la joven actriz, en la que negocia con Scott Lancer el dinero del rescate, mientras mantiene a la niña sentada en su regazo y la encañona a la sien con una pistola. Pero es al día siguiente cuando la niña y él rodarán su escena más importante juntos. Al observar de lejos a la pequeña de cabello rubio desteñido, que está sentada en su silla de director leyendo un libro grande y negro de tapa dura, le da la impresión de que tiene unos doce años. Está pasando la hora del almuerzo sentada a solas en el set, sin acompañante adulto ni señal alguna de que haya comido. Tampoco levanta la vista del libro que está leyendo cuando él se acerca a los escalones del porche de la cantina. Ni siquiera cuando él carraspea y le dice:

−¿Hola?

«Mierda −piensa−. Esta pequeña cabrona va a ser un hueso.» Dándole mucha más intensidad a su saludo, repite:

−¿Hola?

La niña levanta la vista con cara de fastidio del libro que tiene abierto sobre el regazo y dice «hola» al vaquero melenudo que está plantado al pie de los escalones del porche.

Sosteniendo en alto su novelita del Oeste en edición de bolsillo, Rick le pregunta:

−¿Te molestaría si me siento a tu lado y leo yo también?

Ella lo mira con cara de póquer y con la actitud maliciosa de una Bette Davis en miniatura.

−No lo sé. ¿Me molestarías?

«Oh, qué ingeniosa −piensa Rick−. ¿Qué pasa, que esta renacuaja va por ahí con un equipo de guionistas que le suministran réplicas malvadas ante las preguntas retóricas de la gente?»

−Intentaré no molestar −contesta Rick en voz baja.

Ella se apoya el libro grande y negro sobre el regazo y observa un momento al recién llegado; luego se vuelve hacia la silla vacía de director que tiene al lado, la estudia y mira de nuevo a Rick.

−Esa es tu silla, ¿no?

−Sí −dice Rick.

−Entonces ¿quién soy yo para decirte que no te sientes en tu silla?

Rick se quita el sombrero de vaquero y le hace una gentil reverencia.

—Aun así, te lo agradezco mucho —dice, echando mano de todo su encanto.

Ella no sonríe, ni siquiera suelta una risita. Se limita a bajar otra vez la vista para seguir leyendo.

«A la mierda esta pequeña zorra», piensa Rick. Así pues, haciendo más ruido del necesario, sube los escalones de madera del porche dando pisotones con las botas de vaquero. Se dirige a su silla de director y se deja caer de espaldas en ella, soltando ese ligero suspiro que suelta siempre que se deja caer de espaldas en su silla de director.

La niña no le hace ni caso.

Luego Rick se saca el paquete todo abollado de cigarrillos del bolsillo trasero de sus Levi's negros, extrae uno del paquete sudoroso y arrugado y se lo mete en la boca por debajo de la crin de caballo que le han pegado encima del labio. Se enciende el pitillo con su Zippo plateado haciendo gala de ese estilo chulesco (y ruidoso) de los tíos viriles y molones de la década de los cincuenta. Cuando consigue encender la punta, cierra de golpe la tapa del Zippo dándole una especie de porrazo de kárate en diagonal. El metal golpea el metal con un clinc estridente.

La niña no le hace ni caso.

Da una calada larga de su cigarrillo, llenándose los pulmones de humo tal como hacía Michael Parks cuando era un joven actor, con la diferencia de que al resacoso Rick la calada le provoca un ataque de tos y hace que suelte otro de sus escupitajos verdes salpicados de rojo, que deja un pegote de colores sobre el porche de madera.

Y eso sí que capta la atención de la niña.

Una mirada de horror le cruza la cara, como si Rick se le acabara de mear en los cereales del desayuno. Se queda observando con incredulidad tanto a Rick como el escupitajo viscoso estampado en el suelo.

«Vale, ahora me he pasado un poco», piensa Rick, y se disculpa con sinceridad ante su compañera de reparto. Ella parpadea varias veces para quitarse la imagen de la mente, mientras baja la vista para reanudar la lectura de su enorme libro negro.

Lo cierto es que, después de asegurarle que intentaría no molestarla mientras leía, francamente Rick no ha hecho otra cosa que importunarla. Y todavía está en ello. Fingiendo que lee su novelita de bolsillo, al tiempo que intenta discretamente sacarse un moco recalcitrante de la nariz, le pregunta a la niña en un tono despreocupado:

—¿No comes?

—Tengo una escena después del almuerzo —le contesta ella en un tono frío.

—¿Ah, sí? —le pregunta Rick, como diciendo «¿y qué?».

Ahora por fin ha captado la atención de la niña, que cierra el libro, se lo deja sobre el regazo y se vuelve hacia él para explicarle su metodología:

—Comer antes de hacer una escena me deja abotargada. Creo que el trabajo de la actriz y del actor, es importante incluir ambos géneros, es evitar cualquier impedimento a su interpretación. El trabajo de la actriz y del actor es buscar una efectividad del cien por cien. Como es natural, no la conseguimos nunca, pero lo trascendental es la búsqueda en sí.

Rick se queda mirándola un momento o dos sin articular palabra y por fin dice:

—¿Tú quién eres?

—Puedes llamarme Mirabella —dice ella.

—¿Mirabella qué? —pregunta él.

—Mirabella Lancer —responde la niña como si eso fuera obvio.

Rick hace un gesto despectivo con la mano y pregunta:

—No, no, no. Quiero decir cómo te llamas de verdad.

Ella vuelve a contestar en un tono de institutriz:

—Cuando estamos en el plató, prefiero que solo se dirijan a mí por el nombre de mi personaje. Me ayuda a meterme en la historia. Lo he probado de las dos maneras y actúo un poco mejor cuando no me salgo de mi personaje. Y, si puedo ser un poco mejor, quiero serlo.

Rick no tiene nada que replicar a eso, de modo que se limita a fumar.

La niña que se hace llamar Mirabella Lancer escruta de arriba abajo al vaquero de la chaqueta de cuero sin curtir con flecos y dice:

—Eres el malo, Caleb DeCoteau —afirma, sin preguntarlo, y pronuncia el nombre como si dijera «Jean Cocteau».

Rick expulsa el humo de su cigarrillo y comenta:

—Creía que se pronunciaba Caleb Dakota.

Centrando de nuevo su atención en su libro grande y negro, Mirabella dice, como la sabihonda repelente que es:

—Estoy bastante segura de que se pronuncia De-co-tuu.

Rick mira a la niña leyendo su libro y le pregunta en tono sarcástico:

—¿Qué es eso tan interesante?

Ella levanta la vista del libro, sin captar el sarcasmo.

—¿Eh?

—¿Qué estás leyendo? —vuelve a preguntar él, ahora sin sarcasmo.

La solemne niña experimenta una subida pronunciada de entusiasmo infantil y gorjea con excitación:

—¡Es una biografía de Walt Disney! Es fascinante —recalca. Y luego le transmite su opinión a su colega de profesión—: Es un genio, ¿sabes? Y me refiero a uno de esos genios que aparecen cada cincuenta o cien años.

Por fin Rick le hace la pregunta que se muere por hacer:

—¿Cuántos años tienes, doce?

Ella niega con la cabeza. Está acostumbrada a que los adultos cometan esa equivocación y le gusta.

—Tengo ocho. —Y le pasa el libro grande y negro sobre Walt Disney a Rick para que le eche un vistazo.

Él se pone a hojear el libro, pasando páginas, y le pregunta:

—¿Entiendes todas estas palabras?

—Todas no –admite ella–. Pero la mitad de las veces el contexto de la frase te ayuda a deducir el significado. Y las palabras que realmente no puedo entender las pongo en una lista y se las pregunto a mi madre.

Impresionado, le devuelve el libro a la niña y le dice:

—No está nada mal. Ocho años y ya tienes una serie.

Ella vuelve a ponerse el libro sobre el regazo y matiza el cumplido:

—No se puede decir que *Lancer* sea mi serie. Es la serie de Jim, Wayne y Andy. Yo solo soy el personaje de la «chiquilla». –Luego señala al actor con su índice minúsculo y añade–: Pero espera y verás, un día de estos voy a conseguir una serie propia. Y cuando la consiga –le advierte–, ándate con cuidado.

«Esta niña es increíble, joder», piensa Rick. A lo largo de su carrera ha conocido y trabajado con un montón de actores infantiles increíbles. Pero, antes de esta Lillie Langtry, el más increíble que había visto nunca era un niño de once años, de cuyo nombre no se acuerda ni por asomo, pero al que nunca olvidará. El año antes de conseguir *Ley y recompensa*, lo llamaron para rodar el piloto de una serie que no llegó a hacerse; se llamaba *La tierra del gran cielo*, y estaba protagonizada por el tedioso protagonista de series de los cincuenta Frank Lovejoy. Contaba la historia de un sheriff de pueblo viudo (Frank Lovejoy) y de su familia. Rick hacía de su hijo mayor, y había otro hermano de once años y una hermana de nueve. La cadena rechazó la serie, pero terminó produciéndola la productora televisiva Four Star Productions y se hizo un pase para el equipo en la sala de proyección. En la proyección, a la que asistió Rick, se encontró por casualidad con el niño de once años que interpretaba a su hermano pequeño en el lavabo de caballeros del Four Star. Rick se dirigió al urinario, mientras el niño terminaba de lavarse las manos. Si la serie se hubiera hecho, y si hubiera tenido éxito, aquellos dos se habrían pasado los cinco años siguientes o más trabajando juntos. Rick habría visto cómo aquel niño se convertía en adolescente y quizá incluso en hombre. El chaval habría llegado a ser o bien un hermano de verdad para él, o bien simplemente un compañero de trabajo joven e irritante, o quizá ambas cosas. Debido a aquella relación profesional, podrían haber tenido un vínculo durante el resto de sus vidas. O bien, tal como terminaría pasando, la serie no se haría y aquella sería la última vez que se vieran. Mientras Rick se sacaba la polla de los pantalones y apuntaba a la pared del urinario, girando la cabeza hacia atrás le preguntó a su joven compañero de reparto cómo le iba. Secándose bruscamente las manos con una toallita de papel, el pequeño actor le dijo:

—Bueno, una cosa sí que puedo decirte: pienso echar a mi puto agente, eso está claro.

Mientras Rick recuerda al niño de entonces, la niña de ahora le pregunta:

—Y tú, ¿qué estás leyendo? —Se refiere a la novela de bolsillo del Oeste que él tiene en la mano.

Rick se encoge de hombros y le dice:

—Bah, una del Oeste.

—¿Por qué lo dices así? —pregunta ella, sin entender ese tono despectivo—. ¿Es buena?

Él contesta, bastante menos entusiasmado con su libro que ella con el suyo:

—Sí, es bastante buena.

Ella quiere saber más.

—¿De qué va?

—Todavía no la he terminado —contesta él.

«Caray —piensa ella—. Cómo se toma al pie de la letra las cosas este tipo.»

—No te he preguntado cómo termina —recalca ella. Y prueba con otra línea de investigación—: ¿Cuál es la premisa de la historia?

El libro se titula *A lomos del potro salvaje* y el autor es Marvin H. Albert. A Rick le gustó un libro anterior de este autor, *Levantamiento apache*, una historia bastante buena sobre las guerras apaches que se adaptaría en forma de película mediocre con James Garner y Sidney Poitier, titulada *Duelo en Diablo*. Así pues, Rick piensa un momento en la historia de ese nuevo libro, ordena los datos y procede a contárselos a la niña.

—Bueno, trata de un tipo que es domador de caballos salvajes. Y es la historia de su vida. El tipo se llama Tom Breezy. Pero todo el mundo lo llama Easy Breezy. Cuando Easy Breezy tenía veintipico años y era joven y guapo, podía domar cualquier caballo que le echaras. Por entonces, en fin... tenía esa facilidad. ¿Me sigues?

—Sí —le contesta ella—. Tenía un don para domar caballos.

—Eso mismo —conviene él—. Tenía un don. Así pues, cuando llega a los treinta y muchos, sufre una caída grave... No queda lisiado ni nada parecido, pero de cintura para abajo ya no vuelve a ser el mismo. Ahora tiene problemas de espalda que antes no tenía. Y hay días en que el dolor es insoportable...

—Caray —interviene ella—. Parece una buena novela.

Él se muestra más o menos de acuerdo.

—No está mal.

—¿Y por dónde vas? —le pregunta ella.

—Por la mitad más o menos —contesta él.

—¿Qué está pasando ahora con Easy Breezy? —le pregunta la niña.

Rick lleva leyendo novelitas pulp del Oeste desde los doce años. Y, desde que se hizo actor, es su pasatiempo entre una toma y otra y mientras espera en su caravana a que el segundo ayudante de director lo llame al plató. Las alterna a veces con relatos de detectives o de misterio o de aventuras en el contexto de la Segunda Guerra Mundial, pero siempre vuelve a las novelas pulp del Oeste. Aunque le gustan, la verdad es que no recuerda los títulos. Pero sí recuerda los nombres de los autores que le gustan: el ya mencionado Albert, Elmore Leonard, T. V. Olsen, Ralph Hayes. Teniendo en cuenta lo genéricos que son esos títulos –*El tejano, Gringo, El forajido, Emboscada, Dos pistolas para Texas*–, resulta perfectamente comprensible. Pero durante todos los años que se ha pasado sentado en los platós leyendo novelas del Oeste, aunque quizá alguien sí le ha preguntado alguna vez qué estaba leyendo, es la primera vez que alguien le pide que le cuente la historia. Rick nunca se lo había planteado, pero ahora se da cuenta de que leer novelas del Oeste es una de sus actividades más solitarias. Por lo que no está nada acostumbrado a tener que explicarle a alguien la historia del libro que está leyendo.

Pero lo intenta lo mejor que puede por la niña.

–Pues bueno, lo que le pasa es que ya no es el mejor en lo suyo. –Y se explica–: De hecho, no lo es en absoluto. Y está aprendiendo a aceptarlo … –Rick intenta encontrar la palabra adecuada para describir el dilema de Easy Breezy–… La experiencia de volverse… hum… un poco más… hum… –Abre la boca para decir la palabra «inútil», pero lo único que sale de ella es un fuerte sollozo.

El sollozo coge por sorpresa a Rick y llama la atención de Mirabella. Abre de nuevo la boca e intenta otra vez pronunciar la palabra «inútil», pero esta se le encalla en la garganta. Al tercer intento consigue decir con voz ronca: «Inútil… todos los días», seguido de un torrente de lágrimas que le manan y le resbalan por la cara peluda, doblándolo por la mitad como si fuera una navaja.

«Genial –piensa–, ¿ahora me dedico a llorar delante de niños por mi vida de mierda? Joder, he terminado igual que mi tío Dave.»

Tan deprisa como puede, Mirabella se baja de su silla de director y se arrodilla a los pies de Rick, y le da una palmadita en la rodilla en un intento de reconfortarlo. Rick se seca los ojos de un modo brusco con el puño, embargado por la vergüenza y el desprecio a sí mismo, y suelta una risita para demostrarle a la niña que está bien.

—Je, je, caray. Debo de estar haciéndome viejo. No puedo hablar de cosas emotivas sin quedarme sin palabras, je, je.

La niña cree que lo entiende y sigue consolando al vaquero lloroso, que ahora, a sus ojos, se está empezando a parecer al León Cobarde.

—No pasa nada, Caleb. No pasa nada —lo consuela ella—. Parece un libro muy triste. —Niega con la cabeza para mostrar su comprensión—. Pobre Easy Breezy. —Se encoge de hombros y dice—: Yo estoy prácticamente llorando y ni siquiera lo he leído.

—Espera a tener quince años —dice él por lo bajo—. Y estarás viviéndolo.

Ella no lo entiende y pregunta:

—¿Cómo?

Él pone una sonrisa debajo del bigote pegado con cola y dice:

—Nada, renacuaja, es una broma. —Luego, sosteniendo en alto su novelita del Oeste, proclama—: ¿Y sabes? Puede que tengas razón. Puede que este libro me afecte más de lo que me gustaría admitir.

La niña frunce el ceño y se incorpora otra vez, todo lo alta que es, para informarle:

—No me gustan las expresiones como «renacuaja». Pero, como estás disgustado, ya hablaremos de eso en otro momento.

Rick se ríe un poco para sus adentros de la reacción de la niña, mientras ella se sienta de nuevo en su silla de director. En cuanto vuelve a estar cómodamente sentada, mira de arriba abajo a Rick en toda su gloria bigotuda y cubierta de flecos de cuero.

—Así que este es tu look de Caleb, ¿eh?

—Sí. ¿Qué te parece? ¿No te gusta?

—No, se te ve muy en la onda.

«Sí, tiene razón, no está mal», piensa él.

—Es que… no me esperaba que Caleb fuera a estar tan en la onda.

«Oh, mierda, lo sabía, joder», piensa Rick.

—¿Tengo demasiada pinta de hippy?

—Bueno —reflexiona la pequeña actriz—, yo no diría demasiada.

—Pero ¿parezco un hippy? —quiere saber el actor mayor.

—Bueno —responde ella, confundida—, esa es la idea, ¿no?

—Eso parece. —Rick suelta un soplido despectivo.

La pequeña actriz hace una evaluación más elaborada de su primera impresión:

—A ver, no te imaginaba así la primera vez que leí el guion, pero no es mala idea. —Lo observa más detenidamente y luego lo pondera—. De hecho, cuanto más lo miro, más me gusta.

—¿En serio? —pregunta Rick. Y la pone a prueba—. ¿Por qué?

—Bueno… —La niña de ocho años piensa—. Personalmente, los hippies… me resultan algo sexis… pero me dan un poco de grima… y un poco de miedo. Y la idea de que Caleb sea un tipo sexy que da grima y miedo me parece muy potente.

Rick suelta otro soplido y piensa: «¿Qué sabe esta microbia sobre lo que es sexy?», Pero las palabras de la niña apaciguan la ansiedad que le produce el look de Caleb DeCoteau.

Ahora que las preguntas de Rick han recibido respuesta, Mirabella se dispone a formular las suyas.

—Caleb, ¿puedo hacerte una pregunta personal?

Él contesta con una sola palabra:

—Adelante.

Y le hace a su compañero de profesión una pregunta cuya respuesta tiene muchas ganas de conocer:

—¿Cómo es eso de interpretar al malo?

—Bueno, para mí es algo bastante nuevo —le dice—. Antes tenía mi propia serie de vaqueros, en la que hacía de bueno.

—¿A cuál de los dos te gusta más interpretar? —le pregunta ella.

—Al bueno —dice él sin ninguna duda.

—Pero Charles Laughton dijo que los mejores papeles son los de villanos —replica la niña.

«Claro, qué va a decir ese gordo marica», piensa Rick. Pero, en vez de hablarle a una niña de gordos maricas, intenta explicarle por qué prefiere ser el bueno:

—Mira, cuando era niño y jugaba a indios y vaqueros, nunca hacía de indio de mierda, sino de vaquero. Además, el héroe puede besar a la actriz principal, o en las series de la tele, a la estrella femenina invitada de esa semana. Las escenas de amor se las dan a los héroes. Lo más parecido a una escena de amor que tienes siendo un villano es cuando te dejan violar a alguien. Y el villano siempre pierde la pelea con el héroe.

—¿Y qué? —replica ella—. No es una pelea de verdad.

—Ya, pero la gente la ve —explica él—, y se cree que el otro tipo es capaz de darme una paliza.

Ella pone sus ojitos en blanco, y dice:

—Pero eso es bueno. Significa que se creen la historia.

—Es humillante —insiste él.

«Dios mío —piensa ella—. Este tipo es increíble.»

—¿Cuántos años tienes tú? —le pregunta ella, exasperada—. Porque yo ya soy demasiado mayor para pensar así.

—Eh, eh, para el carro —le dice él—. Cuando alguien me pregunta qué me gusta más, entiendo que no hay una respuesta correcta y otra incorrecta.

La verdad es que eso concuerda con la noción de lo justo que tiene la pequeña actriz.

—¿Sabes qué, Caleb? Tienes toda la razón.

Él le asiente con la cabeza en señal de agradecimiento.

Luego la niña le recuerda algo:

—¿Sabes que nuestra gran escena es mañana?

—Sí —asiente él—. Nuestra gran escena es mañana, ¿verdad?

—Pues sí. Y, en esa escena, tú me gritas y me agarras y me asustas.

—No te preocupes —la tranquiliza él—. No te haré daño.

Ella aclara su petición con una advertencia:

—Bueno, no quiero que me hagas daño de verdad. —Mira muy fijamente a Rick y lo señala con el dedo—. Pero sí quiero que me des miedo. —Y continúa en un tono vehemente—: Grítame tan fuerte como quieras. Agárrame, agárrame bien fuerte. Zarandéame. Zarandéame, joder. Haz que te tenga miedo. No quiero fingir que te tengo miedo, quiero sentir de verdad ese miedo. Si no lo haces —le explica— entonces es porque me tratas como a una nenita, y no me gusta que los adultos me traten como a una nenita. —Después de su momento de intensidad, retorna a su actitud petulante normal—. Quiero guardar en mi bobina la escena que haremos mañana. Y, si a veces no puedo guardar las escenas que quiero en esa bobina, es porque los adultos que salen en ellas no las interpretan lo bastante bien. No utilices mi edad como excusa para eludir la excelencia, ¿de acuerdo?

—De acuerdo —dice él.

—¿Lo prometes? —insiste ella.

—Te lo prometo —le asegura él.

—Cerremos el trato con un apretón —le sugiere ella.

Y, tras haber alcanzado ese acuerdo, ambos actores se dan la mano.

13
«El dulce cuerpo de Deborah»

Toda la comunidad de dobles de acción sabe que Cliff Booth es el doble de Rick Dalton, pero esa no es la razón por la que más se le conoce; es simplemente la más obvia y debe de ocupar el cuarto lugar en esa lista de cosas por las que se conoce a Cliff Booth. La principal razón por la que se le conocía era su increíble carrera militar. El haber matado, y es un hecho confirmado, a más soldados enemigos japoneses que ningún otro soldado estadounidense del teatro de operaciones del Pacífico era una hazaña tremenda, y eso solo contando a los enemigos confirmados. Si se le preguntara a cualquiera de sus hermanos combatientes de la resistencia filipina de cuántas muertes sin confirmar de soldados enemigos japoneses era responsable Cliff Booth, todos contestarían: «¿Quién coño lo sabe?».

Pero, en cuanto corrió el rumor de que en 1966 Cliff Booth había matado a su mujer, su condición de héroe de guerra pasó a ser la segunda razón por la que era más conocido en la comunidad de dobles de acción.

El número tres de la lista de cosas por las que se conocía a Cliff Booth en la comunidad de dobles de acción era su talento como «falso».

Cliff Booth era el mejor falso de la industria del cine de los años sesenta.

¿Qué es un «falso»? No intentéis buscarlo; no es un término oficial.

A ver, pongamos que eres un jefe de especialistas y estás trabajando con un director súper capullo que está gritando todo el tiempo a tus hombres. O con algún actor gilipollas que no para de marcar a tus hombres y de echarles la culpa cuando es él quien la caga. Ni el jefe de especialistas ni nadie de su equipo puede romperle la cara al director, y tampoco devolverle el puñetazo al actor cuando te marca.

Pero lo que sí puede hacer el jefe de especialistas es contratar a un doble de acción para un día (que no es miembro de su equipo). Y ese tipo se llama «falso».

Pongamos que te pasas un año trabajando bajo el sol abrasador de Mississippi con ese cabrón calvo nazi de Otto Preminger en *La noche deseada*. Y el sádico malnacido se ha pasado todo ese año humillando e insultando a los miembros de tu equipo delante de todo el mundo. Pues entonces lo que haces es contratar a Cliff Booth como doble por un día para que joda deliberadamente una toma delante de Otto. Luego tu equipo y tú os sentáis a disfrutar del espectáculo.

Booth le arreó un puñetazo en el mentón a Preminger en mitad de su diatriba, dejándolo K. O. en el barro del Mississippi. Cliff se disculpó diciendo que, por su condición de héroe de la Segunda Guerra Mundial, había experimentado un flashback de los tiempos de la guerra cuando Preminger se puso a gritarle con su acento alemán de la Gestapo y se había olvidado de dónde estaba. Y, cuando al día siguiente el jefe de producción le dio el billete de autobús para que volviera a casa, Cliff se fue de Mississippi con un extra (en negro) de setecientos dólares en el bolsillo trasero. Y aquella noche, cuando se fue de celebración con el equipo al bar del hotel, no pagó ni una sola copa.

O pongamos que formas parte del equipo de dobles de la serie televisiva del Oeste *Jim West*. Resulta que el protagonista de la serie, Robert Conrad, se jactaba de hacer él mismo (muchas de) sus escenas de acción. Y puede que fuera verdad, más o menos.

Pero, aunque rodaba sus propias escenas de acción, no le importaba cuántos dobles salieran lesionados de ellas, sobre todo después de marcar a los dobles durante las peleas a puñetazos (definición de «marcar»: darle un puñetazo de verdad a alguien por accidente durante una pelea escenificada), de lo que nunca se responsabilizaba. Eran ellos los que se habían equivocado. Ellos no estaban en el lugar correcto; eran ellos quienes mostraban poca profesionalidad; por su culpa, él se había hecho daño en la mano. Y lo hacía con tanta asiduidad que, en la comunidad de dobles de acción, ya se había forjado la leyenda de que Robert Conrad «nunca había conocido a un doble al que no pudiese echarle la culpa de algo».

De modo que cuando Cliff Booth —con un derechazo «accidentalmente» mal calculado— tumbó a Bob, que dio con el trasero embutido en sus pantalones ajustados en el suelo, todos lo consideraron un día glorioso.

Un par de dobles incluso lloraron de la alegría.

Nuevamente, Cliff Booth se marchó del plató con setecientos dólares extra en el bolsillo trasero y una caja de cervezas en el maletero del coche.

Más adelante, estando en un bar de Almería durante el rodaje de *Los cien rifles*, Cliff se convirtió en el único hombre blanco conocido capaz de derrotar a Jim Brown en una pelea a puñetazos. Aunque bueno, por mucho que mole la anécdota de Jim Brown, es la que más números tiene de ser pura mistificación. Para empezar, no está nada claro que Cliff también estuviera en España mientras Jim Brown y Burt Reynolds rodaban *Los cien rifles*. Seguramente estaba con Rick rodando su episodio de *Bingo Martin* (más adelante, pero todavía en 1969, tanto Rick como Cliff sí que irían a Almería para rodar *Piel roja, sangre roja* con Telly Savalas). Además, la leyenda de un hombre blanco que se imponía a Jim Brown a puñetazos tenía muchos números de ser solo eso: una leyenda. Supuestamente pasó en una de las siguientes situaciones: (a) con Cliff en un bar de España durante el rodaje de *Los cien rifles*; (b) con Rod Taylor en Kenia durante el rodaje de *Último tren a Katanga*; (c) con Rod Taylor también, pero no en el set de *Último tren a Katanga*, sino en la mansión Playboy, delante de la fuente; o bien (d) nunca sucedió.

Pero la pelea en medio del plató por la que Cliff se hizo más famoso era el «desafío amistoso», que lo enfrentó al practicante de artes marciales de mayor renombre de todos los tiempos, Bruce Lee.

En la época del «incidente con Bruce Lee», como se lo llegaría a conocer, Bruce todavía no era ni una superestrella del cine ni una leyenda; era un simple actor que interpretaba al secuaz del Avispón Verde, Kato, en la serie televisiva *El avispón verde*, un producto chapucero diseñado para obtener beneficios de la popularidad de la serie televisiva *Batman*. Pero dentro de la comunidad de Hollywood, más que por su papel en la serie, Bruce Lee era conocido por ser el «entrenador de kárate» de los ricos y famosos («entrenador de kárate» era como lo había denominado Hollywood, no como se habría denominado Bruce a sí mismo). Gente como Steve McQueen, James Coburn, Roman Polanski, Jay Sebring y Stirling Silliphant recibía lecciones de Bruce en sus casas, igual que los famosos, años después, harían sesiones de ejercicios de una hora con sus entrenadores personales en los jardines de sus casas. Tiene su gracia pensar que uno de los practicantes de artes marciales con más talento de todos los tiempos decidiera dedicar su tiempo a enseñar a Polanski, a Jay Sebring y a Stirling Silliphant a dar patadas con la pierna recta. Es como si Mohamed Alí dedicara parte del suyo a clases de boxeo a James Garner, a Tom Smothers y a Bill Cosby. Pero Bruce Lee tenía una estrategia en mente. Igual que Charles Manson, todo aquel rollo de hacer de maestro espiritual no era más que un trabajillo temporal. Igual que Charles Manson quería ser una estrella del rock, Bruce Lee deseaba ser una estrella del cine. James Coburn y Stirling Silliphant eran su Dennis Wilson. Steve McQueen y Roman Polanski eran su Terry Melcher. Cada cuatro sesiones de entrenamiento con Roman Polanski, Bruce sacaba a colación *La flauta silenciosa*, el guion que estaba intentando sacar adelante con el oscarizado guionista Stirling Silliphant (que, igual que le pasaba a Dennis Wilson con Charlie, realmente creía en el potencial de Bruce) y que tenían que protagonizar James Coburn y Bruce (interpretando cuatro papeles distintos). Bruce incluso acompañó a Roman y a Sharon en un viaje de esquí a Suiza a fin de intentar convencerlo para que se comprometiera con el proyecto.

Ni de broma haría Polanski una película de acción pretenciosa con James Coburn después de su éxito con *La semilla del diablo*. Bruce le caía bien, y lo respetaba. Incluso lo admiraba. Pero cada vez que este sacaba a colación *La flauta silenciosa*, se degradaba un poco a los ojos de Roman. De hecho, reforzaba la convicción de este de que Hollywood sacaba lo peor de la gente.

Lo que diferenciaba a Lee de Manson era que Bruce sí tenía verdadero talento para convertirse en un fenómeno de masas. No en la época en la que actuaba en *El avispón verde*, pero sí unos años más tarde: primero en las películas que hizo en Hong Kong con Lo Wei y luego en el gran espectáculo de artes marciales para la Warner Bros, *Operación dragón*.

Pero en 1966, cuando todavía interpretaba al secuaz del Avispón Verde, Kato, Bruce Lee ya se había ganado una reputación entre los dobles de acción que trabajaban en su serie.

Y esta era mala.

Bruce Lee no tenía mucha consideración ni respeto por los dobles de acción estadounidenses. Y se esforzaba bastante para dejar bien clara esa falta de respeto. Una de sus formas de demostrarlo era marcarlos con su puño y su pie voladores durante las escenas de lucha. Le habían reprendido por aquello una y otra vez, pero, al igual que Robert Conrad, siempre tenía una excusa para echarles la culpa a ellos. Hasta el punto de que un gran número de dobles de acción ya se negaba a trabajar con él.

A decir verdad, a Cliff le había caído mal Lee en cuanto lo vio por primera vez; había sido antes de que Rick empezara a filmar sus escenas como villano invitado en la serie. La primera vez que Cliff presenció la técnica de combate en pantalla de Lee fue el día en que el doble de acción llevó en coche a Rick hasta el plató de la Twentieth Century Fox, para que le hicieran las pruebas de vestuario de cara al episodio de la semana siguiente. Ambos se quedaron apartados en un rincón contemplando cómo Bruce y su coprotagonista, Van Williams, rodaban una escena de pelea al aire libre, en la que Lee ejecutaba un montón de patadas impredecibles y alucinantes y saltos a lo Nuréyev. Cuando Lee terminó, el equipo prorrumpió en una salva de aplausos. Rick estaba claramente impresionado; se volvió hacia Cliff y le dijo:

—Ese tío es una pasada, ¿no crees?

Cliff soltó un resoplido de burla nada propio de él.

—¡Ese tío no es más que una puta mierda! Podría ser perfectamente Russ Tamblyn. No es más que un puto bailarín. Que lo manden a *West Side Story* a hacer pasitos de baile.

—Es rápido de cojones —replicó Rick—. Y esas patadas son geniales.

—Se ven geniales en una película —recalcó Cliff—. Pero no tienen potencia. Vale, es rápido, lo admito. Pero jugar a las palmitas deprisa sigue siendo jugar a las palmitas. Ninguno de estos karatekas maricones vale una mierda en una pelea de verdad. El judo es algo distinto. Con el judo, si tienes delante a un tío que no sabe lo que hace, puedes lanzarlo por los aires. Pero ninguno de estos karatekas maricones tiene potencia en las patadas, y ninguno es capaz de encajar un puñetazo ni aunque se le vaya la vida en ello. —Señala a Kato para hacer hincapié en ello—. Y mucho menos ese enano de ahí.

Cliff casi nunca despotricaba contra nada, así que, cuando lo hacía, Rick dejaba que se despachase a gusto.

—El combate mano a mano, colega. Ahí está la clave. Un puto boina verde le haría papilla. Todo lo que hace este tío es de cara a la galería.

»Todo lo que hacen Alí o Jerry Quarry es para infligir daño. Todo lo que hace un boina verde es para matar. Ya me gustaría ver a ese maricón en la selva, peleando contra un japo que le saca quince kilos con un cuchillo en la mano y ganas de matar. —Cliff soltó un resoplido de burla—. Si eso pasara, el Avispón Verde tendría que buscarse un nuevo chófer.

—Bueno, de acuerdo —admitió Rick—. Quizá tengas razón cuando se trata de una situación de matar o morir…

—La tengo —lo interrumpió Cliff.

—Aun así —prosiguió Rick—, esas patadas rápidas son impresionantes.

—Estiramientos —precisó Cliff en un tono despectivo—. No son más que estiramientos. Si voy a tu casa y te pongo a hacer estiramientos tres horas al día de lunes a viernes, en tres meses puedes hacer lo mismo que ese capullo.

Rick lo miró con cara de escepticismo y Cliff se retractó un poco:

—Bueno, quizá todo no. Pero casi todo.

La pelea entre Bruce y Cliff tuvo lugar cuando este se encontraba en el plató de *El avispón verde* para hacer de doble de Rick.

Bruce, como de costumbre, estaba exhibiendo sus proezas ante sus cortesanos del equipo de rodaje. Y entonces alguien le hizo de nuevo la pregunta de rigor: ¿quién ganaría un combate entre Alí y él? Se lo preguntaban siempre. Y su respuesta siempre era distinta, dependiendo del momento y de su estado de ánimo. Más adelante, en el set de *Operación dragón*, cuando se lo preguntó John Saxon, supuestamente Bruce dijo: «Sus puños son más grandes que mi cabeza». Pero Bruce admiraba la habilidad de Alí y se imponía la tarea de estudiar filmaciones en 16 milímetros de los combates de Alí. Y, mientras analizaba aquellas películas, había hecho un descubrimiento: Alí bajaba la guardia por la izquierda.

Era consciente de que en un ring de boxeo Alí lo mataría.

Pero, con franqueza, Bruce creía que no había nadie a quien no pudiera derrotar en combate. El truco sería pelear contra Alí sin guantes y concederle a Bruce el privilegio de dar patadas.

Así pues, cuando aquel día le hicieron la pregunta en el plató de *El avispón verde*, contestó:

—¿Si nos juntaran y nos dijeran que todo vale? Le haría ver las estrellas.

Y Cliff, que estaba allí para hacer de doble una sola jornada, se echó a reír.

—¿Dónde está la gracia? —le preguntó Bruce.

Por un instante, Cliff intentó evitar el enfrentamiento.

—Eh, colega, estoy aquí para trabajar.

Pero eso no le bastó a Bruce.

—Pero te has reído de lo que he dicho, y no he dicho nada gracioso.

—Bueno, un poco sí —dijo Cliff con una sonrisita.

—¿Y qué te parece tan gracioso? —le preguntó Bruce, cabreado.

«Vaya, ya la tenemos», pensó Cliff.

—Creo que debería darte vergüenza sugerir que le llegas a la suela de los zapatos a Mohamed Alí.

Todas las miradas del plató se clavaron en Bruce.

Pero Cliff, que era consciente de que ya había perdido su trabajo, pensó que ya de perdidos al río, así que continuó:

—¿Crees que un mequetrefe como tú podría hacer ver las estrellas al campeón del mundo de los pesos pesados? ¿Un puto actor podría hacer ver las estrellas a Alí? Olvídate de Alí: ¡Jerry Quarry te aplastaría! Déjame que te pregunte una cosa, Kato: ¿alguna vez te han pegado un puñetazo de verdad?

—Pues no, señor doble —le replicó Bruce, furioso—. ¡Porque a mí nadie consigue pegarme!

—Ya me parecía que dirías eso —dijo Cliff.

Este miró a los miembros del equipo que estaban presenciando la escena con los ojos como platos.

—No me puedo creer que os traguéis las patrañas que suelta este mequetrefe. —Y, volviéndose hacia Bruce, añadió—: Pon los pies en el suelo, colega. ¡No eres más que un puto actor! En cuanto te pusiera un ojo morado, se habría acabado la pelea. En cuanto te hiciera saltar un diente, se habría acabado la pelea. ¡Jerry Quarry es capaz de pelear cinco asaltos con el puto Mohamed Alí con la mandíbula rota! ¿Y sabes por qué? Porque tiene algo de lo que tú no tienes ni puta idea: ¡corazón!

Con su uniforme de chófer, Bruce adoptó una pose de tío duro, miró al suelo, negó con la cabeza, luego miró al doble de acción y le dijo:

—Eres un bocazas, señor doble. Y me encantaría cerrártela, sobre todo delante de mis amigos. El problema es que mis manos están registradas como armas letales. Eso significa que, si nos peleáramos y te matara por accidente, iría a la cárcel.

—Cualquiera que mate por accidente a alguien en una pelea va a la cárcel —replicó Cliff—. Se llama «homicidio involuntario». Y creo que toda esa patraña de las «armas letales» no es más que una excusa que ponéis las bailarinas para no tener que enfrentaros a peleas de verdad.

De acuerdo, aquello había sido un desafío en toda regla, llevado a cabo delante de un puñado de colegas de Bruce. Así que este le ofreció a Cliff un «desafío amistoso». Perdería la pelea el primero en caer dos veces al suelo. No intentarían hacerse daño. Se trataba simplemente de ver quién terminaba en el suelo.

—Adelante, Kato —fue la respuesta de Cliff.

Ante las miradas excitadas del equipo, ambos se prepararon para el enfrentamiento. Lo que Bruce no sabía era que a Cliff le encantaban los desafíos a dos caídas, aunque normalmente solía aceptarlos en aparcamientos de bares a la una de la madrugada. Cada vez que Cliff se enzarzaba en aquel tipo de pelea, sobre todo contra alguien que tenía formación en combate, empleaba una técnica rastrera tan obvia que le asombraba que siempre funcionara.

Era una técnica simple.

Les concedía la primera caída.

Ofrecía a su adversario poca resistencia y se preparaba para aguantar lo que le cayera encima. Ofrecía tan poca resistencia que el contrincante, sobre todo si era un luchador avezado, daba por sentado que Cliff no era más que un macarra de bar que se había venido arriba.

Cliff también sabía que, en esa clase de combate, el oponente siempre usaba aquellos movimientos, o combinaciones de movimientos, con los que se sentía más cómodo. Así pues, tras la primera caída, normalmente el adversario de Cliff ya le había enseñado su mejor golpe.

Y, si el otro tipo pensaba que Cliff no sabía luchar y estaba seguro de derrotarlo, diecinueve veces de cada veinte el contrincante repetiría el mismo movimiento. Y, como Cliff ya sabía cuál era, solo tenía que esperarlo, rechazarlo y tumbar a ese cabrón.

Bruce, por su parte, no tenía intención de hacer daño a aquel blanco bocazas. Solo quería cerrarle la boca y dejarlo en ridículo delante del equipo. Para empezar, Bruce podría meterse en un gran lío si hacía daño a aquel tipo. Los dobles ya se habían quejado de que Bruce les pegaba de verdad y le habían dicho a Randy Lloyd, el jefe de especialistas, que no querían trabajar con él. Además, con la intención de exhibirse en el plató, Bruce le había dislocado accidentalmente la mandíbula a un escenógrafo con una patada mal calculada. Si Bruce rompía alguna otra mandíbula en medio del plató, esta vez se le caería el pelo.

De modo que el Pequeño Dragón decidió que la mejor estrategia era hacer algo que resultara impactante, pero que no lastimara al tipo ese, algo que lo desequilibrara para demostrarle a aquel capullo con quién se enfrentaba.

Una patada giratoria inversa en toda la oreja le arrancaría la cabeza a ese desgraciado, y seguramente provocaría que, a partir de entonces, le costara bastante entender la aritmética. Una patada frontal con la pierna recta lo mandaría volando hasta el coche que tenía detrás, y Dios sabe cuántos huesos se rompería. Pero, al igual que Rudolf Nuréyev, Bruce Lee tenía la capacidad de sostenerse en el aire como pocos hombres lo habían conseguido. Daba la impresión de que Nuréyev y Lee planeaban, cumplían su misión y, cuando les apetecía, aterrizaban con suavidad en el suelo.

De manera que Bruce decidió que la mejor maniobra sería un salto con planeo incluido que alcanzara una gran altura, pero poco impulso hacia delante. Podía elevarse, quedar de puta madre y detener su vuelo a base de golpear con el pie el pecho de aquel capullo, derribándolo hacia atrás, tirándolo de espaldas al suelo y dándole así una lección.

Y eso fue exactamente lo que hizo: derribó a Cliff, que aterrizó de culo en el suelo, provocando los aplausos del equipo. El rubio doble de acción levantó la vista del suelo con una sonrisa bobalicona y dijo:

—Buen salto, bailarina. —Y mientras se levantaba del suelo, añadió—: Hazlo otra vez.

«Vale, ahora voy a atravesarle el pecho de una patada a este gilipollas –pensó Bruce–. Solo tengo que asegurarme de que no se rompa la rabadilla cuando caiga al suelo.»

Así pues, esta vez con menos altura y más impulso hacia delante, Bruce volvió a saltar sobre el doble, que giró el cuerpo en el último momento. Y el maestro de las artes marciales prácticamente le cayó en los brazos. A continuación Cliff, agarrándolo de la pierna y del cinturón, lo arrojó con fuerza, como si fuera un gato, contra un coche que había aparcado en el plató.

Bruce oyó un crujido procedente de su espinazo cuando se estrelló contra el automóvil y la manecilla de la portezuela del copiloto se le clavó en el omóplato. Se había hecho mucho daño. Desde el pavimento de cemento, vio a aquel doble de acción blanco sonriéndole.

Bruce realmente no quería hacerle daño a Cliff; solo pretendía exhibirse con él. Pero Cliff sí quería hacerle daño a Bruce. Y si al estamparlo contra el coche le había jodido la espalda y el cuello para el resto de su vida, a Cliff le parecía bien.

Mientras se levantaba del suelo, Bruce vio que Cliff adoptaba su posición de combate para el tercer asalto. Y la reconoció como una posición de combate mano a mano del ejército.

Bruce estaba cabreadísimo con aquel hijoputa por el daño que acababa de hacerle. Pero también había visto a su oponente tal como era; y no se trataba de un simple palurdo que hacía de doble en series de vaqueros. Bruce comprendió que Cliff lo había engañado para que no se tomara en serio aquel combate e hiciera el mismo movimiento dos veces. Bruce podría haber atacado a Cliff de catorce maneras distintas que el doble jamás podría haber parado. Pero, al fingir que no era más que un zopenco sin adiestramiento, Cliff había hecho que Bruce eligiera la vía perezosa y cayera en su trampa. Si la respuesta de Cliff no hubiera sido tan brutal, Bruce casi lo habría admirado.

Este también se dio cuenta enseguida de que, aunque Cliff carecía por completo del talento de los oponentes a los que él se enfrentaba en sus campeonatos de artes marciales, era algo que ellos no eran: un asesino.

Bruce supo entonces que Cliff había matado a hombres solo con las manos.

Se dio cuenta de que Cliff no estaba peleando con él, sino que era su instinto de matar el que actuaba.

El luchador de artes marciales solía preguntarse cómo reaccionaría si un día se encontrase en una situación donde debería elegir entre matar o morir contra un luchador experimentado. Pues parecía que ese día había llegado.

Por suerte, el tercer asalto fue interrumpido por la mujer del jefe de especialistas cuando estaba a punto de empezar. Y, tal como ya sabía que pasaría, Cliff fue despedido de inmediato. El problema era que a este no lo habían traído al plató de *El avispón verde* como falso de un solo día para darle una paliza en público a Kato, sino para que hiciera de doble de Rick durante la aparición de este como actor invitado. El jefe de especialistas, Randy Lloyd, nunca quiso contratar a Cliff, porque lo creía culpable de haber matado a su mujer. Y, encima, Randy trabajaba con su mujer, Janet, quien estaba convencida de que Cliff había matado a su esposa. Y, francamente, preferían contratar a alguien que no fuese sospechoso de matar a su mujer. Podían perdonarse ciertas transgresiones, sobre todo en los sesenta. Pero que un doble de acción matara a su mujer y, además, intentara romperle la espalda al protagonista de la serie delante de todo el equipo no era una de ellas. Después del incidente de Bruce Lee, Cliff dejó de ser a todos los efectos el doble de escenas de acción de Rick y pasó a ser su chico de los recados.

Rick se enfadó tanto por el incidente con Bruce Lee que Cliff creyó que también él iba a despedirlo. Pero entonces ¿quién llevaría en coche a Rick al trabajo? Vale, Rick podía encontrar a otra persona que lo llevara. Pero, a fin de cuentas, resultaba más fácil perdonar a Cliff. Así que Rick pagaba a Cliff un sueldo simbólico para que lo llevara en coche, le hiciera algún que otro trabajillo y estuviese disponible siempre que lo necesitase; un sueldo que supuestamente Cliff complementaría haciendo trabajos de doble de acción. Después del incidente con Bruce Lee, sin embargo, los ya de por sí escasos trabajos de doble que conseguía se esfumaron del todo debido a los rumores que circulaban por la ciudad de que era un asesino. La comunidad de dobles de acción de Hollywood no necesitaba otra razón para no ofrecerle trabajo, pero ahora la tenía, y había sido Cliff quien se la había dado. La anécdota que le había contado Rick aquella mañana sobre el ayudante de dirección gilipollas de *Batalla en el mar de Coral* había venido bastante a cuento.

Sin embargo, Cliff sabía que una de las cosas más interesantes de Hollywood era que, en última instancia, era un puto pañuelo. Un día de estos, ya fuera en la calle, en un aparcamiento, en un restaurante o frente a un semáforo en rojo, volvería a encontrarse con aquel pequeño capullo de Bruce Lee. Y, ese día, solo la policía podría separarlos.

Después de arreglarle la antena de televisión a Rick, y como no tiene nada mejor que hacer hasta las siete y media, que es cuando debe recoger a su jefe en el plató, Cliff conduce el Cadillac de Rick por Sunset Boulevard, de camino al cine.

Mientras espera sentado en el coche delante de un semáforo en rojo, imaginando que le parte la cara a Bruce Lee, Cliff echa un vistazo a su derecha en dirección al teatro Aquarius, con su enorme mural pintado del exitoso espectáculo teatral *Hair*. Y divisa a dos de las chicas hippies a las que ha visto esta mañana; una de ellas es la morena alta y descarada de los pepinillos que le sostuvo la mirada y le hizo el signo de la paz. Las dos chicas están delante del Aquarius haciendo dedo, en un intento de que alguien las lleve. La morena sigue con la misma ropa que por la mañana: los Levi's cortados, el top sin mangas de croché, los pies descalzos y una capa de mugre encima.

La hippy morena de los pepinillos ve a Cliff en un coche distinto al de la mañana y yendo en dirección contraria.

Sonríe, lo saluda con la mano, lo señala y chilla:

—¡Eh, tú!

Cliff le sonríe y le devuelve el saludo.

Ella le grita a través del tráfico:

—¿Qué le ha pasado a tu Volkswagen?

Cliff le contesta también a gritos a través del tráfico:

—¡Este es el coche de mi jefe!

Ella estira el dedo.

—¿Me llevas? —Y menea el dedo.

Cliff señala con el dedo en la dirección contraria.

—Voy para allá.

Ella niega tristemente con la cabeza y grita:

—¡Tremenda equivocación!

—¡Seguramente! —le grita él.

—¡Vas a pasarte el día pensando en mí! —lo avisa ella.

—¡Seguramente! —le grita él.

El semáforo de Sunset Boulevard cambia al verde y el tráfico empieza a moverse otra vez.

Cliff le hace un pequeño saludo militar, mientras la chica le dedica un pequeño gesto de despedida de niña triste y por fin el Cadillac de un amarillo crema arranca.

Cuando llega a Sunset con La Brea, Cliff gira a la izquierda y enfila La Brea Boulevard. Sam Riddle, el disc-jockey de la hora del almuerzo de la KHJ, está leyendo el texto de un anuncio de crema bronceadora Tanya, que no es una loción para el bronceado que te protege de los rayos dañinos del sol, sino una crema bronceadora que acelera la combustión de la piel. Cliff pasa por delante del Pink's Hot Dogs de la esquina de La Brea con Melrose. Hay tal multitud delante del puesto de perritos calientes que parece que estén repartiendo sexo gratis en vez de perritos al chile carísimos. Cliff pasa con el Cadillac al carril derecho y gira a la derecha cuando llega a Beverly Boulevard. Conduce un breve trecho por Beverly, se detiene delante de un cine pequeño y aparca el coche.

En los años treinta, el cine era un teatro de vodevil llamado Slapsy Maxie's.

En los cincuenta, fue el primer lugar donde Martin y Lewis actuaron en Los Ángeles.

Más adelante, en 1978, se convertirá en un cine de reposiciones llamado New Beverly Cinema, donde harán pases de clásicos y de cine extranjero. Pero en 1969 se llama el Eros Cinema y es uno de los cines eróticos de Hollywood (el otro es el Vista, ubicado en la confluencia de Hollywood Boulevard con Sunset Boulevard).

No ponen películas pornográficas, que más adelante se etiquetarán como «XXX», solo películas con escenas de sexo, normalmente europeas o escandinavas.

Hoy en la marquesina del Eros se lee:

PROGRAMA DOBLE CARROLL BAKER
EL DULCE CUERPO DE DEBORAH (MAYORES DE 17 AÑOS)
Y
ORGASMO (X)

Cliff sale del Cadillac y compra una entrada en la taquilla. Se adentra por el pasillo a oscuras y encuentra un asiento en mitad de la fila 4. En la pantalla luminosa del Eros, Carroll Baker está bailando de forma sensual al ritmo de unos tam-tams, vestida con una malla ajustadísima de cuerpo entero de color esmeralda. Cliff apoya los pies calzados con mocasines en el respaldo de la butaca que tiene delante. Mientras se acomoda en su asiento, levanta la vista para ver a Carroll Baker meciendo de lado a lado sus enormes caderas verdes.

«Dios mío –piensa–. ¡Es grande como un caballo! –Y sonríe–. Como a mí me gustan.»

14
La mansión de los siete placeres

En el reproductor de cartuchos de ocho pistas que Sharon Tate tiene en su Porsche negro está sonando el primer álbum en inglés de Françoise Hardy, *Loving*. La pista que sale ahora mismo de los altavoces estéreo del deportivo es una versión del tema de Phil Ochs «There but for Fortune». A Sharon le encanta esta canción, y sentada al volante del Porsche, mientras baja por Wilshire Boulevard camino a Westwood Village, se pone a cantar la letra:

> *Show me the prison, show me the jail,*
> *Show me the prisoner whose face is growing pale,*
> *And I'll show you a young man with so many reasons why,*
> *And there but for fortune, may go you or I.*

Mientras canta, le resbalan lágrimas por las mejillas. La actriz está haciendo unos recados. Ha recogido ropa de la tintorería. Detrás del asiento del copiloto cuelgan unas perchas en fundas de plástico transparente que contienen tres vestidos cortos estilo mod, cuyos bajos le llegan hasta la parte superior del muslo, y la chaqueta cruzada azul de Roman. También ha recogido un par de zapatos de plataforma de tacón ancho de una tienda de reparación de calzado diminuta que hay en Santa Monica Boulevard. Y ahora está yendo a hacer su último recado del día. Ha encargado una primera edición de *Tess de los d'Uberville*, de Thomas Hardy, para regalársela a Roman. Y el anciano encantador que lleva la tienda la llamó ayer a casa para avisarla de que ya había llegado. Así pues, cantando a coro con mademoiselle Hardy, y disfrutando de unas lágrimas libres de ansiedad, Sharon conduce a toda velocidad hacia Westwood Village.

Un kilómetro y medio después de girar por Wilshire desde Santa Monica Boulevard, avista a una joven hippy haciendo dedo en el arcén. La hippy desarrapada parece una chica agradable, y Sharon está de buen humor, así que piensa: «¿Por qué no?».

Un año más tarde, la respuesta a esa pregunta será: porque esa autostopista podría asesinarte. Pero en febrero de 1969 nadie piensa en esas cosas, ni siquiera aquellos que poseen cosas que podrían robarles, como Sharon al volante de su elegante Porsche negro.

Se para junto al bordillo delante de la hippy de cara pecosa y aspecto dulce, pulsa el botón que baja la ventanilla del copiloto y le dice a la autostopista:

—Solo voy hasta Westwood Village.

La joven se inclina sacando culo para examinar al conductor por la ventanilla. Puede que la chica sea un espíritu libre, pero no tiene intención de meterse en el coche de cualquiera. Sin embargo, en cuanto ve a la preciosidad rubia que va al volante, la hippy sonríe de oreja a oreja y dice:

—Eh, menos da una piedra.

Sharon le devuelve la sonrisa y le dice que suba.

Las dos mujeres charlan amigablemente durante los trece minutos que tarda Sharon en llegar a Westwood Village y aparcar el coche. La hippy dice llamarse Cheyenne, y que está haciendo autostop para reunirse en Big Sur con unos amigos. Van a asistir a un festival de música al aire libre donde tocarán Crosby, Stills and Nash (pero sin Young), junto con James Gang, Buffy Sainte-Marie y también la 1910 Fruitgum Company. A Sharon le parece un planazo. Si eso le hubiera pasado dos días después, cuando Roman ya se hubiese marchado a Londres, Sharon se plantearía llevar a Cheyenne hasta Big Sur y apuntarse al concierto con sus amigos. Puede que no llegara a hacerlo, pero al menos se lo habría planteado. Sharon siempre ha tenido una vena impulsiva. Roman no, y es una de las pocas cosas que hacen que ella guste más que su popular marido cineasta. Mientras pasan los trece minutos juntas en el coche, hablan de Big Sur y de Crosby, Stills and Nash, escuchan a Françoise Hardy y comen pipas de girasol que lleva Cheyenne en su bolsito.

—Bueno, pues adiós, pásalo bien en Big Sur.

Son las últimas palabras que le dice Sharon a Cheyenne cuando le da un abrazo de despedida en el aparcamiento de pago de detrás del Westwood Village Theatre, que tiene pegado ilegalmente en la pared un gran cartel de seis piezas de la película *Joanna* del amigo de Roman, Michael Sarne. Luego Sharon se adentra en Westwood Village para acabar de hacer sus recados, en dirección oeste, y la chica hippy continúa con su aventura californiana, en dirección norte.

Mientras Sharon camina con sus botas blancas de charol de bailarina gogó por entre las tiendas de fumetas, las cafeterías, las pizzerías y las máquinas expendedoras de periódicos, donde se puede coger el *Los Angeles Free Press*, se saca del bolso las gafas de sol negras grandes y redondas para protegerse los ojos del resplandor del sol de California. A medida que se acerca a su destino, ve que en el Bruin Cinema, justo delante de ella, están proyectando su nueva película, la comedia de aventuras de agentes secretos *La mansión de los siete placeres*, de Matt Helm. En la enorme marquesina se lee:

DEAN MARTIN COMO MATT HELM
EN
LA MANSIÓN DE LOS SIETE PLACERES
E. SOMMER   S. TATE   N. KWAN   T. LOUISE

Sharon cruza la calle sonriendo y se detiene delante del póster de la película, donde sale ella. Recorre el póster con la vista hasta el texto de los créditos y encuentra su nombre, que estirando el dedo, sigue con la yema. Después de disfrutar de ver su nombre y de ver el dibujo que ha realizado un artista de ella balanceándose sobre una bola de demolición junto a una caricatura de Dean Martin, y complacida por el hecho de que estén pasando la película en uno de los cines más importantes de Westwood, sigue su camino y llega a la librería, situada cuatro puertas más allá. De la radio de detrás del mostrador de Arthur's Rare Books for Sale salen los compases de «Stormy» de los Classics IV. Nada más entrar por la puerta y oír al vocalista principal, Dennis Yost, a Sharon se le relaja todo el cuerpo. Junto con Art Garfunkel, Dennis Yost, de los Classics IV, es quien tiene la voz más bonita del rock and roll actual. Y, en su opinión, David Clayton-Thomas, de Blood, Sweat and Tears, es quien la tiene más sexy.

–¿En qué puedo ayudarla, señorita? –le pregunta Arthur.

Ella se quita las gafas de sol y saluda al anciano del mostrador.

–Sí, hola, me avisó usted para que pasara a recoger una primera edición.

–¿Qué libro es? –pregunta el hombre.

–*Tess de los d'Uberville*, de Thomas Hardy. Lo encargué hace un par de semanas. –Y luego aclara–: Está a nombre de Polanski.

–Madre mía –dice Arthur–. Este sí que es un buen libro, chica.

A ella se le ilumina la cara.

–Lo sé, ¿verdad que es genial? Se lo voy a regalar a mi marido.

–Pues tu marido tiene mucha suerte –dice Arthur–. En primer lugar, ya me gustaría leer de nuevo por primera vez *Tess de los d'Uberville.* Y, en segundo lugar, ya me gustaría ser lo bastante joven para estar casado con una chica tan guapa como tú.

Sharon vuelve a sonreír y estira el brazo por encima del mostrador para tocarle al viejo la mano manchada por la edad. Y él también sonríe.

Todavía con los Classics IV sonando en su cabeza, Sharon sale de la tienda de Arthur y regresa de vuelta a su coche. Sus piernas largas y juguetonas agitan su minifalda blanca por la acera del Westwood Boulevard cuando se acerca al cine donde proyectan su película. Sharon pasa por delante del cine y se dispone a cruzar la calle, pero no llega a tiempo de coger el semáforo de la esquina en verde, y eso la obliga a detener los tacones negros de sus botas blancas de bailarina gogó. Mientras está de espaldas al cine, con la primera edición de coleccionista en la mano y mirando el semáforo en rojo, desde atrás algo atrae a Sharon, algo que le impide cruzar la calle cuando por fin el semáforo se pone en verde. Igual que una trucha atrapada en una cuerda de pescar invisible, se da la vuelta, se adentra en el vestíbulo del Bruin y estudia los carteles que hay en exposición frente a las puertas del cine. En uno de los carteles del vestíbulo aparecen Dean y Elke Sommer. En el siguiente se ve a Sharon y a Dean asomándose por encima de una tapia, espiando algo que llama su atención. En la foto, Sharon lleva el encantador atuendo azul celeste y el gorrito adorable con borla con los que se pasa los últimos cuarenta y cinco minutos de película. El siguiente cartel del vestíbulo es otro en el que salen Dean y ella. Es una foto del momento en que Sharon aparece en la película. En el cartel, ella está tumbada en el suelo en mitad del vestíbulo de un hotel de Dinamarca, después de haber protagonizado una cómica caída de culo, y Dean está agachado a su lado para ayudarla. Caray, cómo se acuerda de aquel día. Qué nerviosa estaba. Ninguno de sus anteriores papeles había requerido que fuera graciosa, y mucho menos que hiciera payasadas. Era su primera vez. Y ser una torpe patosa era la esencia misma de su personaje. Fue por eso por lo que aceptó el papel. Pero, por muchas ganas que tuviera de hacerlo, eso no ayudó a que estuviera menos nerviosa la primera vez que tuvo que caerse de culo para hacer gracia. Y no solo eso, sino que tuvo que hacerlo delante de Dean Martin, quien se había pasado veinte años viendo a Jerry Lewis cayéndose de culo. Así pues, si ella metía la pata, Dean se daría cuenta. Pero tanto Dean como el director, Phil, le dijeron que se había caído muy bien. Y ellos debían de saberlo, ¿no? Pero ambos eran tan caballerosos que, aunque se hubiera caído mal, tampoco se lo habrían dicho. No toda su interpretación cómica le produce inseguridad. Sharon cree que al final le cogió el tranquillo a las payasadas. Simplemente no está segura de la primera caída. ¿Resulta de verdad graciosa o no es más que la «gatita sexy» intentando serlo? ¿Cómo puede saberlo alguien tan guapa como ella?

«El público, boba –piensa–. O el público se ríe del sketch o no se ríe.»

El letrero de la taquilla dice que el pase es a las 15.30. Se mira el fino reloj de pulsera de oro de su fina muñeca y ve que son las 15.55. Bueno, no pasa nada, es más o menos el momento en el que ella aparece en la película. «Dios bendito, ¿en serio? –piensa Sharon–. ¿De verdad tengo tiempo para ver *La mansión de los siete placeres* en plena tarde y luego prepararme para esa mierda de *Playboy After Dark* que tengo que hacer por la noche? Pero, vamos a ver, Sharon, hace solo cuarenta minutos estabas orgullosísima por lo espontánea que eres comparada con Roman. Si no fuera por él, ahora mismo estarías conduciendo hacia Big Sur con Cheyenne y bailando descalza en el barro al ritmo de la música de Crosby,

Stills and Nash. ¿Y ahora vas a quedarte plantada en la acera y tener un debate contigo misma durante doce minutos sobre si deberías entrar a ver tu propia película? Sharon, piensa. Eres una puñetera hipócrita.»

—Una entrada, por favor —le dice a la guapa taquillera de pelo rizado y piel tersa que está encerrada en el cubo de cristal de la cabina de la taquilla.

—Setenta y cinco céntimos —contesta la chica a través de la rejilla metálica que hay en medio de la cabina de cristal.

Sharon empieza a buscar en el bolso tres monedas de un cuarto de dólar, pero se detiene cuando se le ocurre una idea.

—Hum… ¿y qué pasa… si, hum… si yo salgo en la película?

A la chica del pelo rizado de la taquilla se le marcan unas arrugas pensativas en la frente.

—¿Qué quieres decir? —le pregunta.

—Quiero decir —explica ella— que salgo en la película. Soy Sharon Tate. Mi nombre está en vuestra marquesina. «S. Tate» soy yo.

La taquillera del pelo rizado enarca las cejas.

—¿Sales en esta? —pregunta con cierta incredulidad.

Sharon sonríe y asiente con la cabeza.

—Sí. —Y añade—: Interpreto a la señorita Carlson, la patosa. —Se acerca adonde están expuestos los carteles de vestíbulo y señala aquel en el que aparecen Dean y ella observando por encima de la tapia—. Soy yo.

La taquillera mira con los ojos entrecerrados a través del cristal de la cabina de la taquilla y luego mira de nuevo a la rubia sonriente.

—¿Esa eres tú?

Sharon asiente con la cabeza.

—Ajá.

—Pero esa es la chica de *El valle de las muñecas* —apunta la chica del pelo rizado.

Sharon vuelve a sonreír, se encoge de hombros y dice:

—Pues es que soy yo, la chica de *El valle de las muñecas*.

La taquillera del pelo rizado empieza a darse cuenta de que es cierto, pero tiene una última duda. Señala el cartel de vestíbulo y dice:

—Pero ahí eres pelirroja.

—Me tiñeron el pelo —le dice Sharon.

—¿Por qué? —le pregunta la taquillera del pelo rizado.

—El director quería que el personaje fuese pelirroja —contesta ella.

—¡Uau! —exclama la taquillera de los rizos—. Eres más guapa en persona.

Para que conste en acta, si alguna vez vais por la calle y veis a una actriz de carne y hueso y la reconocéis, y consideráis que es más guapa de lo que parece en el cine o en la televisión, resistid la tentación de decírselo. Porque no es algo que a las actrices les guste oír. Hace que se sientan inseguras. Pero Sharon sabe lo guapa que es, así que, aunque le molesta un poco, a fin de cuentas no le importa.

—Bueno —le dice a modo de excusa a la taquillera—, es que acabo de arreglarme el pelo.

La taquillera llama por la puerta abierta de la taquilla al encargado del turno de día, Rubin, que está plantado en el vestíbulo del Bruin.

—¡Eh, Rubin, ven aquí!

Rubin sale al patio del Bruin y la taquillera del pelo rizado señala a Sharon y dice:

—Esta es la chica de *El valle de las muñecas*.

Rubin se detiene, mira a Sharon y le pregunta a la taquillera:

—¿Patty Duke?

Ella niega con la cabeza de pelo rizado y dice:

—No, la otra.

—¿La chica de *Peyton Place*? —pregunta.

Ella niega de nuevo con la cabeza.

—No, la otra.

Sharon interviene en el juego de las adivinanzas:

—La que termina haciendo pelis guarras.

—¡Oh! —exclama Rubin, reconociéndola.

—Sale en nuestra película —dice la chica de los rizos.

—¡Oh! —repite Rubin.

—Es «S. Tate» —aclara la taquillera de los rizos.

—Sharon Tate —la corrige la actriz, y luego se corrige a sí misma—: Bueno, Sharon Polanski.

Ahora que ya está al tanto de la situación, Rubin se convierte en el solícito encargado de cine que da la bienvenida a una clienta famosa.

—Bienvenida al Bruin, señorita Tate. Gracias por venir a nuestro cine. ¿Le gustaría entrar a ver la película?

—¿Puedo? —pregunta ella con cortesía.

—Por supuesto —dice él, y hace un gesto amplio con la mano en dirección a las puertas abiertas del cine.

Sharon atraviesa el vestíbulo y abre la puerta que lleva al auditorio a oscuras. Mientras estaba de cháchara con la chica de los rizos a través del cristal de la taquilla, iba rezando para no perderse su entrada en escena y su caída cómica de culo. Ahora, al entrar en el auditorio, oye la rotación de las bobinas del proyector en la cabina que tiene encima e incluso el ligero tic-tic-tic de la película de 35 milímetros al pasar por la puerta del proyector. Es un ruido que le encanta.

En Texas, cuando iba al cine de la base militar en la que estaba su padre, o cuando iba al del pueblo, el Azteca, ya fuera con sus amigas para ver películas como *Esplendor en la hierba*, o cuando sus padres le pedían que llevase a su hermana pequeña Debra a ver la nueva de Disney, o cuando iba al autocine Starlight con algún chico para ver la nueva de Elvis o de la serie *Escándalo en la playa* (en que acababan enzarzados invariablemente en un pequeño combate de lucha libre, pues ella intentaba ver la película mientras el chico hacía lo imposible para que se liaran), Sharon no relacionaba las películas con el concepto de «cine», y tampoco con el de «arte». Las películas no eran arte, a diferencia del libro de Thomas Hardy que tenía en la mano. No eran más que una diversión, un entretenimiento. Pero, desde que está con Roman, se ha convencido de que las películas de ella tal vez sean arte. *La semilla del diablo* de Roman no es el mismo tipo de arte que *Tess de los d'Uberville*, pero, aun así, sigue siendo arte, aunque de una clase distinta. Ha leído el libro de *La semilla del diablo* y ha visto la película de Roman, y esta última es más artística. Y tampoco nunca había sido consciente de que ciertos directores sacan adelante sus películas con la misma energía que los grandes escritores con sus libros, aunque no todos los directores, ni siquiera la mayoría; al menos ninguno con los que ella ha trabajado, salvo su marido. Pero algunos sí lo hacen.

Recuerda un incidente que tuvo lugar en el set de *La semilla del diablo* y que hizo que ella entendiese esto último. El director de fotografía, Billy Fraker, había preparado un plano; era un plano del personaje de Ruth Gordon, la señora Castevet. Esta entraba en el apartamento de Rosemary y le pedía si podía usar el teléfono de la otra habitación. Rosemary le dijo que pasase al dormitorio y que hiciese la llamada, así que la señora Castevet se sentó en la cama y habló un momento por teléfono. Y el plano mostraba la perspectiva que tenía Rosemary cuando echaba un vistazo a la anciana mientras hacía la llamada desde su cama. Así pues, Billy Fraker colocó la cámara en el pasillo y la orientó para que filmara a Ruth Gordon a través del umbral de la puerta. Y, tal como había diseñado Fraker el plano, podía verse claramente a Ruth Gordon enmarcada entre ambos lados de la puerta. Cuando Roman miró por el visor de la cámara, no le gustó el plano, así que lo ajustó. Una vez hecho esto, la señora Castevet dejó de estar bien enmarcada. Sharon miró por el visor (siempre miraba los planos de Roman por el visor de la cámara) y no entendió por qué Roman lo había cambiado. Si el plano debía mostrar a la señora Castevet, estaba claro que no era tan bueno como el de antes, porque ella aparecía cortada por la mitad.

El director de fotografía tampoco lo entendió. Pero Roman era el director, así que Fraker hizo lo que se le dijo. Roman estaba sentado sobre un cajón de madera, bebiendo café de un vaso de plástico blanco, y el equipo de rodaje reajustaba la cámara. Sharon le preguntó por qué había cambiado el plano.

Roman se limitó a dirigirle una sonrisita astuta de duende y le dijo:

—Ya lo verás. —Luego se levantó y se escabulló.

«¿Qué demonios ha querido decir con eso?», pensó Sharon. Y se olvidó del tema hasta seis meses después. Ambos habían asistido juntos al primer pase de prueba con público, que se había organizado en el Alex Theatre de Glendale, en California. Roman y Sharon estaban sentados al fondo del auditorio, cogidos de la mano. A Roman le gustaba sentarse cerca de la pantalla cuando veía películas de otros directores, pero, cuando se trataba de las suyas, prefería instalarse al fondo de la sala, porque así podía observar la reacción del público.

El cine estaba abarrotado. Llegó la escena de la señora Castevet en el apartamento de Rosemary. Ruth Gordon le preguntaba a Mia Farrow si podía usar el teléfono de la otra habitación. Mia le decía que sí y señalaba en dirección a su dormitorio.

Roman se acercó a su mujer y le dijo en voz baja:

—¿Te acuerdas de que me preguntaste por qué había cambiado el plano?

Ella lo había olvidado, pero en ese momento lo recordó.

—Sí.

—Pues observa ahora —dijo, y señaló, pero no la pantalla.

Lo que hizo fue señalar el mar de cabezas de las personas, unas seiscientas, sentadas delante de ellos.

En la pantalla, Mia Farrow, en el papel de Rosemary, echa un vistazo a la anciana que tiene en el dormitorio, y la imagen muestra lo que ella está viendo: el plano de Ruth Gordon como la señora Castevet sentada en la cama, hablando por teléfono y parcialmente tapada por el marco izquierdo de la puerta.

De pronto, Sharon observó cómo las seiscientas cabezas que tenía delante se inclinaban un poco a la derecha para ver más allá del marco de la puerta. Sharon ahogó una pequeña exclamación al darse cuenta de ello. Por supuesto, no podrían ver nada más por el hecho de mover las cabezas; el plano era el plano. Y tampoco eran conscientes de que se habían inclinado hacia la derecha; lo habían hecho instintivamente. De modo que Roman había manipulado a seiscientas personas, que pronto serían millones en todo el mundo, para que hicieran algo que nunca habrían hecho si hubieran pensado en ello. Pero no se les ocurrió pensarlo: era Roman quien pensaba por ellos.

¿Y por qué lo había hecho?

Pues porque podía.

Ella lo miró y él le dirigió la misma sonrisita astuta de duende que aquel otro día, pero esta vez ella la entendió. Y lo único que se le pasó por la cabeza fue: «¡UAU!».

Hay veces en que Sharon sabe que no se enamoró y se casó con un simple director de cine, sino que se enamoró y se casó con un Mozart del cine. Y aquella fue una de esas veces.

Sin embargo, la cinta de 35 milímetros que se está proyectando ahora en la pantalla del Bruin, y en la que sale ella, se encuentra tan lejos de ese nivel de arte cinematográfico como la Tierra de la Luna. *La mansión de los siete placeres* no es cine, no es más que una película, y ni siquiera una buena película, salvo que te haga gracia ver a Dean Martin interpretar a Matt Helm. (Dean Martin había conseguido un contrato tan bueno por interpretar a Matt Helm que ganó más dinero con las tres primeras películas que Sean Connery con las cinco primeras de Bond, lo cual enfureció al tacaño escocés de Connery.)

Mientras Sharon se adentra por el pasillo a oscuras del auditorio en busca de una butaca, ve que se está proyectando en pantalla la escena en que Matt Helm aterriza en Dinamarca.

«Oh, fantástico», piensa. La escena en el hotel donde ella hace su gran entrada es la siguiente. Avanzando de costado por una fila vacía, echa un vistazo al auditorio en penumbra. Hay treinta y cinco o cuarenta personas desperdigadas por el gigantesco cine.

Cuando se sienta en el centro de la fila, en la pantalla Dean le hace un comentario ocurrente a una azafata sexy y el público ríe.

«Bien –piensa–. Es el tipo de público que se ríe mucho y parece que les está gustando la película.» Sharon se saca del bolso las enormes gafas que siempre lleva para ver las películas, se las pone y se acomoda en su butaca justo cuando el agente secreto Matt Helm, vestido con su conjunto de jersey cuello de cisne y blazer, entra en el vestíbulo del hotel danés.

Hay dos villanas espías vigilándolo: Elke Sommer y Tina Louise. Mientras Helm está conversando con la recepcionista danesa, T. Louise, hablando con lo que se supone que tiene que sonar a acento húngaro, se acerca al agente secreto a fin de establecer contacto y concertar una cita para esa noche.

Cuando Tina Louise se escabulle, Matt Helm se vuelve hacia la recepcionista y le dice con su familiar tono burlón de Dean Martin:

—Menudo hotel tenéis aquí.

Y entonces entra el patoso personaje de Sharon Tate, la agente secreta encubierta Freya Carlson...

Sharon esperaba fuera de plano, en la localización de Dinamarca, a que su director, Phil Karlson, gritara «¡Acción!», cuando recordó el momento en que había leído por primera vez el guion, cinco meses antes.

Al saber que le habían ofrecido un papel en la nueva comedia de agentes secretos de Dean Martin/Matt Helm, obviamente dio por sentado que interpretaría al típico bombón seductor y estiloso de las películas de espías. Y, si le hubieran ofrecido el papel de una de las otras tres protagonistas femeninas de la película –Elke Sommer, Nancy Kwan y Tina Louise–, habría acertado. En cambio, su personaje, Freya Carlson, era la hermosa pero inepta y torpe secuaz de Matt Helm. Sharon ya había actuado en dos comedias antes de *La mansión de los siete placeres*: en la comedia sexual *No hagan olas*, con Tony Curtis, y en la película de Roman *El baile de los vampiros*. Pero ninguna de ellas le había permitido sacar su vis cómica. Mientras los demás actores (Tony Curtis, Roman Polanski, Jack MacGowran) de ambas películas corrían de un lado a otro como maniacos, se caían de culo y hacían muecas, a Sharon simplemente le habían pedido que permaneciera impasible y luciese su atractivo (vamos, que fuera la «gatita sexy»). En *No hagan olas* se explotaba un poco el efecto cómico de lo exageradamente guapa que estaba en biquini. Pero, a diferencia de lo que ocurría en una película como *Te quiero, Alice B. Toklas*, en *No hagan olas* nunca sacaba partido al potencial cómico de su personaje.

El papel de Freya Carlson, sin embargo, era distinto. En aquella comedia, se suponía que ella aportaba el elemento cómico, el elemento cómico junto a Dean Martin, uno de los mejores humoristas ligeros del mundo del espectáculo. Y, además, como su personaje era una chica patosa, cuya comicidad se basaba en su torpeza (caerse de culo, aterrizar en charcos de barro, tirar cosas por accidente), ¡básicamente le estaban pidiendo que interpretara el típico papel que hacía Jerry Lewis con Dean Martin! Sharon aceptó sin dudarlo.

Pero eso fue entonces, y ahora es ahora.

Ahora, en la localización de Dinamarca, plantados en el vestíbulo de un hotel danés, esperando a que el director grite «¡Acción!» para que ella entre en escena corriendo y ejecutando su primera caída cómica, Sharon estaba aterrada. No le asustaba hacerse daño, aunque al principio le preocupaba un poco golpearse la nuca contra el duro suelo del vestíbulo del hotel. El jefe de especialistas, Jeff, le había dicho que pegara la barbilla al pecho cuando cayera y que así no le pasaría nada. Le pusieron una almohadilla debajo del vestido para protegerle el trasero y la rabadilla. Y Jeff le dio unos cuantos consejos para que los recordara: que pegara la barbilla al pecho al caer, que cuando cayera sostuviera bien alta la botella de champán que llevaba en la mano para que no se hiciera trizas contra el suelo y la cubriese de cristales. Además, la cámara estaría enfocando el interior del vestido, de modo que, si después de chocar contra el suelo quedaba toda despatarrada, tenía que cerrar las piernas. Pero lo más aterrador de todo era ejecutar una enorme caída cómica delante del antiguo compañero de Jerry Lewis.

Mientras Sharon esperaba entre bastidores a que le dijesen que entrara en escena, con un montón de trastos en las manos y la cabeza llena de consejos para recordar, nunca se había sentido más identificada con un personaje. Igual que Freya, se sentía fuera de su elemento (Freya como agente secreto, y Sharon como comediante) e intimidada por su veterano compañero (Matt Helm, el mejor agente secreto del mundo después de James Bond, y Dean Martin, la mitad de uno de los mejores dúos cómicos que se habían visto nunca en una pantalla). Además, igual que Freya, estaba ansiosa por hacer bien su trabajo, pero, al mismo tiempo, tenía un poco de miedo de cagarla. Alguien le había dicho que, al principio, habían pensado en Carol Burnett para el papel de Freya. Era obvio por qué habían decidido elegir a alguien distinto. Pero el que se arrepintieran o no de aquella decisión dependía por completo de cómo saliese aquella escena cómica.

El amable y caballeroso Phil Karlson, el director de la película, le había dicho que esa escena definiría su personaje ante el público. En un momento dado se habló de que quizá su personaje debería ser presentado como una chica preciosa y seductora más, igual que los otros personajes principales femeninos de la película. Entonces, después de que el público tuviera de ella la típica imagen de chica sexy de portada de revista de los sesenta, de pronto se revelaría como una actriz de comedia interpretando a una patosa. Para gran alegría de Sharon, Phil rechazó aquella idea.

–Eres el mejor personaje de toda esta estúpida película –le dijo.

De hecho, Karlson revisó todo el guion. Hasta la mitad de la película su personaje no llevaría ningún atuendo que fuera ni siquiera remotamente sexy. Le tiñeron la melena rubia de pelirrojo y se la recogieron en un moño. A diferencia de Sommer, Kwan y Louise, a las que presentaba como mujeres extravagantemente sofisticadas, Sharon entraba en escena con un uniforme de representante de la Cámara de Turismo de Dinamarca. Aparecía con unas enormes y cómicas gafas y se pasaba la primera mitad de la película llevando una colección de gorros ridículos.

–Por lo que a mí respecta –le había dicho el director–, la película no empieza realmente hasta que entras tú. Así que, cuando entres, tienes que hacerlo a lo grande.

Por supuesto, en aquel momento le había emocionado la confianza que el director tenía en ella, pero ahora tocaba hacer la «entrada a lo grande», y esperaba que fuera realmente grande, y no una pequeña chapuza.

En la pantalla del Bruin, Sharon entra en escena como Freya Carlson, llevando una botella de champán y gritando el nombre de su coprotagonista: «¡Señor Helm, señor Helm, señor Helm!». Cuando Dean se vuelve para mirarla, ella se cae de espaldas sobre el estuche de su cámara, aterrizando sobre el trasero.

Cuando Sharon se cae, todo el público de la matinée del Bruin suelta una carcajada. «¡Uau! ¡Qué gratificante!», piensa ella. Incluso se da la vuelta para verles las sonrisas. Si pudiera, les estrecharía la mano a todos y les daría las gracias a cada uno de ellos. Se vuelve otra vez hacia la pantalla con una sonrisa de oreja a oreja en su cara encantadora. «Ha sido una buena idea venir», se dice. Se baja la cremallera de las botas blancas de gogó, saca de ellas los pies descalzos, apoya las largas piernas sobre el respaldo de la butaca que tiene delante y se acomoda para disfrutar de la película.

15
«Eres un Edgar nato»

El actor Rick Dalton, caracterizado de Caleb DeCoteau, y su director, Sam Wanamaker, están sentados en sus respectivas sillas de directores del plató de *Lancer*, hablando del personaje de Dalton.

–Quiero que pienses en una serpiente de cascabel –dice Sam–. Quiero que veas a la serpiente de cascabel como tu animal espiritual.

Normalmente los directores de series televisivas están demasiado ajetreados intentando completar su jornada de trabajo para tener tiempo de pensar en animales espirituales. Pero Sam es uno de esos directores serios que vienen del teatro británico. Y, como parece tan entusiasmado con Rick, este decide seguirle la corriente.

–Pues tiene gracia que lo digas –miente Rick–, porque justamente estaba buscando un animal espiritual para Caleb.

–Pues elige la serpiente –dice Sam, y señala en dirección al otro lado del set, donde está el protagonista de la serie, Jim Stacy, con la pequeña actriz que interpreta a Mirabella Lancer, Trudi Frazer, sentada en el regazo.

—Piensa en él como en una mangosta. Es un duelo. Hoy rodaremos esa escena con vosotros dos. Y quiero ver todo eso reflejado en la mirada.

«¿Quiero ver todo eso reflejado en la mirada? ¿Y eso qué coño significa?», piensa Rick.

De manera que este repite en voz alta y en un tono reflexivo:

—«Reflejado en la mirada.»

—¿Recuerdas que antes te he mencionado a los Ángeles del Infierno?

Rick asiente con la cabeza.

—Pues ahora imagínate que vas en una moto de esas grandes —vuelve a señalar a Stacy, sentado al otro lado del set con su camisa roja de chorreras—, y ese tipo de ahí quiere entrar en tu banda. Pues tú debes someterlo a la misma prueba por la que le obligaría a pasar un líder de los Ángeles del Infierno a cualquiera de sus hombres.

—Entiendo. —Y pregunta—: ¿Así que los caballos son una especie de motocicletas?

—Exacto —ratifica Sam—. Son las motocicletas de su época.

Rick asiente con la cabeza y dice:

—Vale.

—Y tu banda es una banda de moteros —le indica Sam.

—Vale. —Rick asiente de nuevo con la cabeza.

—Y han invadido este pueblo igual que lo haría una banda de moteros haciendo que todo el mundo se cague de miedo —dice Sam.

Aunque Jim Stacy está sentado en la otra punta del plató y no puede oírlos, Rick se acerca más a Sam y le pregunta en un tono confidencial:

—Entonces ¿de verdad Stacy quería el bigote?

Sam ríe y le dice:

—Puedes creerme, no sabes la de peleas que he tenido por ese puñetero bigote. Stacy se moría de ganas de que Johnny Madrid llevara bigote. Para él, eso definía el personaje. Lo que pasa es que Stacy, igual que Madrid, tiene un lado oscuro. Pero no un lado oscuro taciturno en plan Actors Studio, sino uno que quizá haga que un día acabe en la cárcel —dice Sam, provocador—. Y sí, por supuesto que desea hacer esta serie, pero no quiere ser como Doug McClure o Michael Landon, por lo que el bigote lo hacía distinto. Pero entonces la CBS se cargó la idea del bigote.

Rick odia llevar esa puta oruga peluda pegada a la cara. Pero lo cierto es que el hecho de que Stacy lo desee tanto hace que a Rick cada vez le moleste menos.

—Hablando de bigotes falsos —continúa Sam—, la última vez que llevé uno fue cuando estaba haciendo un *Lear* en el teatro, con Olivier. Y él salía todas las noches de la escena de la tormenta empapado de lluvia y cubierto de sudor. Me echaba un vistazo a mí, que interpretaba al duque de Cornualles, y... —Y como si acabara de asaltarle de pronto la inspiración, añade—: Rick, querido, ¿has hecho alguna obra de Shakespeare?

Rick ríe y luego piensa: «Oh, mierda, no está bromeando».

—¿Yo? —pregunta Rick. «¿Tengo pinta de haber hecho obras del puto Shakespeare?»—. No —dice Rick—. No he hecho mucho teatro.

—Pues mira, creo que eres un Edgar nato —afirma Sam.

—¿Un Ed-Edgar? —pregunta Rick.

—Es el hijo bastardo de Lear —le recuerda Sam—. El hijo bastardo que ha estado resentido toda su vida.

Cualquier personaje resentido podría considerarse un papel perfecto para Rick.

—Bueno, con eso sí puedo identificarme —dice Rick, sinceramente.

—Está resentido porque el rey lo excluyó —explica Sam.

—Ajá —asiente Rick.

—Serías un Edgar magnífico —declara Sam.

«¿En serio?», piensa Rick.

—Vaya, gracias —dice Rick—. Me halaga que lo creas.

Rick es incapaz de leer a Shakespeare, no digamos ya de recitarlo, o de entender qué está diciendo cuando lo recita.

—Y para mí sería un honor dirigirte en ese papel —afirma Sam.

Medio ruborizado, Rick repite:

—Vaya, de nuevo, me siento muy halagado.

Sam se pone a tejer su red:

—A ver, podríamos hacerlo juntos. Tengo las suficientes canas para hacer un buen *Lear*.

Rick admite con sinceridad:

—Bueno, antes tendría que leer un poco de Shakespeare. Debo admitir que no he leído mucho de él.

«Ni mucho ni nada», piensa Rick.

—Eso no es un problema —insiste Sam—. Podemos trabajarlo juntos.

—¿Tendría que recitarlo con acento británico? —pregunta Rick.

—¡Oh, cielos, no! ¡Yo no lo permitiría! —Sam se explica—: Sé que parece que los británicos tienen el monopolio del bardo.

«¿Quién será ese bardo?», piensa Rick.

—Pero, en mi opinión, el inglés de Estados Unidos se parece más al que se hablaba en tiempos de Will.

—¿De qué Will? ¡Ah, coño, de Shakespeare!

—Y no esa prosa florida, pomposa y sobreactuada de la escuela de Maurice Evans.

«¿Esa prosa florida y qué? ¿La escuela de quién?»

—Los mejores actores shakespearianos son los estadounidenses. De hecho, para ser justos, los mejores actores shakespearianos son los españoles o los mexicanos cuando trabajan en inglés. El *Macbeth* de Ricardo Montalbán… ¡Increíble! Pero los estadounidenses son quienes mejor captan esa poesía callejera que es la verdadera esencia de Shakespeare cuando se hace bien, salvo que intenten imitar el acento británico. Eso es lo peor.

—Sí, no lo soporto —miente Rick—. Bueno, como ya te he dicho, no he hecho mucho Shakespeare. Me llaman sobre todo para westerns.

—Pues te sorprendería saber cuántos westerns tienen una trama shakespeariana —le dice Sam. Luego vuelve a señalar a James Stacy, que está al otro lado del set con la pequeña Trudi Frazer todavía sentada en el regazo, y añade—: Fíjate, cada vez que hay una lucha por el poder o por quién será el líder, eso es puro Shakespeare.

Rick asiente con la cabeza y dice:

—Sí, entiendo.

—Y esa es la relación que tenéis vosotros dos, Caleb y Johnny: una lucha por el poder. Y cuando hoy rodemos vuestra escena final, la del secuestro de la niña, podremos tener una discusión sobre *Hamlet*.

—¿Quieres decir que Caleb es como Hamlet? —pregunta Rick.

—Y como Edgar.

—Me temo que no sé cuál es la diferencia.

—Bueno, los dos son jóvenes airados y con conflictos internos. Y por eso te elegí para el papel. Pero en el interior de Hamlet y en el de Edgar hay una serpiente de cascabel.

—¿Una serpiente de cascabel?

—Montada en una moto.

16
James Stacy

Jim Stacy llevaba algo más de diez años esperando conseguir una serie propia. Y ahora, el primer día de la producción, en pleno piloto de su nueva serie *Lancer*, por fin ha llegado ese día.

A mediados de los sesenta protagonizó dos episodios piloto: una sitcom de media hora en la que interpretaba a un joven pediatra llamada *Y con el bebé, tres*, donde salían Joan Blondell y un Gavin MacLeod en un papel secundario antes de su participación en la serie de Mary Tyler Moore, y una serie de acción de media hora titulada *El sheriff*, sobre un sheriff de pueblo costero interpretado por la estrella de cine mexicana Gilbert Roland y una pandilla de surfistas alborotadores liderados por Stacy. Ninguna de las dos series fue más allá del episodio piloto. En cambio, *Lancer*, producida por la Twentieth Century Fox para la CBS, era un piloto caro que acabaría seguro en la programación de otoño.

El hombre hoy conocido como James Stacy nació en Los Ángeles con el nombre de Maurice Elias. Aquel tipo duro, jugador de fútbol americano y con aires de truhan, inició su andadura en el mundo de la interpretación igual que muchos otros jóvenes de la época. Maurice ya se había convertido en una estrella en secundaria gracias a su atractivo físico y a sus éxitos deportivos. Su veneración por James Dean (que también compartía con muchos jóvenes de su época) lo llevó a adoptar una personalidad taciturna estilo Dean y a asistir a unas cuantas clases de interpretación. Y, como otros muchos chicos y chicas jóvenes que eran los más atractivos de sus institutos, Maurice decidió mudarse a Hollywood y probar suerte como actor. Como era de Glendale, aquel apuesto hombretón no tuvo que desplazarse mucho.

Maurice Elias se cambió el nombre por el de James Stacy; el nombre de pila en homenaje a James Dean y el apellido en honor a su tío favorito, Stacy. Se puso brillantina en el pelo y vaqueros pitillo y empezó a rondar por el drugstore de Schwab, esperando a que alguien lo descubriera.

Consiguió su primer papel de verdad interpretando a uno de los amigos de Ricky Nelson en varios episodios de *Las aventuras de Ozzie y Harriet*. Durante siete años se dedicó a frecuentar la heladería local como integrante de la pandilla de Ricky, comiendo hamburguesas y bebiendo batidos. También apareció de figurante en varias películas de temática bélica con otras futuras estrellas televisivas: *La escuadrilla Lafayette* con Tom Laughlin interpretando a Billy el Defensor, Clint Eastwood a Cuero Crudo, David Jansen a Richard Diamond y Will Hutchins a Sugarfoot. Y en *Al sur del Pacífico*, también con Tom Laughlin, con Doug McClure en el papel de Overland Trail y Ron Ely en el de Tarzán.

Stacy consiguió sus primeros papeles de verdad como invitado en series de la tele: *El pistolero de San Francisco*, *Perry Mason*, *Cheyenne* y *Hazel*. Su primer papel importante en un largometraje fue junto a Hayley Mills en *Un verano mágico*, de Disney.

Más adelante, Stacy y el hijo del director de *La escuadrilla Lafayette*, William Wellman Junior, protagonizarían dos películas del tipo escándalo en la playa, pero que no transcurrían en la playa.

En *Winter A-Go-Go*, película de 1964 que tiene como escenario una estación de esquí de Lake Tahoe, Stacy se besuqueaba con la gatita sexy de los años sesenta Beverly Adams (que acabaría casándose con Vidal Sassoon). Jim incluso canta un vistoso tema titulado «Hip Square Dance», compuesto por Boyce y Hart, artífices de muchos éxitos de los Monkees. Un año más tarde volvería a formar equipo con «Wild Bill» Wellman Junior en *Vacaciones a go-gó*, ambientada en Lake Arrowhead, y que incluía la espectacular aparición de los Righteous Brothers tocando el único tema rock de su repertorio, «Justine». Aunque la principal razón por la que se recuerda esa película es Raquel Welch, en una de sus primeras apariciones, quien se convierte en la auténtica sensación del filme interpretando a una rata de biblioteca con gafas estilo Buddy Holly que, en un momento dado, se deshace de ellas y se transforma en una bomba sexual para cantar su gran tema, «I'm Ready to Groove», ¡con el acompañamiento de Gary Lewis & The Playboys!

Durante esa época, Stacy se casó con una de las actrices más encantadoras de los sesenta, Connie Stevens; el matrimonio duró cuatro años. Luego, tras numerosas apariciones como invitado a finales de los sesenta, Stacy participaría en el proyecto que lo lanzaría al estrellato televisivo.

Por entonces, una de las series más populares de la parrilla de la CBS era *La ley del revólver*. Pero, a finales de los sesenta, la estrella de esta serie, James Arness, quería aparecer lo menos posible en la serie. Y, aunque Arness ya solo salía como invitado, la serie estaba tan consolidada en la cadena que su ausencia no afectó a las cifras de espectadores. De manera que la CBS dejó que Arness hiciera lo que quisiese (no quería dejar la serie para hacer cine, simplemente ya no deseaba seguir trabajando). Y esto permitió que la CBS centrara sus episodios en estrellas invitadas que resultaban de lo más atrayentes. Y, si a esas estrellas invitadas les iba bien en su episodio de *La ley del revólver*, tenían casi garantizada una serie propia dentro de la parrilla de otoño de la temporada siguiente de la CBS.

Pues bien, a James Stacy le tocó actuar en uno de los mejores episodios de toda la historia de la serie. Lo cual, considerando que *La ley del revólver* era una de las series de mayor calidad de su tiempo, es decir mucho.

El episodio que rodó James Stacy en la temporada trece de la serie se titulaba *Venganza*. Lo había escrito Calvin Clements, uno de los grandes guionistas de las series de westerns de su época, y estaba dirigido por Richard C. Sarafian, un talentoso director de series que estaba a punto de dar el salto al cine, donde rodaría clásicos de culto como *Punto límite: cero* y *El hombre de una tierra salvaje* (Barry Newman da el pego con su camisa blanca de botones y su casquete de rizos conduciendo el Dodge Challenger de *Punto límite: cero*, pero James Stacy habría sido mucho más sexy y habría molado mucho más). En el episodio doble titulado *Venganza*, salían de invitados Stacy, John Ireland, Paul Fix, Morgan Woodward, Buck Taylor (justo antes de unirse a la serie interpretando al ayudante del sheriff Dillon, Newly O'Brien), y Kim Darby un año antes de hacer *Valor de ley*.

Stacy interpreta a Bob Johnson, que, junto con su hermano mayor Zack (Morgan Woodward) y su figura paterna adoptiva, Hiller (James Anderson), son vagabundos de las praderas que rondan por los ranchos. Al ser vagabundos experimentados, saben que la ley no escrita del rancho dice que a los terneros heridos hay que matarlos para impedir que vayan lobos al rebaño. Así pues, un día en que están cabalgando a través de un rebaño de ganado y se encuentran con un animalillo herido, cumplen con su deber y lo preparan todo para cenar unos filetes gratis. Y es entonces cuando se presenta allí el magnate ganadero de tres al cuarto Parker (John Ireland), flanqueado por sus hijos, los empleados de su rancho y el sheriff al que tiene comprado (Paul Fix). El ternero que encontraron era de Parker y también estaba en sus tierras. Los hermanos Johnson intentan explicar lo ocurrido, pero Parker los acusa de cuatreros.

Los hombres del rancho matan a Hiller, Zack tiene medio cuerpo paralizado y a Bob lo dan por muerto, y el sheriff a sueldo de Parker lo sanciona todo legalmente (aquí hay ecos de *Incidente en Ox-Bow*).

Bob sobrevive y consigue llegar con su hermano al pueblo vecino de Dodge City, donde reina la estrella de la serie, el sheriff Matt Dillon (James Arness). Este informa a los hermanos Johnson de que Parker es el dueño absoluto del pueblo, Parkertown, que originalmente se suponía que tenía que rivalizar en la región con Dodge City. Pero, al contrario que Dodge, que creció y se convirtió en parada de la diligencia, Parkertown siguió siendo un pueblo de mala muerte gobernado por una familia rica de Borgias del Salvaje Oeste. Y, aunque el sheriff Dillon se cree la historia de los hermanos Johnson y sabe perfectamente que Parker es capaz de hacer lo que le están contando, nada cambia el hecho de que estaban en las tierras de Parker y de que el ternero era suyo. Y el sheriff que presidió la ejecución, pese a ser un títere de Parker sin voluntad propia, representa la autoridad legal en Parkertown. Así pues, por injusta que resultase, la ejecución fue legal.

El sheriff Dillon aconseja a Bob que descanse para que su herida se cure y deje que Doc (Milburn Stone) cuide de su hermano postrado.

Pero lo que nadie sabe en Dodge ni en Parkertown es que Bob Johnson es rápido como una centella con el revólver. Sin embargo, Bob es consciente de que si mata a Parker y a sus hijos terminará en la horca. Pero existe otra posibilidad: lanzar el anzuelo al gilipollas del hijo de Parker, Leonard, para que se enzarce con él en una pelea a tiros y así matarlo de forma legal. De modo que Bob empieza a hablar mal de los Parker por todo Dodge City, a fin de atraer a Leonard al pueblo. Y su plan funciona. Mediante un juego psicológico que lleva a cabo con el idiota del hijo de Parker, consigue que Leonard desenfunde el arma para dispararle en medio del pueblo, en pleno baile, rodeado de prácticamente toda la población de Dodge City.

Y, así, lo mata legalmente.

Como es natural, Parker y sus hombres llegan al pueblo armados hasta los dientes y exigiendo un castigo. Pero el sheriff Dillon informa al ganadero sediento de sangre de que lo que sirve para uno sirve para todos. Si legalmente él no podía interferir en el primer asesinato por el ternero muerto, Parker tampoco puede interferir en esta ocasión, porque Bob tiene como testigo a todo el pueblo de que disparó en defensa propia.

Pese a todo, Matt Dillon sabe muy bien que Bob orquestó todo el incidente. Y no le hace ninguna gracia que lleguen vagabundos a Dodge City y conviertan su calle principal en el escenario de sus venganzas privadas. De modo que le dice a Bob que, en cuanto su hermano esté en condiciones de viajar, quiere que ambos se larguen de Dodge City con viento fresco. Por desgracia, el hermano de Bob, Zack, nunca llegará a marcharse de allí, porque Parker envía a un asesino en plena noche para que lo mate en su cama.

Todo el mundo sabe que Parker es el responsable, pero no es fácil demostrarlo.

Así pues, mientras *Venganza, parte 1* toca a su fin, vemos a James Stacy entrando a caballo y completamente solo en el pueblucho de mala muerte conocido como Parkertown, para enfrentarse al personaje de John Ireland y a todos sus hombres.

¡Uau! ¡Menudo momento de máximo suspense!

Venganza, parte 2, también escrito por Clements y dirigido por Sarafian, empieza justo donde termina la *Parte 1*. Y lo que sigue es uno de los tiroteos más emocionantes que nunca se han filmado en una serie televisiva del Oeste de los años sesenta. El inicio de *Venganza, parte 2* no parece un episodio de *La ley del revólver*, sino el clímax de uno de esos tremendos westerns de venganzas de los setenta.

¿Y qué ocurre entonces? ¿Qué creéis vosotros? Pues que Bob mata hasta al último cabrón del pueblo.

¡Hurra! ¡A la puta mierda esos cabrones!

Y no tenemos que esperar, porque los mata ya en el primer minuto: pam. Ahora bien, después de la secuencia inicial de la *Parte 2*, cualquiera que conozca la estructura de los episodios de *La ley del revólver* te dirá que ahí se acabó todo el suspense. Porque, desde ese momento, ya sabemos que Matt Dillon tendrá que matar a Bob Johnson, y solo podemos sentarnos a esperar que suceda. Y, justo antes del final, es exactamente lo que sucede: «¡No se pierdan el emocionante episodio de *La ley del revólver* de la semana siguiente!».

Hasta el último joven aspirante a actor de la ciudad deseaba interpretar a Bob Johnson. Rick Dalton habría dado todas sus muelas por hacerse con aquel papel. Pero, la semana en que Jim Stacy rodó *Venganza*, Rick estaba haciendo el idiota en un jardín botánico, con un salacot en la cabeza y rodando escenas con un Ron Ely prácticamente desnudo en el papel de Tarzán. Aunque, después de ver ese episodio, es difícil imaginarse a otro actor que no sea James Stacy.

Una subtrama del episodio mostraba el romance floreciente entre Bob y una chica joven e inocente de Dodge City interpretada por Kim Darby. En la serie, esta hacía el papel de una chica de lo más dulce que se enamoraba del atormentado granuja Johnson. Y, mientras rodaban la serie, la dulce Kim Darby se enamoró del atormentado granuja Jim Stacy. Se casaron al terminar el rodaje y se divorciaron un año más tarde.

Los ejecutivos de la CBS ya sabían que tenían una propiedad de gran valor con Stacy cuando le adjudicaron el codiciado rol de estrella invitada en *La ley del revólver*. Una vez vistos los resultados, estuvieron del todo seguros.

CORTE A: Jim Stacy, vestido con la camisa de chorreras color sangría y la chaquetilla corta de cuero marrón de Johnny Lancer, sentado en una silla de madera delante del hotel Lancaster, en el plató de los westerns de la Twentieth Century Fox, en el primer día de rodaje del piloto de su nueva serie. Con las piernas tachonadas de plata extendidas hacia el frente, se dedica a dar sorbos de un botellín verde y diminuto de Seven Up.

En ese momento siente una pequeña punzada de irritación. La razón es que ha visto el bigote de Rick Dalton. Cuando se enteró de que Rick Dalton –el mismísimo Jake Cahill– iba a interpretar al villano Caleb DeCoteau en el piloto de su serie, se emocionó.

Y se emocionó por varias razones. Una era que siempre le había gustado Dalton, tanto en *Ley y recompensa* como en *Los catorce puños de McCluskey* (también le gustaba en aquel western que había hecho con Ralph Meeker, pero no se acordaba del título).

Otra razón era que, si tanto la Fox como la CBS se habían gastado el dinero para conseguir que una estrella genuina de la televisión hiciera del malo del piloto, eso significaba que se tomaban en serio el potencial de la serie. Y, desde el punto de vista del puro ego, la razón número tres era que por fin había llegado el día en que alguien como Rick Dalton hiciera de villano frente a Jim Stacy. También era una forma dinámica de lanzar a su personaje, Johnny Lancer. Al final, cuando Johnny derrota a Caleb, no solo se trata de derrotar al malo de la semana, sino que además el público verá a Johnny Lancer enfrentándose a Jake Cahill (un icono de los westerns televisivos) y a Lancer emergiendo victorioso. Recuerda que lo habló con el director del episodio piloto, Sam Wanamaker. Para el papel de Caleb DeCoteau tenían dos opciones: uno era Dalton, la opción de la estrella invitada con gran renombre; el otro, un joven y prometedor actor llamado Joe Don Baker, que había sido uno de los convictos de *La leyenda del indomable* y también uno de los siete en la última secuela de *Los siete magníficos* con George Kennedy (Jim había hecho la prueba para el papel de McQueen, pero finalmente se lo habían dado a Monte Markham). Y a Wanamaker le caía bien Baker. Este tenía pinta de actor de cine, y a Sam le gustaba su envergadura (Baker era más grande que Stacy). Pero la idea de coger a un vaquero televisivo muy conocido y subvertir su imagen era demasiado tentadora para que Wanamaker la dejara pasar. Este no quería que su serie se pareciera a *Bonanza* ni a *Valle de pasiones* ni a ninguna de las demás docenas de series del Oeste de la televisión de los sesenta. Los spaghetti westerns procedentes de Italia habían introducido una nueva imagen más cruda que por fin estaba llegando a sus equivalentes estadounidenses. Sí, todavía sobrevivían aquellos rollos dirigidos por Andrew McLaughlin y Burt Kennedy y protagonizados por Wayne, Stewart, Fonda, Mitchum y el resto de viejales, que seguían produciendo de forma mecánica simples artefactos nostálgicos para su público cada vez más reducido. Pero los westerns estadounidenses de 1969 ya empezaban a tener un aire distinto. Debido en parte al sorprendente sex appeal de Clint Eastwood en los westerns de Leone, empezó a bajar la edad de las estrellas. Tenían un estilo de vestir que se salía de la guardarropía estándar del Western Costumes de Santa Monica Boulevard. Y muy a menudo caían en la categoría de «antihéroe». Hasta el punto de que algunas de las estrellas de mayor edad que quedaban de la era de Eisenhower empezaron a intentar subvertir sus personajes.

En *Grupo salvaje*, William Holden lideraba a una banda de cabrones asesinos. Su primera frase en la película, refiriéndose a los clientes inocentes del banco que estaban atracando, era: «¡Si se mueven, matadlos!».

Henry Fonda entraba en escena en *Hasta que llegó su hora* de Leone disparando a la cara a un niño de cinco años.

Los mismos actores que se habían pasado toda su carrera interpretando a villanos tanto en películas como en prácticamente todas las series del Oeste habidas y por haber, como Lee Marvin, Charles Bronson, Lee Van Cleef y James Coburn, de pronto eran los héroes… ¡y auténticas estrellas!

Y los villanos de aquellos nuevos westerns no eran solo malas personas; eran maniacos sádicos y sedientos de sangre. Y se promovía cualquier paralelismo con los temas políticos candentes de la época. En *Pequeño gran hombre* y *Soldado azul*, por ejemplo, se libraba la guerra de Vietnam. En *El valle del fugitivo*, el indio fugitivo que se escapaba del «hombre blanco» era en la práctica un pantera negra. Y, cuando mataban a los personajes de aquellas películas, estos no se limitaban a agarrarse la barriga, hacer una mueca, soltar un gemido y caerse lentamente al suelo. Los reventaban completamente y la sangre rociaba la pantalla. Si el que estaba tras la cámara era Sam Peckinpah, los reventaban a ciento veinte fotogramas por segundo y la sangre que volaba adquiría una poesía visual que iba más allá de la mera brutalidad a lo Don Siegel.

Naturalmente, Sam Wanamaker no podía recurrir a esa crudeza y violencia extremas para una serie de televisión de la CBS que se emitía a las siete y media de la tarde del domingo. Pero sí podía intentar recrear la atmósfera de aquel nuevo tipo de western. Y su intención era hacerlo de dos maneras: una mediante el estilo visual, sobre todo en temas de vestuario, y otra a través de la construcción de uno de sus tres personajes principales, el de Johnny Lancer, alias Johnny Madrid, interpretado por Jim Stacy. De todas las series del Oeste de la época (y en realidad *Lancer* marcó el principio del fin de dicha época), Johnny Lancer era con diferencia lo más parecido a un antihéroe de todo el género.

Era aquel aspecto oscuro del personaje lo que excitaba tanto a Stacy como a Wanamaker. Y una idea que se les había ocurrido a ambos para subrayar aquel aspecto del personaje de Johnny Lancer era que llevase bigote. Jim Stacy quería que Lancer tuviera bigote no solo para reforzar la caracterización del personaje. Uno de los estereotipos que definía a las series del Oeste de los años sesenta era que, cuando debía elegirse a los dos protagonistas, siempre se escogía a uno de pelo oscuro y a otro de pelo más claro. Y, en este caso, Jim era el moreno. Pero este también sabía que si llevaba bigote atraería todavía más atención en detrimento de su coprotagonista y rompería así más barreras.

La cadena les había dicho a Stacy y a Wanamaker: «Todo eso está muy bien, pero ni hablar. Si queréis ponerle bigote a alguien, se lo ponéis al malo».

Y así llegamos de nuevo a este momento: al primer día en el plató y a Rick Dalton más chulo que un ocho con su chaqueta de cuero marrón sin curtir con flecos y luciendo un mostacho fabuloso que a Stacy no le dejarían llevar ni en un millón de años. «Hijos de la gran puta –piensa Stacy–. Cualquier día dejarán que algún imbécil lleve bigote en su serie; y entonces todo el mundo llevará bigote. ¡Y ese imbécil podría ser yo!»

Pero por la mente febril de Stacy están pasando otras cosas que no son precisamente el bigote de Rick. La noche anterior, mientras estaba repasando sus diálogos para la gran escena que tienen los dos juntos, se dio cuenta de que Dalton tenía las mejores frases. Sam se había mostrado contrito ante Stacy cuando la cadena se había cargado la idea del bigote. Pero el director no había podido ocultar su emoción al enterarse de que habían elegido a Rick Dalton para interpretar a Caleb.

Hasta el punto de que Jim cree que lo que más emociona al director, incluso más que presentar a Johnny Lancer, es cambiar la imagen del personaje que interpreta Rick Dalton. Y es esta idea la que el actor no puede quitarse de la cabeza, sentado en su plató, el primer día de su serie, mientras observa a Rick Dalton y a su director sentados en sendas sillas de director, echándose unas risas y charlando como si fuera la quinta película que hacen juntos. «¿Qué rollo se llevan esos dos?», se pregunta Stacy mientras da unos sorbos de su refresco.

En ese momento, Trudi Fraser, la pequeña actriz que interpreta a su hermanastra, Mirabella Lancer, se acerca a Jim dando brincos y se abalanza sobre su regazo.

—¿Qué hay de nuevo, viejo? —le pregunta ella.

La niña se da cuenta de que Stacy está mirando en dirección al actor que hace de Caleb y al director, Sam, que están sentados en sus sillas de directores, departiendo amigablemente.

—¿Midiendo a tu competidor? —le pregunta con descaro.

Stacy aparta la vista, se queda mirando a la niña que tiene sobre el regazo y le dice:

—¿Qué pasa, enana?

—Bueno —comenta ella—, he visto que estabas aquí sacándole pecho a Caleb desde la otra punta del plató. Así que he decidido venir para acariciarte un poco las plumas con amor.

Jim ni siquiera intenta convencer a la niña que no estaba mirando con irritación a su antagonista dramático. Al contrario.

—No me puedo creer que le hayan puesto ese puñetero bigote —le espeta—. Yo quería que Johnny Madrid llevara bigote. Y esos putos ignorantes de la cadena se han negado.

—¿Ya has conocido al actor que hace de Caleb? —le pregunta la niña.

—Todavía no —dice él.

—Pues bueno. —La niña extiende el brazo en dirección al actor de cara peluda—. Ahí lo tienes. ¿Qué estás esperando? —lo desafía—. Esta es tu serie. Y él es tu invitado. Ve a presentarte y a darle la bienvenida.

—Lo haré, cariño —le promete Stacy—. Ahora mismo está hablando con Sam.

La niña niega con la cabeza chasqueando la lengua y murmura por lo bajo:

—Excusas, excusas, excusas.

—Eh, enana, voy a hacerlo —dice, irritándose—. No me agobies.

Trudi levanta las manos.

—Vale, vale, vale —dice—. Es tu serie y tú sabrás lo que haces. Ve cuando te venga bien.

Jim Stacy suelta un resoplido y da un trago del botellín verde de Seven Up.

Trudi cambia de posición sobre el regazo de él y le pregunta:

—¿Conoces a Caleb como actor?

—¿Como actor? —repite—. Pues claro…

Ella se apresura a interrumpirlo:

—No me digas cómo se llama de verdad —le advierte—. ¡Quiero que para mí solo sea Caleb!

—Pues en ese caso —explica—, Caleb tenía una serie de vaqueros propia hace unos seis años.

La niña le pregunta a Jim Stacy:

—¿Y era bueno?

Jim echa un vistazo a Rick Dalton caracterizado de Caleb, completamente cambiado y mucho más molón, con el bigote que a él le habría gustado llevar, conversando animadamente con su director, y dice, más para sí mismo que para ella:

—No lo hacía mal.

Rick Dalton está sentado en su silla de director, a la sombra, caracterizado como Caleb y leyendo su novelita de bolsillo, *A lomos del potro salvaje*. Mientras lee para matar el tiempo antes de su primera gran escena (el primer ayudante de dirección le ha dicho que seguramente la rodarán dentro de hora y media), empieza a tomarse el libro con más seriedad después de su emotivo encuentro con la niña. «Tenía razón, es una novela bastante buena, coño.» Y Tom «Easy» Breezy está bastante bien logrado como personaje. De hecho, quizá valdría la pena conseguir los derechos y adaptarla al cine, con Rick en el papel de Easy Breezy. Y quizá podría convencer a Paul Wendkos de que la dirigiera.

Su primera escena del día también es su primera aparición en la historia, y presentan a su personaje de forma bastante guay. Antes de que lleguemos a verlo en pantalla, los demás personajes ya han hablado mucho de él, lo cual siempre genera expectación en el público mientras espera impaciente a que aparezca. ¡Si esto fuera una película, Rick habría exigido que la puta escena no se filmara el primer día! Pero esto es la televisión, y en la televisión no se filma un guion, se filma un horario. Y si les viene bien rodar tu gran escena el primer día —y a primera hora de la mañana—, pues lo hacen. En esa escena, Rick debe trabajar con dos actores, James Stacy, protagonista de la serie, Johnny Lancer, y Bruce Dern, que interpreta a su secuaz, Bob «Empresario» Gilbert. Rick conoció a Bruce hace unos años (todo el puto mundo conoce a Bruce Dern). Y también conoce al coprotagonista Wayne Maunder de cuando Wayne protagonizaba su otra serie, donde hacía de Custer. Rick nunca apareció en ella, pero su amigo Ralph Meeker sí. Y una noche en que Dalton y Meeker estaban bebiendo en el Riverbottom Bar and Grill (en la acera de enfrente de los Estudios Burbank), Maunder entró y se tomó un par de copas con Rick y Ralph. Rick y Wayne llevaban sin verse desde aquella noche, así que, al encontrarse esta mañana, se han saludado y Wayne le ha dado la bienvenida a la serie. También se la ha dado Andrew Duggan, que hace del patriarca Murdock Lancer (Duggan apareció dos veces en *Ley y recompensa*). En cuanto Dalton ha salido de la caravana de maquillaje, Duggan y él se han fumado unos cigarrillos y se han puesto al día. Dalton ha felicitado a Duggan por el éxito que promete la nueva serie. Pero Rick Dalton todavía no conoce oficialmente a su coprotagonista, James Stacy.

Lo ha visto antes desde la otra punta del plató. Pero los protocolos del set dictan que cuando un actor establecido —sobre todo uno que haya tenido una serie propia— aparece de invitado en tu serie, es el protagonista de esta última quien tiene la obligación de acercarse al actor invitado y darle las gracias por su participación.

Así lo hizo Rick cuando aparecieron de invitados en *Ley y recompensa* Darren McGavin, y también Edward G. Robinson, Howard Duff, Rory Calhoun, Louis Hayward, e incluso Douglas Fairbanks Junior. Rick tenía la obligación de darles la bienvenida y las gracias por su contribución a la serie. Pero ya son las dos de la tarde y Jim Stacy todavía no se ha presentado ni ha dado la bienvenida a Rick. Van Williams sí lo hizo en *El avispón verde*, al igual que Ron Ely en *Tarzán*, o Gary Conway en *Tierra de gigantes*, así como Efrem Zimbalist Junior en *FBI*. En cambio, el chupapollas de Scott Brown no lo hizo en *Bingo Martin*. Si eres alguien conocido y el protagonista de la serie no se ha presentado ante ti antes de que te plantes frente a la cámara, eso significa que te ha mandado a la mierda delante de todo el equipo.

Ambos han estado en el plató el tiempo suficiente para que Stacy ya se hubiera presentado. Pero Dalton está dispuesto a tener con Stacy un poco de manga ancha. Es el primer día de su primera serie, así que es posible que esté realmente nervioso. Pero, si no espabila pronto, tendrá en Rick a un enemigo de por vida.

Finalmente, Rick no debe esperar mucho más. Está leyendo su libro de bolsillo cuando avista por encima de las páginas al nuevo chulito de la CBS, con su camisa de chorreras roja y los vaqueros negros con las tachuelas plateadas a lo largo de las perneras, cruzando el plató polvoriento de westerns de la Twentieth Century Fox en dirección a él.

«Ya era hora, joder», piensa Rick. Finge que no lo ha visto y sigue leyendo su libro.

Cuando el diabólicamente apuesto protagonista de la serie llega junto a la silla de Rick, pronuncia su nombre entre interrogantes.

−¿Rick Dalton?

Rick levanta la vista de la novelita del Oeste, que deja sobre el regazo.

−El mismo −contesta.

Jim Stacy le ofrece la mano y dice:

—Jim Stacy. Esta es mi serie, bienvenido a bordo.

Rick sonríe y le estrecha la mano al chulito.

—Nos alegra mucho tener a un profesional como tú interpretando al villano del piloto —dice Stacy—. Quería decirte que yo era un gran fan de *Ley y recompensa*. Era una serie cojonuda y deberías estar muy orgulloso de ella.

—Vaya, gracias, Jim —le contesta Rick—. Sí que lo era y sí que lo estoy.

—Y tengo que decirte —continúa Jim Stacy— que estuve a punto de trabajar contigo en *Los catorce puños de McCluskey*.

—¿En serio? —se sorprende Rick.

—Sí —asiente Stacy—. Era candidato al papel que interpretaba Kaz Garas, aunque yo no tenía ninguna posibilidad de conseguirlo. Para entonces Kaz ya había protagonizado una película de Henry Hathaway, pero me moría por el papel.

Dalton replica en tono afable:

—Pues déjame que te cuente que conseguí el papel de pura chiripa. Hasta dos semanas antes del rodaje, mi papel lo tenía Fabian. Pero se fracturó el hombro rodando un episodio de *El virginiano*, y entonces me lo dieron a mí. El director, Paul Wendkos, había trabajado conmigo en los viejos tiempos y había dirigido unos cuantos episodios de *Ley y recompensa*, así que les sugirió mi nombre a los de la Columbia.

Jim Stacy se sienta en la silla de director contigua a la de Rick que hace un rato ocupaba Sam, se acerca a la estrella de *Ley y recompensa* y le pregunta en tono confidencial:

—Rick, tengo que preguntarte por una cosa que he oído por ahí. ¿Es verdad que casi conseguiste el papel de McQueen en *La gran evasión*?

«Venga —piensa Rick—. Ya estamos otra vez. El típico chulito idiota haciéndome la pregunta idiota pasiva-agresiva de siempre.»

Rick recuerda haber estado sentado en el plató de *El avispón verde* cuando el protagonista de la serie, Van Williams, caracterizado como Avispón Verde, le preguntó por el mismo rumor, o Ron Ely, prácticamente desnudo, con su diminuto taparrabos de Tarzán. Y ninguno de los dos era lo bastante buen actor para disimular la lástima que les asomaba en el rabillo del ojo.

Rick le da a Jim Stacy la versión corta de la respuesta que le dio ayer a Marvin Schwarz:

—No llegué a hacer ninguna prueba de casting; no me reuní con nadie, y no conocí a John Sturges. Así que no creo que pueda decirse que casi consigo el papel…

Rick se interrumpe, pero en el aire queda flotando un «pero» implícito, y Stacy lo dice:

—¿Pero?

Rick continúa a su pesar:

—Pero… se cuenta… que hubo un momento en que McQueen estuvo a punto de rechazar el papel. Y, en ese momento, yo… al parecer estuve en una lista de cuatro posibles candidatos.

Stacy enarca las cejas y se le acerca todavía más.

—¿Tú y quiénes?

—Yo y los tres George: Peppard, Maharis y Chakiris.

Stacy hace una mueca de dolor, le da un golpecito instintivo a Rick en el hombro y dice:

—Buf, colega, eso tiene que doler. Compitiendo con esos tres maricones te lo habrías llevado seguro. A ver, con Paul Newman, quizá no, pero ¿con los putos George?

Rick, que ya está harto, replica al instante:

—Pero bueno, al final no me lo llevé. Se lo quedó McQueen. Y francamente… Nunca tuve la más remota posibilidad.

Stacy ríe y asiente con la cabeza, pero luego dice:

—Aun así… —E imita el gesto de clavarse un cuchillo en el corazón y de retorcer la hoja.

Rick mira un instante al capullo sonriente que tiene sentado al lado y por fin le pregunta:

—Eh, Jim, tengo curiosidad… ¿Qué te parece mi bigote?

17
La Medalla al Valor

Cuando a Cliff le dieron de alta del ejército después de la Segunda Guerra Mundial, tenía en el bolsillo dinero y dos Medallas al Valor. Le tocó entonces decidir qué quería hacer con el resto de su vida. Con franqueza, en los últimos años no pensó realmente que fuera necesario plantearse aquella cuestión. Estando en Sicilia durante la guerra, Cliff creyó que seguramente moriría allí. Sin embargo, en cuanto lo transfirieron a Filipinas para luchar con las guerrillas de aquel país contra el ejército de ocupación japonés, ya no le cupo ninguna duda de que jamás regresaría a Estados Unidos. Y luego, cuando lo capturaron los japoneses y lo internaron en un campo de prisioneros improvisado en la selva filipina, Cliff Booth ya se consideró un muerto viviente. Si para sus adentros Cliff no se hubiera despedido ya de la vida, nunca habría intentado la osada evasión del campo que le permitió liderar a los prisioneros filipinos para que depusieran a sus captores y ejecutaran a todo el personal del campo, se escaparan a la selva y volvieran a unirse a sus hermanos combatientes de la resistencia.

Su evasión fue tan atrevida y emocionante que la Columbia Pictures hizo una peliculita de acción bélica muy chula sobre ella, dirigida por Paul Wendkos y titulada *Batalla en el mar de Coral*. La película de Wendkos era una crónica muy entretenida, pero muy poco fiel a la verdadera historia de la fuga. En la película, no eran Cliff y su grupo de filipinos los que conseguían escaparse con éxito del campo de prisioneros, sino que eran los tripulantes de un submarino estadounidense, liderados por su capitán, interpretado por Cliff Robertson, quienes habían protagonizado la heroica aventura. Y por una extraña coincidencia, mucho antes de que Cliff Booth lo conociera, Rick Dalton interpretaba a uno de los hombres de Robertson.

La película obviaba un montón de detalles reales del caso. Dejaba fuera a Cliff Booth y también dejaba fuera a los filipinos, y, a diferencia de los japoneses de la vida real, los de la película no acostumbraban cortarle la cabeza a la mayor parte del reparto. Tampoco se mostraba a los prisioneros supervivientes decapitando a los altos cargos del campo japonés cuando cambiaron las tornas. Y el brutal comandante japonés del campo no era tan sofisticado, caballeroso, intelectual y honorable como el que salía en la película.

«Mierda —pensó Cliff cuando vio la película—, si aquel cabrón sádico inflexible hubiera molado tanto, me habría quedado allí hasta el final de la guerra.» De hecho, a Cliff Booth le parecía que el auténtico capullo de la película era Cliff Robertson. Más adelante admitiría ante Rick (a quien le encantaba *Batalla en el mar de Coral*) que «esa puñetera película prácticamente me ha hecho pasarme al bando de los putos japos».

Pese a todo, los detalles de la evasión en sí estaban reflejados de forma más o menos fiel. En cualquier caso, como Cliff estaba prácticamente seguro de que nunca saldría con vida de aquella puta selva, ahora que había salido su supervivencia suponía un ligero inconveniente. En cuanto a lo que iba a hacer con el resto de su vida, Cliff no tenía ni puta idea.

Pero, centrándose en el presente, no tenía ninguna prisa por volver a Estados Unidos. Así que nada más recibir el alta, decidió visitar París. Y fue durante los meses que se pasó pululando por París, comiendo queso y baguetes y bebiendo vino tinto como si fuera Coca-Cola, cuando lo introdujeron en una profesión de la que antes de la guerra no sabía nada: «la de vividor».

Esa profesión era más comúnmente conocida como «chulo de putas». Como a muchos hombres estadounidenses de la época de Cliff, el concepto mismo de proxenetismo le resultaba completamente desconocido. Entendían el concepto de la madame que dirigía el burdel. En París, sin embargo, Cliff conoció a unos tipos franceses a quienes llamaban los *maquereaux*, o en su abreviatura: los *maqs*, con «s» muda. Aquellos tipos franceses se pasaban el día entero en los bares, elegantemente vestidos, y se dedicaban a poner a mujeres a hacer la calle y luego estas debían darle el dinero al *maq*. Para un hombre estadounidense, la idea misma de que una mujer vendiera su cuerpo y luego le diera el dinero a un hombre era incomprensible. Pero aquellos franceses lo habían convertido en toda una ciencia. Gracias a lo apuesto que era, Cliff llevaba toda su vida manipulando a mujeres para que hicieran cosas que no les convenían. Conseguir que pusieran sus cuerpos a la venta no era difícil. Pero conseguir que los pusieran a la venta y luego le dieran el dinero a él… Carajo, eso era manipulación a un nivel muy superior. Si lograba averiguar cómo lo hacían aquellos franceses, también podría hacerlo él cuando volviera a Estados Unidos. De manera que Cliff fue a hablar con un par de aquellos tipos.

—¿Qué saca la chica del trato? —preguntó Cliff.

Y el francés se lo explicó en estos términos:

—Las mujeres te pagan para que cuides de ellas. Y tú las cuidas, las proteges de los clientes, de los polis, de los granujas y de otras mujeres. Las sacas por ahí y las enseñas al personal. Y sí, te dan el dinero, pero gran parte de ese dinero te lo gastas en ellas. Podrías darles simplemente un porcentaje de lo que se sacan, pero eso no es romántico. Y al final siempre terminan espabilándose, y, cuando eso pasa, se llenan de resentimiento. Pero, si coges el dinero que ganan y te gastas una buena parte en ellas, y les compras cosas que les gusten, vestidos, perfumes, joyas, pelucas, medias, revistas y bombones, y las llevas a sitios que también les gusten, restaurantes, bares, cines y bailes, entonces se olvidan de que el dinero es suyo. Mientras sigan haciendo lo que dice su papito, su papito cuidará de ellas.

—Pero seguro que no es tan fácil… —comenta Cliff.

—No infravalores el deseo de las mujeres de tener un papito que cuide de ellas —dijo el *maq* francés—. Pero sí, tienes razón —admitió el *maq*—. No es tan fácil. Hay una cosa que es más importante que todo lo demás. Por ejemplo, es importante encontrar a la chica adecuada. Pero, aunque eso es importante, hay algo que todavía lo es más. Hay muchos hombres capaces de poner a una mujer a hacer la calle, pero conseguir que esta se quede ahí… Esa es la marca de un verdadero *maq*. Y poner a varias mujeres en la calle y conseguir que se queden todas… Ese cabrón sí es un *maq* genuino. Y, para conseguir eso, es necesaria una cosa mucho más importante que todas las demás.

—¿Cuál es el secreto? —le preguntó Cliff.

—Fácil —dijo el *maq*—. Follártelas bien. Follártelas de maravilla. Y follártelas de maravilla a menudo.

Cliff sonrió, pero el francés le aseguró:

—No, no, es más difícil de lo que parece. No puedes follártelas como te follarías a tu novia. Y tampoco puedes follártelas como te follarías a la novia de tu mejor amigo. No puedes follártelas como te follarías a la amante de tu padre. Eso es follar por diversión, pero lo nuestro es trabajo. El trabajo de ellas es follar con clientes por dinero. Y tu trabajo es follártelas a ellas por dinero. Y créeme, ellas son más difíciles de complacer. Si quieres que se porten bien, más te vale follártelas bien, y más te vale follártelas mucho. Eso significa que tendrás que follártelas aunque no tengas ganas de hacerlo. Y, aunque no tengas ganas, tendrás que follártelas y follarlas bien. Y, cuantas más zorras tengas, más te tocará follar. Más zorras significa follar más. Y nada de dormirse. Y, como te duermas en los laureles, aunque sea cuatro puñeteros días, la zorra se despertará. Se romperá la puta magia. Y, cuando se rompe la magia, no es en plan: «Bueno, supongo que se acabó, hasta la vista». Cuando se rompe la magia, la zorra empieza a odiarte a muerte. Y la zorra no solo te odia, sino que quiere verte muerto. Y quizá intente matarte. Y quizá intente robarte. Y quizá llame a su padre, quizá llame a su hermano, o quizá llame al novio que tenía de chavalita y le pida que la salve. Y ahora será él quien vaya a por ti con un cuchillo, o su hermano quien vaya a por ti con una pistola, o su padre el que vaya a por ti con una puta escopeta.

»O bien cogerá ese coño que tú le has enseñado a usar y reclutará a algún payaso para que te mate.

»En otras palabras, el *maq* no tiene días libres. No hay vacaciones de follar para el verdadero *maq*.

»Te la follas y te la sigues follando y no puedes parar de follártela y tampoco puedes parar de follártela bien.

»No puedes aburrirte, no puedes odiar hacerlo y a nadie le importa un carajo que no estés de humor. Eres su hombre y las llevas al cielo cada puta vez.

»Y la clave: posiciones distintas. No tienes que follártelas mejor que los demás, tienes que follártelas distinto a los demás.

»¿Quieres saber qué saca ella de todo esto? Pues eso es lo que saca. ¿Y sabes qué? Es un buen trato, joder. Ella cuida de ti, y a ti más te vale cuidar de ella también. Sí, ella te da dinero, pero, *mon ami*, tienes que ganártelo, joder.

Cliff lo entendió. Lo entendió a la perfección. Y también entendió que no quería un trabajo tan duro. Prefería estrellar un coche contra una tapia de ladrillo a cien por hora (que fue lo que acabarían pagándole por hacer) que follarse a una zorra a la que no quería follarse. Es como ese viejo refrán que dice: la única gente a la que no le gusta ir a caballo es a los vaqueros.

Así pues, en cuanto Cliff entendió que no tenía madera de chulo, regresó a Estados Unidos y se pasó unos años vagabundeando hasta terminar en Cleveland, Ohio. Estando allí, se puso en contacto con una vieja amiga suya de la escuela, Abigail Pendergast, que era una rubia oxigenada y una de las amantes del maleante que trabajaba para la mafia Rudolfo «Patsyface» Genovese.

Cliff Booth y la señorita Pendergast estaban sentados en una pizzería de la cadena Gay Nineties, con serrín en el suelo, manteles a cuadros en las mesas, música procedente del cilindro perforado de una pianola y una película de 16 milímetros de Charlie Chaplin proyectada en la pared.

Después de morder una porción de pizza, a la señorita Pendergast le cayeron unos hilos de mozzarella pegajosa por la barbilla y se volvió en su silla para pedirle una servilleta al camarero. Fue entonces cuando los vio: Pat Cardella y Mike Zitto, estaban sentados a la barra, bebiendo cerveza y mirando en dirección a su mesa con mala cara.

«Oh, mierda», pensó aquel bombón rubio platino.

Se volvió hacia su cita, que, como no se comía los bordes de la pizza, se había ventilado su porción en dos mordiscos y medio.

Se inclinó por encima de la mesa en dirección a Cliff:

—No estamos solos.

Con la boca llena de pizza medio deshecha, Cliff preguntó:

—¿Qué?

La mirada de ella se desplazó a la barra.

—Los dos tipos de la barra.

Cliff ya había empezado a volverse en su asiento para mirar hacia allí cuando ella estiró la mano, lo agarró de la muñeca y le susurró:

—No mires.

Él enarcó las cejas en gesto de interrogación.

—Son Pat y Mike —susurró ella—. Trabajan para Rudy.

Y entonces, pese a las protestas de Abby, Cliff se volvió para mirar bien a los dos clientes de aspecto pendenciero sentados en taburetes y bebiendo cerveza. Los dos dedicaron al exsoldado una mirada que decía claramente: «Vete a la mierda».

Se dio de nuevo la vuelta y separó otra porción de pizza, mientras ella le decía:

—En algún momento se acercarán a nuestra mesa y te echarán de aquí.

Él levantó la vista de la porción de pizza que tenía en la mano para mirar a la rubia de bote de piel pálida que tenía al otro lado de la mesa.

—Ah, conque me van a echar, ¿eh?

Abigail puso una expresión culpable y se disculpó:

—Lo siento, Cliff, no imaginaba que Rudy fuera a reaccionar así. A ver, no es que yo sea su puta esposa, ni que no tenga ocho novias más.

—Sí —dijo Cliff—. Pero seguramente eres su favorita. Puedo entenderlo.

Aquello hizo ruborizarse a Abby.

Luego Cliff le dijo que se excusara y fuese al baño de las chicas. Ella empezó a protestar y él le repitió la orden:

—Excúsate y ve al baño de chicas. Cierra con pestillo y no abras hasta que yo te lo diga.

Ella no lo entendió.

—Hazlo —le ordenó él.

Ella obedeció, se puso en pie, se excusó, fue al baño de mujeres y cerró la puerta con pestillo.

Nada más salir la señorita Pendergast del comedor, los dos maleantes italianos se acercaron a la mesa de Cliff.

Mike Zitto se sentó en la silla vacía de Abigail y Pat Cardella cogió otra de una mesa desocupada y la acercó.

Cliff apartó la vista del Charlie Chaplin de la pantalla para mirar a los dos tipos con pinta de defensas de fútbol americano que acababan de sentarse a la mesa, mientras daba otro mordisco a la pizza.

Pat dejó su copa de cerveza sobre la mesa y le dijo a Cliff:

—A ver, marica, escucha bien lo que tienes que a hacer. Vas a levantarte de la mesa y vas a salir por esa puerta. —Señaló con el pulgar hacia atrás, en dirección a la puerta—. Y si este o yo —continuó, moviendo el pulgar entre Mike y él— volvemos a verte con la señorita Abigail, pasarás una larga temporada en el hospital.

Cliff siguió masticando su porción de pizza.

—¿Entendido, cara pizza?

Cliff tragó, cogió la pizza con la mano y la devolvió al plato. Agarró una servilleta y, mientras se limpiaba la grasa de los dedos, les preguntó a los dos tipos:

—¿Por casualidad no seréis de origen italiano?

Los dos hombres de pelo oscuro se miraron instintivamente entre sí y luego miraron de nuevo al rubio.

—Sí —dijo Pat.

Cliff señaló con el dedo extendido hacia uno y otro.

—¿Los dos?

Mike sacó pecho y dijo:

—Sí, somos italianos los dos, ¿qué pasa?

Una sonrisa afloró en la cara de Cliff mientras se inclinaba hacia delante y decía:

—¿Sabéis a cuántos italianos he matado?

Pat se inclinó hacia delante y preguntó en voz baja:

—¿Cómo dices?

—Ah, ¿no me has oído? Pues te lo repetiré. —Y preguntó por segunda vez—: ¿Sabéis a cuántos italianos he matado? —Cliff metió la mano en el bolsillo de la pechera de su chaqueta diciendo—: Dejadme que os dé una idea.

Pat y Mike vieron que se sacaba del bolsillo la Medalla al Valor y la dejaba caer sobre la mesa. Aterrizó de un golpe sobre la madera, con un fuerte ruido metálico.

–El día en que me gané esto –señaló la Medalla al Valor– maté por lo menos a siete. Quizá fueran nueve, pero a siete seguro que sí –prosiguió diciendo–. Y eso fue solo en un puto día. Cuando estuve en Sicilia, maté a italianos todos los días. –Reclinándose en su asiento, añadió–: Y pasé mucho, mucho tiempo en Sicilia.

A los dos gánsteres italianos se les pusieron las caras coloradas.

–De hecho –continuó Cliff–, maté a tantos italianos que me nombraron héroe de guerra. Y, por tanto, como soy un héroe de guerra, tengo licencia para llevar esto.

Cliff se sacó del otro bolsillo de la chaqueta un revólver del 38 de cañón corto y lo dejó con otro golpe ruidoso sobre la mesa junto a la Medalla al Valor. Pat y Mike dieron un respingo en sus asientos.

Cliff se inclinó hacia delante y les susurró desde el otro lado de la mesa a los dos asesinos a sueldo:

–¿Sabéis qué? Apuesto a que puedo coger esta pistola y mataros a los dos ahora mismo en esta pizzería de mierda delante del dueño, de las camareras, de los clientes y de Charlie Chaplin. ¿Y sabéis qué? Estoy completamente seguro de que no me pasaría nada. Porque yo soy un héroe de guerra y vosotros dos sois puta escoria italiana degenerada.

Mike Zitto ya se había hartado y ahora le tocaba hablar a él. Señaló a aquel listillo rubio con un dedo airado.

–Escúchame bien, soldadete maricón…

Cliff lo interrumpió cogiendo la 38 de cañón corto de la mesa y metiéndoles una bala en el cráneo a Pat y a Mike. De los agujeros que acababa de abrirles en el cráneo salieron sendos chorros de sangre que rociaron la mesa, la pechera de la camisa y la cara de Cliff y prácticamente llegaron al otro lado de la sala.

La clientela femenina se puso a chillar mientras la masculina se tiraba al suelo. Los dos gánsteres se desplomaron de sus sillas sobre el suelo cubierto de serrín. Cuando los tuvo en el suelo, Cliff les pegó un par de tiros más, por si las moscas.

Más tarde, cuando el Departamento de Policía de Cleveland interrogó a Cliff por el incidente, él les dijo:

—Bueno, intentaron secuestrarnos a la señorita Pendergast y a mí. El más gordo de los dos dijo que iba a dispararme y a tirarle ácido a la cara a la señorita Pendergast para darle una lección. —Y añadió—: No sabía qué hacer. Tenía mucho miedo.

La teoría de Cliff resultó ser cierta. La policía de Cleveland sabía exactamente quiénes eran Pat Cardella y Mike Zitto. Y, si un héroe de la Segunda Guerra Mundial quería matarlos a tiros en una pizzería, la policía estaba dispuesta a pagar la pizza. La historia de Cliff ni siquiera necesitaba ser convincente. Solo necesitaba ser plausible.

Y así fue como Cliff Booth se fue de rositas de un asesinato… del primero.

18
«No me llamo mendrugo»

Caleb DeCoteau.

Cuando Murdock Lancer mencionó que el cabecilla de los «piratas de tierra firme» que le habían estado robando el ganado se llamaba Caleb DeCoteau, Johnny tuvo que recurrir a todas sus habilidades de jugador de póquer para que su rostro permaneciera impasible. Aquel viejo cabrón orgulloso y amargado que era Murdock Lancer, su padre, estaba desesperado. Y la causa de aquella desesperación era Caleb DeCoteau. Si Johnny y su hermanastro Scott habían viajado desde orígenes distintos hasta su antiguo hogar de infancia, había sido para recibir los mil dólares que les ofrecía su padre a cambio de que escucharan su propuesta. Ninguno de ellos creía que podría interesarles ninguna propuesta de aquel padre al que no veían desde que eran niños.

Ambos se equivocaban.

En un radio de unos trescientos kilómetros a la redonda, su padre, Murdock Lancer, era el hombre más rico del lado estadounidense de la frontera con México. Tenía el rancho y la casa más grandes, y era dueño de más ganado que ningún otro hombre en el valle de Monterrey. Pero ahora aquel hombre rico y orgulloso estaba desesperado, y la desesperación no era una emoción a la que estuviera acostumbrado. Sin embargo, no le hacía parecer débil. Murdock Lancer tenía la fuerza, la dignidad y la cara de un caballo de tiro de diligencias. Pero sí se le veía preocupado. La situación era desde luego mala, pero la preocupación que reflejaba su rostro mostraba claramente que aquello podía empeorar aún más.

Desde que Caleb DeCoteau y su banda de granujas habían llegado a la zona de Royo del Oro, se habían centrado en las vacas de Murdock de una forma tal que parecía que Caleb quisiera cobrarse una venganza personal contra ese hombre por alguna transgresión del pasado, pero, en realidad, nada más lejos de la verdad. Sucedía simplemente que, en un campo de amapolas, Murdock era la amapola más alta, y es a esta a la que siempre le cortan la cabeza.

Todo empezó con el hurto de unas cuantas cabezas cada noche. Al principio, Murdock apostaba a un par de jornaleros para que montaran guardia durante la noche con sacos de dormir a fin de disuadir a aquellos demasiado entusiastas del filete. Y al principio pareció que funcionaba. Hasta que ocho de los brutales secuaces de Caleb asaltaron a un jornalero llamado Pedro. Lo dejaron medio muerto de una paliza, lo ataron a un árbol y le propinaron fustazos hasta que apenas quedó nada de él. Aquella noche los cabrones se llevaron veinte cabestros y mataron a otros seis por pura maldad.

El problema de ser el mayor terrateniente de la región era que, a menos que tuvieras a un ejército personal de cabrones sanguinarios armados, resultaba prácticamente imposible controlar un asalto tan agresivo como aquel. La autoridad más cercana era un alguacil federal que trabajaba a más de doscientos cuarenta kilómetros. (Y lo cierto era que la protección de las propiedades de los ricos motivaba muy poco a unos agentes de la ley que cobraban cincuenta dólares al mes.) Caleb no solo se estaba llevando numerosas cantidades de cabestros por las noches, sino que también los estaba vendiendo sin ocultarse en corrales situados a unos cien kilómetros (incluso con la marca del rancho Lancer a fuego en el pellejo).

Luego Caleb y sus hombres se mudaron al pueblo que quedaba más cerca del rancho Lancer, Royo del Oro. Y, allí, lo primero que hicieron fue adueñarse de la cantina y convertir al propietario, Pepe, en un simple sirviente aterrado en su propio establecimiento.

El alcalde, que se tomaba muy en serio su compromiso con la vida cívica del pueblo, intentó hablar con Caleb, a consecuencia de lo cual lo azotaron en mitad de la calle principal. Los «piratas de tierra firme» informaron a los comerciantes de Royo del Oro de que, a menos que quisieran ver su pequeña escuelita roja quemada hasta los cimientos y a sus mujeres convertidas en objeto de vejaciones diarias, en lo tocante a la cantina de Pepe y a las vacas de Murdock, más les valía no meterse donde no los llamaban.

Luego Caleb se mudó a la suite presidencial del hotel Lancaster. Y los «piratas de tierra firme» no tardaron mucho en empezar a recolectar un impuesto semanal entre todos los propietarios de comercios del pueblo.

El plan de Caleb era simple. Un experimento lento y gradual, pero constante, consistente en ver cuánta mierda estaban dispuestos a tragar Murdock y los ciudadanos de Royo del Oro. Y, tras numerosos experimentos, demostraron que la comunidad tenía un apetito de mierda aparentemente insaciable.

Pero Caleb no estaba tan borracho de poder para creer que aquella clase de terrorismo podría prolongarse eternamente. Llegados a cierto punto, alguien llamaría al ejército. Pero estaban a tres días de distancia de todo. En otras palabras, para cuando aparecieran los soldados unionistas, ya no quedaría ni rastro de Caleb y sus hombres. Caleb solo debía enfrentarse a un obstáculo: al dinero de Murdock Lancer. Cuando un hombre con principios lucha contra un sinvergüenza, este siempre tiene ventaja al inicio, porque hay cosas que ese hombre con principios no está dispuesto a hacer. En cambio, el sinvergüenza sí está dispuesto a hacer lo que haga falta. Es decir, hasta que el hombre con principios se ve empujado más allá de su límite y de su naturaleza. La mayoría de las tragedias griegas, la mitad de todo el teatro inglés y tres cuartas partes del cine estadounidense tomaban como punto de partida esta premisa.

Los ciudadanos de Royo del Oro no tenían más alternativa que marcharse del pueblo. A Murdock, en cambio, su dinero le ofrecía ciertas opciones. Podía gastárselo contratando él también a matones. Y la última transgresión de Caleb —el asesinato con un francotirador del capataz de confianza de Murdock, George Gómez— por fin empujó al viejo a traspasar el límite que se había impuesto a sí mismo.

La propuesta que les hizo Murdock Lancer a sus hijos era simple: repartir todo su imperio a partes iguales entre los tres. Eso incluía el ganado, las tierras, la casa del rancho y las cuentas bancarias. A cambio, sus hijos tenían que hacer dos cosas: ayudar a Murdock a expulsar a Caleb y a sus ladrones asesinos de la zona, y trabajar en el rancho y atender la administración de un imperio ganadero durante diez años. Transcurrido ese tiempo, si querían marcharse y vender sus acciones, eran libres de hacerlo. Pero ambos se habían pasado los últimos dos años viviendo precariamente; Scott como truhan, sin más planes de futuro que la siguiente mano de póquer, y Johnny vendiendo al mejor postor el brazo que empuñaba su pistola, siempre con la patrulla de alguaciles pisándole los talones. En ambos casos, los hermanos estaban arriesgando más de lo que podían confiar nunca en ganar. Ninguno de los dos apreciaba a su padre, pero, aun así, necesitaban plantearse su oferta, porque era inimaginable que ninguno de ellos pudiera ganar nunca el dinero que les estaba ofreciendo Murdock, ni de forma legal ni ilegal. Murdock Lancer no solo era rico, sino que poseía una fortuna. Murdock Lancer no solo tenía un montón de tierras y un negocio próspero: tenía un imperio; un imperio que afirmaba estar dispuesto a repartir en tres partes.

En cuanto a Johnny, solo había un problema: odiaba a aquel cabrón; el mismo cabrón que los había echado a la calle a su madre y a él; el mismo cabrón que había convertido a su madre en una furcia dispuesta a todo por dinero; el mismo cabrón que era, en última instancia, responsable de que ella hubiera terminado en aquella habitación de hotel con aquel otro rico de mierda que la había degollado. Johnny tenía doce años cuando a aquel cabrón lo juzgaron por matar a su madre y luego lo exculparon. Tenía catorce años cuando lo mató. Y se había pasado los diez siguientes matando a todos y cada uno de los miembros de aquel jurado de mierda que lo había absuelto. Johnny los degolló a todos, para que supieran cómo había muerto su madre: gorgoteando sangre, incapaces de hablar, muriendo lentamente, mientras miraban aterrados al tipo que los estaba matando. Y Johnny contemplaba su agonía con una sonrisa, al tiempo que les decía: «Marta Conchita Luisa Gavaldón os manda un saludo».

Tardó una década en matar a los trece miembros del jurado, pero por fin Marta Gavaldón Lancer quedó vengada. Sin embargo, aún había una persona que no había pagado el precio último por el asesinato de su madre, y esa persona era el hombre que la había puesto en la senda de la degradación: su padre, Murdock Lancer.

Aun así, eran muchas vacas, muchas tierras, mucho rancho y mucho dinero, más del que Johnny podría ganar por su cuenta a lo largo de diez vidas. Y lo único que necesitaba hacer para conseguirlo era no matar a su viejo y evitar que lo matara una banda de cuatreros asesinos. Pero Johnny tenía un secreto, algo que no sabían ni Murdock ni Scott ni nadie en el rancho Lancer.

Johnny Madrid y Caleb DeCoteau eran amigos.

Johnny Madrid cabalgaba por la calle principal de Royo del Oro. Cuando había llegado con la diligencia de la Butterfield Wells Fargo hacía dos días, le había parecido idéntico a otros cientos de pueblos que había visto en su vida. Pero eso había sido antes de conocer la historia que Murdock les había contado a su hermanastro y a él. Ahora Johnny veía lo que distinguía a Royo del Oro de otros pueblos: todos sus habitantes estaban aterrorizados. A su llegada, se había fijado en la enorme cantina del pueblo y en la gran cantidad de forajidos que había delante de ella. Es verdad que muchos pueblos tenían cantinas con un montón de maleantes congregados ante sus puertas. Pero Johnny sabía que aquellos no eran maleantes normales y corrientes. Eran los mismos hombres por los que su viejo lo había llamado para que los expulsara o matase. Eran los responsables de la desgracia de Murdock. Eran los «piratas de tierra firme» que trabajaban para Caleb DeCoteau.

Mientras pasaba con el caballo por delante del Gilded Lily, Johnny sintió que lo seguían con las miradas. Con los ojos entrecerrados, contó a cuatro forajidos. Uno era un tipo negro vestido de bandido mexicano. Dos eran bandidos mexicanos vestidos de bandidos mexicanos. Pero fue el cuarto hombre el que le llamó la atención: un hombre blanco y corpulento, de más edad que el resto. A diferencia de los otros tres, que llevaban indumentaria de escoria mexicana, él lucía un traje negro a medida al estilo del Oeste y unas elegantes botas de vaquero de cuero también negro, un sombrero de vaquero grande y rígido, del mismo color, y un mostacho enorme, untado de una dosis generosa de cera para bigotes. El hombretón estaba sentado en una mecedora en el porche del Gilded Lily, tallando la figurita de un caballo de madera con una navaja de bolsillo. Junto a su bota reluciente había un montoncito de virutas de madera. Y no eran solo su edad y su atuendo lo que lo diferenciaba de los tres forajidos del porche: los demás eran sicarios; él era un auténtico vaquero. Johnny no conseguía ubicarlo. Pero, aunque no supiera quién era, sí sabía qué era. El hombretón del traje negro, con sus botas negras y su bigotón tenía un nombre y una reputación. Aquellos otros forajidos de la pradera se repartían porciones de tarta a cambio del caos que sembraban y del alboroto que causaban. El hombretón recibía personalmente una bolsa de oro de Caleb antes incluso de haber hecho nada.

En un relato de gánsteres lo habrían llamado «el asesino forastero». En un capítulo anterior de su biografía, el hombretón podría haber sido el héroe, y de hecho lo había sido. En la página de hoy, sin embargo, vendía su arma al mejor postor. Y, en la historia de hoy, el mejor postor era Caleb DeCoteau.

Johnny se bajó del caballo y lo ató al poste de delante del hotel Lancaster. El hombretón de negro dobló la navaja y se la guardó en el bolsillo. Johnny empezó a cruzar la calle principal de Royo del Oro en dirección a la cantina. El hombretón de negro dejó la figurita del caballo que estaba tallando sobre un barrilete que tenía delante, se levantó de la mecedora y echó a andar hacia el frente del patio. Johnny ya estaba a nueve pasos de los tres escalones que subían al porche delantero de la cantina cuando oyó que el hombretón de negro le gritaba:

—¡Ni un paso más, mendrugo!

Johnny se paró en seco.

—No me llamo mendrugo —le corrigió.

—¿Qué haces por aquí, chaval? —le preguntó el hombretón.

—Tengo sed —contestó Johnny, señalando con el dedo el establecimiento—. Eso es una cantina, ¿verdad?

El hombretón de negro se volvió y echó un vistazo al enorme letrero colgado sobre la entrada en que se leía CANTINA, luego se volvió de nuevo hacia Johnny y le dijo:

—Sí, es una cantina, pero tú no puedes entrar.

—¿Por qué? –preguntó Johnny–. ¿Estáis cerrados?

El hombretón sonrió y le dio unas palmaditas a la empuñadura de su pistola, que llevaba metida en la cinturilla de sus pantalones, pegada a la panza.

—Oh, no, tenemos abierto.

Johnny comprendió, le devolvió la sonrisa y preguntó:

—Entonces ¿solo yo no puedo entrar?

El hombretón sonrió de oreja a oreja, esta vez mostrando los dientes, y dijo:

—Eso mismo.

—¿Por qué? –preguntó Johnny.

—Pues mira –le explicó el hombretón de negro–, es que solo servimos a señoras en la noche de las señoras.

Los otros tres forajidos del porche le rieron la broma.

Johnny también rio un poco y dijo:

—Esa es buena. Tengo que recordarla para poder contarla luego.

—Como te acerques un paso más a esta cantina –le avisó el hombretón–, no volverás a acordarte de nada nunca más. –El pistolero de negro puso los brazos en jarras y le explicó al joven de la camisa de chorreras color sangría lo que le deparaba el futuro inmediato–: Escucha bien, mendrugo, vas a volver a montar ese jamelgo en el que has llegado y vas a largarte de aquí cagando leches. ¿Me oyes, chaval?

Johnny entrecerró los ojos y dijo:

—Oh, oigo muy bien, pero parece que tú no. Porque ya te lo he dicho: no… me llamo… mendrugo.

Fue entonces cuando Johnny bajó la mano hasta la pistola que tenía en la funda de la cadera y desenganchó el broche que rodeaba el percutor de su arma.

A modo de respuesta, el hombretón bajó también la mano hacia el lugar donde tenía la empuñadura de su pipa metida por dentro de la cinturilla de los pantalones.

Y en aquel momento, mientras el porche, la calle, el pueblo y el estado enteros guardaban silencio y los dos hombres adoptaban la postura propia de los que van a matar, DE PRONTO las puertas batientes se abrieron de golpe con un chirrido y de ellas salió el villano de esta historia, Caleb DeCoteau.

El líder de la banda de forajidos llevaba una chaqueta marrón de cuero sin curtir con flecos en las mangas y se estaba comiendo una pata de pollo frito. Johnny percibió que Caleb salía al porche, pero estaba enzarzado en un combate de miradas con el otro maleante, de modo que no apartó la vista para saludar a su viejo amigo.

—Señor Gilbert —dijo Caleb, dirigiéndose al hombretón, que le daba la espalda—, no quiero impedirle que se gane el dinero que le pago. Ya sé lo aburrido e inquieto que se pone cuando se le acaban los tamales. —Caleb dio un mordisco a la pata de pollo y, mientras masticaba la carne grasienta, dijo con la boca llena—: Pero, si yo fuera usted, averiguaría primero el nombre de ese mendrugo.

—¿Quién es, Caleb? —le preguntó Gilbert a su jefe.

Caleb se apoyó en el umbral de la cantina, tragó el trozo de carne que tenía en la boca y dijo:

—Permitidme que os presente. —Caleb señaló con su hueso de pollo la espalda del hombre de negro y dijo—: Este es Bob Gilbert.

«Así que ese es el Empresario», pensó Johnny.

—¿El Empresario? —preguntó Johnny.

—El mismo —confirmó Bob—. Empresario Bob Gilbert. Y tú ¿quién eres?

Antes de que Johnny pudiera contestar, Caleb arrancó con los dientes otro trozo de carne del hueso de pollo y dijo:

—Es un tal Madrid. Johnny Madrid.

—¿Y quién es Johnny Madrid? —preguntó Bob en un tono sarcástico, repitiendo el nombre con burla.

Los otros tres forajidos del porche rieron, hasta que Caleb les dirigió una mirada que decía: «Vosotros, calladitos cuando están hablando los mayores». Eso les hizo cerrar la boca.

Empresario Bob estaba confuso e irritado y empezó a preocuparse un poco. Caleb lo había contratado para ahuyentar o matar a tipos como aquel mendrugo de rojo. Y le pagaba generosamente en monedas de oro. Así pues, ¿por qué de repente le estaba vacilando el hombre que le pagaba?

—Lo digo en serio, Caleb, ¿quién coño es este pringado?

Caleb tiró lo que quedaba del hueso de pollo a la calle entre los dos hombres y le dijo a su sicario:

—Estás a punto de averiguarlo, Empresario.

Y, diciendo esto, volvió a desaparecer al otro lado de las puertas batientes. Johnny Madrid se volvió para encarar a Bob de costado, la postura que adoptaba en los duelos, demostrándole al Empresario que iba muy en serio. A Bob Gilbert se le secó la garganta cuando Johnny, quieto como una estatua, le dijo:

—Cuando tú quieras, Gilbert.

La mano de Bob se acercó dos centímetros a su pistolera.

Johnny parpadeó.

El cuerpo de Bob dio una sacudida hacia la izquierda cuando su mano agarró la empuñadura de la pistola y luego dio otra violenta sacudida hacia la derecha cuando la bala de Johnny se incrustó en el centro mismo de su corazón bombeante.

La pistola que acababa de desenfundar se le cayó de los dedos ya inservibles, rebotó en el porche de madera y fue a parar al suelo de tierra polvorienta. El hombretón de negro se tambaleó sobre los tacones de las botas negras relucientes y se desplomó de cara por los escalones hasta la calle, volcando a su paso un tonel de pepinillos, que quedaron desparramados por el suelo junto con el agua de la conserva.

«Y así termina la impresionante carrera de Empresario Bob Gilbert», pensó Johnny. El hombre de la camisa de chorreras color sangría que estaba plantado en medio de la calle con los pepinillos a sus pies apuntó con el cañón todavía humeante de su pistola en dirección a los tres forajidos del porche y les preguntó en español:

—¿Alguien más?

Cuando Johnny entró en la cantina, siete más de los «piratas de tierra firme» de Caleb, que estaban jugando al póquer en las mesas, fumando puros o bebiendo en la barra, levantaron la vista para observar al tipo de la camisa roja de chorreras que acababa de jubilar anticipadamente a Bob. Nadie parecía demasiado furioso por lo sucedido. Estaba claro que la empresa del Empresario Bob no había tenido como fin hacer amigos. Luego Johnny Lancer oyó que alguien gritaba muy por encima de su cabeza:

—¡Johnny Madrid!

Levantó la vista para divisar a su viejo amigo Caleb DeCoteau de pie en el rellano del primer piso, apoyado en la impresionante baranda de madera, contemplándolo con una sonrisa del tamaño y la anchura de Texas en la cara bigotuda.

—¿Cuánto tiempo hace que no nos vemos? —le preguntó el maleante de marrón al maleante de rojo.

A Johnny no le hizo falta pensar; lo sabía.

—Oh, desde lo de Juárez. Unos tres años.

Caleb soltó una bocanada de humo del puro que tenía en la boca y dijo:

—Pues entra y tómate una copa.

Mientras cruzaba el recinto de la cantina con rumbo al pie de la escalera, Johnny preguntó:

—¿Así que no tengo que esperar a la noche de las señoras?

Los dos tipos duros siguieron con sus bromas de tipos duros.

—Bueno, las normas están para saltárselas.

«Ja, ja», pensó Johnny.

—Pues en ese caso —sugirió Johnny—, ¿puedo invitarte a una copa, Caleb?

—Claro, Johnny —dijo Caleb mientras bajaba despacio la escalera—. ¿Por qué no un mezcal? Como aquella vez en Juárez…

Johnny soltó una risilla al recordarlo, mientras negaba con la cabeza y decía:

—Aquel día murió mucha gente.

—Pues sí —dijo Caleb mientras terminaba de bajar las escaleras—. Pero lo pasamos bien, ¿verdad?

—Ya lo creo —contestó Johnny, acariciando con una sonrisa cómplice aquel recuerdo siniestro, pero aún vívido. Luego señaló la barra larga de color castaño que cruzaba el local y dijo—: Tú primero, DeCoteau.

Ambos caminaron acompasadamente hacia la barra y Caleb llamó al pobre desgraciado del dueño del establecimiento.

—Pepe, mueve el culo hasta la barra… ¡Tengo un invitado!

Al cruzar el Gilded Lily, Johnny dio una ojeada al establecimiento. La verdad es que era una cantina impresionante, digna de un pueblo construido con dinero ganadero. También se planteó su plan de acción. O, al menos, se lo habría planteado en caso de tener alguno. Al enterarse de que iba a recibir el tercio de una fortuna por matar a un viejo amigo, le había parecido lo más natural y apropiado reencontrarse con él. Pero ¿exactamente para qué? Pues exactamente no lo había pensado todavía. Dado que conocía a Caleb, si decidía respaldar la jugada de Murdock, lo más inteligente parecía ser ofrecer sus servicios a DeCoteau. Así podría trabajar desde dentro. En fin, si ese era todavía el plan, entonces era un buen plan, siempre y cuando Caleb no se enterara de que Johnny era hijo de Murdock. Pero si eso ocurría, Johnny era hombre muerto. De modo que, si el plan era detener a Caleb y librar la lucha en nombre de su padre, entonces de momento todo iba bien. Pero, desde los doce años, cuando había cavado un hoyo en la tierra para enterrar a su madre, Johnny tenía otro plan: lograr que Murdock Lancer pagara por lo que les había hecho a ellos dos. Y, francamente, Caleb se lo estaba haciendo pagar mucho más de lo que nunca conseguiría Johnny. El viejo ya no podía soportar aquella situación, estaba al límite, desesperado. De modo que la pregunta esencial era: ¿qué deseaba más Johnny? ¿Dinero o sangre? ¿El rancho de su padre o vengar a su madre? ¿Seguridad o satisfacción?

Pepe se puso detrás de la barra y les tomó el pedido a los dos hombres.

—Dos mezcales —dijo Johnny. Y a continuación preguntó en español—: ¿Hay comida?

—Solo frijoles y tortillas —contestó Pepe.

Johnny se volvió hacia Caleb.

—¿Cómo están los frijoles?

—Los he probado peores.

Johnny se volvió de nuevo hacia Pepe y le dijo también en español:

—Dame un plato de frijoles.

—Un dólar —fue la hostil respuesta de Pepe en inglés.

Johnny miró Caleb y comentó:

—¿Estoy loco, o un dólar por un plato de frijoles es un poco caro?

Mientras aplastaba unas cáscaras de cacahuete sobre la barra con el puño, Caleb justificó la reacción de Pepe:

—Eh, Pepe también tiene derecho a ganarse la vida.

Sacó los cacahuetes del montón de cáscaras machacadas de la barra y se los metió en la boca.

Johnny soltó un resoplido de burla.

—¿Qué pasa, que tus chavales no gastan mucho?

El señor Madrid dejó de golpe una moneda de gran tamaño sobre la barra. Pepe arrastró ruidosamente la moneda hacia sí, la cogió, y luego le hizo una mueca a Johnny y fue por la botella de mezcal. Lo sirvió en dos vasos de arcilla.

—¡Un brindis! —propuso Caleb, levantando el vaso.

Johnny lo secundó.

—Por mi mujer y mis muchas queridas; para que no se conoz-can nunca.

Johnny y Caleb entrechocaron sus vasos de arcilla y se echaron al gaznate el líquido con sabor a fuego. Caleb hizo un gesto en dirección a una mesa marrón solitaria que había hacia el fondo de la cantina.

—Señor Madrid, ¿quiere acompañarme hasta mi mesa, que es donde recibo a mis invitados?

Johnny le hizo una ligera reverencia y contestó afirmativa-mente:

—Estaré encantado, monsieur DeCoteau.

Caleb puso rumbo a la mesa, vociferando por encima del hombro:

—¡Tráete la botella!

Johnny giró sobre sus talones y agarró la botella de mezcal de la barra.

El líder de los «piratas de tierra firme» sacó ruidosamente una silla a rastras de debajo de la mesa y dejó caer el trasero en ella.

—A ver, Johnny, ¿qué te trae a Royo del Oro?

—Ah, ya me conoces, Caleb —dijo mientras servía otro dedo de mezcal para cada uno—. Dinero.

Caleb se bebió de un trago su fuego líquido y preguntó:

—¿Y quién te paga por aquí?

Johnny dio un sorbo de su bebida y dijo:

—Espero que tú.

Dedicándole a su invitado toda su atención, Caleb le hizo la pregunta del millón de pesos:

—¿Y qué te han contado de mí?

—Me han contado lo del rancho Lancer —le dijo Johnny con sinceridad—. Me han contado que te has apropiado de un montón de ganado, de tierras, vacas y dinero a mansalva, y sin autoridades a la vista. Y sin nadie más que un viejo y unos jornaleros mexica-nos para intentar echarte.

Llegó entonces Pepe con un plato enorme de frijoles deshechos y un cucharón de madera y se lo puso delante a Johnny.

Caleb se sirvió más matarratas y preguntó:

—¿Y se puede saber en qué te incumbe a ti eso?

—Me incumbe igual que a Empresario Bob. Quiero un trabajo —dijo Johnny, yendo al grano. Y añadió—: Y, teniendo en cuenta que acaba de quedar una plaza vacante, me gustaría ocuparla.

—¿Haciendo qué? —le preguntó el forajido.

Johnny dio otro trago y, después de una pequeña pausa dramática, dijo:

—Matar a Murdock Lancer.

Aquello hizo que su viejo amigo enarcase las cejas.

Johnny cogió la rodaja de lima que iba con el mezcal y la exprimió con la mano encima de su plato de frijoles.

—Tienes al viejo bastante arrinconado. Pero ese viejo tiene dinero. Y la fortuna de Lancer te supondrá un problema de los gordos, Caleb, muchacho. Porque está más claro que el cielo de la pradera que un día de estos contratará a pistoleros y presentará batalla. Y la cosa no se limitará a que sus muchachos se enfrenten a los tuyos y que ganen los mejores. La consigna entonces será matar a Caleb DeCoteau.

Aquellas palabras hicieron que Caleb esbozara una mueca.

Johnny cogió una jarrita llena de salsa picante y roció con ella los frijoles, mientras seguía hablando:

—Y si te matan, ¿qué? Pues todos estos bandoleros que tienes trabajando para ti se buscarán otra madriguera. Si te matan, la vida volverá a ser igual que antes. Y, cuando eres el puto Murdock Lancer, la vida te trata de cojones. Sí —dijo Johnny, llevándose a la boca los frijoles que tenía en el cucharón de madera—. Para recuperar esa vida, Murdock Lancer pagará un buen pellizco. —Johnny se metió la cuchara en la boca y se puso a masticar.

El forajido lo miró con los ojos entrecerrados y dijo:

—Quizá ya haya pagado ese buen pellizco.

—Quizá —dijo Johnny con la boca llena. Luego tragó y dijo—: Pero quizá a mí no me cae bien Lancer y quizá no me gustan sus botas.

—¿Qué tienen de malo las botas de Murdock Lancer? —quiso saber Caleb.

—El cómo las usa —contestó Johnny.

—¿Y cómo las usa? —preguntó Caleb.

—Para aplastar a la gente —aclaró Johnny. Luego, señalando con el dedo al anfitrión que tenía sentado al otro lado de la mesa, añadió—: En cambio, tú, Caleb, me caes bien. Prefiero trabajar para ti y meterle una pipa por el culo a ese viejo que pelearme contigo para defender las vacas de Murdock Lancer. —Johnny hizo una pausa dramática antes de concluir—: Siempre y cuando puedas pagar mi precio.

Y, nada más decir aquello en voz alta, cayó en la cuenta: «No me he alejado mucho de la verdad».

Caleb sonrió y le preguntó:

—¿Y cuál es tu precio hoy en día, Johnny?

Este se metió en la boca la cuchara de madera llena de frijoles, masticó un poco mientras pensaba y dijo con la boca llena:

—Bueno, creo que hoy valgo más de lo que pagabas a Empresario Bob. —Tragó y le dirigió una sonrisa a Caleb.

Caleb le devolvió la sonrisa y entonces le ordenó:

—Trae tu caballo. Mételo en nuestro establo. —Señaló una de las puertas que había en lo alto de las escaleras—. Esta noche dormirás aquí. Por la mañana asaltaremos el rancho Lancer. A mis mejores hombres les pago en oro de catorce quilates.

—¿Cuánto? —preguntó Johnny.

Caleb indicó con las manos una bolsa de oro de tamaño medio.

—Pues más o menos esto.

Durante todos los años que Johnny llevaba pensando en matar a Murdock Lancer, jamás se había planteado sacar beneficio de ello. Pero ciertamente se lo planteó en ese momento, mientras sonreía y decía:

—Si mato a Murdock Lancer —dijo, e indicó con las manos una bolsa más grande—, quiero esto.

Caleb levantó el vaso de arcilla y lo entrechocó con el de Johnny. Ambos se llevaron el líquido ardiente a los labios y bebieron.

Pero ¿por qué estaba brindando Johnny exactamente? ¿Por haber ejecutado con éxito una operación encubierta que le había permitido infiltrarse entre los enemigos de su padre? ¿O por haberse aliado con un viejo amigo para combatir a un enemigo acérrimo? ¿Qué era más importante para él, su futuro o su pasado? ¿Quién era, Johnny Lancer o Johnny Madrid? Tenía hasta la mañana siguiente para averiguarlo.

19
«Mis amigos me llaman Pussycat»

Cuando Cliff vio que la película de Carroll Baker que ponían en el Eros de Beverly Boulevard estaba clasificada como X, pensó que tenía bastantes números de ver a la actriz follando de verdad. Pero no tuvo tanta suerte… A diferencia de *Soy curiosa (Amarillo)*, donde realmente parece que Lena Nyman folla ante las cámaras, en la película italiana de Carroll Baker solo se trataba de un folleteo de ficción.

Folleteo de película europea, que era más escabroso y violento, pero nadie follaba de verdad en el set.

Lástima.

Pero la trama de misterio estaba bastante bien, y al final tenía un giro fantástico. En general, no era la peor manera de pasar la tarde. Aun así, si hubiera sabido que Carroll Baker no follaba de verdad ante las cámaras, seguramente habría ido a ver *Estación polar cebra* en el Cinerama Dome.

En la 93 KHJ, The Real Don Steele está presentando la nueva canción de Los Bravos (los tipos de «Black Is Black»), «Bring a Little

Lovin'», mientras Cliff baja a toda velocidad por Forrest Lawn Drive, dobla a la derecha por Hollywood Way y coge el carril de giro hacia la izquierda. Se queda sentado cómodamente, esperando a que el semáforo cambie a verde, momento en el cual girará hacia la izquierda para tomar Riverside Drive.

Disfrutando del ímpetu del enérgico tema de Los Bravos, Cliff se dedica a marcar el ritmo de la canción con los dedos contra el volante.

Luego divisa a la chica en la esquina de Riverside Drive con Hollywood Way, plantada delante de una parada de autobús que anuncia las noticias locales del Channel 9 con George Putnam. Está haciendo dedo, igual que cuando la vio delante del teatro Aquarius.

Pero ahora está sola.

«Dios mío –piensa Cliff–, ¿qué posibilidades hay de encontrarse con la misma chica haciendo dedo tres veces en el mismo día y en tres partes distintas de Los Ángeles?» Y se responde a sí mismo: «¿Quién sabe? Con todos los chavales que se dedican a eso hoy en día, quizá no sea tan raro». La verdad es que parece muy improbable. Pero esta vez el pequeño y sensual bombón va en la misma dirección que Cliff. De hecho, en cuanto a él se le encienda la flecha verde, va a girar directamente hacia ella. Llevarla un trecho podría suponer fácilmente disfrutar de una mamada al volante (las que más le gustan a Cliff). O, al menos, una sesión de veinte minutos de besos con lengua. Se incorpora un poco en el asiento del conductor, anticipándose a las posibles consecuencias de llevar a la chica.

Mientras Cliff le da vueltas a esa idea, la hippy morena del bote de pepinillos lo divisa parado ante el semáforo en su Cadillac de color crema.

Nada más verlo, se pone a dar saltos y a agitar frenéticamente las manos. Cliff le devuelve el saludo. Ella extiende el largo brazo rematado por su pequeño puño y hace un gesto con el pulgar estirado que significa: «¿Me llevas?».

Él le devuelve el saludo con el pulgar estirado, que indica: «Te llevo».

En respuesta a su pulgar estirado, la hippy morena suelta un chillido y ejecuta un baile espasmódico en la esquina de la calle. Su baile podría describirse como una combinación de pirueta con saltos de tijera.

«Mira al pequeño saltamontes en su esquina», piensa Cliff. «Saltamontes» es como llama Cliff a las chicas altas, sexis y sensuales que son todo codos y rodillas. Las llama así porque, cuando te rodean con las piernas y los brazos larguiruchos, es como follar con un saltamontes.

Pero a Cliff le resulta sexy la idea de follar con un saltamontes. Así que, para él, es un cumplido.

Luego, sentado en el Coupe de Ville de Rick, esperando a que cambie el semáforo, ve un Buick Skylark azul que viene en sentido contrario por Hollywood Way, gira a la derecha en la esquina de Riverside Drive y se para justo delante de la hippy morena del bote de pepinillos.

Cliff se inclina hacia delante en su asiento y dice en voz alta:

—¿Qué cojones hace ese?

Desde el otro lado del tráfico, ve cómo la chica hippy se agacha para hablar con el conductor por la ventanilla abierta del lado del copiloto.

Después de una breve conversación con el conductor, le dice que sí con la cabeza.

Se incorpora un momento, mira a través del tráfico al tipo rubio del Cadillac de color crema y se mete en el Skylark.

Mientras el coche de la chica de los pepinillos se aleja, a Cliff se le pone verde la luz direccional en forma de flecha. Gira para tomar Riverside Drive y se sitúa detrás del Buick Skylark. The Real Don Steele vuelve a tomar el micrófono para recordarles a los oyentes que «Tina Delgado está viva».

A través de la luna trasera del Skylark, Cliff puede ver claramente tanto el contorno del conductor como el de la pasajera. El conductor también parece ser un hippy, pelirrojo, con el pelo largo, crespo y rizado. Quizá sea el gracioso ese que interpreta a Bernie en *Aula 222*. Ve cómo ambas siluetas melenudas departen animadamente. El greñudo pelirrojo del Skylark dice algo y la chica de los pepinillos responde riendo y dándose una palmada en la rodilla desnuda.

«Vale, ahora ya solo lo está haciendo para tocarme los cojones» se dice Cliff.

Da un giro brusco de volante hacia la izquierda, y el Cadillac sale de golpe de Riverside Drive por Forman y se mete en un aparcamiento vacío que hay en la acera de delante de la enorme tienda de moquetas beis. Cliff le da la vuelta a la llave del contacto para apagar el motor y a The Real Don Steele; sale del Cadillac y cruza a pie el tráfico de Riverside Drive. Pasa de largo de la brasería Money Tree y se aleja por la acera en dirección a la tienda de discos de Toluca Lake, Hot Waxx.

En cuanto abre la puerta de la tienda de discos, le asalta los oídos el pegadizo éxito de los Monkees, «The Last Train to Clarksville». El lugar huele como la mayoría de los establecimientos dedicados a los jóvenes de hoy en día: una especie de combinación de incienso con olor a sobaco. Hay cuatro clientes más, ninguno mayor de veinticinco años, explorando el inventario de la tienda.

Un tipo negro con un *dashiki* está echándole un vistazo al álbum epónimo de Richie Havens.

Una chica que se parece a la cantante gordita hippie esa, Melanie, que le gusta a Cliff, tiene abrazado el *Bookends* de Simon and Garfunkel.

Un joven con pinta de ser hijo de algún compañero de Cliff en el ejército está rebuscando en la sección de bandas sonoras de películas.

El cuarto cliente tiene unos rizos encrespados como los del tipo del Buick Skylark, y parece un cruce entre Jesucristo y Arlo Guthrie. Está enzarzado en plena discusión sobre el futuro de la carrera de Ringo Starr sin los Beatles con el tipo de veintidós años flaco y de cara plana que trabaja en la tienda.

Desde que la oyó por primera vez por la radio hace tres semanas, Cliff no ha podido quitarse de la cabeza la canción de Tom Jones, «Delilah». Le gustaría centrarse en la parte de la canción que cuenta la historia, pero lo único que recuerda es el estribillo. Y nunca acierta a entender del todo la historia cuando la oye por la radio. Como es natural, Cliff siente debilidad por las canciones sobre tipos que matan a sus mujeres.

Se acerca al mostrador y le pregunta a Cara Plana dónde tienen los cartuchos de ocho pistas.

—La llave la tiene Susan —dice Cara Plana—. Tienes que hablar con ella para que te abra la vitrina.

Al parecer, las tiendas consideran tan valiosos los cartuchos de ocho pistas que sienten la necesidad de guardarlos bajo llave. No puedes simplemente rebuscar entre ellos, elegir el que quieras y llevártelo hasta el mostrador. Necesitas que una empleada te abra la vitrina con una llave y luego se quede allí de pie vigilándote, mientras echas un vistazo al estante y haces tu selección. Y luego sigue vigilándote mientras te diriges al mostrador y haces tu puta compra. Vale, es cierto que resulta más fácil meterte en el bolsillo interior de la chaqueta el cartucho de ocho pistas del *Rubber Soul* que el LP. Aun así, parece que estén vendiendo diamantes. Además, es un poco raro dar por sentado que todos tus clientes son unos ladrones.

Antes de que Cliff pueda preguntar dónde está Susan, Cara Plana señala a una rubia con pinta de adicta a la playa, vestida con chaleco vaquero Levi's de botones y vaqueros blancos ajustados con un parche de una viñeta de Robert Crumb en el bolsillo del trasero. La rubia en cuestión está poniendo al día el tablón de anuncios cuando Cliff se le acerca y le pregunta:

–¿Eres Susan?

La chica se vuelve para mirarlo y le dirige al instante la sonrisa que Cara Plana ha tenido que esperar seis meses para recibir. Ambos tienen el cabello tan rubio que, cuando sus cabezas se acercan entre sí, Cliff y Susan parecen dos soles distintos de galaxias diferentes orbitando el uno en torno al otro. La chica le confirma a su correligionario rubio que, en efecto, es Susan.

–¿Puedes abrirme la vitrina de los ocho pistas?

A ella se le escapa una mueca involuntaria que le indica a Cliff que los cartuchos de ocho pistas le parecen un coñazo, aunque él no cree que los propietarios de la tienda de discos le paguen para poner al día el tablón de anuncios.

Con su voz monótona, que parece ser característica de esa clase de rubia sexy atlética californiana playera, Susan le dice:

–Eeeh… sí, claro. Déjame ir por la llave. –Señala el sitio donde está la vitrina de los ocho pistas–. Espérame donde los ocho pistas.

Cliff mira cómo el culo enfundado en vaqueros blancos ajustados de la rubia desaparece al otro lado de una cortina de cuentas para ir por la llave, que, teniendo en cuenta que solo hay una, y que ella está a su cargo, debería estar en su bolsillo, y no en un cajón de un almacén situado al otro lado de una cortina de cuentas.

Mientras camina hasta la vitrina en cuestión, percibe la animosidad que provoca en Cara Plana. Si se lo preguntara, Cliff le diría a Cara Plana que seguramente tuvo alguna posibilidad con Susan hace unos cuatro o cinco meses. Pero, si no le ha entrado todavía, seguramente ella ya debe de considerarlo completamente asexual, da igual cuántas pizzas y cervezas se tomen juntos después del trabajo. Y, en opinión de Cliff, lo mejor que puede hacer ahora es concentrarse en ir por clientas que estén buenas.

Cliff examina la selección de cartuchos de ocho pistas a través del cristal cerrado con llave, buscando el «Delilah» de Tom Jones entre todos los demás nombres: Steppenwolf, The Fifth Dimension, Ian Whitcomb, Crosby, Stills and Nash, la banda sonora del musical *Hair*, la banda sonora de *Zorba el Griego*, el *Alice's Restaurant*, de Arlo Guthrie, el disco en solitario de Mama Cass, dos discos de Bill Cosby, un dúo de humoristas llamados Hudson and Landry, de quienes Cliff nunca ha oído hablar.

La adicta a la playa vuelve y abre la cerradura de la vitrina, deslizando el panel con un tirón ruidoso. Cliff se agacha para estudiar mejor los títulos. Siente que Susan lo está vigilando con la mano apoyada en la cadera ladeada. Cliff encuentra lo que está buscando y saca el *Greatest Hits* de Tom Jones. Susan suelta una leve risa, pero audible, y se tapa la boca sonriente con la mano.

Cliff enarca las cejas.

—¿Qué? ¿Resulta gracioso que escoja a Tom Jones?

Ella asiente con la cabeza de cabellos dorados como diciendo: «Sí, un poco».

Cliff sale de la tienda de discos (todavía un poco cabreado con Susan) y enfila la acera, llevando en la mano una bolsita de color burdeos con el logo de Hot Waxx. Pone rumbo a la esquina de Riverside Drive y Forman para cruzar la calle y meterse de nuevo en su vehículo. Y es entonces cuando vuelve a divisarla a través del tráfico. La greñuda morena del bote de pepinillos, con sus vaqueros cortados, los pies descalzos y el top de tirantes de croché, de pie junto a su Cadillac de color crema, con pinta de estar esperando a que él regrese. Cuando lo ve plantado en la esquina, listo para cruzar la calle y volver hacia su coche, la hippy se levanta de un salto y agita los brazos frenéticamente para llamar su atención. Cuando el semáforo se pone en verde, Cliff cruza la calle concurrida en dirección tanto a su coche como a la hippy morena, greñuda y descalza del bote de pepinillos, y entonces se da cuenta de una cosa: la chica es más joven de lo que parecía a través de su parabrisas sucio, pero no está seguro de cuánto más joven. Así que intentará averiguarlo mientras conversan.

Apoyada en su Cadillac, la hippy morena, greñuda y descalza del bote de pepinillos le dice:

—Parece que a la tercera va la vencida.

—Yo cuento que la tercera ha sido cuando estabas en Riverside Drive con Hollywood Way —declara el rubio de la camisa hawaiana amarilla—. Y ciertamente no ha sido la vencida.

—Uy, qué tiquismiquis —le dice en un tono provocador la hippy morena, greñuda y descalza del bote de pepinillos—. Muy bien, señor Quisquilloso, como tú quieras. —Y, en un tono muy pausado y solemne, añade—: A la cuarta va la vencida.

«¿Cuántos putos años tendrá?», piensa Cliff.

—¿Qué tal estaban los pepinillos? —pregunta él.

—Buenísimos —dice la hippy morena, greñuda y descalza del bote de pepinillos—. Eran de los caros.

Cliff enarca las cejas como diciendo: «Enhorabuena».

—¿Me llevas? —le suplica con su voz de gatita, y se muerde el labio inferior de forma teatral.

—¿Qué le ha pasado a Bernie? —le pregunta él.

—¿A quién?

—Al tipo del Buick Skylark —dice él.

La chica suspira.

—Parece que no iba en mi dirección.

—¿Y cuál es tu dirección? —le pregunta Cliff.

Está claro que es menor de edad, ha deducido Cliff, pero ¿cómo de menor? No tiene ni catorce ni quince años. Así pues, la pregunta es: ¿tiene dieciséis o diecisiete? O quizá dieciocho, quién sabe. En ese caso, tendría oficialmente la edad legal, al menos por lo que respecta al Departamento del Sheriff del Condado de Los Ángeles.

—Voy a Chatsworth —dice ella.

Cliff suelta una risilla involuntaria.

—¿A Chatsworth?

Con su lenguaje corporal de marioneta, ella asiente con la cabeza.

Con una sonrisilla, Cliff le pregunta:

—O sea, ¿que te dedicas a hacer dedo todo el día por Riverside Drive hasta que aparece alguien a quien le sobra tanto tiempo y tanta gasolina para que acepte llevarte hasta el puto Chatsworth?

Ella hace un gesto desdeñoso en respuesta a la reacción incrédula de él.

—Se ve que no tienes ni idea. A los turistas les encanta llevarme. Soy lo que más les gusta de sus vacaciones en Los Ángeles…

Mientras habla gesticulando con las manos, él se fija en lo grandes que las tiene. «Dios mío, pero qué dedos tan largos tiene —piensa—. Estaría de puta madre que me agarrara la polla bien fuerte con ese pulgar gigante apretándome el capullo.»

—… luego se dedicarán a contar la historia de la chica hippy a la que…

Mientras ella continúa cotorreando, él echa un vistazo a los pies. «Joder, qué grandes los tiene también.»

—… llevaron con el coche hasta el rancho de las películas durante el resto de sus vidas.

Un momento.

Otro momento.

Y otro.

Y otro.

—¿Al rancho Spahn? —le pregunta por fin Cliff.

A Debra Jo se le ilumina la cara.

—¡Sí!

Cliff deja de apoyarse en el pie derecho para apoyarse en el izquierdo y se pasa inconscientemente la bolsita burdeos de Hot Waxx que contiene el cartucho de ocho pistas de la mano izquierda a la derecha mientras intenta aclarar la situación:

—¿Es ahí a donde vas, al rancho Spahn?

La cabeza melenuda de la chica vuelve a asentir con movimientos de marioneta y con el acompañamiento de un «ajá».

Con curiosidad genuina, Cliff le pregunta:

–¿Y por qué quieres ir allí?

–Es donde vivo –contesta ella.

–¿Tú sola? –le pregunta él.

–No –le asegura ella–. Con mis amigos.

«¿Qué?», piensa él. Al principio, cuando le ha dicho que iba al rancho Spahn, Cliff simplemente ha dado por sentado que era la nieta hippy de George Spahn, o su cuidadora hippy. Pero cuando los hippies dicen «amigos», siempre quieren decir «otros hippies».

–Entonces –puntualiza él–, a ver si lo he entendido. ¿Tú y una panda de amigos como tú vivís todos en el rancho Spahn?

–Sí.

El doble de acción le da vueltas a esta información y por fin le abre la portezuela del coche.

–Entra, te llevo.

–¡Genial! –grita ella, y se encoge para meterse en el asiento del copiloto.

Cliff cierra la portezuela detrás de ella. Mientras da la vuelta hasta el lado del conductor del Cadillac, reflexiona sobre la información que acaba de darle la hippy morena, greñuda y descalza del bote de pepinillos. Si lo que dice es cierto, parece que está pasando algo extraño en el rancho Spahn. En última instancia, Cliff está seguro de que no será nada. Aun así, George Spahn es un anciano y no está de más ir a ver cómo le va. El único inconveniente es conducir hasta Chatsworth. Pero esta tarde tampoco tiene nada mejor que hacer. ¿Por qué no visitar a un viejo amigo? Entretanto, su intención es seguir flirteando con Codos y Rodillas y quizá averiguar algo más sobre esos «amigos» y de dónde han llegado.

Pronto están bajando a toda pastilla por Riverside Drive. En la radio, The Real Don Steele está anunciando entre chistes la crema bronceadora Tanya. Debra Jo, que tiene mucha experiencia en eso de que la lleven, se pone de inmediato a dar indicaciones para llegar al rancho Spahn:

—Lo mejor es meterte por la Hollywood Freeway…

—Sé dónde está —la interrumpe Cliff.

Ella reclina la cabeza greñuda en el reposacabezas del asiento y mira con curiosidad al tipo rubio de la camisa hawaiana.

—¿Qué eres, un viejo vaquero que hacía películas en el rancho?

—¡Uau! —exclama Cliff, con un entusiasmo que coge a Debra Jo por sorpresa.

—¿Qué? —pregunta ella.

Él le contesta mientras maniobra con el Cadillac por entre el tráfico:

—Me ha sorprendido lo acertada que es esa descripción que has hecho de mí. Un viejo vaquero que hacía películas en el rancho Spahn.

Debra Jo ríe.

—O sea, ¿que hacías westerns en el rancho?

Cliff asiente con la cabeza.

—¿En los viejos tiempos? —añade ella.

—Bueno, si con «los viejos tiempos» te refieres a la televisión de hace ocho años, entonces sí —dice él.

Debra Jo apoya los pies enormes y sucios sobre el salpicadero del Cadillac; pega las plantas mugrientas al cristal liso y frío del parabrisas y le pregunta:

—¿Eras actor?

—No —le dice él—. Soy doble de acción.

—¿Doble de acción? —repite ella en un tono emocionado—. ¡Mucho mejor!

—¿De verdad? —pregunta él—. ¿Y por qué es «mucho mejor»?

—Los actores son unos falsos —dice ella con aire de autoridad—. Solo saben repetir diálogos que les ha escrito otra gente. Fingen que asesinan a gente en sus estúpidas series de televisión, y, mientras tanto, todos los días muere gente asesinada de verdad en Vietnam.

«En fin, es una forma de verlo», piensa Cliff.

–En cambio, los dobles de acción… –prosigue ella– sois distintos. Os tiráis desde los putos edificios. Os pegáis fuego. Aceptáis el miedo. –Y recurre a la filosofía que ha aprendido de Charlie–. Uno solo se conquista a sí mismo a base de aceptar el miedo. Si conquistas el miedo, te haces a ti mismo inconquistable –dice con una sonrisa satisfecha en su bonita cara.

«¿Y eso qué coño quiere decir?», piensa Cliff, pero permanece callado mientras enfila el acceso a la Hollywood Freeway en dirección norte.

De los altavoces sale la nueva canción de los Box Tops, «Sweet Cream Ladies, Forward March», que emite el programa Big 93 de la KHJ.

Después de adentrarse con éxito en el tráfico de la autopista, Cliff decide preguntarle a la chica:

–¿Cómo te llamas?

–Mis amigos me llaman Pussycat.

–¿Cómo te llamas de verdad?

–¿No quieres ser mi amigo?

–Claro que quiero ser tu amigo.

–Pues ya te lo he dicho, mis amigos me llaman Pussycat.

–Muy bien. Encantado de conocerte, Pussycat.

–*Aloha*. ¿Sabías que *aloha* significa tanto «hola» como «adiós»?

–Pues sí que lo sabía.

Ella le toca el hombro de la camisa amarilla y le dice:

–¿Eres hawaiano?

–No.

–¿Y tú cómo te llamas, don Rubio?

–Cliff.

–¿Cliff?

–Sí.

–¿Clifford o Cliff a secas?

–Cliff a secas.

—¿Clifton?

—Cliff a secas.

—¿No te gusta Clifton?

—Ese no es mi nombre.

Ella baja las piernas del salpicadero y coge la bolsita de color burdeos de Hot Waxx del asiento delantero.

—¿Qué te has comprado?

—Eh, espera un momento, señorita maleducada —protesta Cliff—. Pregunta primero.

Ella mete la manaza en la bolsita, saca el cartucho de ocho pistas del *Greatest Hits* de Tom Jones y se echa a reír.

A diferencia de cómo reaccionó a la sonrisilla de Susan, ahora Cliff sonríe ante las burlas de Pussycat.

—Eh, vete a la mierda, puta hippy estirada. Me gusta la canción «Delilah». ¿Tienes algún problema?

Sosteniendo en alto el cartucho de ocho pistas con la foto de Tom Jones, Debra Jo pregunta con sarcasmo:

—¿Qué pasó, que se les habían acabado todos los de Engelbert Humperdinck?

Cliff se inclina hacia ella.

—Pues también me gusta, listilla.

Ella agita las manazas que tiene al final de los largos brazos con un gesto que significa: «Vale, ningún problema».

—Eh, Mark Twain dijo que, si la gente no tuviera opiniones distintas, no existirían las carreras de caballos.

—¿Eso dijo Mark Twain? —pregunta Cliff.

Ella se encoge de hombros.

—O algo parecido.

Y estira con los largos dedos el celofán que envuelve el ocho pistas hasta arrancarlo. Quita los bordes de cartón en los que viene encajado el grueso cartucho de plástico, luego extiende el brazo y cambia la radio del equipo de música por el reproductor de cartuchos.

Los Box Tops se callan de golpe.

Mientras Cliff la observa con un ojo y mantiene el otro fijo en la Hollywood Freeway, Pussycat introduce el cartucho de ocho pistas en el reproductor del coche. Tras un fuerte sonido metálico, durante un largo momento solo se oye el susurro de la cinta que sale de los altavoces del coche. A continuación retruena en estéreo el rimbombante «What's New Pussycat» de Tom Jones.

–Vale –admite Pussycat–. Esta canción sí me gusta.

Estira de nuevo el brazo y gira el botón para subir el volumen y se pone a mover los hombros al ritmo de la música y a hacer un bailecito sexy para Cliff desde el asiento del copiloto del Cadillac de Rick. Levanta las piernas desnudas del suelo del coche y las dobla debajo del trasero. Luego, poniéndose de rodillas, se desabrocha el botón metálico de los Levi's cortados.

Cliff, que todavía no ha dicho palabra, enarca las cejas.

«Caramba, quizá esto bien valga la gasolina que cuesta ir a Chatsworth.»

En respuesta a la reacción de él, la morena enarca también sus cejas castañas y tupidas y se baja la bragueta de los vaqueros cortados. Luego se los baja por el culo y por las piernas hasta quedárselos en la mano y dejando al descubierto unas braguitas sucias de color rosa con estampado de cerezas diminutas. Hace girar los Levi's súper cortos con la punta del dedo, al ritmo del piano estilo Calíope de «What's New Pussycat», y por fin los tira al suelo del coche.

Mientras menea el culo de lado a lado al compás de la voz de Tom, Pussycat se mete el pulgar por debajo del elástico de las bragas de color rosa con cerezas y se las baja lentamente por las piernas hasta quitárselas del todo. Luego reclina la espalda contra la portezuela del copiloto y abre las piernas, mostrando al conductor la masa montañosa de vello púbico oscuro que tiene ahí. El pelo de su entrepierna es igual de frondoso y greñudo que el de su cabeza.

–¿Te gusta lo que ves, Cliff? –le pregunta.

–Ya lo creo –dice con sinceridad Cliff.

Ella se tumba boca arriba sobre el asiento del copiloto del Coupe de Ville de Rick, con la cabeza de greñas castañas apoyada en la portezuela. Levanta la pierna izquierda y apoya el talón en el reposacabezas del conductor; luego levanta la pierna derecha y encaja el otro pie entre el salpicadero y el parabrisas del lado de Cliff, exhibiéndose abierta de piernas ante el conductor entusiasmado.

Luego, al compás de la canción de Tom Jones sobre una gatita, se lame dos dedos y empieza a frotárselos contra el clítoris.

Cliff sigue conduciendo por la Hollywood Freeway, con un ojo en la carretera y el otro en el coño oscuro y peludo de Pussycat.

La chica cierra los párpados y dice con voz afectada por la excitación:

—Méteme los dedos.

—¿Qué edad tienes? —le pregunta Cliff.

A Pussycat se le abren de golpe los párpados.

Hace tanto tiempo que a nadie le importa su edad que ni siquiera está segura de haberlo oído bien.

—¿Qué?

—¿Qué edad tienes? —repite Cliff.

Ella suelta una risa incrédula y dice:

—Uau, colega, hacía mucho tiempo que nadie me preguntaba eso.

—¿Y cuál es la respuesta? —insiste él.

Ella se apoya en los codos, pero mantiene las piernas del todo abiertas, mientras le dice con sarcasmo:

—Muy bien, ¿vamos a jugar a juegos infantiles? Pues dieciocho. ¿Te quedas tranquilo?

—¿Llevas identificación? —le pregunta Cliff—. Ya sabes, el permiso de conducir o algo así.

—¿Estás de broma? —le suelta ella con expresión sorprendida.

—Pues no —le asegura él—. Necesito ver algún documento oficial que confirme que tienes dieciocho años. Y que no existe, porque no los tienes.

Al oír eso, Pussycat cierra las piernas y se incorpora hasta sentarse, negando incrédula con la cabeza greñuda.

—Un coñazo aguafiestas, colega, eso es lo que eres.

Todavía sin pantalones, vuelve a estirar las largas piernas para plantar los pies enormes en el salpicadero y se coloca las manos detrás de la cabeza, completamente tumbada.

—Es obvio que no soy demasiado joven para follarte a ti, pero tú sí que eres demasiado viejo para follarme a mí.

Cliff lo ve desde una perspectiva distinta e intenta explicársela a Pussycat.

—Lo que soy es demasiado viejo para ir a la cárcel por un polvo. La cárcel lleva toda mi vida intentando pillarme, pero todavía no me ha cogido. Y, el día que me coja, no será por ti. Sin ánimo de ofender.

Ya descartada toda posibilidad de que Cliff la folle con los dedos, Pussycat vuelve a ponerse los pantalones y los dos se dedican a charlar durante el resto del trayecto a Chatsworth. En ningún momento Cliff le revela a su pasajera que conoce personalmente a George Spahn y tampoco la verdadera intención por la que la lleva en el coche.

Cliff intenta sonsacarle más información sobre esos «amigos» suyos que viven en el rancho de George.

Y ella está encantada de hablar largo y tendido de ellos, sobre todo de uno llamado Charlie, a quien seguro que Cliff le caerá bien.

—Te imagino cayéndole muy bien a Charlie. —Esas son sus palabras exactas.

Al principio, a Cliff le interesa más esa panda de chicas veinteañeras que creen en el amor libre y lo practican. Pero cuanto más le habla Pussycat del tal Charlie, y cuanto más le cuenta sobre sus enseñanzas, a Cliff le suena más a chulo de putas que a un gurú de la paz y del amor.

En efecto, parece que el tal Charlie se ha agenciado el manual del chulo de putas y lo ha reescrito ingeniosamente para una generación de chavalas cabreadas con sus padres. Mientras ve cómo Pussycat regurgita con total seriedad las patrañas del tipo ese, Cliff intenta imaginarse de dónde proviene. Si en los años cincuenta hubiera llevado adelante sus planes de probar el oficio de chulo de putas, jamás se habría acercado a una chica guapa y obviamente culta como esta. Pero el rollo hippy ha puesto el puñetero mundo patas arriba. Ahora esta chica acaba de ofrecerle su coño a cambio de llevarla con el coche a Chatsworth.

Las mismas chicas que antaño, como mucho, te hacían una paja en el autocine ahora se te follan a ti y a tu amigo.

Y, mientras que aquellos tipos franceses proveen a sus chicas de champán, pintalabios, medias y Max Factor, el tal Charlie les ofrece a las suyas ácido, amor libre y una filosofía que hace que todo encaje.

«Parece un tipo bastante brillante –piensa Cliff–. Tengo ganas de conocer al tal Charlie.»

–¿Y cómo lo conociste? –pregunta Cliff.

–¿A Charlie?

–Sí, a Charlie.

–Lo conocí cuando tenía catorce años –le cuenta Pussycat–. Yo vivía en Los Gatos, California, cuando mi padre lo recogió un día con el coche.

–Un momento –pregunta Cliff, sorprendido–. ¿Conociste a Charlie a través de tu padre?

–Sí –dice Pussycat–. Mi padre lo recogió con el coche un día en que estaba haciendo autostop y se lo trajo a casa a cenar.

»Y cenamos –prosigue–, y entonces nos sentimos atraídos el uno por el otro, así que después de que todo el mundo se fuera a dormir nos escabullimos juntos de la casa. Follamos en el asiento de atrás del coche de mi padre y nos largamos en él.

«Uau –piensa Cliff–. Vaya huevos tiene ese cabrón... Le roba a un tipo el coche y al bombón de su hija de catorce años... No se conforma con tirársela en plena noche, no. Eso ya sería bastante malo. Pero encima le roba el coche y se escapa con ella. Por menos que eso, hay padres que han sacado la escopeta y se han cargado a un tipo a tiros. Ese sí que es un asesinato que te sale gratis, colega. Ningún poli va a arrestarte y ningún jurado va a encerrarte por algo así.»

—¿Y qué pasó? —le pregunta Cliff a Pussycat.

—Pues que lo pasamos bien durante dos días en la carretera. Pero luego Charlie me dijo que yo debía volver a casa, que seguramente mis padres habrían avisado a la policía y que estarían buscándome. Y que si seguíamos alejándonos cruzaríamos la frontera estatal, y él no podía hacerlo en un coche robado.

«Ese cabrón sabe lo que hace», piensa Cliff.

La chica de Los Gatos sigue contando su historia al doble de acción de Hollywood:

—Pero Charlie me dijo que, si quería estar con él, lo que debía hacer era volver a casa, a la escuela, a mi habitación, y volver a ver la tele con mi familia. Y luego… casarme con el primer capullo al que conociera. Porque, en cuanto me casara con algún capullo, podría emanciparme de mis padres.

»Así que me casé con un memo y me puse en contacto con Charlie para decirle que ya estaba emancipada. Él contactó conmigo y me dijo dónde podía reunirme con él. Entonces me separé del atontado aquel y me reuní con Charlie.

Cliff nunca ha sentido mucha compasión por los tíos que se dejan embaucar por las mujeres, pero incluso a él le da lástima ese pobre pardillo que se casó con semejante pieza.

—¿Y luego qué? —pregunta Cliff.

—Luego —le explica Pussycat—, una vida que consistía en el mero hecho de existir se transformó en una vida con un objetivo.

Y, llegado este punto, a Debra Jo se le pone esa mirada vidriosa que se les pone a todas las chicas de Charlie si les dejas soltar su cháchara durante el rato suficiente.

—O sea, ¿que todo esto pasó porque tu padre recogió a un auto-stopista? —confirma Cliff.

Ella suelta su risa espasmódica y escandalosa.

—¡Supongo! Nunca lo había pensado, pero sí, supongo que sí.

—¿Y qué le parece a tu padre todo esto? —pregunta Cliff con curiosidad.

—Pues es una historia graciosa. Mi madre dejó a mi padre por eso precisamente.

«¿Y eso es gracioso?», piensa Cliff.

—Y mi padre intentó volarle la cabeza a Charlie con una escopeta.

«Ya era hora, joder», piensa Cliff.

—Y sospecho que no lo consiguió —aventura Cliff.

La reina de la risa floja niega con la cabeza.

—Lo que pasó —le explica Pussycat— es que Charlie es amor. Y al amor no puedes matarlo con una escopeta.

—¿Y eso en cristiano qué significa? —pregunta Cliff.

—Significa que Charlie convirtió el odio de mi padre en amor —continúa explicando Pussycat—. Charlie le dijo a mi padre que estaba listo para morir, y que, si había llegado su día, pues adelante. Entonces mi padre se calmó. Y esa misma noche Charlie terminó activando a mi padre. Luego hizo que una de las chicas, Sadie o Katie, no estoy segura de cuál porque yo no estaba, le chupara la polla. Y, cuando se despidieron a la mañana siguiente, lo hicieron como amigos.

—¿Activó a tu padre? —pregunta Cliff—. ¿Eso qué significa?

—Que tomaron ácido.

—¿Tu padre tomó ácido con el hombre que le había arruinado la vida?

—Mi padre tomó ácido con el hombre que le había enseñado cuánto puede molar la vida —dice ella—. Más adelante, mi padre le preguntó a Charlie si podía unirse a «la familia».

—¡Joder, tienes que estar de broma! —exclama Cliff.

Pussycat dice con la cabeza que no, que no está de broma. Y puntualiza:

—Pero a Charlie le pareció demasiado raro. «Hostias» dijo. «No podemos dejar que se una a nosotros, es el puto padre de Pussycat.» Así que mi padre no es miembro de «la familia», pero sí es amigo.

Después de oír la descabellada historia de Pussycat, Cliff no puede evitar tenerle cierto respeto al tal Charlie. O sea, una cosa es manipular a una panda de chavalas hippies fugitivas. Seguramente Cliff podría hacerlo. En cambio, los padres iracundos armados con escopetas nunca se le han dado demasiado bien.

De modo que Cliff dice, a modo de conclusión:

—Muy bien, a ver si lo he entendido. Un tipo recoge a un hippy que está haciendo autostop. Se lleva al hippy a cenar a su casa con su mujer y su hija de catorce años. El hippy se tira a la chavala de catorce años y se fuga con ella en el coche del tipo, el mismo coche con el que el tipo lo recogió. Y, por culpa del hippy, la hija se casa a los quince años y después se escapa con el hippy. Luego, al tipo lo deja su mujer por todo el caos que ha causado al recoger con el coche al hippy. El tipo persigue al hippy con una escopeta, pero, en vez de volarle la cabeza, termina tomando ácido y de fiesta con el hippy. Y, más tarde, le pide al hippy si puede ser uno de sus discípulos.

Pussycat asiente con la cabeza.

—Te lo estoy diciendo, Cliff, Charlie es un tío genial. Te caerá bien, y sé que tú le caerás de puta madre.

Cliff centra toda su atención en la carretera y dice:

—Bueno, debo admitir que siento bastante curiosidad por conocer al tal Charlie.

20
«Un Hamlet sexy y malvado»

Rick Dalton está repasando los diálogos de la escena siguiente con la ayuda de su grabadora de cintas magnéticas cuando oye que llaman a la puerta de la caravana. Pulsa el botón de pausa del aparato y las bobinas de la cinta se detienen a media rotación.

–¿Sí? –le dice a la puerta.

–Hola, señor Dalton. –Es el segundo-segundo ayudante de dirección–. Si ya está listo, a Sam le gustaría hablar con usted en el set.

–Ahora mismo salgo –responde Rick.

Echa un vistazo a su caravana. «Oh, mierda, voy a tener que limpiar este sitio antes de irme –piensa–. Y voy a tener que inventarme una buena excusa para explicar por qué está rota la ventana.» La razón por la que la ventana está rota es que, tras rodar la última escena, Rick ha entrado en la caravana tan furioso consigo mismo que ha lanzado su sombrero de vaquero al otro lado de la habitación con tanta fuerza que ha reventado el cristal. Y la razón de esa furia es que ha pasado un momento vergonzoso en el plató porque no ha parado de cagarla con sus diálogos. Es algo muy habitual que los actores se olviden de los diálogos. Pero a Rick le causa una gran angustia por la imagen que da. La noche anterior se pasó tres horas trabajando duro para aprenderse sus líneas; tenía muchos diálogos que memorizar para el rodaje de hoy. Los verdaderos profesionales siempre se saben sus líneas, y él es un profesional.

Pero los profesionales no suelen beberse ocho whiskies sour hasta quedarse fritos, al punto de no recordar cómo llegaron hasta la cama. Cierto, algunos profesionales de la interpretación sí lo hacen, pero a lo largo de los años han aprendido a manejar la situación. Y, además, esos actores (Richard Burton y Richard Harris) son borrachos profesionales, y Rick, por ahora, no es más que un aficionado.

En la generación anterior a esta, en la que el consumo de drogas y marihuana es habitual entre los miembros del Sindicato de Actores, el alcohol era la mayor adicción. Muchos profesionales de aquella generación empezaron a beber por las mismas razones por las que sus hijos más adelante consumirían drogas. Al principio, se lo tomaban como una simple forma de evasión, hasta que el hábito se descontrolaba. Algunos, en cambio, empezaron a consumir alcohol con intenciones honestas.

Seguro que sabéis que muchos actores protagonistas de los años cincuenta sirvieron en la Segunda Guerra Mundial. Y otros muchos hombres que se hicieron actores a finales de los cincuenta y principios de los sesenta sirvieron en Corea. Y muchos de aquellos hombres presenciaron atrocidades durante la guerra que jamás podrán olvidar. Y, como los de su generación entendían esto último, en gran medida se toleraba su alcoholismo.

Tanto al héroe de la Segunda Guerra Mundial Neville Brand como al clásico actor bélico de esa misma guerra Lee Marvin, se les permitía estar borrachos en el plató sin que la aseguradora cancelara la producción. A medida que envejecía, Marvin parecía cada vez más atormentado por los fantasmas de los soldados a los que había matado en el campo de batalla. Durante el clímax de su western de 1974 *Tres forajidos y un pistolero*, cuando el personaje de Marvin debía disparar a su joven compañero de reparto Gary Grimes (el chaval de *Verano del 42*), al parecer el aspecto o la edad de Grimes o ambas cosas le recordaron a Marvin a un joven soldado al que había matado durante la guerra. El aguerrido ganador de un Oscar se sentó en su caravana y se puso completamente ciego, a fin de reunir el valor necesario para enfrentarse a lo que había hecho y a lo que ahora tenía que interpretar. Y el resultado fue el que fue. El resto de *Tres forajidos y un pistolero* es un western setentero correcto. Entretenido, pero no lo bastante memorable para recordarlo, salvo por el violento tiroteo final y la expresión salvaje de la cara de tótem indio de Marvin.

En los contratos que se le hacían a George C. Scott como actor protagonista de una película, aparecía una cláusula que especificaba que podían perderse tres días de producción debido al alcoholismo del actor.

Antes de convertirse prácticamente en vagabundo en los años setenta, las productoras toleraban incluso los excesos alcohólicos de Aldo Ray.

Pero la actitud de Rick Dalton no tiene esas mismas justificaciones. Su adicción a la bebida se debe a una triple combinación de desprecio a sí mismo, autocompasión y aburrimiento.

Rick agarra el sombrero de Caleb, se pone la chaqueta marrón de cuero sin curtir con flecos y sale de la caravana, asegurándose de que el segundo-segundo ayudante de dirección no pueda apreciar el estado en el que ha dejado la caravana. Mientras el equipo de rodaje va y viene ajetreado y los cascos de los caballos traquetean sobre las calles de tierra, Rick se deja llevar por la calle principal del plató del pueblo del oeste de Royo del Oro, de vuelta a la base de operaciones de Caleb DeCoteau, la cantina del Gilded Lily. Cuando entra por las puertas batientes, Rick ve al equipo colocando la cámara en un lado del plató. Sam Wanamaker está solo frente a la lente de la cámara de 35 milímetros, junto a una bonita silla de caoba de respaldo alto. El director lo llama con un gesto de la mano.

—Eh, Rick, ven un momento, quiero enseñarte una cosa.

—Claro, Sam —dice Rick, y se dirige con paso ligero hacia el señor Wanamaker.

Sam se pone detrás de la recia silla de madera, coloca las manos en el respaldo y dice:

—Rick, esta es la silla en la que te sentarás para exigir el pago del rescate de Mirabella.

—Vaya, genial, Sam —asiente Rick con acento sureño—. Esa silla queda de puta madre.

—Pero no quiero que la veas como una silla —lo corrige Sam.

—¿No quieres que la vea como una silla? —repite Rick, perplejo.

—No, no quiero —insiste Sam.

—¿Cómo quieres que la vea entonces? —pregunta Rick.

—Quiero que la veas como un trono. ¡El trono de Dinamarca! —concluye.

Como no ha leído *Hamlet*, Rick no tiene ni idea de que Hamlet era danés, así que no entiende la referencia al «trono de Dinamarca».

Y, en un tono más bien incrédulo, repite:

—¡El trono de Dinamarca!

—Y tú eres un Hamlet sexy y malvado —dice Sam con un gesto teatral.

«Joder, otra vez con ese puto coñazo de Hamlet», piensa Rick.

Pero, en vez de expresarlo en voz alta, se limita a repetir las palabras de Sam:

—Un Hamlet sexy y malvado.

Sam lo señala con un dedo índice firme y dice:

—E-xac-to —suena a como si hubiera dicho «¡Eureka!». Y continúa con su propia interpretación shakespeariana—: Y la pequeña Mirabella es tu Ofelia en miniatura.

Rick no sabe quién es Ofelia, pero da por sentado que es un personaje de *Hamlet*, así que se limita a asentir con la cabeza, mientras Sam continúa urdiendo su subtexto hamletiano:

—Caleb y Hamlet. Los dos tienen el control. Tienen el poder.

—Tienen el poder —repite Rick.

—Los dos locos —dice Sam.

—¿Los dos locos? —se sorprende Rick.

Sam asiente con la cabeza.

—En el caso de Hamlet, por culpa del asesinato de su padre a manos de su tío. —Y, a modo de aparte, añade—: Que también se está follando a su madre.

—Vaya, no lo sabía —murmura Rick por lo bajo.

—Y, en el caso de Caleb, debido a la sífilis —explica Sam.

—¿La sífilis? —dice Rick, sorprendido—. ¿Tengo sífilis? ¿Y además estoy loco?

Sam asiente con la cabeza para responder afirmativamente a ambas preguntas.

—Mira, Sam —le recuerda Rick—, ya te he dicho que no he leído mucho a Shakespeare.

Sam hace un gesto desdeñoso con la mano.

—Eso no importa —asegura—. Tú lo que tienes que hacer es conquistar el trono.

—¿Conquistar el trono? —repite Rick.

—Tienes que gobernar Dinamarca —declara Sam.

«Entonces Hamlet debe de ser danés», piensa Rick.

Y Sam concluye su analogía con el príncipe de Dinamarca:

—Y vas a gobernarla con violencia, con crueldad, vas a gobernarla como un De Sade vaquero, pero ¡vas a gobernarla!

«¿De Sade? ¿Y ese quién es? —se pregunta Rick—. ¿Otro personaje de Hamlet?»

Sam sigue en su papel de director de cine que da discursos motivacionales:

—Para los hombres de la familia Lancer, Mirabella es lo más preciado que hay en el mundo.

—Es una niña muy guapa —interviene Rick.

—Es la pureza personificada —replica Sam—. Y esos tipos duros, que han tenido unas vidas tan duras, la adoran. Y ahora ha ocurrido lo peor que podía pasarles. ¡Tú, un granuja sin escrúpulos, les has robado la joya más valiosa que poseen! Y tienes que hacerles entender sin asomo de duda que estás dispuesto a matarla así de fácil. —Sam chasquea los dedos, y Rick los chasquea también a modo de respuesta—. A menos que hagan lo que les pides. ¿Entendido? —le pregunta el director.

—¡Entendido! —contesta el actor.

Luego, con un último gesto teatral, Sam señala la silla de madera.

—Caleb, ocupa el trono de Dinamarca.

Rick pasa junto a su director y se deja caer en la silla. Una vez sentado, agarra los brazos de la silla, pone la espalda recta y hace lo posible para imitar la postura de un rey en su trono.

A Sam se le ilumina la cara mientras declara ante todo el plató y el equipo:

—¡Contemplad al príncipe Hamlet!

Rick no entiende tres cuartas partes de lo que le ha dicho Sam, pero aprecia su entusiasmo. Y parece que el director ha olvidado ya que poco antes Rick la ha cagado con sus líneas de diálogo. Sam se aleja para hablar con su equipo mientras Rick se queda sentado en el trono, repasando mentalmente sus diálogos y tratando de verse a sí mismo como el príncipe de Dinamarca.

En ese momento, entra en el salón la actriz de ocho años que interpreta a Mirabella, comiéndose un bagel de cebolla untado de queso cremoso blanco y esponjoso, que le mancha toda la cara cada vez que da un bocado.

—¿No me dijiste que no comías en el set? —le pregunta Rick.

—Te dije que no almorzaba si tengo una escena después del almuerzo, porque me deja abotargada —lo corrige—. Pero hacia las tres o las cuatro tengo que comer algo o me quedo sin energía.

—Pues hasta que no termines de comerte esa monstruosidad y te limpies los dedos no te sentarás encima de mí —le advierte—. No quiero que me dejes la peluca pringada de ese mejunje blanco.

—Lo que te pasa es que estás celoso porque ahora no puedes comer —replica ella para chincharlo.

—¡No me digas! —exclama él—. No he podido comer nada en todo el maldito día con esta mierda de bigotes de León Cobarde que me tapa toda la cara. El pollo que he comido antes durante la escena estaba cubierto de pelos.

Eso le arranca una risita a la niña.

—Pero tengo que reconocerlo —continúa él—: el no almorzar, sobre todo cuando tienes una escena después en la que debes comer, ha sido una buena decisión.

—¿Ves? Te lo dije.

El primer ayudante de dirección, Norman, se acerca a los dos actores y le indica a Mirabella que se siente sobre el regazo de Rick. La niña abandona el bagel y se embarca en la escena. Llegan maquillaje y peluquería, y empiezan a manipular y a retocar a ambos actores, preparándolos para la toma. Después de que las artes de la vanidad terminen de acicalarlos y se larguen, los dos actores esperan a que Sam acabe de hablar y les dé la indicación para empezar a rodar. Pero hay un problema con la luz demasiado fuerte del sol que entra por el enorme ventanal de la cantina. De modo que el director pospone la escena, mientras uno de los operadores de maquinaria pega con cinta adhesiva una pantalla de espuma sobre la ventana para atenuar la luminosidad del sol de la tarde.

Sentada sobre el regazo de Rick, a la espera de interpretar su primera escena juntos, la niña le pregunta a su compañero:

—Caleb… ¿puedo hacerte una pregunta?

—Adelante –dice él.

—Si Murdock Lancer no paga el rescate, o si pasa algo con el dinero –le dice ella–, ¿de verdad me matarás?

—Pero él sí paga el rescate –explica Rick, impasible.

—Ay, caray –exclama ella en un tono exasperado y poniendo los ojos en blanco–. No estoy hablando con Rick, que se ha leído el guion. Estoy hablando con Caleb, que aún no sabe qué va a pasar. Así pues, te lo repito, Caleb: si Murdock Lancer no paga el rescate, ¿me matarás?

—Por supuesto –contesta él de inmediato.

Ella se queda un poco sorprendida de que Rick haya contestado tan convencido.

—¿En serio? ¿Tan seguro estás? ¿Sin dudarlo ni planteártelo siquiera?

—Sin dudarlo en absoluto –contesta él–. Es lo que hago cuando interpreto a villanos: tienen que ser malos de verdad, sin medias tintas. Como cuando hice esa mierda de serie de *Tarzán* con Ron Ely. La serie es una mierda, sí, pero el tipo al que yo interpretaba era un verdadero cabrón. Yo hacía de furtivo. ¿Sabes qué es un furtivo? –le pregunta a la niña.

Ella niega con la cabeza.

—Es un tipo que mata animales salvajes sin licencia –le explica–. Así que entro en la serie con un lanzallamas, incendiando la selva para que los animales salgan en estampida y se dirijan al lugar donde yo pueda matarlos. Como he dicho, la serie no vale una mierda, pero me moló interpretar a aquel cabronazo. Y lo mismo me pasa aquí; me dejo llevar por la crueldad de Caleb. Creo que es la mejor decisión.

Ella lo escucha mientras asiente con la cabeza. Y, cuando él ha terminado, la niña le da su propia interpretación.

—Bueno, entiendo lo que dices, naturalmente. O sea, eres el villano de la serie, así que tu personaje tiene intereses narrativos que no tiene el mío. Pero dejando de lado la etiqueta de «villano» –prosigue, poniendo la palabra «villano» entre comillas invisibles–, aun así, eres un personaje, y a los personajes puede afectarles una amplia gama de sentimientos que les hagan hacer cosas impropias de ellos.

«Es un razonamiento interesante», piensa Rick, e inclina un poco el torso hacia ella para indicarle que le está prestando toda su atención.

Ella le pone un ejemplo de lo que tiene en mente.

—O sea, por tu forma de hablar en la escena central que rodamos mañana, da la impresión de que te caigo bien. Pero en esta no. –Y se apresura a aclarar–: En esta escena todavía no me conoces. Solo soy la hija de Murdock Lancer. Pero, en nuestra gran escena final, parece que ya nos conocemos mejor.

—Bueno, sí –explica él–. Porque nos hemos pasado un par de días y noches cabalgando juntos hacia México.

—Pues justo lo que yo decía –insiste la niña–. Y parece que… ¿te caigo bien?

—Eso parece –admite él.

Trudi clava la mirada en Rick y, en ese mismo instante, resuena un clic audible en el aire. Puede que solo haya sido uno de los extras de la banda de «piratas de tierra firme» jugando con el percutor de su pistola, pero el momento es perfecto.

—¿Y qué te gusta de mí? –le pregunta ella.

Rick se exaspera por tener que pensar tanto y le dice:

—Oh, no lo sé, Tru…

Ella lo interrumpe antes de que él pueda pronunciar su nombre real:

—¡Mirabella! –exclama.

Él se corrige y repite, arrepentido:

—Oh, no lo sé, Mirabella.

—No, eso es desentenderte del asunto, hombre. Sí que lo sabes. Si le caigo bien a Caleb, él sabe por qué. –Y le explica–: Y tú también deberías saber por qué.

—Le gusta… —dice Rick.

—Te gusta —lo interrumpe ella.

Él pone los ojos en blanco, pero cumple con las reglas del juego tal como ella ha decidido que deben jugarlo:

—Me gusta el hecho de que no tenga que tratarte como a una niña.

—Oh, buena respuesta. —Ella da unas palmadas a modo de miniaplauso—. Me gusta.

Él sonríe con suficiencia.

—Ya me lo imagino.

Señalando con el dedo para recalcar sus palabras, ella dice:

—Así pues, volviendo a mi pregunta inicial: ¿estás decidido a matarme, pero en realidad no quieres hacerlo?

—No —admite él.

—¿No qué? —insiste ella.

Rick se rinde y le dice lo que ella quiere oír, en tono pausado:

—No, no quiero matarte…

Y ella replica al instante:

—Pero ¿estás decidido a hacerlo?

—Estoy decidido —dice él, convencido.

Ella espera un momento y pregunta con las cejas enarcadas:

—¿Seguro?

Su pregunta hace parpadear a Rick.

—Pues sí… bastante seguro.

A ella se le ilumina la cara.

—Ah, ahora solo estás bastante seguro, o sea, ¿que quizá no?

—Quizá —confiesa.

Luego, con voz baja como si quisiera contarle un secreto, la niña añade:

—¿Quieres saber qué creo yo?

Con solo un deje de tonillo mordaz, él dice:

—Bueno, sé que estás deseando decírmelo. Así que, ¿por qué no lo haces ya?

La niña sigue hablando con esa voz baja propia de los secretos, pero dejándose llevar por el ímpetu de lo que está tramando.

—Pues creo que tú piensas que podrías matarme. Y les dices a los demás piratas que eres capaz de hacerlo, y también te lo dices a ti mismo. Pero, a la hora de la verdad, si tuvieras que hacer lo que has dicho, es decir, matarme… no podrías.

—Muy bien, listilla —dice él—. ¿Por qué no?

—Pues mira —responde ella—, porque te das cuenta de que te has enamorado de mí. Y me coges en brazos y me llevas hasta tu caballo. Y cabalgamos a pleno galope, estilo Pony Express, hasta el predicador más cercano. Y, a punta de pistola, le obligas a que nos case.

Eso le arranca una sonrisa a Rick, pero de burla.

—¿Ah, sí? ¿Eso hago? —dice en un tono escéptico.

—Pues sí —asegura ella.

—No voy a casarme contigo —dice él desdeñoso.

—¿Quién no se casará conmigo, tú o Caleb? —puntualiza ella.

—Ninguno de los dos se casará contigo —le dice él.

—¿Por qué no? —pregunta ella.

—Ya sabes por qué, porque eres demasiado pequeña —dice Rick.

—Bueno, hoy en día, sí soy demasiado pequeña. Pero estamos hablando de los tiempos del Salvaje Oeste. Por entonces la gente se casaba muy a menudo con niñas —le explica acertadamente—. Por entonces, casarse con una niña de trece era algo normal.

—Tú no tienes trece años, tienes ocho —le aclara él.

—¿Y eso significa algo para Caleb DeCoteau? —le pregunta ella con incredulidad. Y le recuerda—: Hace cinco minutos estabas diciendo que ibas a matar así. —Y chasquea los dedos para recalcar la palabra «así»—. Le has dicho a Scott que me tirarías a un puto pozo. Entonces ¿a Caleb DeCoteau no le importa matar a una niña de ocho años, pero casarse conmigo ya es pasarse?

Rick no sabe qué decir. Ella se da cuenta y sonríe con suficiencia.

—Creo que no has pensado bien en esto —señala la niña.

—Claro que no lo he pensado bien —replica él, a la defensiva—. Todo esto no es más que una idea propia de una cabeza de chorlito.

—No es propia de una cabeza de chorlito. Puede que sea provocadora —admite—, pero no de una cabeza de chorlito.

Rick se exaspera y le dice lo incómodo que lo está poniendo esta conversación:

—Trudi, me está incomodando…

Pero ella lo interrumpe:

—¡Ay, caray, Rick, si no vamos a hacerlo! Es un simple experimento mental respecto al personaje. En el Actors Studio siempre lo hacen. Y el guion es el guion, y nosotros debemos seguirlo. En el guion, Lancer paga el rescate. Así que nunca tendrás que tomar esa decisión. En el guion Johnny te mata, así que no pasará nada de todo esto. Pero en el Actors Studio formulan esta pregunta: ¿y si el guion fuera diferente? ¿Qué haría entonces tu personaje? ¿Qué decisión tomaría? Se trata simplemente de saber en realidad quién es tu personaje sin un texto que te diga qué debes hacer.

—Bueno, es que quizá, solo quizá, no quiera casarme —replica él.

—Ah, pero mira. —Le hace un gesto con la mano—. Eso es una elección personal. —E indaga un poco más—: Entonces, el problema no es mi edad. Y tampoco que no me quieras…

—Yo nunca he dicho que te quiera —la interrumpe él.

Ella descarta por completo esta última afirmación.

—No seas ridículo, claro que me quieres. Así pues, no se trata de tu edad ni de que no me quieras. Se trata simplemente de que Caleb no es un hombre de los que se casan, ¿verdad?

Él se encoge de hombros.

—Supongo, sí.

—¿Así que vamos a vivir juntos sin estar casados?

—Yo no he dicho eso.

—Pues eso sería lo lógico —dice ella en un tono racional—. Si estamos juntos, estamos enamorados y no estamos casados, entonces estamos viviendo juntos, pero sin estar casados. Puedo hacerlo. –Pero matiza–: Durante una temporada corta. Pero en algún momento te obligaré a casarte conmigo.

–¿Me obligarás? –repite él, escéptico.

–Sí –asegura ella–. Esa sería una parte muy importante de nuestra dinámica como pareja.

–¿Qué sería una parte muy importante? –pregunta él.

–El hecho de que tú eres el jefe y diriges la banda –explica ella–. Y tus hombres hacen lo que les ordenas sin cuestionarte. Sin embargo, cuando estamos solos, ¡la que manda soy yo! Y haces todo lo que yo te diga.

«No puedo creerme lo que está diciendo esta enana», piensa Rick.

–Ah, ¿conque sí?

–Pues sí.

–¿Y por qué debería hacer todo lo que tú digas?

–Debido a un poder que tengo sobre ti. Si no tuviera ese poder, ya me habrías tirado al pozo, como has dicho que harías. Pero no pasa nada, porque a ti te gusta el poder que tengo sobre ti. A ver, soy la jefa, pero soy una buena jefa, y nunca usaría mi poder para hacerte daño, porque te quiero. No tanto como tú a mí, pero aun así te quiero.

–Muy bien –pregunta él–, pero y, si no, ¿qué pasaría?

–¿Cómo que qué pasaría?

–¿Si no hago todo lo que dices? –señala él, desafiando su teoría.

–Debes recordar –le dice ella– que yo nunca revelaría el poder que tengo sobre ti delante de la banda, ni delante de nadie. De cara al mundo, aquí mandas tú.

–Vale, ya lo entiendo –le dice él–. Pero has dicho que yo haría todo lo que me pidieras, ¿verdad?

–Sí –afirma ella–. Como un perro. Te doy órdenes, y tú tienes que obedecer.

–¿En serio? –dice él con una sonrisilla–. ¿Y qué pasaría si no lo hiciera?

—Pero siempre obedecerías —recalca ella.

—¿Quién es la esclava del texto ahora? —replica él—. ¿No querías jugar al «qué pasaría si»? ¿Qué pasaría si no te obedeciera?

—Bueno… —Ella piensa un momento—. Tiene cierta lógica que no me obedecieras unas cuantas veces al principio. Pero entonces tendría que castigarte.

—¿Castigarme? —pregunta él.

Ella asiente con la cabeza y concluye:

—Y, cuando hubiera terminado de castigarte, entonces harías todo lo que te pidiera.

Y, en ese momento, mientras Rick está pensando en una respuesta, Sam Wanamaker grita a sus actores:

—¡Acción!

Y Caleb y Mirabella interpretan la escena.

21
La señora de la casa

Entre las chicas del rancho Spahn, Squeaky disfruta de una posición envidiable. Dentro de «la familia», las mujeres del rancho tienen una ciudadanía de segunda clase; se las considera ciertamente inferiores a los hombres. Pero Charlie les ha dejado bien claro que también son inferiores a los perros que viven en el rancho. Siempre que una mujer de «la familia» quiere comer un cuenco de comida, antes debe ofrecérselo a un perro. Casi ninguna de ellas ocupa una posición de autoridad (y la que menos, Mary Brunner, la primer miembro y madre del hijo de Charlie, Pooh Bear).

Digo «casi» porque sí hay dos mujeres que ocupan un lugar especial en la jerarquía de «la familia». Una es Gypsy, que, con treinta y cuatro años, es con diferencia la mujer de más edad de todas ellas. El puesto que ocupa Gypsy sería algo parecido al de un oficial a cargo del reclutamiento. Cada vez que una joven o un joven es atraído al rancho, la primera parada es presentarles a Gypsy.

Pero es la menuda Squeaky quien ostenta lo más parecido a una posición de autoridad dentro de la estructura social de «la familia». La razón por la que todos ellos se han alojado en el rancho Spahn es el trato que Charlie hizo con el dueño de la propiedad, George Spahn. Y es responsabilidad de Squeaky cuidar de George.

Este, de ochenta años, alquiló durante décadas su rancho, con su calle principal construida como pueblo del Oeste para rodajes, a Hollywood para rodar películas y series de televisión. En sus tiempos, el Llanero Solitario, El Zorro y Jake Cahill cabalgaron por la calle principal del rancho Spahn. Pero, últimamente, Hollywood se ha trasladado a otros sitios, y el antiguo set de rodaje ha quedado abandonado y se ha ido deteriorando. Aún se usa de vez en cuando para sesiones fotográficas para revistas y portadas de discos (una de las portadas de un disco de James Gang se hizo allí). El rancho todavía tiene caballos, y ofrecen paseos tipo «sigue al líder» para familias por los cañones de Santa Susana.

Pero ahora las únicas películas que se ruedan en el rancho son películas guarras con temática del Oeste o películas *exploitation* de serie Z de Al Adamson. Además, George Spahn se ha quedado casi ciego. Después de que la industria lo olvidase, el viejo ha encontrado compañía en «la familia» de Charlie Manson. Se pasa la mayor parte del tiempo en su casita, que está sobre una colina que domina el plató de las películas del Oeste. La casa está abarrotada de recuerdos de antiguos westerns que George ya no puede ver y que muestran el rancho en su apogeo: pósteres enmarcados de películas antiguas del Oeste que se rodaron en el rancho de George y fotos descoloridas por la luz directa del sol de actores de antaño que trabajaron en rodajes en el rancho; una colección de sillas de montar del Oeste y hasta un par de estatuas esculpidas por George Montgomery, una de un vaquero y otra de un indio.

Y quien gobierna la casa entera y a George es Squeaky. Y, en cuanto al cuidado de George, Squeaky ha demostrado ser tan hábil como valiosa.

Esto le ha otorgado cierta autonomía dentro de la dinámica de «la familia», una dinámica con la que las otras mujeres del grupo solo pueden soñar. Para empezar, no sale de la casa. Y eso la ha posicionado como «señora de la casa»; una posición que ni siquiera George puede cuestionar. Y, aunque el rancho sea de George, en algún momento se convirtió en la casa de Squeaky. Por el contrario, las otras chicas deben realizar todo tipo de trabajos en el rancho y buscar comida en los contenedores. Squeaky únicamente tiene que cocinar para George, vestirlo, cuidar de la casa y hacerle compañía. Las otras chicas comen basura rancia, pan seco, verduras asquerosas, fruta que otros ya han tocado y que está podrida, y a veces se ven obligadas a chupársela a empleados de supermercado o a follárselos a cambio del privilegio de hurgar en sus basuras. Squeaky cocina y come comida de verdad que George compra. Vale, tiene que echar un polvo con él cada cierto tiempo y hacerle pajas de vez en cuando. Pero no le importa mucho. Además, prefiere tontear con George que follarse a esos moteros guarros que rondan por el rancho. Pero, además, como George tiene puesta todo el día la emisora de música country, Squeaky es el único miembro de «la familia» que está algo conectada con el exterior. Aparte de poder comer comida de verdad que sale directamente de una nevera y no de un contenedor de basura, lo más envidiable de la posición que ocupa Squeaky, cómodamente instalada en la casa con George, es poder ver la televisión.

Charlie no deja que sus criaturas vean la televisión. Cuando estas eran pequeñas, sus padres les prohibían o les limitaban el uso de la televisión, diciéndoles que les pudriría el cerebro. Charlie, sin embargo, les dice que les robará el alma.

Lo cierto es que la única manera en que Charlie puede tener controlados a esos chavales es controlando su entorno y su realidad. A Charlie no le preocupa que vean series de la tele. El atractivo de *Los nuevos ricos*, *Gomer Pyle*, *Superagente 86* o *La isla de Gilligan* no cuestionan su autoridad. Son los anuncios (el verdadero opio de las masas) lo que preocupa a Charlie. La seducción persistente de la fruta prohibida, de la que en el pasado disfrutaron, pero a la que ahora han renunciado. No necesita que esas películas en miniatura, creadas por los genios de Madison Avenue y producidas con el único objetivo de cautivar a la gente, les recuerden a sus chavales la vida que han dejado atrás. En una hipotética confrontación directa con aquellos padres y madres de los que esos chavales desconfiaban y a quienes guardaban un gran resentimiento, Charlie saldría sin duda victorioso. En una confrontación directa con el sistema que despreciaban, Charlie saldría victorioso. En una confrontación directa con una filosofía contraria a la de Charlie, este saldría victorioso. Pero, en una confrontación directa con el recuerdo de los placeres de las chocolatinas Tootsie Rolls, los cereales Froot Loops, las barritas Clark, la zarzaparrilla Hires, el pollo del Kentucky Fried Chicken, el pintalabios Revlon, el maquillaje CoverGirl y las vitaminas masticables Flintstones, en algún momento Charlie acabaría perdiendo.

Pero Squeaky puede ver toda la televisión que quiera.

Aunque puede que inicialmente fuera la oferta de sexo con Squeaky lo que selló el trato con George Spahn, en la práctica son los cuidados de la chica lo que asegura la posición de «la familia» en el rancho: el hecho de que Squeaky le haga compañía al viejo, de que lo vista, lo lleve de paseo, le cocine, vea la tele con él y le cuente al viejo ciego lo que están haciendo los Cartwright cuando ven *Bonanza*.

Pero hoy Charlie y unos cuantos de los chavales están en Santa Barbara. Así pues, como suele decirse, cuando el gato no está, los ratones juegan.

Así que Squeaky ha invitado a algunos a la casa para ver la tele. Como es sábado por la tarde, están viendo la tarde de rock de Dick Clark en la ABC. Primero *American Bandstand*, presentado por Dick, y luego el programa *It's Happening*, producido por Dick Clark y presentado por Paul Revere and the Raiders. Los invitados de hoy son Canned Heat.

Como corresponde a su posición en la casa, la pecosa Squeaky está sentada en la cómoda butaca abatible de George, abatida del todo en ese momento, con sus pálidas y fantasmales piernas desnudas emergiendo de unos Levi's cortados y estiradas hacia delante, mirando la televisión por entre los pies descalzos y sucios. Los otros cinco miembros de «la familia», pasándose un porro entre ellos, están repanchingados por el sofá y el suelo.

La sintonía televisiva de *It's Happening*, interpretada por Paul Revere and the Raiders, suena por los pequeños altavoces del televisor, y aparece la carátula del programa. Esta consiste en imágenes en blanco y negro de Paul Revere y del cantante solista Mark Lindsay en buggies que saltan y brincan temerariamente sobre unas dunas (tan temerariamente que Mark Lindsay casi se mató filmando esa carátula).

Mientras todos siguen el ritmo de la canción con los pies y menean las cabezas, Squeaky oye a lo lejos un coche que se acerca a la entrada del rancho. La chica menuda se incorpora a medias al instante y sus pies descalzos tocan el suelo.

—Eso es un coche —dice en voz alta. Coge el voluminoso mando a distancia, pulsa dos veces el botón del volumen y escucha con atención. Oye el ruido lejano de un motor y de unos neumáticos sobre la tierra—. Es un coche que no conozco —señala. La joven suelta una orden en un tono marcial—: Snake, ve a ver quién hay ahí fuera.

«Snake», la más joven de las chicas de «la familia», se deja caer pesadamente del sofá, luego sale de la sala de estar y atraviesa la cocina para asomarse por la puerta mosquitera. La chica mira a través de la tela sucia y busca con la vista el automóvil. La casa de George está apostada sobre una colina en un extremo del rancho. Desde su atalaya, Snake puede ver toda la propiedad. Contempla lo que queda del antiguo plató de westerns y después el arranque de la calle principal, donde la gente aparca los coches. Y es ahí donde ve el enorme Cadillac de época de color amarillo crema.

–¿Ves algo? –le grita Squeaky desde la sala de estar.

–¡Sí –contesta ella también a gritos–, un Coupe de Ville amarillo chulísimo! Hay un viejales con camisa hawaiana que acaba de traer a Pussycat –informa Snake a Squeaky.

–¿Solo la ha dejado aquí? –se oye desde la otra sala.

–No –la informa Snake–. Ella lo está trayendo al rancho para que conozca a todos. Acaba de salir Gypsy a darles la bienvenida.

Squeaky vuelve a reclinarse en su butaca y pulsa el botón del mando a distancia cuadrado de plástico, subiendo otra vez el volumen de la tele.

–Quédate al lado de la puerta y avísame si ves que viene hasta aquí.

Snake mira cómo Pussycat y el tipo hawaiano hablan con Gypsy, mientras otras integrantes femeninas del grupo se van uniendo poco a poco al grupo. Desde la perspectiva de Snake, el ambiente parece sociable, y de vez en cuando puede oír risas y risillas. Hasta «Tex» Watson se acerca montado a caballo y en compañía de Lulu, habla un momento con el tipo hawaiano y se aleja.

–¿Qué está pasando? –quiere saber Squeaky.

–El hawaiano parece legal –informa Snake–. Todo el mundo está hablando de buen rollo. Hasta Tex se ha acercado a ver qué pasaba con el tipo y luego se ha marchado a caballo con Lulu.

–Sigue mirando –ordena Squeaky–. Si viene hasta aquí, dímelo.

Luego, unos diez minutos después de que Tex y Lulu se alejen, Snake divisa un cambio de dinámica en la actitud de las chicas de «la familia» y el extraño hombre mayor de la camisa hawaiana. Parece que ya no hay risas ni risitas. Y el lenguaje corporal relajado y a lo hippy de las chicas de «la familia» no es el mismo. Permanecen quietas, rígidas y a la defensiva. Luego Snake ve que el tipo hawaiano mira hacia la casa e incluso la señala con el dedo.

–Pasa algo –informa Snake–. Las chicas están actuando de una manera extraña y el tipo hawaiano está señalando la casa.

–Me cago en la puta, lo sabía –dice Squeaky.

Clem, el chaval de dientes mellados de «la familia», le pregunta a Squeaky:

–¿Quieres que me encargue yo de él?

Squeaky le dedica a Clem una sonrisa maternal y le dice:

–Todavía no, cielo. Yo me encargo.

–Oh, mierda –exclama Snake.

Aunque ya sabe la respuesta, Squeaky pregunta:

–¿Qué?

–El viejo hawaiano viene para aquí –comenta Snake con alarma.

Squeaky endereza la butaca abatible, se levanta de su trono y entra en la cocina para ver lo que está viendo Snake desde la puerta mosquitera. Y entonces ve al tipo de la camisa hawaiana caminando él solo hacia las escaleras que llevan a la puerta por la que ellos están mirando.

Squeaky se muerde el labio y se pregunta: «¿Quién coño es ese tipo?».

Y les dice a los demás:

–Vale, gente, fuera de aquí cagando leches. Yo me encargo de este capullo.

Mientras Squeaky espera de pie junto a la puerta mosquitera, los demás salen desfilando de la casa y bajan las escaleras en fila india, pasando junto al desconocido de la camisa hawaiana.

Todos lo miran con mala cara. En cuanto ha salido de la casa el último miembro de «la familia», Squeaky vuelve a meter el gancho de la puerta mosquitera en su aro metálico.

El tipo hawaiano sube las escaleras hasta plantarse al otro lado de la puerta mosquitera mugrienta, directamente delante de Squeaky.

–¿Así que tú eres la mamá oso? –dice él en un tono afable.

Squeaky se plantea decirle «Aloha» sarcásticamente, pero decide no provocarlo. Así que opta por decirle en un tono tan seco y cortante como el crujido de una rama que se parte:

–¿Puedo ayudarte?

El tipo hawaiano se mete las manos en los bolsillos de atrás y dice con una voz que intenta sonar simpática:

–Espero que sí. Soy un viejo amigo de George. Se me ha ocurrido pasar a saludarlo.

Usando los dos faros que tiene en la cara, Squeaky aplica sobre el intruso hawaiano todo el efecto de su mirada fija de ojos como platos que no parpadean.

–Vaya, pues qué amable. Por desgracia, has elegido un mal momento. Ahora mismo George está durmiendo una siesta.

El hawaiano se quita las gafas de sol y dice:

–Vaya, qué mala suerte.

–¿Cómo te llamas?

–Cliff Booth.

–¿De qué conoces a George?

–Soy doble de acción. Solía rodar *Ley y recompensa* aquí.

–¿Eso qué es?

La respuesta le arranca una risita al tipo hawaiano.

–Es una serie del Oeste que rodábamos aquí –explica.

–No me digas –exclama Squeaky.

–Te lo digo. –Señala con el pulgar hacia el pueblo del Oeste que tiene a la espalda–. Creo que me han descabalgado a tiros en cada palmo de esa calle, y que me he caído sobre pacas de heno desde los tejados de todos los edificios. Y seguramente he atravesado de cabeza el ventanal del Rock City Café demasiadas veces.

–¿En serio? Qué fascinante. –Y desafía al intruso con una expresión en los ojos que no parpadean y que nada tiene que envidiar a la mirada característica de Ralph Meeker cuando este rodaba sus escenas.

—No lo digo para jactarme ni nada —le asegura el tipo hawaiano—. Solo para que sepas que conozco el sitio.

Con la misma conducta autoritaria y carente de emociones que un policía de carreteras, Squeaky pregunta al tipo hawaiano:

—¿Cuándo fue la última vez que viste a George?

Eso deja cortado al intruso, que se ve obligado a pensar un momento.

—Oh, a ver, eh… yo diría que… Hace unos ocho años.

Por fin a Squeaky se le cuela una sonrisa entre las comisuras de la boca.

—Uy, lo siento, no sabía que erais tan íntimos.

Al tipo hawaiano le gustan las réplicas sarcásticas, así que suelta una risita.

—Bueno, cuando se despierte —le informa ella—, le diré que has pasado a verlo.

El tipo hawaiano mira al suelo, se pone de nuevo las gafas de sol con un gesto teatral, levanta la cabeza y mira la cara pecosa a través de la puerta mosquitera.

—Pero es que me gustaría saludarlo un momento ahora que estoy aquí. Vengo de lejos y la verdad es que no sé cuándo volveré a pasar.

Fingiendo lástima, Squeaky dice:

—Oh, si lo entiendo. Pero me temo que es imposible.

—Imposible —repite Cliff con incredulidad—. ¿Y por qué es imposible?

Squeaky lo suelta todo sin respirar:

—Porque a George y a mí nos gusta ver la tele el sábado por la noche: *El show de Jackie Gleason, El show de Lawrence Welk* y *Johnny Cash*. Pero a George le cuesta aguantar despierto hasta tan tarde. Así que le obligo a dormir una siesta para que luego podamos ver la tele juntos.

El tipo hawaiano sonríe, vuelve a quitarse las gafas de sol y dice a través de la puerta mosquitera:

—Mira, pecosa, voy a entrar. Y voy a echarle un buen vistazo a George con mis propios ojos. Y esto —da unos golpecitos a la mosquitera justo delante de la cara de Squeaky— no me va a detener.

A través de la puerta mosquitera sucia de la cocina, Squeaky y el tipo hawaiano libran un duelo de miradas, hasta que de pronto Squeaky parpadea una sola vez con determinación.

—Como quieras.

Quita de un golpe ruidoso el gancho de la puerta mosquitera, le da la espalda al tipo hawaiano, entra en la sala de estar y se deja caer bruscamente en la butaca, la abate del todo, coge el mando y sube el volumen del televisor.

Centra su atención en el pequeño aparato en blanco y negro que George tiene encima de su Zenith rota estilo armarito. En ese momento, Paul Revere and the Raiders están dando saltitos en la pantalla, interpretando su tema «Mr. Sun/Mr. Moon».

A Squeaky se le da bastante bien convencer a George para que la obedezca. Pero, cuando se trata de convencer a un viejo ciego y tacaño para que suelte el dinero que cuesta un televisor en color, parece que los poderes de persuasión de Squeaky tienen sus límites.

Ella oye chirriar las bisagras oxidadas de la puerta mosquitera cuando el tipo hawaiano la abre y entra. No vuelve la cabeza hacia él, pero lo oye entrar en la sala de estar.

—¿Dónde está su dormitorio? —pregunta el tipo.

Usando el pie descalzo, ella señala hacia el pasillo.

—La puerta al final del pasillo —grita—. Vas a tener que zarandearlo para que se despierte. Esta mañana lo he matado a polvos. —Luego se vuelve hacia el intruso hawaiano y dice con una sonrisita—: Puede que esté cansado.

El tipo hawaiano no le dirige la expresión escandalizada que ella esperaba; de hecho, su rostro permanece inalterable. Simplemente pasa de largo y se adentra en el pasillo. Justo antes de que desaparezca de su vista, ella le dice:

—Ah, señor Hace Ocho Años, George está ciego. Seguramente tendrás que decirle quién eres.

Eso detiene un momento al tipo hawaiano, pero enseguida sigue adentrándose en el pasillo hasta desaparecer de la vista de ella.

En el pequeño televisor, los Raiders terminan su canción y Mark Lindsay le dice a la gente que está en el país de la tele que no se pierda los «mensajes molones que vienen ahora», seguido de un anuncio de la serie de televisión de la ABC *FBI*. Squeaky oye que el doble de acción hawaiano llama suavemente a la puerta del dormitorio de George y le pregunta:

—George, ¿estás despierto?

Squeaky grita desde la butaca:

—¡Claro que no está despierto, te lo he dicho, joder! ¡Y tampoco oirá esos golpecitos de niña! ¡Si estás decidido a despertarlo, abre la puerta, entra y zarandéalo, coño!

Ella oye que se abre la puerta del dormitorio del viejo. Agarra el ladrillo del mando a distancia y hace clic dos veces para bajar el volumen de la voz de Efrem Zimbalist Junior haciendo de narrador del anuncio de *FBI*.

Luego oye que el hawaiano zarandea a George y lo llama por su nombre, después, cómo el viejo se despierta confundido y con un sobresalto.

—¡Un momento! ¿Qué está pasando? ¿Tú quién eres? ¿Y qué quieres?

Squeaky oye al tipo hawaiano explicándole a George:

—No pasa nada, George, tranquilo. Perdona que te moleste. Soy Cliff Booth. He pasado a saludarte y ver cómo te va.

—¿Quién? —pregunta George, confuso.

El tipo hawaiano sigue con su explicación:

—Bueno, yo rodaba *Ley y recompensa* aquí. Era el doble de acción de Rick Dalton.

—¿De quién? —grazna George.

—De Rick Dalton —repite el tipo hawaiano.

George murmura algo que Squeaky no acierta a oír desde la sala. Luego oye que el tipo hawaiano repite el nombre con más énfasis:

—Rick… Dalton.

—¿Quién es ese? —pregunta George.

—Era la estrella de *Ley y recompensa* —le dice el tipo hawaiano.

Nuevamente confuso, George le pregunta.

—¿Tú quién eres?

—Era el doble de acción de Rick —contesta el tipo hawaiano.

Squeaky ríe cuando oye decir a George:

—¿Qué Rick?

—No importa, George —oye que le dice el tipo hawaiano a George en la otra sala—. Soy un viejo colega del pasado y solo quería asegurarme de que estabas bien.

—Pues no estoy bien —le informa George.

—¿Qué pasa? —le pregunta el tipo hawaiano.

—¡Que no veo una puta mierda! —responde George, y eso hace reír otra vez a Squeaky.

El tipo hawaiano dice algo que ella no puede oír, luego George dice algo que tampoco acierta a oír y el tipo hawaiano dice algo que ella no entiende, pero sí que capta la palabra «pelirrojita».

A Squeaky no le cuesta entender la respuesta de George:

—¡Ya te he dicho que no veo una mierda! ¿Cómo coño voy a saber de qué color tiene el pelo la chica que está conmigo todo el tiempo?

Luego oye al tipo hawaiano murmurar algo y a George decirle:

—Mira, no me acuerdo de quién eres, pero gracias por venir a visitarme…

Y lo que sea que el ciego le dice al tipo hawaiano le resulta ininteligible a Squeaky. Las dos frases siguientes de la conversación son murmullos en tonos distintos, hasta que oye que el tipo hawaiano levanta la voz para que George pueda oírle:

—¿Y les has dado permiso a estos hippies para que estén aquí?

Un George furioso replica a esa pregunta:

—Pero ¿quién coño eres tú?

Squeaky oye que el tipo hawaiano intenta explicarle una vez más por qué está aquí:

—Soy Cliff Booth. Soy doble de acción. Trabajábamos juntos, George. Y solo quiero asegurarme de que estás bien y de que estos hippies no se están aprovechando de ti.

—¿Squeaky? —pregunta George. Y añade—: Squeaky me quiere, señor.

Eso hace sonreír a la pequeña pelirroja. Agarra el voluminoso mando a distancia, pulsa el botón tres veces y ve a Canned Heat tocar «Going Up the Country» en *It's Happening*.

Unos seis minutos más tarde, el tipo hawaiano sale del dormitorio y se queda plantado en la sala de estar, mirándola. Desde la butaca abatible, y sin devolverle la mirada, Squeaky le pregunta:

—¿Satisfecho?

Él se mete las manos en los bolsillos y contesta:

—No es la palabra que yo usaría.

Ella vuelve la cabeza hacia él y le dice con un centelleo en la mirada y una sonrisa en la cara:

—Pues yo creo que es la palabra que habría usado George esta mañana.

Cliff sonríe ante la réplica picante de ella y se sienta en el sofá de dos plazas que hay delante de la butaca de ella.

—Así que tienes sexo regularmente con el viejo, ¿eh?

—Pues sí —dice ella—. George es genial. Y estoy segura de que se le pone más dura y se le aguanta más tiempo así que a ti, vaquero.

—Mira —dice el tipo hawaiano—, George es un viejo amigo mío…

—¡Ni siquiera sabe quién coño eres! —lo interrumpe ella.

—Sea como sea —continúa Cliff—, solo quiero asegurarme de que es feliz y de que sabe lo que está pasando.

—Sabe que follo con él cinco veces por semana y eso lo hace feliz. —Squeaky señala la habitación del anciano y añade—: Si quieres avergonzarlo, pregúntaselo a él directamente.

El tipo hawaiano se quita las gafas de sol, se inclina hacia delante y pregunta:

—¿Y la razón de que folles con George cinco veces por semana es que lo quieres?

Squeaky le dirige al cabrón hawaiano una de sus miradas fijas y le dice:

—No lo dudes. Con todo mi corazón, y con todo lo que tengo, y con todo lo que soy, amo a George. Y el hecho de que te creas o no que sea capaz de querer a George significa para mí —añade bajando la voz hasta un susurro— menos que nada.

El cabrón hawaiano recibe su mirada penetrante con una pregunta sarcástica:

—O sea, que no estás intentando que cambie su testamento ni ninguna cosa legal de esas, ¿verdad?

Ante esa pregunta, Squeaky parpadea una sola vez. Sin embargo, no pierde la serenidad ni muestra su justa indignación.

—No, no intento convencerlo para que cambie su testamento; intento convencerlo de que nos casemos.

«Chúpate esa, listillo.»

Squeaky añade a modo de resumen:

—A ver si lo entiendo entonces. La última vez que viste a George fue en los putos años cincuenta, y ahora apareces de repente y pretendes salvarlo… ¿de qué, del matrimonio? ¿Pretendes salvarlo de follar cinco veces por semana? ¿Estás seguro de que realmente eras amigo de George? ¿Y vas por ahí salvando a todo el mundo del matrimonio o es que tienes algo especial con George?

El tipo hawaiano permanece sentado en el sofá escuchando a la chica, y por fin dice:

—¿Sabes una cosa? Tienes razón.

Así que se levanta del sofá, atraviesa la casa, sale por la puerta mosquitera y baja las escaleras. Satisfecha, Squeaky cruza las piernas a la altura de los tobillos y centra de nuevo su atención en el programa musical producido por Dick Clark.

22
Aldo Ray

**Almería, España,
junio de 1969**

Sentado al borde del colchón sucio en su asfixiante habitación de hotel en España, con el sudor resbalándole por los hombros y la espalda peludos, la estrella de cine de los años cincuenta Aldo Ray no se estaba replanteando algunas de las decisiones equivocadas que había tomado y que eran la razón de que ahora estuviera alojado en aquella habitación opresiva. Y tampoco se atormentaba pensando en los viejos tiempos, aquellos lejanos días de Hollywood en que había trabajado para directores como George Cukor, Michael Curtiz, Raoul Walsh, Jacques Tourneur y Anthony Mann. No se estresaba por no tener ya el apartamento de puta madre en El Royale, ni su pequeño Porsche en miniatura, que, por rápido que fuera, era demasiado pequeño para un hombretón de espaldas tan anchas como las suyas. No; sentado en la canícula de aquella habitación de hotel sin aire acondicionado de España, durante su primera noche en la localización de una nueva película, Aldo pensaba en lo mismo en que pensaba todas las noches a aquella misma hora: en una botella de alcohol.

Cada vez que Aldo Ray rodaba en alguna localización, el equipo, el reparto, los empleados del hotel y, francamente, todo el mundo a quien pudiera reclutarse trabajaban de vigilante de Aldo. Cuando lo instalaban en un hotel o un motel durante los rodajes, básicamente lo ponían bajo arresto domiciliario. No se le permitía salir del hotel por miedo a que consiguiera una botella. Tenía prohibida la entrada en el bar del hotel. No le dejaban llevar dinero encima. Y o bien lo vigilaban de cerca, o bien controlaban las entradas y salidas del edificio. Todos los miembros de la producción tenían órdenes estrictas, y en términos muy claros, de no proporcionarle alcohol a Aldo por mucho que él les suplicara, les llorara y los lisonjeara. En su autobiografía, *Endless Highway*, David Carradine cuenta su experiencia con Aldo mientras ambos rodaban la película de bajo presupuesto protagonizada y dirigida por Fernando Lamas *Los violentos*. El señor Carradine escribe que, si algún actor joven que conociera y respetase al señor Ray de los viejos tiempos hacía una película con él, básicamente se lo encomendaban: «Cuida de Aldo».

En el verano de 1969, han pasado ya muchos años desde los cincuenta, la época gloriosa de Aldo, en la que actuó con Bogart, Tracy y Hepburn, Rita Hayworth, Anne Bancroft y Judy Holliday. Lo que no se sabía por entonces era hasta qué punto se hundiría en un profundo abismo. Llegado 1975, ya no sería capaz de interpretar ningún papel que durara más de dos días (que era el tiempo máximo durante el cual podía permanecer sobrio).

A medida que los años setenta daban paso a los ochenta, aquel hombre al que había descubierto George Cukor —en una prueba de casting en la que Aldo se había dedicado a tirar naipes dentro de un sombrero— solo podía conseguir trabajo con artífices de productos basura como Al Adamson y Fred Olen Ray (que no era pariente suyo, pese al apellido).

Fue la primera estrella de Hollywood de los años cincuenta que apareció en una película porno de los setenta, película que lo convertiría en el único exactor de Hollywood (hasta el momento) ganador de un premio al mejor actor en los Premios del Cine Erótico, por su trabajo en *Sweet Savage* (1979), junto a Carol Connors, de *Garganta profunda*. En los años ochenta, Cameron Mitchell también aparecería en una película porno.

Aldo Ray también fue la primera exestrella de Hollywood a la que el Sindicato de Actores denunció por aparecer en películas baratas producidas fuera del sindicato.

Desde sus inicios, Hollywood había visto caer en desgracia a muchas de sus primeras espadas, como podía apreciarse comparando las películas de sus inicios con las que habían terminado haciendo (Ramón Novarro, Faith Domergue, Tab Hunter, e incluso el pobre Ralph Meeker). Aun así, ninguno alcanzaba el nivel de Aldo Ray en cuanto a patetismo lamentable y exhibido en público. Así pues, por desesperado que estuviera aquella noche de verano de 1969 en España, veinte años más tarde aquella noche seguiría perteneciendo a «los buenos tiempos».

Pero al señor Ray ciertamente aquello no le parecían buenos tiempos. Le parecía la misma puta noche de mierda que afrontaba cada puta noche de mierda en la que no tenía una botella.

La misma noche, en el mismo hotel del mismo país, pero en una habitación distinta y también sin aire acondicionado, Cliff Booth se estaba sirviendo dos dedos de ginebra a temperatura ambiente en un vaso de plástico del hotel. El corte profundo que tenía encima de la ceja derecha, y que le habían hecho aquel mismo día con la culata de un rifle Winchester, le estaba empezando a sangrar otra vez, y la sangre le resbalaba por la cara y le goteaba sobre la camiseta de tirantes sudorosa. Y lo peor era que aquella ceja hinchada no daba señales de deshincharse. Si no le bajaba un poco aquella hinchazón, al día siguiente no podría rodar ninguna escena. Cliff se miró en el espejo del baño, y luego se tocó la ceja abultada para ver si todavía le dolía. Lo que necesitaba era ponerle hielo, y deprisa.

Y, de paso, tampoco le vendrían mal un par de cubitos de hielo para la ginebra caliente. No es que prefiriera el sabor de la ginebra fría al de la ginebra a temperatura ambiente. A Cliff, la ginebra le sabía a combustible para encendedores, y la ginebra con hielo, a combustible para encendedores frío. Pero, al menos, si le añadía un par de cubitos de hielo tendría la impresión de estar bebiendo un cóctel, y se atenuaría esa imagen deprimente que era beberte una ginebra caliente en un vaso de plástico de un hotel barato, situado a miles de kilómetros de tu tierra. Mientras se acercaba a la mesita donde estaba el pequeño cubo de plástico para el hielo cortesía del hotel, echó un vistazo al pequeño televisor encadenado a una tubería de la calefacción. En la pantalla, se veía un melodrama mexicano en blanco y negro de principios de los cincuenta protagonizado por Arturo de Córdova y María Félix, que en ese instante interpretaban una escena llena de emociones melodramáticas en español. Cliff no tenía ni idea de quiénes eran.

Cliff había viajado a Europa con su jefe, y, por primera vez en mucho tiempo, volvía a hacer de doble de acción para Rick. Era la cuarta película europea que rodaban en poco tiempo. Las dos primeras (*Nebraska Jim* y *Mátame ahora, Ringo, dijo el gringo*) habían sido westerns rodados en Italia. La tercera, una película de agentes secretos con un James Bond de pacotilla titulada *Operación Dinamita*, se había rodado en Atenas. Y la de ahora, *Sangre roja, piel roja*, coprotagonizada por Telly Savalas y Carroll Baker, se estaba rodando en España. Cuando finalizara el rodaje, Cliff y Rick regresarían a Los Ángeles.

Los dos hombres estaban disfrutando de sus cinco meses de estancia en Europa. A Rick le encantaba toda la atención que le dedicaban los paparazzi, y a Cliff le encantaba volver a trabajar de doble de acción. En Roma, habían compartido un apartamento pijo con unas vistas maravillosas sobre el Coliseo. Rick siempre iba a restaurantes italianos, a beber cócteles en los clubes nocturnos y en general vivía la vida de una estrella de cine estadounidense en Roma, con Cliff como copiloto de confianza. Durante su estancia allí, Cliff se había hartado a follarse a italianas, muchas más que Rick, aunque este siempre era más exigente. Para Cliff, un polvo era un polvo, aunque no le gustaban particularmente las italianas. Pero eso sí: prefería a una italiana desnuda en su cama chupándole la polla a dormir solo y sin ninguna chica en su cama; pero le habría gustado que aquellas italianas desnudas actuaran de manera distinta. A Cliff nunca le había preocupado mucho la belleza de las mujeres. Siempre y cuando estas se la dejaran meter por el culo y les gustara chuparla, a Cliff ya le parecían una preciosidad.

Aun así, el vuelo de vuelta a casa iba a ser un poco distinto al que los había llevado a Europa.

Durante el rodaje en Grecia de la película de agentes secretos, Rick había conocido a una joven actriz de cine italiana corpulenta y morena llamada Francesca Capucci. Y entonces, como les contaría Cliff a sus amigos de Los Ángeles, «sin venir a cuento, el cabrón coge y se casa con ella». Y, en cuanto vio cómo funcionaba aquella relación, Cliff se dio cuenta de que el buen rollo que compartían Rick y él había pasado a mejor vida. Este ya no lo necesitaría, Francesca no querría la compañía de Cliff y, además, Rick ya no podría permitirse pagarle para tenerlo a mano.

Pero Cliff no era egoísta. Si veía que Rick y Francesca se llevaban bien, se retiraría de escena con elegancia; por su parte, no había ningún problema. Y no creía que Francesca fuera una *femme fatale* malvada que se estaba aprovechando de la ingenuidad de su amigo. Es decir, pensaba que eran una pareja de idiotas que estaban dispuestos a cambiar radicalmente de vida sin haberlo meditado bien. Cliff les daba dos años. A ella, ese margen de tiempo le vendría muy bien, pero a Rick iba a costarle un dineral en pagos de pensión conyugal, hasta el punto de que seguramente tendría que vender su casa de Hollywood Hills. Y Cliff sabía lo que significaba aquella casa para Rick. Rick Dalton ya se comportaba de forma bastante huraña estando en ella; pero, si se veía obligado a vivir en un apartamento de Toluca Lake, la cosa iría a peor.

Cliff recogió el pequeño cubo de plástico para el hielo cortesía del hotel del escritorio donde estaba, y una toalla de mano del toallero del cuarto de baño. Abrió la puerta de su habitación de hotel y se alejó entre chirridos y crujidos por el pasillo que llevaba a la máquina de hielo. La moqueta mugrienta que pisaba tenía la misma consistencia que la boligoma. En el hotel Espléndido –el motel más cercano a las formaciones rocosas con pinta de Salvaje Oeste que hacían que Almería, España, pudiera pasar por Arizona–, todas las habitaciones tenían la puerta abierta. Como el establecimiento no disponía de aire acondicionado, los españoles suministraban a cada huésped un ruidoso ventilador de caja.

Al pasar frente a la habitación 104, echó un vistazo y vio a un viejo de espaldas anchas y de aspecto muy deprimido, con una camisa de hilo blanco enorme pegada a la espalda cubierta de sudor, sentado en el borde de su cama junto al ventilador de caja, contemplando la moqueta mugrienta que tenía bajo los pies.

«Ese era Aldo Ray –pensó Cliff tras pasar frente a la puerta abierta–. Y ahí está la máquina de hielo», le pareció ver al final del pasillo. Metió un puñado de cubitos de hielo en aquel cubo de plástico que parecía más bien una papelera. Luego hurgó con la mano entre el hielo, sacó cuatro cubitos y los envolvió con la toalla de manos blanca que se había llevado. Pegándose la compresa fría a la ceja hinchada, echó a andar de vuelta a su habitación.

Al pasar por segunda vez frente a la habitación de Aldo Ray, echó una ojeada al interior para asegurarse de que aquel hombretón sudoroso fuera efectivamente Aldo Ray. Esta vez, sin embargo, en lugar de mirar la moqueta, la estrella de *La colina de los diablos de acero* lo estaba mirando directamente a él. En cuanto pasó de largo ante la puerta, Cliff oyó que lo llamaba aquella inconfundible voz rasposa como la lija:

—¿Hola?

El doble de acción retrocedió hasta el marco de la puerta del actor.

—¿Eres estadounidense? —graznó la famosa voz cazallosa.

—Sí —dijo Cliff, apretándose la toalla con el hielo contra el costado derecho de la cara.

—¿Estás trabajando en este western? —preguntó Aldo.

—Sí, señor Ray —dijo Cliff.

Aquello hizo sonreír al señor Ray, que extendió cinco dedos como salchichas y le dijo:

—Llámame Aldo. Yo también participo en esta película.

Cliff entró en la habitación del actor, salvó la distancia entre la puerta y la cama y le estrechó la mano del que había sido un famoso actor de la Warner Brothers durante los años cincuenta.

—Cliff Booth —dijo Cliff—. Soy el doble de acción de Rick Dalton.

—¿Dalton está en esta película? Sabía que estaban Telly y Carroll Baker, pero lo de Dalton no. ¿De quién hace? —preguntó Aldo.

—Hace del hermano de Telly —contestó el doble de acción.

Aldo soltó una risotada.

—¡Uy, sí, se parecen un montón! Mantan Moreland y yo también podríamos hacer de putos hermanos.

Eso los hizo reír a ambos.

Los dos habían servido en la Segunda Guerra Mundial (Aldo como submarinista para la Marina). Ray debía de tener la misma edad que Booth, pero viéndolos a ambos aquella noche nadie lo habría dicho. Cliff tenía cuerpo de boxeador de pesos medios, mientras que el pecho fuerte y grueso de Aldo Ray se había convertido en una especie de barril. El cuerpo fuerte y atlético que había lucido frente a Rita Hayworth en *La bella del Pacífico* se había ablandado y las anchas espaldas se le habían redondeado, confiriéndole una postura simiesca. Cliff parecía diez años más joven de lo que era, mientras que Aldo aparentaba veinte más. El simiesco Aldo levantó la vista para mirar a Cliff y entonces se fijó en la ceja hinchada:

—Hostia, chaval —blasfemó Aldo—. ¿Qué coño te ha pasado en la cara?

—Me han pegado en el ojo con la culata de un rifle hace un rato —dijo Booth.

—¿Cómo ha sido?

—Bueno —prosiguió Booth—, estábamos filmando en esos acantilados una escena, en la que uno de los bandidos mexicanos me pegaba en la cara con un Winchester. Pero el italiano que hacía de mexicano nunca había hecho una finta igual —explicó Booth—, así que no paraba de titubear y de errar el golpe. Cinco tomas distintas y todas a la basura. Y las cinco veces me tocó caerme de espaldas encima de la puñetera roca. Así que al final fui a hablar con el primer ayudante de dirección, que era el único del equipo español que hablaba un inglés medio decente, y le advertí: «Dile a este tío que me pegue en la puta cara, porque no aguanto más esta mierda de caerme en las rocas» —concluyó Cliff.

—Que te rompiera la cara, ¿eh? —dijo Aldo, aunque era más una afirmación que una pregunta.

—Es mi trabajo. —Cliff se encogió de hombros—. Soy el saco de arena de Rick.

—¿Hace mucho que trabajas con él? —preguntó Ray.

—¿Con Rick?

—Sí, con Dalton.

—Hará unos diez años.

—Ah, debéis de ser amigos, ¿no?

—Sí, somos amigos. —Cliff sonrió.

Aldo le devolvió la sonrisa.

—Eso está bien. Es bueno tener un amigo en el plató. ¿Lo conocías cuando hizo aquella película con George Cukor? —le preguntó Aldo al doble de Rick.

—Sí —dijo Cliff—, pero no trabajé en ella. Es la única película en que no usó a ningún doble.

—Sí, era una película basada en un libro famoso de por entonces. La Warner puso en ella a toda la gente que tenía bajo contrato. Algunos no estaban mal. Salía Jane Fonda; ¿conociste a Hank Fonda? —preguntó Aldo.

—No —dijo Cliff.

—En fin —prosiguió Aldo—, Dalton estaba en aquel reparto coral. Fue Cukor quien me dio la primera oportunidad en el cine, en *Chica para matrimonio*, con Judy Holliday. Luego me puso en *La impetuosa*, con Hepburn y Tracy.

De repente cambió de tono:

—¿Sabes quién tenía pequeñas apariciones en esas dos películas?

Cliff negó con la cabeza.

—El puto Charles Bronson —dijo Ray—. Y era todavía más feo que ahora, por increíble que parezca.

Aldo se perdió un momento en sus pensamientos, como si estuviera acordándose de la experiencia que supuso trabajar con Bronson, en los tiempos en que Aldo era la estrella y Bronson solo tenía pequeños papeles.

Al cabo de un momento, Ray dijo con voz rasposa:

—Tengo entendido que a Charlie le va muy bien. Me alegro por él. —Luego Ray volvió bruscamente la cabeza hacia Booth—. ¿De qué estaba hablando?

—De Rick y George Cukor —le recordó Cliff.

—Sí, sí, sí, claro. ¿Conociste a George Cukor? —le preguntó Ray al doble de acción—. Un gran tipo —añadió—. Todo lo que tengo se lo debo a él.

—He oído que era el mayor marica de Hollywood —dijo Cliff.

—Bueno, George era homosexual —asintió Ray—. Pero no creo que hiciera gran cosa al respecto. Estaba más bien gordo.

Luego, mientras miraba a Cliff, Aldo se puso profundo y filosófico. Según la autobiografía de David Carradine, era algo bastante habitual en aquel hombretón.

—Mira, como Cukor me había dado mi primera oportunidad, la gente solía preguntarme si alguna vez había intentado algo conmigo. Y la triste respuesta a esa pregunta es que no, pero me habría gustado que lo hubiera intentado. George padecía una tristeza emocional que, si yo hubiera podido, habría intentado curársela —reflexionó Aldo—. Pero me temo que, para cuando lo conocí, esa tristeza ya no tenía cura. —Aldo suspiró—. Que yo sepa, durante toda su carrera en Hollywood fue célibe. Creo que yo vi más pollas en la Marina que él durante los cuarenta años que pasó en Hollywood. —Aldo hizo una pausa y dijo—: Una puta lástima, creo yo. —El hombretón hizo otra pausa y preguntó de nuevo—: ¿De qué estaba hablando?

—De Rick y George Cukor —volvió a recordarle Cliff.

—Ah, sí. Pues estaba Rick Dalton trabajando para Cukor en aquel peñazo de película. Y Dalton estaba rodando una escena, ¿vale? Y de pronto Dalton la paró: «Cortad, cortad, cortad». Créeme, el plató entero se acojonó. En el set de Cukor, solo él podía ordenar algo así. Aunque Kate Hepburn sí podía pedir que se cortase una puta escena, joder. Pero quien lo había hecho era Rick Dalton.

»Así que Cukor levantó la vista desde su silla de director y dijo: «¿Algún problema, señor Dalton?». Y Dalton le dijo: «¿Sabes, George? Estaba pensando que este sería un buen momento para hacer una pausa dramática. ¿Qué te parece?». Y Cukor, con esa lengua venenosa que tenía, le dijo —Aldo, con su voz áspera, intenta imitar la forma afeminada y erudita de hablar de Cukor—: «Señor Dalton... estoy firmemente convencido de que, hasta el momento, toda su carrera ha sido una larga pausa dramática».

Los dos hombretones viriles y sudorosos rieron la gracia en la calurosa habitación del hotel español. Rick era el mejor amigo de Cliff, pero este sabía mejor que nadie lo bien que se le daba a Rick hacer el ridículo, sobre todo en el pasado.

Antes de que se apagara la risa de Cliff, Aldo se quedó mirándolo con expresión repentinamente seria y franca.

—Eh, colega, lo estoy pasando bastante mal. ¿Puedes conseguirme una botella?

—Oh, buf —exclamó Cliff—. Lo siento, Aldo, ya sabes que no tienes que beber. Han enviado un memorando a todo el equipo de producción para que no te demos una botella. Da igual lo que digas, no podemos darte alcohol.

Aldo suspiró, negó desesperado con la cabeza y dijo:

—No me dejan llevar dinero encima. Han dado orden en el hotel de que no me sirvan. Tienen a un tipo vigilando la puerta. Estoy bajo arresto domiciliario. —Aldo levantó la vista para mirar a Cliff, fijó sus ojos en él y le suplicó—: Por favor... por favor, muchacho, las estoy pasando canutas. Venga, hazme ese favor. Por favor... por favor... no hagas que te suplique... porque acabaré haciéndolo.

Cliff volvió a su habitación, cogió su botella de ginebra, regresó por aquel pasillo con la moqueta mugrienta que parecía boligoma y se la dio al hombre de la habitación 104. Aldo Ray cogió la botella de ginebra que le daba su benefactor y, sosteniéndola con aquella manaza enorme que parecía un guante de béisbol, se quedó mirándola con intensidad.

Tiene una botella.

Pasará una buena noche.

Se la beberá entera.

Y empezará dentro de un momento.

Aldo miró primero la botella y después a Cliff. Luego miró de nuevo la botella de ginebra y luego otra vez a Cliff. Entrecerró los ojos y le preguntó:

–¿Llevas peluca?

En aquel momento Cliff recordó que todavía no se había quitado la peluca de Rick del rodaje de aquel día.

–Ah, sí, me había olvidado de que todavía la llevaba. –Se quitó la peluca, mostrando por primera vez su pelo rubio a Aldo. Cliff se despidió del hombretón con la mano y, antes de marcharse, le dijo–: Que tengas una buena noche, Aldo.

Este volvió a mirar la botella que sujetaba en la mano y le dijo al guardián de la Torre de Londres que aparecía en la etiqueta:

–Seguro que la tendré.

Después de zumbarse la botella de ginebra de Cliff, Aldo ya no pudo trabajar al día siguiente y tuvieron que meterlo en el primer avión de vuelta a Estados Unidos. Los productores españoles removieron cielo y tierra para averiguar quién le había dado el alcohol, pero, por suerte para Cliff, nunca lo averiguaron. Cliff estaba tan nervioso que ni siquiera se lo contó a Rick, al menos no se lo contó hasta dos años más tarde.

–¿Que hiciste qué? –exclamó Rick–. Cliff, cuando te entregan el carnet del Sindicato de Actores en las putas oficinas sindicales, hay que respetar tres normas: una, tienen que darte días de descanso; dos, no puedes participar en rodajes no sindicados, y tres, si alguna vez haces una película con Aldo Ray, no debes darle, bajo ninguna circunstancia, una botella.

Si Cliff tuviera que hacerlo otra vez… volvería a hacerlo, joder.

23
El Salón de la Fama de los Bebedores

Frente al espejo de tocador, en su caravana del set de *Lancer*, Rick se frota una bola de algodón impregnada en disolvente de cola de maquillaje por encima del bigote falso y del labio superior. Ya se ha quitado la peluca de pelo largo, dejando al descubierto el pelo castaño todo sudoroso y apelmazado en la coronilla. Después de empaparse el labio superior y de llenarse las fosas nasales de efluvios alcohólicos, usa dos dedos para arrancarse despacio y dolorosamente la falsa crin de caballo de la cara y dejarla con cuidado sobre la mesa de maquillaje.

En el pequeño televisor de su caravana, la estrella de fútbol americano Rosey Grier está cantando la canción de Paul McCartney «Yesterday» en su programa de variedades de difusión nacional *El show de Rosey Grier*. Rick coge un frasco de crema facial terapéutica Noxzema, saca un buen pellizco con los dedos y se la unta por toda la cara. Oye unos golpecitos suaves en la puerta, estira el cuerpo sin levantarse de la silla, gira la manecilla de la puerta de la caravana, la abre y aparece la diminuta Trudi Frazer de pie en la acera, mirándolo. Es la primera vez que Rick la ve con ropa de calle, que, en este caso, consiste en una camisa blanca de botones con cuello blanco y rígido por debajo de un vestido de tirantes de pana beis. Con esta ropa, sí aparenta los ocho años que en realidad tiene, y no los doce que finge tener en la película.

—Bueno, pues ya me voy —le informa la niña—. Pero quería decirte que has estado de maravilla en la escena de hoy.

—Oh, gracias, cielo —dice él con falsa modestia.

—No, no lo digo por educación —le asegura ella—. Ha sido una de las mejores interpretaciones que he visto en mi vida.

«Uau», piensa Rick; el elogio le conmueve más de lo que se habría imaginado. Esta vez la modestia no es fingida.

—Vaya… gracias, Mirabella.

—Ya no estamos en el rodaje —le recuerda ella—. Puedes llamarme Trudi.

—Vaya, muchas gracias, Trudi —dice Rick con la cara untada de crema—. Y tú eres una de las mejores actrices infan…

—Actriz a secas, por favor —puntualiza ella.

—Perdón, actriz de cualquier edad con la que he trabajado nunca —asegura él con sinceridad.

—Vaya, gracias, Rick —dice ella sin ironía.

—De hecho —Rick sigue con sus elogios—, estoy seguro de que llegará un día en que podré alardear ante la gente de que tuve la oportunidad de trabajar contigo.

—Cuando gane mi primer Oscar, ciertamente podrás alardear de haber trabajado conmigo cuando yo solo tenía ocho años —dice Trudi, llena de confianza—. Y le dirás a todo el mundo que ya era igual de profesional entonces que ahora. —Y añade por lo bajo, solo para dejarlo claro—: Con «ahora» me refiero al futuro, cuando gane un Oscar.

Rick no puede evitar sonreír ante las agallas de la enana.

—Estoy seguro de que sí, y también estoy seguro de que lo ganarás. Pero date prisa y hazlo mientras yo siga vivo para verlo.

Ella le devuelve la sonrisa.

–Haré todo lo que pueda.

–Como siempre –replica él.

Ella asiente con la cabeza. Luego su madre la llama desde el coche donde la está esperando:

–Trudi, ven ya, para de molestar al señor Dalton. Volverás a verlo mañana.

Trudi se vuelve, irritada, hacia su madre y le contesta también levantando la voz:

–¡No lo estoy molestando, mamá! –Lo señala teatralmente con el brazo–. ¡Lo estoy felicitando por su interpretación!

–¡Pues date prisa! –le ordena su madre.

Trudi pone los ojos en blanco y vuelve a centrarse en Rick.

–Lo siento. ¿Por dónde iba? Ah, ya me acuerdo. Bravo por ti, señor. Has hecho exactamente lo que te pedí. Me has asustado en la escena.

–Oh, vaya, lo siento, no era mi intención –farfulla Rick.

–No, no te disculpes, ha sido la parte más excitante de tu interpretación –recalca ella–, y, en consecuencia, has hecho que la mía haya sido muy buena. No he tenido que fingir miedo, has conseguido que reaccionase realmente llevada por el miedo, que es justo lo que te pedí que hicieras –le recuerda ella–. No me has tratado como a una actriz de ocho años, sino como a una colega de profesión. Y no has sido condescendiente conmigo. Te has adueñado por completo de la escena –asegura con admiración.

–Vaya, gracias, Trudi –vuelve a decir de nuevo con falsa modestia–. Pero no creo que yo me haya adueñado de la escena.

–Pues claro que sí. –Ella desdeña su protesta–. Tenías todo el diálogo. Pero –lo advierte– en nuestra gran escena juntos será distinto. ¡Así que ándate con cuidado!

–Ándate con cuidado tú –le advierte él a su vez.

Trudi sonríe de oreja a oreja y añade:

−¡Así me gusta! Adiós, Rick, te veré mañana. −Y se despide con la mano.

Él le dedica un leve saludo militar y le dice:

−Adiós, cielo.

Rick se da la vuelta hacia el espejo de su tocador y ella, antes de cerrar la puerta del todo, le dice por lo bajo:

−Apréndete tus diálogos para mañana.

Rick vuelva a girarse en su silla, sin terminar de creerse lo que ha oído

−¿Cómo dices?

La carita de Trudi lo mira a través del resquicio de la puerta casi cerrada de la caravana.

−Digo que te aprendas tus diálogos para mañana. En serio, me sorprende mucho que haya tantos adultos que no se sepan sus diálogos, cuando les pagan para eso. −Y añade un pequeño resoplido de burla al final de su observación−: Yo siempre me sé mis diálogos.

−Ah, conque siempre, ¿eh? −replica Rick.

−Siempre, sí −confirma ella, recalcando cada palabra. Y se apresura a añadir−: Como no te sepas tus diálogos, te haré quedar mal delante del equipo.

«Será zorra la enana esa», piensa él.

−¿Me estás amenazando, pequeña sinvergüenza?

−No, te estoy tomando el pelo. Dustin Hoffman lo hace todo el tiempo. En cualquier caso, no es una amenaza, es una promesa. Adiós. −Y cierra la puerta antes de que él pueda contestar nada.

Trudi Frazer nunca ganará un premio de la Academia, pero sí la nominarán tres veces. La primera en 1980, cuando obtuvo a los diecinueve años una nominación a la mejor actriz secundaria por hacer de novieta de Timothy Hutton en *Gente corriente*, de Robert Redford. El premio se lo llevó Mary Steenburgen por *Melvin y Howard*.

La nominaron una segunda vez en 1985, a los veinticuatro años, por el papel de la hermana Agnes en *Agnes de Dios*, de Norman Jewison. En esa ocasión, el premio se lo acabó llevado Anjelica Huston por *El honor de los Prizzi*, pero Frazer sí que ganó el Globo de Oro a la mejor actriz secundaria. La única nominación que obtuvo al Oscar a la mejor actriz protagonista fue por el remake que hizo Quentin Tarantino en 1999 de la epopeya de gánsters escrita por John Sayles *La dama de rojo*. Frazer interpretaba a la prostituta de un burdel de los años treinta reconvertida en líder de una banda de ladrones de bancos Polly Franklyn, compartiendo cartel con Michael Madson en el papel del enemigo público número uno, John Dillinger. Esta última nominación la perdió ante Hilary Swank en *Boys Don't Cry*.

Rick la apoyó las tres veces que estuvo nominada.

Cuarenta minutos más tarde, Rick ya se ha limpiado la crema facial de la cara, se ha vuelto a peinar hacia atrás haciéndose una versión desganada de su tupé normal, se ha enfundado la ropa de calle y ha limpiado los estragos que ha causado en la caravana debido a su anterior rabieta. Se enciende un cigarrillo Red Apple y ya se está preparando para ir a buscar a Norman, el primer ayudante de dirección, y mentirle diciendo que ha roto la ventana por accidente, cuando vuelven a llamar a la puerta de la caravana. Supone que es el segundo ayudante de dirección, que le lleva el plan de rodaje del día siguiente para que sepa a qué hora tiene que estar en el plató. Así que se queda un poco sorprendido cuando gira el pomo y se encuentra con Jim Stacy plantado delante de su caravana.

—Oh, qué tal —dice Rick.

—Eh, Rick, qué gran trabajo en esa última escena, colega —comenta Jim Stacy.

—Oh, joder, bueno, tú también, Jim —responde Rick—. Y felicidades por el primer día de tu nueva serie.

—El primer día del piloto —lo corrige Jim.

Rick desdeña con un gesto la matización de Stacy.

—Bah, chorradas, sabes muy bien que la CBS la va a hacer. Si no, no se estarían gastando tanto dinero.

—Dijo antes de morir —bromea Stacy.

—Y además… es una muy buena serie —añade Rick.

—Bueno, desde luego es mejor después de tus dos escenas —dice Stacy—. Eh, Rick, me estaba preguntando, ¿quieres tomar una copa esta noche?

—¡Carajo! —exclama Rick—. ¿Tú qué crees?

Stacy sonríe.

—¿Qué tienes pensado? —pregunta Rick.

—Hay un local pequeñito al lado de mi casa, en San Gabriel —le explica Stacy—. Creo que están esperando que pase por allí para celebrar mi primer día. Espero que no esté demasiado lejos para ti…

—Joder, me da igual —le dice Rick—. Tengo el coche en el taller, así que me llevará mi doble.

—¿Y no le importará? —pregunta Jim.

—Para nada —le asegura Rick—. Es un tío genial, tienes que conocerlo.

—Bueno, pues déjame que me cambie y me quite este maquillaje para que no me tomen por un maricón de Kansas City, y luego podéis seguirme en mi moto hasta el bar.

Rick en el asiento del copiloto y Cliff al volante siguen a la motocicleta de Jim Stacy hasta que se detiene en el aparcamiento de un bar con las paredes del color rojo típico de los graneros, con el pintoresco nombre de El Salón de la Fama de los Bebedores. En esas paredes rojas, aparecen pintadas caricaturas cómicas de borrachos famosos de Hollywood: W. C. Fields, Humphrey Bogart, Buster Keaton y un dibujo de Lee Marvin en *La ingenua explosiva*.

Jim Stacy detiene su moto en la entrada de grava para coches y apaga el motor. Cliff aparca el Cadillac de Rick a su lado. Se trata obviamente de uno de los bares habituales de James Stacy.

Los tres hombretones entran en el local. A las ocho de la tarde, el bar oscuro no está abarrotado, pero sí lleno de habituales. El

Salón de la Fama de los Bebedores es una cómoda taberna de ambiente nostálgico para residentes de San Gabriel, actores y músicos. Las paredes están atiborradas de recuerdos de famosos ciudadanos de Hollywood que echaron a perder sus vidas a causa de la bebida. Los cuatro pósteres de mayor tamaño, enmarcados en la parte más alta, es decir, honorífica, pertenecen a los cuatro santos patrones del bar.

W. C. Fields con su chistera gris, mirando una mano de cartas de póquer; Humphrey Bogart en una pose sexy con su gabardina y su sombrero de fieltro de ala vuelta; John Barrymore en su época de apuesto actor de cine mudo, exhibiendo su famoso perfil, y finalmente Buster Keaton con sombrero de copa baja y chaleco negro típicos de sus días más gloriosos del cine mudo.

Otros bebedores famosos decoran la parte alta del bar, por encima de los estantes de botellas, en fotografías enmarcadas de veinte por veinticinco, que ya se han puesto amarillentas o de color marrón. Algunas son fotos publicitarias, otras son de películas y algunas están dedicadas personalmente al bar: Lee Marvin con la camisa blanca y el chaleco negro de Liberty Balance, mostrando ante la cámara una sonrisa lasciva (dedicada por Lee al Salón de la Fama); Sam Peckinpah, con un pañuelo rojo atado a la cabeza, junto a una cámara de cine, señalando algo (dedicada por Sam al bar); el fornido Aldo Ray con camiseta de tirantes sudorosa en un fotograma de *La pequeña tierra de Dios* (dedicada por Aldo al barman, Maynard); una foto bastante reciente de un corpulento y mofletudo Lon Chaney Junior (dedicada por Lon al bar); Martha «Bocaza» Raye mirando a cámara con unos ojos como platos y la boca muy abierta en una cómica foto publicitaria de los años treinta (sin dedicatoria), y Richard Burton en un fotograma de *La noche de la iguana* (sin dedicatoria).

En la esquina izquierda del bar, en torno a una máquina de escribir antigua, hay cuatro fotografías en marcos de pie de escritores alcohólicos famosos: F. Scott Fitzgerald, Ernest Hemingway, William Faulkner y Dorothy Parker (todas sin dedicatoria).

Hay otros objetos decorativos en los estantes de detrás de la barra, como por ejemplo, una lámpara de W. C. Fields que representa una caricatura cómica de Fields borracho y apoyado en el poste de una farola, y una maqueta marca Aurora del Hombre Lobo (Lon Chaney Junior), apoyada en el bote de las propinas sobre la barra.

Pegado a la puerta del lavabo de hombres, está el póster psicodélico que hizo Elaine Havelock de John Barrymore. En la puerta del de mujeres se ve el póster psicodélico que también hizo Elaine Havelock de Jean Harlow.

En la sección del bar dedicada al piano, en la pared de detrás del piano, hay un póster grande en tres secciones de *Grupo salvaje*, la nueva película del miembro habitual del Salón de la Fama Sam Peckinpah (dedicada al Salón de la Fama por Sam, William Holden y Ernest Borgnine).

En la pared de la zona donde está la mesa de billar puede verse el póster psicodélico que hizo Elaine Havelock de W. C. Fields y Mae West, otro póster de una sola lámina de una nueva película de Lee Marvin titulada *Sargento Ryker* y el típico póster reimpreso de tienda hippy de la vieja película de Bogart *A través de la noche*.

Los únicos pósteres enmarcados son los cuatro más grandes: los de Fields, Bogart, Barrymore y Keaton. Todos los demás están sujetos a las paredes con chinchetas.

Cuando los tres tipos entran por la puerta, oyen que el pianista está tocando «Little Green Apples» de O. C. Smith:

> *God didn't make Little Green Apples*
> *And it don't rain in Indianapolis in the summertime*
> *There's no such thing as Dr. Suses, no Disneyland,*
> *no Mother Goose, no nursery rhymes*

Jim Stacy saluda con la mano al hombre a cargo de la barra y el pianista le dedica un gesto de bienvenida con la cabeza. Stacy acompaña a Rick y a Cliff hasta el mostrador, donde saluda al barman con un cálido apretón de manos por encima de la barra.

—¿Cómo te va, Maynard?

—¿Cómo te ha ido el primer día? —le pregunta el amigable barman.

Sin soltarle la mano, Jim dice:

—Bueno, quieren que vuelva mañana, así que supongo que podría haber ido peor.

Volviéndose hacia sus dos nuevos amigos, Jim se los presenta al hombre al que hay que conocer en el Salón de la Fama.

—Chicos, este es Maynard. Maynard —dice señalando hacia Rick y Cliff—, estos son mis colegas, Rick Dalton y su doble de acción, Cliff.

Maynard les estrecha la mano a los dos, empezando por Cliff.

—Cliff —dice.

Cliff repite el nombre del barman:

—Maynard.

Luego a Maynard se le ilumina la cara cuando estrecha la mano de Rick.

—Joder, si es Jake Cahill en persona. Encantado de conocerte, cazarrecompensas.

Rick termina de darle el apretón de manos y dice:

—Igualmente, Maynard. ¿Está el médico de guardia?

Maynard suelta una risotada.

—Ya lo creo que está de guardia. ¿Qué os pongo?

—Un whisky sour —dice Rick.

—Y para ti, ¿doble? —pregunta el barman.

—¿Qué cervezas tienes? —pregunta Cliff.

—En lata: Pabst, Schlitz, Hamm's y Coors. En botella: Bud, Carlsberg y Miller High Life. Y en tirador: Busch, Falstaff, Old Chattanooga y Country Club.

—Una Old Chattanooga —dice Cliff.

Maynard señala con el dedo a Jim, el habitual, y le recita el pedido:

—Un Brandy Alexander para Lancer. —Y el médico se aleja para atender a sus pacientes.

Jim le grita:

—¡Para ti soy Johnny Madrid, capullo!

Los tres sueltan una risita.

Otro actor de San Gabriel se les acerca con andares tranquilos: el típico tío de cara arrugada, tan feo que es sexy, con pelo pajizo despeinado y cortado en capas y chaqueta de cuero negra. El actor llamado Warren Vanders se suma a los tres hombres con una Pabst Blue Ribbon en la mano.

Jim y Warren se saludan con calidez y luego Jim mira a Rick y señala hacia atrás con el pulgar a Warren.

—Rick, ¿conoces a este tipo?

Rick sonríe con cara de sabiduría.

—Joder, ya sabes que sí.

Rick y Warren se estrechan la mano con complicidad, mientras Rick explica:

—Vanders debe de haber hecho unos tres episodios de *Ley y recompensa*.

—Cuatro, desagradecido de mierda. Una vez cada temporada subía hasta el rancho Spahn para que me zurrara Rick Dalton —declara Warren—. Cuatro años me pasé comiendo con pajita por culpa de *Ley y recompensa*.

El pianista ataca el instrumental «Alley Cat».

Maynard deja las copas de los clientes sobre la barra y los cuatro hombres se sientan en los taburetes. El barman se queda con ellos hasta que lo llama un cliente sediento.

Cliff y Warren todavía están con sus cervezas, pero Rick se ha acabado su whisky sour con pajita a toda velocidad y Jim ya se ha zumbado su Brandy Alexander.

El barman vuelve y les pregunta a Jim y a Rick:

–¿Otro?

–Sí –dice Jim.

–Whisky sour –repite Rick.

El pianista, Curt Zastoupil, termina de tocar «Alley Cat» mientras Jim y sus tres amigos, copas en mano, se acercan despacio hasta el piano.

–Eh, Curt, ¿cómo te va?

Este da un sorbo de su Harvey Wallbanger y contesta:

–Tirando, Jim. ¿Cómo te va a ti?

–Pues muy bien –le dice Jim–. Hoy ha sido el primer día de mi episodio piloto.

–Joder, colega, genial.

Entonces Curtis empieza a tocar al piano «Happy Days Are Here Again».

–Para el carro, Liberace –lo avisa Jim–. Primero hay que terminar el piloto, a ver si queda bien. Y entonces veremos si llega a la parrilla de otoño de la CBS. Y entonces sí podrás tocar «Happy Days Are Here Again». Por lo menos durante unas semanas.

Jim presenta al músico del piano-bar a sus dos nuevos amigos. Warren ya conoce a Curt. De hecho, fue Warren quien le regaló al hijo de Curt su primer perro, llamado Baron. El actor y el doble de acción estrechan la mano del pianista. Jim alardea de su amigo músico:

–Curt puede tocar hasta la última canción actual tanto con el piano como con la guitarra. Y lo hace muy bien, sobre todo cuando toca «Me and Bobby McGee». La toca como un tema country…

–Es un tema country –explica Curt.

–Ya lo sé, pero no la tocas como todo el mundo –dice Jim.

–Porque solo tocan el arreglo de Janis Joplin. Pero, si escuchas el tema, como mejor queda es con guitarra acústica. Es un tema country. –Y Curt aclara–: No country en plan Ernest Tubb, sino country moderno.

Jim sigue fanfarroneando de su amigo músico ante Rick y Cliff:

—Creedme, si Curt hubiera hecho una versión de «Me and Bobby McGee», podría haber tenido éxito. También hace buenas versiones de Creedence Clearwater, sobre todo del tema ese que hace «du du du».

—¿Qué tema hace «du du du»? –le pregunta Curt, confuso.

—Aquel, ya sabes –le recuerda Jim–, «Du du du, lookin' out my back door».

Curt empieza a tocar al piano el arranque de la canción y canta:

Just got home from Illinois
Lock the front door, oh boy
Look at all the happy creatures
Dancing on the lawn
Dinosaur Victrola, listenin' to Buck Owens
Singin' doo doo doo, lookin' out my back door

Los cuatro hombres aplauden.

—Genial –exclama Rick.

—Bueno, genial no es, pero no me sale del todo mal –dice Curt con humildad, y añade–: A mi hijo le gusta esa canción, así que siempre se la toco cuando estoy practicando en casa.

—¿Qué edad tiene tu hijo? –pregunta Cliff.

—Cumple seis el mes que viene.

Jim anima al músico:

—Sal de detrás de ese piano y enséñales lo que sabes hacer con la guitarra.

—Bueno –acepta Curt, cogiendo la guitarra y poniéndosela sobre el regazo.

Mientras afina el alma del instrumento, le dice a Rick:

—Tengo que admitirlo, Rick, soy un gran fan tuyo. Me encantó *Ley y recompensa. Ley y recompensa* y *El hombre del rifle* son mis dos series favoritas de aquella época. Siempre las veo por la tele. También uno de tus westerns me encanta.

–¿Cuál? –pregunta Rick–. ¿*Tanner*? Es el que le gusta a la mayoría.

Sin dejar de afinar, Curt pregunta:

–¿Quién más sale en ese?

–En *Tanner* salimos Ralph Meeker y yo –dice Rick.

–No, no era Meeker. Me gusta Meeker, pero no era él. –Curt lo piensa un momento y por fin se acuerda–: ¡Glenn Ford!

–Ah, Glenn Ford –dice Rick–. *Hellfire, Texas*. Sí, no está mal. Glenn y yo no nos llevamos muy bien. Él estaba menos comprometido con la película que yo. Ya sabes, uno puede acabar haciendo demasiadas películas, y ese era el problema de Glenn. Pero en general no es mala película.

Curt ya está terminando de preparar su guitarra y Jim le dice:

–Toca algo para lucirte un poco.

–Ah, o sea, que me estoy vendiendo –comenta Curt–. No me había dado cuenta. Gracias por decírmelo.

–Bueno, es lo justo, ¿no? –dice Rick en un tono de broma–. Tú me has dicho que te gusta mi rollo. Así que lo justo es que yo también pueda juzgar si me gusta el tuyo.

Curt ataca el familiar riff de acordes que abre «The Secret Agent Man Theme», de Johnny Rivers. Los demás sonríen cuando lo reconocen. Luego Curt se pone a cantar la primera estrofa.

There's a man who leads a life of danger
To everyone he meets he stays a stranger
Be careful what you say, you'll give yourself away
Odds are you won't live to see tomorrow
Secret Agent Man
Secret Agent Man
They've given you a number and taken away your name

Curt se calla y espera los aplausos, que llegan.

—Es otra de las favoritas de mi hijo –dice. Y, mirando a Rick, le pregunta–: Así pues, ¿existimos en un plano de respeto mutuo?

—Ya lo creo, joder. –Rick levanta su whisky sour–. Un brindis por el trovador.

Todos alzan sus vasos y copas y brindan por Curt.

—Siguiendo con el tema de mi hijo y de ti, los dos somos grandes fans de *Los catorce puños de McCluskey* –le dice Curt a Rick.

—Ah, sí, esa es una de las buenas –confirma Rick.

—¿Sabes que cuando ves una película así –explica Curt–, sobre un grupo de tipos que están en plena misión, siempre eliges al que más te gusta y apuestas por él durante toda la película y esperas que al final salga vivo?

Todos los hombres asienten inconscientemente para mostrar que están de acuerdo.

—Pues tú eras el favorito de mi hijo.

—Oh, es un gran cumplido –dice Rick.

—De hecho, el otro día le enseñé un episodio de *Ley y recompensa* que estaban dando –explica Curt–. Y entonces te señalé y le dije: «Eh, Quent», porque se llama Quentin, «Eh, Quent, ¿sabes quién es ese?». Me respondió que no y le dije: «¿Te acuerdas de aquel tipo de *Los catorce puños de McCluskey* que llevaba parche y lanzallamas y quemaba a los nazis de mierda?». Me dijo que sí y entonces le dije: «Pues es el mismo tipo». ¿Y sabéis que me dijo? –pregunta retóricamente–. Me dijo: «O sea, ¿que es él cuando tenía los dos ojos?».

Todos ríen.

—¿Podrías firmarme un autógrafo para él? –pregunta Curt.

—Claro –dice Rick–. ¿Tienes bolígrafo?

Curt no tiene, pero Warren Vanders sí.

De manera que Rick firma una servilleta de cóctel del Salón de la Fama de los Bebedores para el hijo de Curt, Quentin, dedicándosela al «Soldado Quentin», asegurándose de escribirlo bien, y a continuación escribe: «Saludos del mayor McCluskey y del sargento Lewis». Firma con su nombre, «Rick Dalton», y debajo pone «Sargento Mike Lewis». Y por fin añade un dibujito del sargento Mike Lewis con su parche y una camiseta que dice «Quentin mola» y una posdata en la que se lee «¡Arde, nazi, arde!» debajo del todo.

Jim Stacy refunfuña:

—Uf... *Los catorce putos puños de McCluskey*. Qué decepción. El puto Kaz Garas. Se puede ir a la mierda. Lo siento, seguramente es amigo tuyo —le dice a Rick—. Aun así, que se vaya a la mierda. —Y les explica a Curt, a Cliff y a Warren Vanders que estuvo a punto de conseguir el papel de Kaz Garas en *McCluskey*—. Al final quedamos tres candidatos: Garas, Clint Ritchie y yo. Pero por entonces Garas ya había hecho una película como protagonista con Henry Hathaway. Así que Hathaway llamó a los mandamases de la Columbia para venderles al chaval, y ahí se terminó todo para Ritchie y para mí —dice Stacy con un suspiro.

—¿Qué película hizo Hathaway con Garas? —pregunta Warren Vanders.

—Una mierda africana con Stewart Granger —dice Stacy.

—Yo hice una mierda africana con Stewart Granger —comenta Rick—. El capullo más grande con el que he trabajado.

—Hablando de capullos de mierda —interviene Stacy—. Henry Hathaway, ¡menudo capullo de mierda! —Y se apresura a añadir—: A ver, es buen director, hace buenas películas. Pero ¡no para de gritar, joder! Y, cuando se pone a gritar y a soltar palabrotas, el general Sherman, en comparación, parecía que estuviera recogiendo florecillas cuando se paseó por Georgia.

»Mi mujer trabajó en su última película. Es una chica de lo más dulce, delicada como un pajarillo. El tío le estuvo gritando todo el día, todos los días. Cuando se acabó la película, la pobre prácticamente tenía «fatiga de combate». Más le vale al capullo que no me lo encuentre en un bar un día de estos —dice Stacy, dando un trago de su copa.

—¿Quién es tu mujer? —pregunta Rick.

—Kim Darby —dice Stacy.

—Joder —exclama Rick—. ¿Estás casado con Kim Darby? ¿La de *Valor de ley*?

—Sí, la conocí en el episodio que hice el año pasado de *La ley del revólver* —explica Stacy—. No llevábamos ni dos meses casados cuando la cogieron como protagonista en *Valor de ley*.

—Hostia puta, estás casado con una estrella —dice Rick en un tono emocionado.

—¿Llegaste a hacer el casting para el papel de Glen Campbell en *Valor de ley*? —le pregunta Curt a Jim.

—Nooo… —dice Jim en un tono teatral—. En cuanto Hathaway se enteró de que Kim estaba casada, y no solo casada, sino además casada con un chulito joven y apuesto, no me dejó ni visitar el plató. No quiso verme ni en pintura.

Todos ríen.

—Creo que no hizo ningún casting —especula Jim—. Le dio el papel directamente a Glen Campbell.

Rick da una palmada frustrada al piano.

—Pero ¿de qué va el puto Duke? Tiene papeles tremendos de vaqueros para actores jóvenes y siempre se los da a esos cantantes maricones que no saben actuar: Ricky Nelson, Frankie Avalon, Glen Campbell, el puto Fabian, Dean Martin.

—Bueno —interviene Jim—, Dean Martin es un poco distinto al resto.

—Es un puto cantante de mierda como los demás —insiste Rick.

—Sí —admite Jim—. Pero sabe actuar.

—Sí —dice Rick—. ¡Sabe actuar como un italiano de mierda!

Todos ríen el comentario.

—Y no me hagáis hablar de la puta muerte del puto Frankie Avalon en *El Álamo*.

Más risas. Mirando a Rick pero señalando a Jim, Warren Vanders añade:

—Sabéis con quién estaba casado antes, ¿verdad?

Rick y Cliff niegan con la cabeza.

—Con Connie Stevens —les dice Warren.

Rick da un salto involuntario.

—Joder, ¿estabas casado con Connie Stevens? —le pregunta a Jim.

—Estaba casado y follándome a Connie Stevens.

Rick niega tristemente con la cabeza.

—Cabrón acaparador. Con lo que me gustaba a mí Connie Stevens.

—A ti y a toda América, colega —añade Jim.

—No paré de insistir para que le dieran un episodio de *Ley y recompensa*, pero la ABC no la dejaba hacer series de la NBC, así que nunca lo conseguí. Pero, si lo hubiera conseguido —añade Rick—, podría haber sido perfectamente yo quien la habría llevado al altar.

Stacy no está muy seguro de eso, pero no dice nada. Está acostumbrado a los celos que les provoca a los hombres su historial con las mujeres. Así que retoma la conversación sobre su decepción por *McCluskey*.

—Sí, bueno, tú te llevaste *McCluskey*, y yo, a Stevens. Y yo ya no tengo a Stevens, pero tú siempre tendrás a *McCluskey* —rezonga Stacy—. Podría haber formado parte de un equipo increíble en una peli de tíos duros y dedicarme a cargarme nazis. Y, en cambio, acabé en *Los Monroe*, donde me zurraba ese enano de Michael Anderson Junior.

Los hombres ríen el comentario sobre Michael Anderson Junior.

—Aun así, quién soy yo para quejarme —dice Stacy—. Sí, podría haber sido el cuarto tipo por la izquierda en *Los catorce puños de McCluskey*, pero tú —dice señalando a Rick con su Brandy Alexander— podrías haber sido el puto Rey de la Nevera.

«Joder, otra vez con la mierda de McQueen», piensa Rick.

Cliff esboza una mueca de dolor, consciente de lo mucho que Rick odia esa historia. Este hace un gesto para dejar de lado el tema y le dice a Stacy:

—Venga ya, colega, ya hemos hablado de ese rollo.

Warren Vanders le pregunta a Stacy de qué está hablando.

Jim coge su Brandy Alexander, vuelve a señalar con él a Rick y se pone a actuar para el grupo de hombres:

—Este cabrón de mierda… estuvo así de cerca… —dice e indica una distancia de un par de centímetros con dos dedos de la otra mano—… de conseguir el papel de McQueen en *La gran evasión*.

Tanto Curt como Warren Vanders reaccionan con aspavientos ante esa revelación.

Rick indica también un par de centímetros con dos dedos y dice:

—No estuve así de cerca. —Estira ambos brazos separándolos todo lo que puede y añade—: Estuve así de cerca.

Los demás hombres ríen, pero deciden llevarle la contraria a lo que interpretan erróneamente como falsa modestia.

—Pues para mí esa distancia ya es algo tremendo —señala Warren Vanders.

Curt Zastoupil se encoge de hombros.

—Oh, estuvo a punto de conseguir el papel más legendario de McQueen —dice—. ¡Casi nada!

Stacy señala a Curt:

—EX-AC-TO —confirma. Luego se vuelve hacia Rick y señala con el dedo al grupo de hombres—. Cuéntaselo.

«Y una mierda —piensa Rick—. No pienso contar la misma puta historia dos veces en el mismo puñetero día, y encima al mismo gilipollas.»

—En serio —le dice Rick al grupo—. No hay nada que contar. No son más que cotilleos del Sportsmen's Lodge.

Y, como Rick se está haciendo el remolón, Jim Stacy interviene para contar la historia él mismo:

—Al parecer, McQueen estuvo a punto de rechazar el papel. Así que el director hizo una lista. Cuatro nombres. ¿Y el primero de la lista? —Señala a Rick—. ¡Este cabrón!

—Eso del primero de la lista se lo está inventando —aclara Rick.

—¿Quiénes eran los otros tres? —pregunta Warren Vanders.

Jim contesta por Rick:

—Los otros tres… no os lo perdáis. Los tres George.

—¿Quiénes son los tres George?

—Peppard, Maharis y Chakiris —les dice Jim.

Tanto Curt como Warren hacen muecas de dolor, y Curt añade:

—¡Joder, compitiendo con esos tres te lo habrías llevado seguro!

—¿Qué te dije? —le pregunta Jim a Rick, y luego comenta a Curt—: Lo mismo le dije yo.

En ese momento Maynard grita desde la barra:

—Curt, espero que hayas disfrutado de tu pausa. ¡Ahora entretén a las otras treinta personas que hay en el local!

Jim, Rick, Cliff y Warren se alejan de la zona del piano y Curt se sienta en su banqueta y vuelve al trabajo.

Those eyes cry every night for you
Those arms long to hold you again

Los demás se acomodan de nuevo en la barra, donde Maynard les sirve otra ronda (la tercera para Rick y para Jim, y la segunda cerveza de barril para Cliff). Cliff paga la ronda. Warren Vanders paga su cuenta, se despide y se marcha ahora que todavía está en condiciones de conducir.

En noches como esta, Cliff no suele hablar mucho. No es que se muerda la lengua, interviene de vez en cuando, pero sabe que en noches como esta él es un simple comparsa. Los protagonistas de la noche son dos colegas actores masculinos, olisqueándose mutuamente para crear una relación tanto artística como de trabajo. La noche es de ellos.

Los dos actores de televisión que se han quedado siguen hablando y bebiendo y haciendo lo que suelen hacer todos los actores de su época: contarse batallitas; normalmente se trata de historias de directores y actores con los que ambos han trabajado. Resulta que Stacy también conoce a Tommy Laughlin porque actuó en la primera película de Tommy como director, *The Young Sinner*. Stacy trabajó con el director de *Tanner*, Jerry Hopper, en un episodio de *El pistolero de San Francisco*. Y los dos han trabajado con Vic Morrow. Vic dirigió un episodio de *Ley y recompensa*, y Jim intervino en un episodio de la serie de Morrow, *Hazañas bélicas*. También hablan de los directores que les gustan, es decir, aquellos directores a quienes les gustan ellos y los contratan. Rick canta las bondades de Paul Wendkos y William Witney, mientras que Stacy defiende a Robert Butler.

—¿Y cómo has conseguido tener tan buen rollo con la CBS? —le pregunta Dalton a Stacy.

—Bueno, ya sabes cómo va —dice Stacy—, trabajas para un director de televisión y luego trabajas para otro. Y luego trabajas para uno al que le gustas mucho. Y te conviertes en uno de los suyos. Si el tipo rueda cuatro episodios al año de series distintas, te enchufará en uno o dos si puede.

—Sí, es lo que me pasó con Paul Wendkos y Bill Witney —señala Rick.

—Pues el tipo que me vio a mí como uno de los suyos —dice Stacy— fue Robert Butler. Me metió en unas cuantas de sus series, e incluso en las series que no conseguí ningún papel porque querían un nombre más famoso, un Andy Prine o un John Saxon, les causé buena impresión a los directores de casting y a los productores —prosigue Stacy—. Así que empezó a correr la voz sobre mí en la CBS, y luego se presentó aquel episodio doble tan importante de *La ley del revólver*. Y no me lo dieron sin más, tuve que ganármelo a pulso. Me esforcé por impresionar a los ejecutivos de la cadena, a los productores de la serie y al director del episodio, Dick Sarafian.

—Dick Sarafian fue el guionista de mi primer largometraje como protagonista —comenta Rick.

−¿En serio? −dice Stacy−. ¿De cuál?

−De una peli de persecuciones de coches titulada *Duelo al volante sin pausa*. La dirigió Bill Witney. Tenía un buen reparto: Gene Evans, John Ashley, Dick Bakalyan. Le quité el papel a Bob Conrad −bromea Rick−. Witney no quería tener que cavar un hoyo cada día para meter a los demás actores y que Bob pudiera mirarlos desde la misma altura.

Todos ríen el chiste sobre la estatura de Robert Conrad.

Luego Rick le pregunta a Stacy por el episodio de *La ley del revólver*:

−O sea, ¿que los ejecutivos de la cadena se estaban entrometiendo en el casting de una serie episódica?

−Bueno, ahí está la cosa −explica Stacy−. Se podrían haber decantado por un nombre famoso y darle el papel a Chris George. Pero no querían un nombre famoso. La CBS quería darle el papel a un actor joven y usar aquel episodio de *La ley del revólver* para consolidarlo ante el público de westerns y luego enchufarlo en una serie propia la temporada siguiente.

−Pues bueno. −Rick hace un gesto a Jim a modo de brindis con la copa vacía de su whisky sour y dice−: Eres un cabrón con mucha suerte y espero que seas consciente de ello.

Jim Stacy se molesta un poco.

−Yo no diría que he tenido suerte; diría que me ha ido bien. O sea, no es que fuera un recién llegado a la ciudad que acaba de bajarse de un camión de nabos. Me pasé siete putos años en *Ozzie y Harriet* diciendo: «Eh, Ricky, ¿quieres una hamburguesa?».

−Eh, eh, para el carro, no he dicho que no lo merezcas. Y tampoco lo he insinuado. Te he visto hoy y te lo mereces cien por cien, joder. Solo digo que… a mí me pasó algo parecido. Fueron mis apariciones en *Calibre 44* las que hicieron que la gente se fijara en mí. Y eso llevó directamente a *Ley y recompensa*. En fin, lo que quiero decir es que… este es tu momento. Y espero que sepas apreciar este momento más de lo que yo lo hice.

–¿No lo hiciste? –pregunta Jim.

–Sí –le asegura Rick. A continuación, le da un golpecito en el hombro con la copa vacía de su cóctel y le dice–: Pero no tanto como ahora.

Después de que Maynard les sirva su cuarto whisky sour a Rick, su cuarto Brandy Alexander a Jim y su tercera cerveza a Cliff, los tres empiezan a hablar del tema favorito de los galanes masculinos del cine: las chatis.

Jim le pregunta a Rick si se folló a Virna Lisi y este le pregunta a Jim si se folló a Hayley Mills.

Jim no se la folló o no quiere decirlo. Rick tampoco se folló a Lisi, pero sí lo intentó. Rick le cuenta a Jim que se folló a Ivonne De Carlo y a Faith Domergue cuando salieron de invitadas en *Ley y recompensa*. A De Carlo se la folló porque básicamente, desde los doce años, quería follarse a Elizabeth Taylor. Y supuso que Yvonne De Carlo era lo más parecido que nunca conseguiría.

–¿Fue difícil liarse con Yvonne De Carlo? –pregunta Jim.

Rick levanta la copa vacía de su cóctel y dice:

–Igual de difícil que pedir otro whisky sour.

Los tres ríen la ocurrencia de Rick y de que la haya soltado en el momento oportuno. Jim pide otra ronda, pero Cliff rechaza una cuarta cerveza. Los dos actores esperan a que Maynard les lleve la cuarta ronda de cócteles.

Rick sabe que todavía tiene que llegar a casa y aprenderse los diálogos del rodaje del día siguiente. Más vale que se los aprenda bien, teniendo en cuenta que debe rodar una escena con la pequeña bruja.

Seguramente la cría se sabrá los diálogos de ella y los de él.

Lo cual quiere decir que esta es su última copa. Así que, cuando esta noche se vaya a la cama, por la mañana se acordará de cómo lo hizo.

Pero antes de que su compañero de reparto y él se despidan, Rick dice:

—¿Jim?

—¿Sí?

—¿Sabes ese rollo de *La gran evasión* por el que me has preguntado antes?

—Sí.

—Pues no disfruto tanto con esa historia como parece que disfruta todo el mundo —confiesa Rick—. O sea, si yo fuera Cesare Danova, pues vale. Pero mi situación no es la suya.

—Un momento —dice Stacy, confuso—. ¿Qué coño tiene que ver Cesare Danova con esto y cuál es su situación?

—Bueno —explica Rick—, hace mucho tiempo, y durante un par de minutos nada más, William Wyler se planteó seriamente darle a Cesare Danova el papel de Ben-Hur.

—¿En serio? Joder, no lo sabía.

—No lo sabes porque, en cuanto pasaron esos dos minutos, Wyler recobró el juicio y le dio el papel a Charlton Heston —sigue explicando Rick—. Pero podría decirse que Cesare Danova casi fue Ben-Hur, porque es verdad que casi lo fue. Pero su situación no era la mía.

Jim se queda mirando a Rick, preguntándose adónde quiere ir a parar.

—Mira —continúa el actor—, trabajé muy duro en *Ley y recompensa*. Y, si al final se me acaba conociendo por eso, pues vale. Pero lo que parece interesar más a todo el mundo no es la serie que hice, sino un puto papel que no llegué a hacer, un papel que nunca tuve ni una oportunidad entre mil de hacer.

—Estabas en la lista —le recuerda Jim.

—¡La lista, la puta lista! —exclama Rick, levantando la voz, frustrado.

Maynard y unos cuantos clientes vuelven las cabezas en su dirección. Jim estira el brazo, le da unas palmaditas a Rick en la mano que este tiene apoyada sobre la barra y le dice en voz baja:

—Tranquilo, no pasa nada. Bebe un poco.

Rick bebe más whisky sour con la pajita, mientras Jim lo mira con los ojos muy abiertos.

—Esa lista —insiste Rick con un susurro sarcástico—, que a todo el mundo le parece tan impresionante, tiene pinta de ser una puta patraña. O sea, yo nunca la vi. Pero digamos que existe y que en ella estamos los tres George y yo. —Y pregunta—: ¿Te das cuenta de cuántas cosas descabelladas e imposibles habrían tenido que pasar para que me dieran a mí el papel?

—No te sigo —señala Jim.

—Lo primero es lo primero —empieza a decir Rick—. McQueen tendría que haber cometido la mayor idiotez de toda su vida: rechazar *La gran evasión* y aceptar *Los vencedores*, lo que no hizo, porque no es un puto idiota. —Rick hace una pausa antes de seguir—: Pero solo como hipótesis, digamos que McQueen es un puto idiota y rechaza ese papel espectacular en una película épica que le ha escrito especialmente para él su mentor, John Sturges. ¿Eso significa que yo podría haber conseguido el papel de Hilts, el Rey de la Nevera? —le pregunta Rick a Jim. —Antes de que este pueda contestar, Rick añade—: Claro que no. Si existió una lista, la primera opción habría sido George Peppard —insiste Rick—. No hay ninguna duda sobre eso. Y, si McQueen hubiera rechazado el papel, se habrían dado la vuelta y se lo habrían ofrecido a Peppard. Y como el papel que Peppard sí hizo fue el de *Los vencedores* que había rechazado McQueen, si le hubieran ofrecido *La gran evasión*, Peppard no habría sido un idiota y habría dicho que sí inmediatamente. Y ahí, señor Stacy, se habría terminado todo —concluye Rick.

«Tiene lógica», piensa Jim mientras responde al discurso de Rick con una sonrisa. Pero lo que James Stacy no sabe es que Rick todavía no ha terminado.

—Pero… —prosigue Rick—, solo como hipótesis, digamos que, antes de que pueda hacer el papel, Peppard tiene un accidente de coche en la carretera de Mulholland… No, espera un momento, eso es demasiado típico. Digamos que a Peppard se lo come un tiburón mientras hace surf en Malibú. Y, por tanto, no está disponible. –Rick le resume de nuevo la situación a Stacy para asegurarse de que está siguiendo el hilo de su discurso–: Así pues, McQueen comete la mayor idiotez de toda su vida y a Peppard se lo come un tiburón. ¿Entonces sí que consigo el papel? –le pregunta el actor al otro actor.

Jim asiente con la cabeza.

Pero Rick niega con la cabeza. Y procede a explicárselo a James Stacy como si este fuera un niño de cinco años:

–Pues no, no lo consigo. Lo consigue George Maharis.

Jim Stacy empieza a protestar, pero Rick levanta la mano para acallarlo antes de que pueda empezar.

–¿Y por qué digo eso? Pues te explico por qué. –Rick procede a explicárselo–: Mira, gracias a esa serie de la tele que hizo en 1962, Maharis era muy popular. Y no solo eso, sino que dos años más tarde Sturges le dio el papel protagonista de un thriller titulado *Estación 3 ultrasecreto*; lo cual sugiere que le gusta Maharis. O sea, no me dio a mí el puto papel en *Estación 3 ultrasecreto*.

»Así pues –continúa Rick–, si Steve McQueen comete la mayor idiotez de toda su vida, y a George Peppard se lo come un tiburón, entonces… George Maharis se convierte en Hilts, el Rey de la Nevera. –Rick levanta su cóctel, da un sorbo de bebida amarga con la pajita y brinda por Maharis–: Pero solo como hipótesis, digamos que, antes de que empiece el rodaje, a Maharis lo pillan follando con un hombre en unos lavabos públicos.

Jim Stacy suelta una risotada.

–Así pues, Maharis queda descartado –continúa Rick– y Sturges vuelve a la lista. Entonces ¿consigo el papel?

–¡Antes que George Chakiris, ya lo creo, joder! –insiste Stacy.

Rick niega con la cabeza y le dice a Jim:

–No, no, no, Jim, por supuesto que se lo ofrecen a George Chakiris.

Stacy hace una mueca que indica que no está de acuerdo y Rick procede a demostrárselo levantando la mano y contando las razones con los dedos.

Dedo número uno:

—En primer lugar, está ese Oscar inexplicable que le dieron.

Stacy asiente con la cabeza, reconociéndolo. «Sí, eso es importante.»

Dedo número dos:

—En segundo lugar, *La gran evasión* la produjeron los hermanos Mirisch para la Mirisch Company.

Dedo número tres:

—George Chakiris tiene contrato con la Mirisch Company. Hizo *Escuadrón 633* con ellos. Hizo *Intriga en Hawái* con ellos. Hizo aquella bobada de película de aztecas con ellos. Así que no solo les gusta: ¡también tiene un puto contrato con ellos!

Stacy entiende la lógica de la hipótesis de Rick y afirma con la cabeza.

—Así que el papel es para George Chakiris —resume Dalton—, y no hay más que hablar.

Stacy asiente con la cabeza para mostrar que está de acuerdo con él y se dispone a decir algo, pero Rick lo detiene con un dedo en alto.

—Pero bueno… digamos, solo como hipótesis… que McQueen comete la mayor idiotez de toda su vida, a Peppard se lo come un tiburón en Malibú, a Maharis lo pillan follando con un hombre en un lavabo público… y resulta que el hombre con quien estaba follando Maharis… ¡era Chakiris!

Eso provoca que Stacy esté a punto de escupir su cóctel.

—Así pues, adiós muy buenas —dice Rick, haciendo un gesto de despedida con la mano. Se encoge de hombros y le pregunta a Jim Stacy—: ¿Consigo entonces el papel?

Jim deja su cóctel sobre la barra.

—Pues claro que lo consigues, ¡eres el último nombre de la puta lista!

—Pues a eso iba, Jim —le explica Rick—. ¿Quién cojones contrata al último nombre de la puta lista? ¡Cuando llegas al último nombre de la puta lista, lo que haces es tirar la puta lista y empezar una nueva!

«Mierda —piensa Stacy—. Sí, es lo que suelen hacer.»

—Y, en esa lista, ahora ya no ponen a los tres putos George, ponen a los dos putos Bob: Redford y Culp. Y, de pronto, deciden que el tipo sea británico y le dan el papel a Michael Caine. O bien —concluye Rick—, deciden mandarlo todo a la mierda y pagarle a Paul Newman lo que pide. O bien les llaman los agentes de Tony Curtis y les ofrecen un buen precio por Tony. Da igual lo que hubiera pasado, yo nunca tuve ninguna oportunidad, joder. —Luego Rick intercambia una mirada con Cliff, indicándole que es hora de largarse, y deja su copa vacía sobre la barra con gesto teatral a modo de conclusión—. Y con esto, señor Lancer, me despido de usted. Tengo un montón de diálogos que aprenderme esta noche, y más me vale aprendérmelos o mañana me machacará los huevos esa mocosa apisonadora.

24
Nebraska Jim

Después de despedirse de Jim Stacy y de los habituales del Salón de la Fama de los Bebedores, Cliff deja a Rick en su casa sobre las diez y media de la noche; tiempo suficiente a fin de que Rick se estudie sus diálogos para el trabajo del día siguiente y se vaya al catre sobre las doce o las doce y media. Nada más entrar por la puerta, Rick conecta su contestador automático, como hacen todos los actores del mundo para ver si ha recibido algún mensaje importante. Y, en efecto, hay uno del agente Marvin Schwarz.

«Caray, qué rápido», piensa Rick.

Así que marca a toda prisa el número que ha dejado el agente y Marvin coge el teléfono al tercer timbrazo.

—Hola, señor Schwarz —dice Rick—, soy Rick Dalton.

—Rick, muchacho —contesta en tono sociable el agente—, cómo me alegro de que hayas llamado. Tengo dos palabras para ti: Nebraska Jim. Sergio Corbucci.

—¿Nebraska qué? ¿Sergio qué?

—Sergio Corbucci —repite Marvin.

—¿Y quién es ese?

—El segundo mejor director de spaguetti westerns de todo el mundo –le informa Marvin–. Y está haciendo un nuevo western, que se titula *Nebraska Jim*. Y, gracias a mí, está pensando en ti.

—Nebraska Jim. ¿Y Nebraska Jim soy yo?

—Sí, eres tú.

—¿Así que me lo está ofreciendo a mí?

—Pues no.

—O sea, ¿que no tengo el papel?

—Lo que tienes es una cena. Acaba de reunirse con tres actores jóvenes. Y, gracias a mí, ahora va a reunirse con un cuarto. Dentro de dos jueves; tú, Sergio y su mujer, en el Nori, su restaurante japonés favorito de Los Ángeles.

—¿Y quiénes son los otros tres? –pregunta Rick.

Marvin los recita:

—Robert Fuller, Gary Lockwood, Ricky Nelson y Ty Hardin.

—Eso son cuatro –señala Rick.

—Ah, es verdad –se da cuenta Marvin–. Perdona, pues tú eres el quinto.

—¿Ricky Nelson? –pregunta Rick con incredulidad–. ¿Está considerando al puto Ricky Nelson?

—Ay, querido –le recuerda Marvin–, Ricky Nelson era una de las estrellas de *Río Bravo*, que es una película mucho mejor que cualquiera de las que has hecho tú.

—Mira, señor Sch-Sch-Schwarz –tartamudea Rick–, eso es maravilloso, pero ¿puedo hablarte sinceramente?

—Siempre –dice Marvin.

—Por lo que respecta al rollo ese de los spaguetti westerns…
–empieza a decir Rick.

—¿Sí?

—No me gustan.

—¿No te gustan?

—Pues no. De hecho, me parecen espantosos.

—¿Espantosos?

—Sí.

—¿Cuántos has visto?

—Un par.

—¿Y esa es tu opinión de experto?

—Mira, señor Schwarz, crecí viendo a Hopalong Cassidy y a Hoot Gibson. Todo eso de los vaqueros italianos no me va.

—¿Porque son espantosos? —pregunta el agente.

—Sí.

—¿A diferencia de los notables trabajos de alta calidad de Hopalong Cassidy y de Hoot Gibson?

—Venga, ya me entiendes.

—Mira, Rick —dice el agente—, no quiero ser insensible, pero tu historial en el cine no es tan estelar para que desprecies una película en la que se están planteando contratarte como protagonista.

—Soy consciente de eso, señor Schwarz —admite Rick—. Pero quizá, en vez de escaparme a Roma, lo más inteligente sería quedarme aquí y probar suerte con los episodios piloto de la próxima temporada. A ver, a alguien le tiene que tocar la lotería. Quizá me toque a mí.

—Mira, hijo —dice Marvin—, déjame que te cuente la historia de un cliente mío. Antes de que mandáramos vaqueros a cabalgar por los platós de Cinecittà, solíamos enviarlos a Berlín. Antes de que a los putos italianos se les ocurriera la brillante idea de hacer westerns, los que habían entrado en el juego eran los alemanes —le explica Marvin—. Resulta que había un novelista alemán llamado Karl May que escribió una serie de libros ambientados en el noroeste de Estados Unidos durante la época de los pioneros. Y el hecho de que Karl May nunca hubiera puesto un pie en Estados Unidos no impidió que esos libros triunfaran entre el público alemán.

»Los libros siguen las andanzas de dos hombres. Uno es un jefe apache llamado Winnetou y el otro es su hermano de sangre montañés blanco, Old Shatterhand. Así pues, en los años cincuenta, una productora de cine alemana empezó a rodar películas alemanas basadas en aquellas novelas. Para interpretar al indio, eligieron a un actor francés llamado Pierre Brice. Pero yo conseguí, para el papel de Old Shatterhand, que eligieran a mi muy viril cliente estadounidense, Lex Barker. Antes de irse a Alemania, Lex había hecho un puñado de películas estadounidenses, hasta había hecho de Tarzán; y había sido un Tarzán de narices, creo yo. Pero estaba casado con Lana Turner. Así que no importaba lo que hiciera, porque era el puto marido de Lana Turner.

»Así que le conseguí la película alemana. Y no quería ir. ¿Un western alemán? ¿Eso qué coño era? ¿Un western alemán con un puñetero indio francés?

»Y me dijo: "Marvin, ¿qué coño intentas hacer conmigo? Tiene que haber un límite a lo que un actor esté dispuesto a hacer por dinero". Y yo le dije, igual que te estoy diciendo a ti: "A ver, ¿qué problema tienes, hostia? En primer lugar, no es que haya una cola así de larga de gente en Estados Unidos que quiera contratarte para ser protagonista de sus películas. En segundo lugar, no te estás alistando en el puto ejército. Te vas a Alemania, haces una película, pasas allí cinco o seis semanas, ganas un buen pellizco y te vuelves. Así de fácil. Vas y vienes". Al final conseguí que fuera. Y el resto, como suele decirse, es historia del cine alemán.

»¡La película fue un puto pelotazo! Y no solo en Alemania, sino en toda Europa. ¡Lex interpretó a Old Shatterhand seis veces! ¡Y es uno de los actores más populares de la historia del cine alemán! Pero sus películas se ven en toda Europa. En Italia se hizo tan popular que Fellini le dio un papel en *La dolce vita*. ¿Y sabes de quién hace? ¡De Lex Barker! Así de famoso se ha vuelto.

»Después de seis películas, lo dejó. Lo han sustituido por grandes estrellas estadounidenses como Stewart Granger y Rod Cameron. Pero a estos ya no los llaman Old Shatterhand; los llaman con nombres de mierda como Old Skatterhand y Old Surehand y Old

Firehand. ¿Y por qué? ¡Pues porque en Alemania todo el mundo sabe que Old Shatterhand es Lex Barker y nadie más que él! –El agente va al grano–: Mira, querido, me has preguntado si puedes hablar sinceramente conmigo. Pues ahora soy yo quien te va a hablar con toda sinceridad. Has intentado hacer la transición de la tele al cine y no te ha funcionado. Pero, bueno, casi nunca funciona, así que bienvenido al club. –Poniendo ejemplos que no incluyan a Rick, Marvin dice–: Sí, le funcionó a McQueen y a Jim Garner y, lo más increíble de todo, le funcionó a Clint Eastwood. Pero ahora los tipos como tú, como Edd Byrnes, Vince Edwards y George Maharis, que os pasasteis toda vuestra carrera peinándoos los tupés con vuestros peines de bolsillo, estáis todos en el mismo barco.

»Mientras estabais distraídos, las tendencias cambiaron. Hoy en día, para ser protagonista, tienes que ser el hijo hippy de alguien: Peter Fonda, Michael Douglas, el hijo de Don Siegel, Kristoffer Tabori... ¡El puto Arlo Guthrie! Los tipos greñudos y andróginos, esos son los actores protagonistas de hoy en día. –Marvin hace una pausa teatral y añade: –Todavía llevas tupé, coño. ¡Hasta el puto Elvis se ha quitado ya el tupé! ¡Hasta el puto Ricky Nelson se ha quitado el puñetero tupé! El desgraciado de Edd «Kookie» Byrnes hace anuncios de laca para la tele, joder, y dice: «El look de pelo húmedo ha muerto, larga vida al pelo seco». ¡El desgraciado de Kookie! Pero tú no, Rick. Tú sigues con el tupé de los cojones.

–Pero mira –le dice Rick en un tono alterado–, en la escena que he rodado hoy no llevaba tupé.

–¡Pues ya era hora, joder! –exclama Marvin–. En mi opinión, hace años que tendrías que haber empezado a usar laca y cepillo térmico para alisarte el pelo. –Luego Marvin cambia de tono: –Pero esa no es la cuestión. La cuestión es que, en Italia, puedes hacer lo que te dé la gana. Si de pronto quieres ponerte amanerado como Tony Curtis, pues adelante. Si quieres llevar el pelo como lo has llevado los últimos veinte años, pues de puta madre. A los italianos se la suda. ¿Sabes toda esta mierda hippy que aquí está en todas partes, por todo Estados Unidos? Pues en Roma pasó lo mismo. La diferencia es que los italianos echaron a todos esos piojosos. Y, en consecuencia, la cultura juvenil no ha dominado la cultura popular como ha pasado aquí con estos hippies maricones.

–Hippies maricones –repite Rick por lo bajo con rabia.

Y entonces el gran Marvin Schwarz lanza su conclusión:

–Así pues, Rick, he aquí la pregunta del siglo. ¿Dónde quieres estar el año que viene por estas fechas? ¿En Burbank, recibiendo palizas de negros o de melenudos? ¿O en Roma... protagonizando westerns?

25
El último capítulo

Roman y Sharon Polanski van a toda pastilla por el Sunset Strip en su English Roadster descapotable. Sharon odia ese coche.

Odia lo antiguo que es.

Odia los ruidos que hace cuando Roman cambia de marchas.

Odia lo mal que sintoniza la radio.

Pero, por encima de todo, odia que sea descapotable y que Roman siempre insista en conducirlo con la capota bajada.

Roman siempre le dice en broma a Warren Beatty que «la vida es demasiado corta para no conducir un descapotable».

Para él es fácil decirlo, con ese pelo estilo paje que tiene. Pero ella se esfuerza mucho para llevar el pelo siempre impecable. Y, después de pasar por la peluquería y salir con un peinado perfecto, ¿se lo tiene que recoger con un pañuelo?

Es un crimen contra la belleza.

La pareja de Hollywood acaba de aparecer en el programa de televisión de Hugh Hefner *Playboy After Dark*. Suenan las diez de la noche mientras se alejan a toda velocidad del edificio Sunset 9000, donde se graba el programa, y pasan como una exhalación por delante del Ben Frank's Coffee Shop y del Tiffany Theater, que anuncia en su marquesina *Lonesome Cowboys*, de Andy Warhol.

Roman sabe que no debería haber aceptado asistir a otro evento el día después de la fiesta en la mansión Playboy, y nota el silencio hostil de Sharon. Sabe perfectamente que ella había planeado pasar la noche en casa, leyendo en cama. Y sabe que a Sharon le supone mucho más trabajo emperifollarse para esas apariciones en la tele que a él.

Y, aun así, ella se ha emperifollado, ha salido de casa y ha dado la talla por él.

Pero ahora llega el resentimiento fruto de la guerra fría. Sharon siempre tiene una presencia tan soleada que, cada vez que se tapa ese sol, el efecto es escalofriante.

En la 93 KHJ, la voz del pinchadiscos nocturno Humble Harve suena a intervalos entrecortados por los altavoces de mierda del Roadster, junto con un tema ridículo de Diana Ross and the Supremes, «No Matter What Sign You Are, You're Gonna Be Mine You Are». A Roman le ha llegado el momento de mostrar arrepentimiento y gratitud, y de enfrentarse a la tempestad rubia.

—Mira, cariño —empieza a decir—, sé que no era esto lo que querías hacer esta noche.

A través del parabrisas del Roadster se ve el tejado rojo del Der Wienerschnitzel de Larrabee mientras Sharon echa un vistazo a Roman y asiente con la cabeza.

—Y sé que estás dolida —continúa él— porque no te he consultado y ha sido una falta de consideración por mi parte.

Ella vuelve a mostrarse de acuerdo con un asentimiento de la cabeza.

—Y sé que te lo has tomado muy bien —prosigue él.

En realidad, ella se ha pasado la tarde quejándose del tema con Jay, pero Roman no lo sabe.

Por fin habla la esfinge rubia:

—Sí, todas esas cosas son ciertas.

—Has sido un ángel —le dice él— y por eso te quiero.

«Ah, o sea, que por eso me quieres», piensa ella, y pone los ojos en blanco exasperada.

Los ojos en blanco le indican a Roman que seguramente su comentario no ha sido el más indicado.

Mientras pasan con el coche por delante del London Fog, dejando a un lado el Strip y, al otro, el Whisky a Go Go, Roman intenta dialogar con ella:

—Bueno, que sepas que sé que estoy en deuda.

Ella replica al instante:

—¿Qué quiere decir con que estás en deuda?

—Pues que estoy en deuda contigo por haber hecho esto.

—Lo sé. Estoy de acuerdo. ¿Y qué piensas hacer para pagar esa deuda?

Da la impresión de que Roman no se había tomado su afirmación tan en serio como Sharon, así que ahora parece un poco perdido.

—Bueno, quiero decir… —Piensa a toda prisa y añade—: Que ahora puedes pedirme que haga algo que yo no quiera hacer.

«Sí, eso es», se dice. Una compensación tipo ojo por ojo.

Y le da algunos ejemplos de lo que podría ser:

—Es decir, si te apetece ir a un evento benéfico que significa mucho para…

Ella lo interrumpe:

—Fiesta en la piscina.

—¿Qué?

—Fiesta en la piscina.

—¿Fiesta en la piscina? Pues vale. ¿Cuándo?

—Esta noche.

—¿Esta noche?

—Sí, esta noche.

—Oh, cariño, estoy muy cansado. Me voy mañana a Londres. Tengo ganas de llegar a casa y…

—¡Bua, bua, bua! Eso mismo dije yo anoche cuando te comprometiste a que fuésemos al coñazo de hoy. Pero ¿dónde estoy? Pues aquí. Toda arreglada después de mi número de «gatita sexy» para Hugh Hefner, las cámaras de televisión y una panda de gilipollas de Hollywood. —Y añade, en tono de acusación: —Sabes que voy por la mitad de un libro, ¿no?

Él asiente con la cabeza.

—Y sabes que ahora mismo querría estar en mi cama leyendo, ¿no?

Él asiente con la cabeza.

—Y sabes que no me gusta tener que hacer el número dos noches seguidas si no es necesario, ¿no?

Él asiente con la cabeza.

—Pero lo he hecho, ¿verdad que sí?

Roman suelta un gruñido.

—No me gruñas, chaval —le advierte ella.

Roman prueba una maniobra de distracción:

—Pero si te acabas de arreglar el pelo.

«Míralo, qué listo él», piensa Sharon.

—¿Hay alguna razón que yo desconozca para que necesite llevar mañana también mi peinado de *Playboy After Dark*?

—No. —Él se encoge de hombros, derrotado.

—¿Algún compromiso del que no esté enterada? ¿Alguna aparición personal?

—No.

—¿Podré leer mi libro?

—Sí —contesta él con un suspiro.

—Pues, en ese caso, una fiesta en la piscina esta noche salda toda tu deuda. —Y añade en tono teatral—: Si es que realmente te importa…

—Vale —dice Roman, soltando un suspiro derrotado.

—Muy bien, ahora dilo con una sonrisa.

Él sonríe y dice:

—Podemos hacer una fiesta en la piscina.

—Ahora pídemelo —exige ella.

Roman pone los ojos en blanco.

—¿En serio? ¿Quieres llevar esto tan lejos?

—Pídemelo.

Roman se traga su irritación, exhibe una expresión complaciente y le da a Sharon lo que quiere:

—Sharon, ¿te gustaría que montáramos esta noche una fiesta en la piscina?

Sharon suelta un gritito, da una palmada y dice:

—¡Roman, qué idea tan fantástica! —Se inclina hacia él para darle un beso—. Vamos a casa. Tengo que hacer unas cuantas llamadas.

Rick ve que está llegando una lenta comitiva de coches a la residencia de los Polanski. «Deben de haber montado una fiesta», piensa. Rick Dalton está en la entrada para coches de su casa, vestido con el kimono rojo de seda que se compró en uno de sus viajes a Japón, regando las rosas de su jardín mientras repasa los diálogos del día siguiente con su grabadora. Un jardinero japonés le dijo una vez que tenía que regar las rosas de noche para que pudieran absorber los nutrientes sin que el sol evaporara la mayor parte de estos. Está repasando los diálogos de su escena con la niña. No tiene ninguna intención de que ese pequeño monstruo lo pille a contrapié.

Cliff lo ha dejado en casa a las diez y media después de su visita al bar de San Gabriel.

Ha estado unos veinte minutos al teléfono con Marvin Schwarz. Luego ha llenado un tanque de cerveza con whisky sour y se ha puesto a repasar sus diálogos. Ya lleva una hora haciéndolo, faltan cinco minutos para la medianoche y cree que ya tiene sus líneas bastante por la mano.

Desde su entrada para coches puede oír los ecos de la fiesta de los Polanski. Oye la música, las risas, la frivolidad y los chapoteos ocasionales en la piscina. Todavía no ha conocido al director ni a su mujer. De hecho, hasta ayer mismo por la tarde no los había visto. Él parece un poco capullo, pero a ella se la ve maja. Quizá un día se encuentre con ella cuando salga a recoger el correo.

Un Porsche descapotable pasa zumbando a velocidad excesiva por Cielo Drive y se detiene frente a la verja de la residencia Polanski. Rick echa una mirada irritada al coche y se queda helado cuando reconoce al conductor. «¡Hostia puta, es Steve McQueen!»

—¡Steve! —lo llama Rick.

El conductor del Porsche echa un vistazo hacia el lugar de donde lo llaman y ve a un tipo vestido con un kimono japonés de seda roja y cargado con un tanque de cerveza, una grabadora y una manguera. Entrecierra los ojos y por fin reconoce al tipo del kimono rojo. Le contesta en tono incierto:

—¿Rick?

Dalton se acerca al coche.

—Eh, colega, cuánto tiempo.

—Ya lo creo —le responde McQueen—. ¿Cómo te va?

Dalton se acerca a McQueen y le estrecha la mano.

—Bueno, no puedo quejarme.

De hecho, Rick solo tiene quejas sobre su carrera, su vida y el mundo, pero no es cuestión de quejarse delante de Steve.

La estrella de cine mira la casa que hay detrás de Rick.

—¿Es tu casa?

—Sí. —Rick sonríe—. Construida con el dinero de *Ley y recompensa.*

McQueen enarca las cejas.

—¿Te la hiciste construir tú?

—No —dice Dalton—, es una manera de hablar.

«Gilipollas.»

Steve le dirige una de sus sonrisitas marca de la casa con su boca diminuta.

—Pues me alegro por ti. Has invertido bien el dinero. He oído que Will Hutchins y Ty Hardin están en la ruina.

«En otras palabras —piensa Rick—, a ti te va mejor que a las otras viejas glorias. Al menos tienes casa. Bullitt ha hablado.»

—Bueno, no salgo de protagonista en *El Yang-Tsé en llamas* como tú —dice, mencionando la única nominación de McQueen a un Oscar—, pero me gano la vida.

—Bueno, eso quiere decir que estás mejor que el ochenta por ciento restante —señala McQueen con una sonrisa y un gesto con el dedo.

«La estrella de cine que más cobra en el mundo me felicita por ganarme la vida como actor. Mil gracias.»

—Por cierto —dice Dalton—. Aposté por ti en aquella nominación al Oscar —dice, refiriéndose otra vez a *El Yang-Tsé en llamas*.

McQueen no dice nada, se limita a sonreír.

Rick sabe lo que eso significa: se ha acabado la breve conversación.

Pero antes de que se abra la verja y McQueen y su Porsche salgan zumbando de su vida, a Rick le gustaría conectar con él. En las dos realidades distintas en las que ahora existen ya es imposible. Pero, durante la época en que compartían terreno, sí que hubo un incidente en el que ambos estuvieron involucrados y que Rick podría sacar a colación sin resultar demasiado patético.

—Eh, Steve —dice Rick—, me estaba preguntando si te acuerdas de aquella vez, durante la primera temporada de mi serie y la segunda de la tuya, en que jugamos al billar en el Barney's Beanery.

Resulta que McQueen sí se acuerda.

—Sí —confirma—. Me acuerdo. —Y rememora—: Jugamos tres partidas, ¿no?

—Sí —asiente Rick, contento de que Steve se acuerde—. Por entonces fue todo un acontecimiento. Ya sabes, Josh y Jake jugando al billar.

McQueen está de acuerdo con Rick:

—Es que fue un acontecimiento. Josh y Jake jugando al billar... Podríamos haber vendido entradas.

Rick ríe el chiste de Steve.

McQueen piensa en ello y dice:

—De hecho, creo recordar que para la primera partida tuvimos de público al bar entero. —McQueen lo señala—. Ganaste tú. La segunda partida ya solo la vio la mitad del bar. —Se señala a sí mismo con el pulgar—. Fue la que gané yo. —Y ríe al rememorarlo—. Y la tercera partida ya no le importó a nadie.

Muy conmovido, Rick asiente con la cabeza. «Se acuerda.»

—Pero no recuerdo quién ganó la tercera... —comenta McQueen.

—Nadie —contesta Rick—. No la terminamos. Tuviste que irte.

McQueen sabe que eso significa seguramente que iba perdiendo.

En ese momento, se detiene detrás del Porsche de McQueen otro coche de unos que también asisten a la fiesta de Sharon, poniendo fin al reencuentro. Los dos hombres miran al otro coche y luego se miran entre sí.

—¿Así que vives aquí? —dice McQueen, señalando la casa de Rick.

—Sí —confirma Rick.

—Pues quizá un día llamaré a tu puerta y podemos ir al Barney's a terminar esa partida.

Rick sabe que eso nunca pasará, pero, aun así, es un comentario amable.

—Me encantaría —dice Rick, sinceramente—. Me alegro de volver a verte, Steve.

—Igualmente. Cuídate.

Steve se gira entonces hacia el interfono que hay frente a la casa de los Polanski y pulsa el botón.

Del altavoz sale la voz de Sharon.

—¿Hola?

Steve le dice al aparato.

—Soy yo, cielo, ábreme.

La verja de los Polanski se abre. El coche de Steve y el que va detrás suben por la entrada para coches y desaparecen de la vista de Rick.

Él se queda allí con el tanque, la grabadora y la manguera del jardín en las manos, mirando cómo se cierra la verja de la residencia de los Polanski. Da un trago a su whisky sour. Luego oye sonar el teléfono dentro de la casa.

«¿Quién coño llama a medianoche?»

Entra deprisa en la casa y contesta el teléfono que hay instalado en la pared de la cocina.

—¿Diga? —dice.

La voz femenina del otro lado de la línea pregunta:

—¿Rick?

—¿Sí? —contesta él.

—¿Te estás aprendiendo tus diálogos? —pregunta la voz.

«¿Qué coño es esto?»

—¿Quién habla? —pregunta él.

—Soy Trudi. Ya sabes. Mirabella, del trabajo.

Con sorpresa genuina, Rick dice:

—¿Trudi? Trudi, ¿sabes qué hora es?

Ella suspira al otro lado de la línea.

—Vaya pregunta más tonta. Pues claro que sé qué hora es. Nunca me voy a dormir hasta saberme los diálogos de pe a pa. No creo en esa chorrada de aprenderse los diálogos durante el día, sobre todo en televisión. No tienes voz de que te haya despertado. —Y pregunta—: ¿Te he despertado?

—Pues no —confiesa él.

—Entonces ¿qué problema hay? —pregunta ella en un tono desafiante.

—Ya sabes qué problema hay —dice él, con irritación creciente en la voz—. ¿Tu madre sabe que estás llamando?

Trudi suelta una risa al otro lado de la línea y le dice a Rick:

—A las diez y cuarenta y cinco mi madre ya se ha pimplado siempre tres o cuatro copas de chardonnay y está durmiendo con la boca abierta en el sofá con la tele encendida, esperando a que la despierte el cierre de la emisión con el himno nacional y la mande a la cama.

—Trudi, no puedes llamarme a estas horas —insiste Rick.

—¿Me estás sugiriendo que no es apropiado?

—No es apropiado.

—No cambies de tema y contesta la pregunta.

—¿Qué pregunta?

—¿Te estás aprendiendo tus diálogos?

—Pues mira, doña Listilla, resulta que sí.

—Ya, claro —dice ella, sarcástica.

—¡Que sí! —insiste él.

—Seguro que estás viendo *Johnny Carson* —comenta Trudi en un tono desdeñoso.

—¡Que no! ¡Estoy aprendiéndome mis putas líneas, pequeña bruja!

Tras perder la calma y llamarla bruja, Rick oye cómo se ríe la vocecita del otro lado de la línea. El ruido de su risita hace que él también ría.

Y, riéndose aún, ella le pregunta:

—¿Te estás aprendiendo nuestra escena?

—Que sí —insiste él.

—Yo también —dice ella, y le propone—: ¿Quieres que la repasemos juntos?

«Muy bien —piensa él—. Esto ya ha ido demasiado lejos.» Tiene que pararle los pies a esa pequeña lianta.

—Mira, Trudi, no me parece nada bien que hablemos por teléfono a medianoche sin que lo sepa tu madre —le dice con sinceridad.

Con paciencia infinita, Trudi replica:

—Te comportas como si mañana por la mañana, tras levantarme, tuviera que asistir a clases en una pequeña escuela pintada de rojo. Pero no, lo que voy a hacer es trabajar contigo. Y vamos a hacer esa escena. Tú estás despierto y yo también. Tú estás trabajando en esa escena y yo también. Así pues —le sugiere ella—, trabajemos juntos. De ese modo, mañana nos presentamos al trabajo, sin que nadie sepa que lo hemos preparado juntos, ¡y los dejamos alucinados! —A continuación, a modo de pulla, añade—: ¿Sabes, Rick? No nos pagan para que lo hagamos sin más; nos pagan para que lo hagamos de maravilla.

«Lo que dice esta enana tiene sentido. A ver, es una colega actriz. Y teniendo en cuenta la reacción de Sam ante la última escena que hicimos juntos, si ella y yo arrancamos mañana de la casilla de salida perfectamente preparados, podemos dejarlos alucinados.»

—¿Necesitas el guion? —le pregunta a la niña.

—Creo que no —contesta ella.

—Yo tampoco. Venga, cielo, empieza tú.

Al otro lado de la línea, Trudi cambia repentinamente de voz para reproducir la intensidad dramática de la víctima traumatizada del rapto, Mirabella:

—¿Qué pretendes hacer conmigo?

Rick camina por su cocina vestido con su kimono de seda roja, da un trago a su whisky sour del tanque de cerveza y adopta el dialecto vaquero de Caleb DeCoteau:

—Pues mira, señorita, todavía no lo he decidido. Podría hacer muchas cosas contigo. Podría hacerte muchas cosas. Pero también podría soltarte, si tu padre entra en razón.

Trudi, en el papel de Mirabella, le pregunta:

—¿Y qué tiene que hacer él para que me sueltes?

Rick, en el papel de Caleb, espeta en un tono propio de un maniaco:

—¡Puede hacerme rico, nada menos! Puede darme un cofre lleno de dinero y luego olvidarse de mí. O bien yo le daré un cofre lleno del cuerpo de su hija muerta, y entonces nunca me olvidará.

La niña inocente le pregunta al criminal corrupto:

—O sea, ¿que me asesinarías? Y no porque estés furioso conmigo, ni siquiera con mi padre. —Trudi hace una pausa teatral y dice—: ¿Sino por simple codicia?

Caleb contesta sin inmutarse:

—La codicia es lo que mueve el mundo, señorita.

La señorita dice su nombre en voz alta:

—Mirabella.

—¿Qué? —pregunta Caleb.

La niña de ocho años le repite su nombre al líder de los forajidos:

—Me llamo Mirabella. Si vas a matarme a sangre fría, no quiero que pienses en mí simplemente como la niñita de Murdock Lancer.

Hay algo en su forma de decirlo que toca la fibra del forajido. Y de pronto, para Caleb, es importante asegurarle que su conducta está siendo ecuánime:

—Mira, no tienes por qué preocuparte. Es evidente que tu padre me pagará mi dinero. Tú lo vales y él lo tiene. Por tanto, en cuanto me pague, te soltaré sin ningún rasguño.

Al otro lado de la línea se hace el silencio. Luego se oye de nuevo la voz de la niña, pero, en lugar de transmitir intensidad dramática, hace una observación sorprendentemente analítica:

—Es una forma interesante de decirlo.

—¿Qué? —pregunta Caleb, confuso.

Y Mirabella Lancer, en un tono que recuerda poderosamente al de Trudi Frazer, le explica su comentario al líder de «los piratas de tierra firme»:

—Has dicho «mi dinero», pero es el dinero de mi padre, el dinero que él ha ganado, no robado, criando ganado para luego venderlo. Pero tú has dicho «mi dinero». ¿De verdad crees que el dinero de mi padre te pertenece?

Y con ese tono, la pequeña Mirabella y la pequeña Trudi tocan sendas fibras en la psique tanto del forajido como del actor, y en medio de la cocina –vestido con su kimono de seda roja–, Rick Dalton, en la piel de Caleb DeCoteau, vuelve a convertirse en el bandido despectivo, megalómano y asesino que siempre ha sido, y le contesta con un enorme exabrupto:

—¡Eso mismo, Mirabella, me pertenece! ¡Me pertenece todo aquello que pueda coger! ¡Y, después de cogerlo, me pertenece todo lo que consiga quedarme! ¡Y, si tu padre quiere impedir que te vuele esa cabeza de chorlito, tendrá que pagar lo que le pido!

En otras palabras: una serpiente de cascabel montada en moto.

La niña le hace una pregunta simple:

—¿Y mi precio son diez mil dólares?

Sin aliento, forajido y actor contestan:

—Eso mismo.

—Parece mucho dinero para una pequeñaja como yo –comenta la pequeña y coqueta rehén.

—Ahí es donde te equivocas, Mirabella –le contesta Caleb con sinceridad. Y, movido por la emoción, Rick improvisa–: Si yo fuera tu padre… –Y se interrumpe.

—¿Qué? –le exige saber la voz al otro lado de la línea.

Rick abre la boca, pero no le salen las palabras.

La niña al otro lado del teléfono pregunta en un tono autoritario:

—Si fueras mi padre, ¿qué?

—¡Me cortaría un brazo si hiciera falta para recuperarte!

El silencio llena la sala y la escena, pero Rick puede oír por el teléfono la sonrisa petulante de Trudi.

Luego, tras una pausa teatral por la que podrían circular tres camiones, Trudi, en el papel de Mirabella, responde a la frase preguntando:

–¿Eso ha sido un cumplido, Caleb?

Entonces Trudi se sale de su interpretación para leer las indicaciones escénicas.

–«En ese momento Johnny se encuentra detrás de la puerta y llama. Toc, toc.»

–¿Quién es? –pregunta Caleb.

Trudi pone una voz grave de vaquero y dice:

–Madrid.

–Entra –ordena Caleb.

–El resto de tu diálogo es con Johnny –le dice Trudi a Rick–. Así que yo haré la parte de Johnny.

Poniendo su voz gutural de Johnny Madrid, Trudi le pregunta:

–¿Cuál es el plan?

–El plan –le dice Caleb– es que dentro de cinco días Lancer se reúna con nosotros en México con diez mil dólares.

–Es mucho dinero para llevarlo encima durante un trayecto tan largo –dice ella con acento del Oeste.

Caleb suelta un resoplido de burla.

–Eso es problema de Lancer.

Trudi, haciendo de Johnny, señala:

–Si le pasa algo a ese dinero y no lo conseguimos, será nuestro problema.

Caleb se vuelve de pronto hacia Johnny y le dice en tono violento:

–¡Si le pasa algo a ese dinero, el problema será de ella! –Con fuego en los ojos, le dice a Johnny Lancer–: ¡A ver si lo entiendes, tío! ¡Dentro de cinco días, Murdock Lancer me va a pagar mis diez mil dólares! Y, si les pasa algo a mis diez mil dólares antes de que me lleguen, no pienso mostrarme comprensivo. Aquí no estamos jugando a «bueno, lo intenté». Como Murdock Lancer no me ponga diez mil dólares en la palma de la mano, ¡le aplasto con una roca la cabeza a esta niña!

El estallido de ira deja a Rick y a Caleb jadeantes. Después de tomarse la merecida pausa dramática que una vez le negó George Cukor, Rick pregunta:

—¿Qué pasa, tienes algún problema con eso… Madrid?

Haciendo de Johnny, Trudi contesta:

—Mi único problema, Caleb, es que no paras de llamarme Madrid.

Caleb suelta un resoplido de burla.

—Es como te llamas, ¿no?

—Ya no —dice ella—. Ahora me llamo… Lancer, Johnny Lancer.

Rick se echa la mano a la pistolera imaginaria que le cuelga de la cadera, mientras al otro lado de la línea Trudi exclama a voz en grito:

—¡Pum, pum, pum!

Rick suelta un chillido atroz y se desploma en el suelo de linóleo de su cocina, agarrándose la cara como si Johnny le hubiera disparado en ella.

—¿Qué ha sido eso? —le pregunta Trudi al teléfono.

Y Rick le dice desde el suelo de su cocina:

—He actuado como si me hubieran disparado en la cara.

—Oh, buena idea —exclama ella con entusiasmo. Y al cabo de un momento le dice, entusiasmada—: ¡Eh, colega, nos ha quedado una escena de narices!

Rick se incorpora hasta sentarse en el suelo y apoya la espalda en la nevera.

—Pues sí —admite.

—¡Mañana vamos a arrasar con esta escena! —dice su compañera de escena.

«Tiene razón.»

—Sí —asiente él—. Creo que sí.

Se hace un momento de silencio entre los dos actores.

Y entonces la muchacha le recuerda:

–Uau, Rick, ¿a que tenemos un trabajo genial? Qué suerte la nuestra, ¿no?

Y, por primera vez en diez años, Rick es consciente de la suerte que ha tenido y de la que tiene: todos los actores maravillosos con los que ha trabajado a lo largo de los años: Meeker, Bronson, Coburn, Morrow, McGavin, Robert Blake, Glenn Ford, Edward G. Robinson; todas las actrices a las que ha podido besar; todos los líos amorosos que ha tenido; toda la gente interesante con la que ha podido trabajar; todos los sitios que ha podido visitar; todas las anécdotas divertidas que ha protagonizado; todas las veces que ha visto su nombre y su foto en los periódicos y las revistas; todas las habitaciones fastuosas de hoteles en las que se ha alojado; todo el revuelo que la gente ha causado en torno a él; todas las cartas de sus fans, que no ha leído nunca; todas las veces en las que ha conducido por Hollywood en calidad de ciudadano respetable. Entonces contempla la fabulosa casa que tiene y que ha pagado haciendo lo que solía hacer gratis cuando era niño: fingir que era un vaquero.

Y luego le dice a Trudi:

–Sí que tenemos suerte, Trudi. Mucha suerte.

Su pequeña compañera de escena le desea buenas noches.

–Buenas noches, Caleb, te veo mañana.

Y un Rick Dalton muy agradecido le dice:

–Buenas noches, Mirabella, te veo mañana.

Y, al día siguiente, en los platós de la Twentieth Century Fox, en el set de *Lancer*, los dos actores dejan a todos alucinados con su interpretación.

Penguin
Random House
Grupo Editorial

Título original: *Once Upon a Time in Hollywood*
Primera edición: junio de 2021
Primera reimpresión: julio de 2021

© 2021, Visiona Romantica, Inc. Reservados todos los derechos
© 2021, Penguin Random House Grupo Editorial, S. A. U.
Travessera de Gràcia, 47-49. 08021 Barcelona
© 2021, Javier Calvo Perales, por la traducción

Printed in Spain – Impreso en España

ISBN: 978-84-18052-46-0
Depósito legal: B-6.685-2021

Compuesto en La Nueva Edimac, S. L.
Impreso en Egedsa (Sabadell, Barcelona)

R K 5 2 4 6 0